· 教育部人文社会科学研究规划基金项目资助（批准号：11YJA752005）

· 河南师范大学学术专著出版基金重点资助

英国田园诗歌发展史

姜士昌　著

中国社会科学出版社

图书在版编目(CIP)数据

英国田园诗歌发展史/姜士昌著. —北京:中国社会科学出版社,2016.5
ISBN 978 - 7 - 5161 - 8261 - 1

Ⅰ.①英… Ⅱ.①姜… Ⅲ.①田园诗—诗歌史—英国
Ⅳ.①I561.072

中国版本图书馆 CIP 数据核字(2016)第 116756 号

出 版 人　赵剑英
责任编辑　田　文
责任校对　李　姐
责任印制　王　超

出　　　版　中国社会科学出版社
社　　　址　北京鼓楼西大街甲 158 号
邮　　　编　100720
网　　　址　http://www.csspw.cn
发 行 部　010 - 84083685
门 市 部　010 - 84029450
经　　　销　新华书店及其他书店

印　　　刷　北京君升印刷有限公司
装　　　订　廊坊市广阳区广增装订厂
版　　　次　2016 年 5 月第 1 版
印　　　次　2016 年 5 月第 1 次印刷

开　　　本　710×1000　1/16
印　　　张　16.5
插　　　页　2
字　　　数　279 千字
定　　　价　59.00 元

序　言

几年前，得知士昌正在撰写一部《英国田园诗歌发展史》，并已得到教育部人文社会科学基金的立项支持，我颇感欣慰。我鼓励他一定要坚持既定的研究方向，将这一课题的研究不断深化。据我所知，对英国田园诗歌的发展历史进行全面梳理并作深度研究在国内尚属首次，因而具有一定的学术意义。同时，欧洲田园诗歌将乡村和原野认同为人类生境的本质象征，并从正（牧歌、农事诗等）反（反田园诗等）两面着力倡导人与自然的诗意和谐，这也与当今国内生态型社会、和谐社会、新农村及新型城镇化建设等时代主题紧密呼应。让国人通过英国田园诗歌发展的脉络了解西方社会乡村文化传统的守护和沿革，发挥他山之石的功效，这恐怕也是此研究的重要意义所在。

但凡从事文学史研究的人们都明白，这是一项艰巨而又繁重的工作。因为这一过程不仅需要丰富的文献资源，而且还需要研究者的诚心、精心和耐心；同时，要想体现出一定特色来，还得融入自己的思想。尽管如此，我还是认为士昌适合并有能力完成好这个任务，理由有三：首先，作为我的博士生，士昌的学术经历我是了然于心的。他很早就对英美田园诗歌和自然诗歌产生浓厚兴趣，并将这一兴趣保持至今。他的本科、硕士、博士毕业论文以及已经完成的多个科研项目都与此相关。通过这些前期研究，他充分收集文献资料，积累研究经验，逐步形成了较为清晰的研究思路。其次，士昌喜欢宁静，甘于寂寞，善于思考而又勤奋好学，这与他的一贯情趣相一致。这种性格特质使得他不可能半途而废。另外，他背后还有一个以我的前博士生梁晓冬教授领衔的研究团队。这个团队凝聚力强，具有团结协作、相互砥砺的良好风尚，近年来在英美诗歌研究领域获得不俗的成绩。他们的支持无疑保证了本研究的顺利进行。现在看来，士昌没有辜负我和周围同仁的期望。他请我为书稿作序，我当然责无旁贷，且乐此不疲。

我认为，这部《英国田园诗歌发展史》至少具有四个显著特征。一是较好地处理了历时研究与共时研究之间的关系。全书虽然仍以时代顺序为主线进行编写，但并不拘泥于此。书中不少地方将不同时代具有某种共同特征的诗歌相互联系起来，展开跨时代的对比研究，以揭示田园诗歌的传承关系。而在对同一历史时期的田园诗歌进行研究时，作者则摆脱了时间顺序的束缚，更侧重对诗歌主题或文体特征等方面的共时性研究。二是采用了以文本为核心的研究思路。作者强化对诗歌文本的推介，淡化对诗人生平、历史背景等方面的纯史实性陈述。全书给人的印象不仅是述少论多，甚或以论代述，而且阐述深入浅出，脉络清晰，并不失诗史的完整感。三是突破了西方传统田园诗歌的范畴，拓展了英国(乃至欧洲)田园诗歌的理论疆界，进而延伸了田园诗歌的历史。全书虽然仍以传统的田园诗歌为主要论述对象，但作者通过"绪论"和"结语"所展现的意图却不能忽视。传统田园诗歌理论一般认为，欧洲田园诗歌由古希腊的忒奥克里托斯首创，后由维吉尔继承并发展，进而形成一个被传统认识长期束缚的排他性文学传统。然而，本书在绪论开篇就从神话和赫西俄德讲起，虽没直接说明，但完全可以发现作者将西方田园诗歌的历史向前追溯的意图。而以学界对田园诗歌较为宽泛的界定来看，这种追溯合理且有意义。再说那个长篇的"结语"。标题显示，这是一个不是结语的"结语"，因为作者试图通过这部分来告诉读者，英国田园诗歌发展史绝不是像大多传统田园诗歌理论所认为的那样，到了华兹华斯时代就宣告终结了。历史证明，华兹华斯不仅结束了一个旧的传统，而且开辟了一个新的传统。换言之，华兹华斯完成了英国田园诗歌的"本土化"过程，使英国田园诗歌从此步入了新时代。第四，也是我想强调的最后一点，本书不但是一部田园诗歌发展史，某种意义上还可以看作是英国传统乡村文化的发展史。书中有大量关于欧洲和英国乡村文化风尚的描述，其中有相当一部分通过田园诗歌的形式得以保护和传承。这也许可以激发我们扪心自问：在当今国内大变革的时代洪流冲击下，我们那些具有悠久历史的传统乡村文化到底还存在多少？还能够存在多久？鉴于此，我看好本书在我们乡村文化保护方面所具有的借鉴意义。

此外，我觉得本书还有以下几个优点。第一、论述详略得当。本书详论的诗人有两类：一是文学史上公认的有成就的田园诗人，如忒奥克里托斯、维吉尔、斯宾塞、华兹华斯等；二是田园诗歌成就未必很高，但在英国田园诗歌发展过程中起过关键作用的诗人，如巴克莱、西德尼、蒲柏等。作者对这两类诗人作品的介绍不惜重墨，大书特书。相应地，对另一些诗人的作品只是简略概述,有的甚至只是提及而已。这样的处理方式使得全书既重点突出,又不失全面。另外,作者还特意在绪论中说明了一点:尚有个别作品曾经在田园文学史中占据过一席地位,但要么已经散失,要么以作者现有手段的确已无可查阅,最终只能提及而已。这一点足见作者对读者的诚恳与负责态度。第二、资料翔实,注释严谨、精确。书中所引诗歌文本较多,为了方便读者查阅,作者将所引诗歌文本分不同层次进行注释。对一些公认的经典之作仅注出诗行,因为这些诗歌大多随处可见或容易查询。对那些知名度稍逊,不为我国读者所熟知但却又有必要论及的田园诗作,本书不但注明诗行,还附加注释诗歌的出处(有些甚至追溯到原始版本),目的是为了给希望更深入了解这些诗歌的读者提供追本溯源的依据。针对个别曾经被各类文献引述过,但经过多方查询仍旧无法确认原始出处的诗歌文本,本书采用转引的方式加以注明。第三、语言清新流畅,表达准确;富有文采,雅俗共赏。此书努力摆脱一般学术著作艰涩枯燥的文风,努力于严谨中营造轻松活泼的氛围。有鉴于此,我认为该书不但可以作为专业文学研究者的参考用书,也可以为文学爱好者拓展文学知识提供帮助,甚或可以成为普通读者的消遣读物。

先前获悉,作者针对此课题的后续研究计划"空间理论视域下英国田园诗歌研究"又获得了国家社科基金项目的支持,我相信这是对士昌的倾力投入以及严谨治学态度的进一步肯定。我愿借此书出版之机,表达对作者的更高期望,愿他在学术道路上走得更踏实,更稳健。是为序。

李维屏
2016 年 3 月
于上海外国语大学

目　　录

绪　论

欧洲文学中的乡村书写几乎从城镇或者说与乡村生活相对应的其他生活方式诞生之初就已开始。文学作品中的乡村生活总是与病态而充满罪恶的宫廷、城市生活形成或明或暗的对比。荷马史诗中不但有关于冥后普洛塞尔皮娜（Proserpine）在美丽田野间散步的描写，甚至还有描绘黄金时代繁荣景象的诗句：

> 英明君王，敬畏诸神；
> 高举正义，五谷丰登，
> 大地肥沃，果枝沉沉，
> 海多鱼类，畜业繁荣。（《奥德赛》XIX：109—112）

《旧约》中的一代代先知在犹太人定居迦南，建立城镇之前常常充满虔敬地怀恋往昔游牧生活的纯真；大卫王一生中的显赫威望在一定程度上也要归功于他曾经的"牧羊人"经历。但上述情节的出现都只是出于烘托其他主题的目的，尚构不成独立的乡村书写文本或文学形式。欧洲乡村文学作为一种独立的文学形式出现是从赫西俄德（Hesiod）① 开始的。赫西俄德是欧洲最早正面、直接地赞美田园生活的诗人，也是他开启了用文学想象复兴黄金时代的先河。

赫西俄德在《工作与时日》（*Works and Days*）中写道，是缪斯"将充满灵感的声音吹入［他］心中，/使［他］可以赞美那些过去和未来的

---

① 赫西俄德（古希腊语：σιοδοζ，英语：Hesiod）是一位古希腊诗人，原籍小亚细亚，出生于希腊比奥西亚境内的阿斯克拉村，从小靠自耕为生。他可能生活在公元前 8 世纪。从公元前 5 世纪开始，文学史家就开始争论赫西俄德和荷马两人谁生活在更早时代，今天大多数史学家认为赫西俄德更早一些。他以长诗《工作与时日》（*Works and Days*）、《神谱》（*Theogony*）闻名于后世，被称为"训谕诗之父"。

事情"（31—32）。① 也就是说，当作为诗人而非史学家的赫西俄德充满深情地描写古典神话中的黄金时代的时候，他打起的定然是缪斯赋予的想象的旗帜，而不是延续了记忆的基因。在他笔下，黄金时代的人类：

> 如众神一样无忧无虑，远离痛苦。
> 他们没有穷困和辛劳，也永不会衰老，
> 他们饮酒欢乐，生活中没有苦果，
> 他们死去也如同进入温柔的梦乡。
> 他们拥有一切美好的东西。大地
> 自动产出丰盛的果实将他们供养。
> 他们和平地生活在富有的土地上，
> 伴着成群的牛羊，沐浴着神的荣光。（《工作与时日》：112—119）

那时的人们有无数的牛羊，大地会自动给人们送来丰收。生活在自然怀抱中的人类如伊甸园中的亚当和夏娃，如襁褓中的婴儿，享受着黄金般的时光。但黄金时代非常短暂，几乎是匆匆掠过。到了赫西俄德生活的时代，已与黄金时代相隔了三重，人类进入了最为黑暗、悲惨的黑铁时代。② 此时，黄金时代的记忆已无踪可循，只能存在于文学想象之中了。是赫西俄德最早以文学想象重现了黄金时代。但重现显然不是他的目标，复兴才是其真正追求；诗人总要回到他所生活的现实世界去寻求复兴黄金时代的途径。

赫西俄德对黄金时代的向往缘于他对自己所处的黑铁时代人性的复杂、堕落以及生活的艰辛的深切体验。诗人在《工作与时日》讲到他父亲曾遭受"可怕的贫穷"（638）；他的弟弟也不争气，不但败光了自己的那份家产，还阴谋掠夺诗人的财产。《工作与时日》这首长诗便是诗人在这一境况中受到刺激开始创作的，既为了训诫兄弟，也用以劝谕世人。赫西俄德本人一直过着农民和牧人勤劳朴素的生活。按照《工作与时日》

---

① Hesiod. *Theogony and Works and Days*. Trans. and intro. by Catherine M. Schlegel and Henry Weinfield. Ann Arbor: The University of Michigan Press, 2006. pp. 60 – 61.

② 赫西俄德在《工作与时日》中将人类历史分为五个时代，即黄金时代（Golden Age）、白银时代（Silver Age）、青铜时代（Bronze Age）、英雄时代（Heroic Age）和黑铁时代（Iron Age）。

的描写，赫西俄德的农耕生活还是和谐、惬意的。他在诗中记录了一位成功自耕农家庭的日常事务：他的农场请一位朋友帮忙管理（370），还雇了一些杂役（502，573，597，608，766）、一位能干的犁把头（469—471）、一位播种的少年奴隶（441—446）、一位操持家务的女仆（405，602）及一群耕牛和骡子（405，607）。他们一年的工作就是耕地、看管葡萄园、养猪、养羊等。尽管诗中不时夹杂着对贫穷、困苦生活的抱怨，但这么一幅小康社会的生活图景给人的感受比起诗人自己所描绘的黄金时代更具质感，也更亲切。也许这才是诗人追求的真正意义上的黄金时代的生活。赫西俄德在诗中有不少劝勉农耕、鼓励人们积极向善的正面训导。很显然，诗人试图通过对农耕实践的训导构建一个他自认为合乎那个时代的乡村社会形态。雷蒙·威廉斯（Raymond William，1921—1988）指出，"正是［赫西俄德］所处的铁器时代的特点，决定了他会提出有关实用农业、社会正义以及和睦邻里关系的建议。"[1] 从这个意义上说，赫西俄德又是欧洲最早用文学想象的方式表达与构建自己社会理想的诗人。他的理想植根于当时的社会现实，不弄乌托邦式的玄虚。他以发生在自己身边的朴素事实劝谕世人：只要辛勤劳作、一心向善，人人都会回到自己心目中的黄金时代。也就是说，赫西俄德从最初对黄金时代带有乌托邦色彩的幻想中走了出来，并在现实生活中寻求到了黄金时代的真正根基。

《工作与时日》无疑是维吉尔开创的"农事诗"（Georgics）传统的先祖，但传统的田园诗歌理论家们决不会把田园诗歌的源头上溯至此。一则是因为《工作与时日》的题材是劝谕农桑，这与几个世纪之后才出现的古典田园诗歌的核心题材——牧人生活相去甚远；二则因为，古典田园诗歌从一开始就是对田园生活充满向往的城里人的专利，而不是像赫西俄德这样的乡下人的创造。那些城里人之所以对田园生活充满情感，是因为其原始生境就是原野、溪谷、丛林，在那里他们才能够寻回已丢失的人性中最本质的东西。这种原始生境意识以一种文化基因的形式世代相传、恒久罔替。每当走向城镇或其他生活环境的人们突然发现他们失去了宁静与快乐，进入了一个充满焦虑和苦恼的樊笼之时，他们便怀恋起他们原本属于的那个生境来。"久在樊笼里，／复得返自然"就是这种心理的写照。田园诗歌这种文学形式正是在人们追求质朴、率真的思想情感以及渴望与都

---

[1] ［英］雷蒙·威廉斯：《乡村与城市》，韩子满等译，商务印书馆2013年版，第18页。

市生活相对应的田园风光和乡村生活的语境下诞生的。作为一种文学形式，田园诗从本质上很好地体现了艺术对人类愿望的满足功能，它反映了人类"对纯真与快乐的双重渴望"①。田园诗是一种怀旧的、童稚般的看待世界的方法；而牧羊人受到诗人们的尊敬则因为他们是"有闲阶级的理想化身"②。所谓的"有闲阶级"就是指城里的王公贵族、文人墨客之流，田园诗人多出自这个群体。他们借助对下层劳动者牧人、牧女的劳动、生活与爱情的理想化描绘，为有闲阶层提供一种可供逃避的精神空间，是有闲者在为有闲者美化劳动者。用燕卜荪的话说就是，田园诗人是在为其所处群体书写另一群体的生活与故事。③ 所以，田园诗通常被界定为都市文化的产物，它源自乡村与城市两种生活模式的对立。④

　　有幸成为欧洲田园诗歌发祥地的是希腊化时期的文化之都亚历山大城——田园诗歌之父忒奥克里托斯就是在那里开始抒写他对自己家乡西西里（Sicily）和曾经生活过的克斯岛（Cos）美丽田园风光的怀恋之情。但不可否认，忒奥克里托斯的西西里和克斯岛似乎并非具体地点，它们不能给人以明确的空间感觉或外形轮廓，到像是诗人见识过的多个理想之地的综合体，抑或只是诗人心目中的一个安乐乡（locus amoenus）：这个安乐乡里有溪流，有牧场，有橡树和柳树园，还有海岸，不时给人以似曾相识的亲切感。所以有人认为，假使忒奥克里托斯不是西西里人，他也不曾在克斯岛生活过，他也会借其他的名字写出同样美妙的诗篇，比如后来成为欧洲田园诗歌标志性符号的阿卡迪亚（Arcadia）。这个阿卡迪亚原本就是忒奥克里托斯发现的，他在自己的牧歌中多次提到潘的领地，说潘住在崎岖不平的山地，这就是阿卡迪亚。但是，很可能是不愿在虚幻的道路上走得太远，忒奥克里托斯并没直接用阿卡迪亚作为他牧歌的背景——正是他的这一选择为他的诗歌赢得了亲切自然的美名。让阿卡迪亚大彰其名的是维吉尔——他用阿卡迪亚代替了忒奥克里托斯的西西里和克斯岛，没想到

---

　　① Poggioli, Renato. *The Oaten Flute*：*Essays on Pastoral Poetry and the Pastoral Ideal*. Boston：Harvard University Press，1975. p. 1.

　　② Poggioli, Renato. *The Oaten Flute*：*Essays on Pastoral Poetry and the Pastoral Ideal*. Boston：Harvard University Press，1975. p. 6.

　　③ Empson, William. *Some Versions of Pastoral*. New York：New Directions Publishing Corp.，1974. p. 6.

　　④ Kermode, Frank. *English Pastoral Poetry*：*From the Beginnings to Marvell*. London：George G. Harrap & Co. Ltd.，1952. p. 14.

这么一点点改变却对后来欧洲田园诗歌的发展产生了深远影响。

维吉尔阿卡迪亚构想的影响并不在于有多少诗人沿袭这个名称——事实上，后维吉尔时代的拉丁牧歌作者并不用阿卡迪亚作为他们牧歌的背景。真正打动后世诗人的是维吉尔对阿卡迪亚乌托邦式的虚化，换句话说，维吉尔选择阿卡迪亚事实上是希望创造一种渺远的效果。维吉尔的阿卡迪亚人膳食简单，具有单纯的力量和美德；阿卡迪亚人的历史可以追溯到无法追忆的远古，这就使他们从黄金时代直接汲取智慧。另外，在维吉尔笔下，潘和弗恩努斯（Faunus，古意大利山林精灵）身份重合，因此他的牧歌景象比忒俄克里托斯更具森林气息。自然中的回声在森林中传播得更远也更响亮。忒俄克里托斯的作品中也有树丛，且每一棵树都有其各自的音乐，但没有回声的概念，自然中没有反射物来传颂牧人们悦耳的歌声。因此，处在高地的植被茂密的阿卡迪亚符合维吉尔的构想，位于南意大利的西西里和克斯岛则不符合。维吉尔用阿卡迪亚代替忒俄克里托斯的西西里和大希腊（Magna Graecia）具有重大意义，这是希腊题材的拉丁化或者是拉丁题材的异域化。阿卡迪亚就是显而易见的意大利，就是精神的罗马，就是原始概念上的蒙福之地。它遥远而具有异域风情，因此可以调节维吉尔牧歌视域里的冲突、不和谐并将之化解。维吉尔很好地利用了阿卡迪亚所特有的品质。

欧洲早期田园诗歌理论家乔治·帕特纳姆（George Puttenham，1529—1590）在其《英国诗歌艺术》（The Arte of English Poesie）中这样描绘田园诗的形成过程：将牛群或羊群赶往野外的公用田地和树林里，让它们自由觅食，而牧人们则和那些护林人或护篱人聚在一起以聊天消磨时光，这成就了田园诗里最早的对话形式；树丛里或树荫下，他们或闲聊家长里短，或阔论身外之事，此则成就了最早的论辩；出于肉体与安逸的需求，便有了求爱与寻欢；他们唱给配偶或情人的歌便成为最早的爱情乐章；有时也未免边唱边配以管弦，大家来比试一番，看谁最优秀，最迷人。帕特纳姆由此坚信，牧人的生活是可靠的伙伴关系的最早范本。[①] 他的描述揭示了田园诗歌逐步将牧人理想化（或虚化）的过程，抓住了传统田园诗歌的本质——它从一开始就承袭了阿卡迪亚这个地方的乌托邦

---

① See Puttenham, George. *Arte of English Poesie*. Printed by Richard Field, dwelling in the black-Friers, neere Ludgate, 1589. Chap. 18.

特征。

也就是说，田园诗歌不但远离了古希腊盛行的史诗传统，也没有沿着赫西俄德开辟的从想象到现实的道路前进。对后一种情况的解释只能是：赫西俄德本人就是生活在乡村的自耕农，他有乡村生活的现实根基，这使他很快就能从黄金时代的梦幻回到现实之中；田园诗人们则个个都是带着乡下人面具的城里人，他们无有乡村生活基础，所以倾向于符合自身心理需求的表达方式。而田园诗人笔下那些身居社会下层的现实中的牧人无论如何也想象不到他们的劳动场面怎么会那样的惬意多彩，他们的生活空间怎么会那样的令人向往。现实使他们不可能有创作与欣赏的能力与冲动，也就不可能成为田园诗的作者和读者。既然田园诗的作者和读者不属于劳动阶层，其中所寄托的理想定然会不同程度地反映出诗人们的矛盾心理。田园诗人的任务之一就是把这些矛盾对立的元素有意识地统一起来，达到一元和谐。也就是燕卜荪所谓的"把复杂变简单"①。所以，田园诗人的表达方式就是赫西俄德对黄金时代的表达方式——纯粹的文学想象。正是这个想象的翅膀将田园诗歌带往邈远的方向——一个处处存在却又处处不在的乌托邦。就如阿卡迪亚由一个真实的地理空间上升为一个社会空间并进而虚化为一个精神空间一样，田园诗歌的主要元素都经历了这么一个虚化过程。这一虚化过程所导致的结果就是：田园诗歌与现实中的田园渐行渐远，以至于有的诗歌中除了借用某个牧人的名义之外，与田园再也没有任何关系。总体来说，田园诗歌中所充斥的空想和虚幻的生活不是诗人们自己所熟悉的，他们不过是要拿那种生存方式作为对现实生活的逃避或反叛，抑或说是寄托一种社会理想。

但是，牧人何以成为西方田园诗人们偏爱的形象？这一点可以从牧人本身的品格特质来寻找答案。首先，牧人的劳动过程是惬意的、散漫的和精神化了的。他时刻面对的就是自己的劳动成果，并适时看到它们的成长。"自然为牧人提供了大部分的需要。更令人满意的是，自然干了几乎所有的活儿。"② 因此，牧人对自己的前景最无忧、最自信。其次，牧人主要面对的是纯粹自然状态的事物，而不是被社会异化了的人，因而他们

---

① Empson, William. *Some Versions of Pastoral*. New York: New Directions Publishing Corp., 1974. p. 22.

② ［美］利奥·马克斯：《花园里的机器：美国的技术与田园理想》，马海良、雷月梅译，北京大学出版社 2011 年版，第 15 页。

是纯朴、自然的；牧人是不须文化启蒙的，他们受的是自然启蒙，他们拥有浪漫的基因。也是因此，与农夫相比，牧人精神更接近天然——农夫通过改造自然而获取生产、生活资料，其实已有被社会异化的迹象。弗里德里克·席勒把田园诗与童年时代及儿童般的质朴联系起来，认为自然当中有我们不可磨灭的童年印记；诗人或因其自然而成就素朴，或因其追求自然而变得感伤。① 田园诗人所追求的就是牧人身上那种如儿童般质朴的品质。另外，牧人是个原始意象，其原型可追溯到我们远古的祖先。因此他具有了更深远的象征意义——牧人与文明社会的人们有着两极倾向。牧人的笛声或歌声仅有两个听众——他们的牛羊和他们自己，有时加上他们的情人，这与牧歌诗人的心理十分相近。诗人在牧歌中抒写的其实是对上述牧人品质的向往。所以，从某种意义上，牧人形象可说是人类原始生境的象征，是诗人们表达返璞归真愿望的最佳选择。换句话说，诗人们书写牧人并非是要关注他们的劳动生活——牧歌中那种过分虚饰的乡村生活纯粹是一种艺术手段——而是要创造一种邈远的效果，让诗人借以暂时退出并远距离审视和评判他们现实所处的社会。

可能是鉴于上述原因，在欧洲文学史上，一直以来对田园诗的界定比较严格。人们谈起"田园诗"时一般指的是关于牧人的诗或歌（即"牧歌"），因为拉丁语的"pastor"意思就是"牧羊人"。在古典牧歌中，绵羊倌（shepherd）常与牛倌（cowherd）、山羊倌（goatherd）进行唱歌比赛，遂演变出术语"pastoral"（田园诗，牧歌）。田园诗的另一个常用术语"bucolic"源自希腊语"boukolos"，原意为牛倌，是古典牧歌中最为典型的歌者群体之一，后逐渐被用作"pastoral"的同义词。另一类牧歌叫牧人对歌（Eclogue）。"eclogue"的希腊语本意是"选择"，也写作"eglog"或"eglogue"等形式。Idyll 原意为小图画或具有诗情画意的小插图，后被用来指称一种倾向于将田园风光和乡村生活的理想化的抒情短诗，是对乡村生活的乐观主义表达，旨在表明阿卡迪亚理想并非遥不可及；可译作田园短歌。田园诗发展过程中不断产生新的形式或变体，比如以渔夫生活为题材的渔歌（eclogae piscatoriae）、表达对永远失去的阿卡迪亚理想的怀旧情绪田园挽歌（pastoral elegy）等。由此可见，传统意义

---

① ［德］席勒："论素朴的诗与感伤的诗"，《西方文艺理论名著选编》，伍蠡甫，胡经之编，北京大学出版社 1985 年版，第 473—496 页。

上的欧洲田园诗歌原本指的就是牧歌。拉宾（Rene Rapin，1621—1687）早在 1659 年就将田园诗歌定义为"对牧人或具有牧人特质的人的行为的模仿。"① 拉宾的观点影响至今，直到 20 世纪，美国学者列奥·马克斯（Leo Marx，1919—）仍然认为，"没有牧人，就没有田园诗。"②

关于田园诗歌本质的辩论自文艺复兴时期开始几乎就没停息过，而田园诗歌理论界对田园诗过于严格的界定也招致不少反对声音。到了 18 世纪，蒲柏这位传统牧歌理论的集大成者就已遭受冷落，这一时期的许多评论家倾向于宽泛的田园诗歌定义。一贯反对传统牧歌的约翰逊博士认为，"无论发生在乡间的什么事情都可能成为田园诗歌的素材。"③ 而对戈德史密斯来说，田园诗的素材就是呈现于田园或乡间的任何事物，以及诗歌中介绍的所有人物或对话者，无论是牧羊人还是村夫。④ 他们对田园诗歌的界定影响至今。当代田园诗歌理论家特里·吉福德发现，人们通常在三个层面上运用"田园诗"这个概念。第一个层面上的田园诗就是那种可以上溯至古希腊、古罗马时期的以描写乡村生活尤其是牧人生活为主的抒情诗歌。吉福德所指当然就是古典牧歌，这是所有田园诗歌理论家们都必须首先认可的一个连续而悠久的传统。但是，与许多理论家一样，吉福德心目中也另有一种田园诗，它超越了传统田园诗形式和内容的羁绊，具有了极为宽泛的含义。吉福德把一切直接或间接将乡村与都市进行对比的文学书写都归入此类。如此一来，描写乡村生活、湖光山色的诗歌可谓之田园诗，将叙事背景置于乡村的小说可谓之田园诗，描写城市中花鸟鱼虫、竹木草亭的诗歌亦可谓之田园诗。总之，游离于都市之外，寄情于山水之间，且对所描所绘饱含着热情与真挚，此即所谓田园诗。然而，吉福德客观地指出，长期以来，如果一首诗歌或一篇小说或其他文体被一位农夫或者生态批评学者称为"田园诗"的话，他们也许还暗含着对田园诗歌的第三种看法。这个就未必令人轻快了。如果一部作品仅仅赞美田园风光而

---

① Quoted in Congleton，J. E. *Theories of Pastoral Poetry in England* 1684—1798. Gainesville：University of Florida Press，1952. p. 157.

② Quoted in Gifford，Terry. *Pastoral*. The New Critical Idiom. London；New York：Routledge，1999. p. 1.

③ Johnson，Samuel. *The Works of Samuel Johnson*（Vol. 2 of 12）. London：Printed by S. and R. Bentley，Dorset Street，1823. p. 239.

④ Goldsmith，Oliver. *The Art of Poetry on a New Plan*. London：Printed for J. Newbery，at the Bible and Sun in St. Pauls Chureh-yard，1762. 1：84.

忽视赖其生存、挥汗劳作于其上的人的话，农夫会说，这不过是田园诗歌罢了；如果一首诗歌仅仅赞叹于都市蓊郁苍翠的树木花草而忽视污染的威胁的话，生态批评家们会说，这不过是田园诗歌罢了。吉福德的意思是，田园诗歌的过于"纯真"已为它招致了恶名。他由此认为，当人们以怀疑的态度看待田园诗的话，"田园诗"就变成了一种蔑称，用于影射其对乡村现实生活过分理想化的描写。①

　　吉福德所谓第三层面上的田园诗歌其实就是指第一层面的古典牧歌所带来的负面效应，同时也正是古典牧歌长期遭遇不公正待遇的侧面反映。自从 18 世纪约翰逊博士贬斥古典牧歌为粗俗而逃避现实的文学，说它是应被拒弃的东西②之后，这种蔑视性评价便埋下了偏见的种子。众多评论者甘愿追随约翰逊的声音，而非自己的理智。乃至于到了 20 世纪，仍有大批持阶级取向的批评家们重新将逃避主义的标签贴在田园牧歌这种文学形式之上。若仅仅是负面评价的话，也许还算不上多大的不公正，因为我们尚可以用"偏见"加以驳斥。但是，田园诗歌迄今尚未被系统地写入正统文学史，这样的事实确乎令不少文人志士耿耿于怀。文人们为田园诗歌正名的愿望久矣。因此，无论在英国还是在欧陆国家，独立的田园诗歌研究文本和史实梳理历代不乏其作；20 世纪 70 年代以来，对田园诗歌跨学科、跨领域的研究也悄然兴起，且发展迅猛。可以说，西方田园诗歌研究已经进入了一个新时代。

　　本书的编写目的就是要帮国人打开一扇了解英国乃至整个欧洲传统田园诗歌发展概况的窗口，借以促进国内这一领域研究的展开。为了达到既全面又深入浅出的目标，作者在编写过程中秉持如下几个原则：

　　一、将本书界定为英国田园诗歌而非田园文学的发展史。集中梳理传统田园诗歌的发展脉络，必要时略论相关题材，比如农事诗、反田园诗等。所谓的田园剧、田园小说等其他文体概不论及。作者既不奢望编写一部英国乡村诗歌发展史，那已经是一个宏大得超乎个人能力的工程；更不敢想象如吉福德的第二种田园诗那样包罗一切与自然和乡村相关的题材和体裁，因为那简直无章可循。

----

① See Gifford, Terry. *Pastoral*. London and New York：Routledge, 1999. pp. 1 - 2.

② Johnson, Samuel. *The Works of Samuel Johnson*（Vol. 6 of 10）. London：Printed for G. Offor, Tower-Hill；J. Reid, Berwick；*et al.*, 1818. p. 115.

二、以作品介绍而不是诗人生平为主线，并力图展现历代作品间的影响与承继关系。限于篇幅，除非极为重要的诗人，概不做生平介绍，只在诗人名后注出生卒年月以备查考。读者会发现，本书对某些诗人的作品大书特书，而对另一些诗人的作品只是简略概述，更有的甚至只是提及而已。那是因为，本书的详略原则除了以经典或大众论之外，还有一个客观原因，那就是少量文本虽被认为属于重要之列，但可能已经散失，或者说以作者现有手段的确已无可查阅，最终只能提及而已。

三、书中所引诗歌文本较多，对其注释大致分为三种情况。一是本书认为的经典之作。这类作品因为读者较为熟悉，且易于查阅，便仅在引文之后注出诗歌的行数。另一类属于大众之作。这类作品的知名度不如第一类，很多不为现代读者（尤其是我国读者）所熟知。为了给希望更深入了解这些诗歌的读者提供追本溯源的依据，本书不但会注出诗行，还要附加注释诗歌的出处（有些甚至追溯到最初版本）。第三类文本是各类文献中曾经引述过，但经过多方查询仍旧无法确认出处的诗歌。这类诗歌很少，本书权且以转引的方式注释。

四、田园诗歌所涉及的欧洲、英国民间文化纷繁复杂。其中一些重要事项需要读者了解，置于正文中又有碍行文的，均以脚注的形式进行说明。但必须得认识到，这些也是田园诗歌文化的一部分。

雷蒙德·威廉斯说，田园诗通过描绘往昔而创造了一种记忆神话。[①]现在就让我们通过下面的文字去追寻这个神话吧。

---

① ［英］雷蒙·威廉斯：《乡村与城市》，韩子满等译，商务印书馆 2013 年版，第 61 页。

第一章　古典时期
——欧洲田园诗歌的源起

　　欧洲田园诗由古希腊诗人忒奥克里托斯（Theocritus，B. C. 310? － B. C. 245?）首创，以他的名义传下来的诗歌有 30 首。诗人在这些诗歌中描绘了他的家乡西西里美好而清新可爱的乡村生活和自然美景。在这些诗歌中，忒奥克里托斯"成功地维持了理想与现实的平衡。"①　早在 1588 年就有人将其中 6 首翻译成英语，且翻译得相当精彩；1684 年，第一个忒奥克里托斯诗集英语全译本由托马斯·克利奇（Thomas Creech）翻译出版；一年以后，英国作家和桂冠诗人约翰·德莱顿（John Dryden，1631—1700）也为唐森（Tonson）版《杂集》（*Miscellany*）翻译过几首忒奥克里托斯的田园诗，德莱顿评价忒奥克里托斯的诗歌写得亲切而自然。忒奥克里托斯的田园诗对后世欧洲带有贵族倾向的诗歌有很大的影响。

　　受忒奥克里托斯的影响，古罗马大诗人普布留斯·维吉留斯·马罗（Publius Vergilius Maro）——即维吉尔（Virgil，B. C. 70—B. C. 19）——写成了他的著名田园诗集《牧歌》（*Eclogues*）。该诗集的出版震动了罗马，也迅速确立了维吉尔的文学地位，并使他成为宫廷里最受欢迎的诗人。《牧歌》由十首短歌组成，采用牧人对歌和独唱的形式。10 首诗中有情诗、哀歌、哲理诗、酬友诗，也有一部分描写农村了凋敝的现实，诗歌"密切联系那个冲突、混乱时代的农民们的切身经历，"②　反映了小土地所有者厌恶内战、对大奴隶主消极抗议的情绪。这些表明，维吉尔的田园诗给理想化的乡村生活赋予了一层新的含义，婉转地表达了他那个时代人

---

　　①　Drabble，Margaret. *The Oxford Companion to English Literature.* Oxford：Oxford University Press，1993. p. 974.

　　②　Rieu，E. V. *Virgil*：*The Pastoral Poems—A Translation of the Eclogues.* Penguin Books，1949. p. 12.

们，特别是独立小农的思想情趣。维吉尔的另一部作品《农事诗》（*Georgics*）则是模仿公元前 8 世纪古希腊诗人赫西奥德（Hesiod）的训谕诗《工作与时日》（*Works and Days*）写成，属于教谕诗类型的田园诗。诗中描写种植、畜牧、养蜂等农事；表达对劳动的同情与肯定，认为劳动战胜了一切，从而赋予生产劳动以诗意。这部作品的明显特点体现在诗人对各种自然现象的敏感和对意大利传统的农耕生活及其丰饶的自然资源的歌颂等方面。如果说维吉尔的《埃涅阿斯纪》（*Aeneid*）是欧洲后世诗人创作史诗的范本的话，他的田园诗歌则是欧洲田园诗的楷模。英国诗人斯宾塞的田园诗《牧人日历》（*Shepheardes Calender*）就是仿照《牧歌》的对唱体传统写成的。《农事诗》虽然在早期没有受到足够的重视，但到了 18 世纪却盛行起来，成为诸如詹姆士·汤姆森、杰瑞米·柯利尔、斯蒂芬·达克等英国田园诗人的榜样；再后来的华兹华斯、丁尼生等诗人受其影响也非常明显。维吉尔的诗歌有包括德莱顿译本在内的多种英译本。

以忒奥克里托斯和维吉尔这两位杰出诗人为代表的田园诗人们开创了欧洲田园诗的古典时期。

第一节　古希腊时期的田园诗

正如本书绪论所述，虽然欧洲乡村书写的历史与其城镇发展的历史同样悠久，但真正意义上的田园诗歌则始于希腊化时期或亚历山大时期，即亚历山大大帝逝世（公元前 323 年）后的那段历史时期，而辉煌的文化之都亚历山大城也正是田园诗歌的发祥地。

在亚历山大的军事征服随着他的英年早逝而宣告结束之后，其麾下将领之间的权力斗争又将希腊卷入长期的混战之中。到公元 3 世纪初，马其顿帝国内部逐步形成了马其顿、塞琉西和埃及三个希腊化王朝。马其顿王国由原来的辽阔版图回复原状，成为一个疆域不大、却高度希腊化的民族王国，基本上控制了希腊城邦时期的大部分区域。塞琉西王朝统治着原马其顿帝国的亚洲诸行省，是三个王国中疆域最大的一个。埃及王国由托勒密王朝统治，北依大海，南邻沙漠，具有很好的保护屏障，加之自然资源丰富，成为三个王国中最持久的一个。这个分崩离析的局面标志着希腊自治城邦的衰落，但同时却极大地促进了希腊文明的传播与发展。亚历山大的统治生涯所产生的创造性推动力给这一时期的希腊带来全面而深刻的变化：城邦自治让位于城邦联盟；希腊古典文化渗透进各个民族文化之中，将一个参差的世界引领向同一个文明。亚历山大时期的诗歌所具有的兼容并蓄的特征，也许就是这次文化大同运动在文学上的表现。这一时期的诗人不再严格而专门地恪守史诗、抒情诗及戏剧诗等老一套经典诗歌形式，而是将多种古老的诗歌体裁相互融合。偶尔，一些此前从未被看作正式文学表现形式的民间歌谣的元素也被引入，这算是较大的创新。这时的诗人都极为博学，但他们的写作过于重视公众反应，且过于追求语言风格和句法结构的新奇性。如果以追随者的数量来衡量一位诗人的杰出程度的话，忒奥克里托斯无疑是亚历山大时期最伟大的诗人。

忒奥克里托斯很有可能出生在西西里岛（Sicily）的锡拉龟兹（Syracuse），在来到亚历山大城之前，曾在克斯岛（Cos）生活过一段时间。克斯岛是安纳托利亚（Anatolia）西南沿海的一个岛屿，是文人最喜爱的聚居地。古人在一篇对忒奥克里托斯的诗评中曾经提及，有 30 首诗歌收录在他的名下；但可以肯定地说，这些诗歌并非全由忒氏所作。这些诗歌在希腊语中被称作 "*eidullia*"，意即牧歌（idylls）。这个词语此前未曾在其他地方出现过；它大概和 "*eidullon*" 有关，意思是 "娇小的形态或外观"。在拉丁语中， "*idyllium*" 一词常被运用于各种题材的短诗中。现代英语里 "idyll" 一词的意思即源于与其相关的忒奥克里托斯的诗作，尤其是那些以乡村为主题的诗歌。

忒奥克里托斯这 30 首诗歌涵盖了各种不同的形式、主题和题材——既有像第 19 首《甜蜜的盗贼》（The Honey Thief）那样仅有八行的讽刺短诗，又有如第 25 首《戮狮者赫拉克勒斯》（Heracles the Lion–Slayer）那样长达近 300 行的片断式微型史诗。如果说这两首诗尚不能确定为忒奥克里托斯本人所作，那么那些被确认属于他原创的诗歌也足以显示其形式的多样性。这些诗歌中有以城市为背景的哑剧（如第 2 首、第 15 首）、排笛卡（paidika）或同性恋情诗（如第 29 首、第 30 首）、国王颂词（如第 16 首、第 17 首），还有一封给他朋友的妻子送礼物时所附带的诗体书信（第 28 首），一首献给海伦（Helen）和梅内莱厄斯（Menelaus）的新婚喜歌（第 18 首）；另外还有几篇以神话为主题的韵文，例如波吕斐摩斯（Polyphemus）与伽拉忒亚（Galatea）的波折爱情（第 11 首），从阿波罗尼奥斯（Apollonius Rhodius）① 的史诗《阿尔戈英雄纪》（*Argonautica*）中摘引的两个诗节——海拉斯（Hylas）的丧失（第13首）和波吕克斯（Pollux）与阿密克斯（Amycus）之争斗（第22首）。这些诗歌中大多数属于以田园为背景的"牧歌"（bucolic 或 pastoral），其原本意图就是要表现想象中的牧民生活。

第1首牧歌《达夫尼斯之死》（The Death of Daphnis）总体上展现了牧歌兼收并蓄的特点。诗歌中暗示着这样一个事实，即地中海地区的牧民确实在吟唱他们自己真挚而纯朴的歌谣。忒奥克里托斯对诗节和叠句的运用有点回归民间流行歌谣的倾向，不过他的格律用的仍旧是被称作"英雄格"的六步扬抑抑格（dactylic hexameter），其原因也许如亚里士多德所说，"在所有格律中，英雄格最庄重，最有分量（因此最能容纳外来词和隐喻词)"。② 忒奥克里托斯在创作中惯用多利斯乡村方言（Doric），但是却高度融入史诗中的文学用语。在达夫尼斯（Daphnis）③ 哀歌中，这种手法不禁让人想起荷马史诗中的圣歌；其中关于杯子的描写则令人想到荷马关于英雄"装备"的描述，如阿喀琉斯（Achilles）的盾牌。总之，这种写作艺术精致、省察而不失规范，暗示着民歌悠久的渊源。从忒奥克里托斯作品中大量巧妙的典故来判断，他的读者群体不会太大，但个个应该都是博学多识之人。因此，他的牧歌并不是如古典悲剧那样的大众化的流行作品。

在《达夫尼斯之死》中，西西里诗人兼牧羊人瑟尔西斯（Thyrsis）请另一位牧羊人为其吹奏笛子，但这个牧羊人拒绝了，反而请求瑟尔西斯吟唱他那首关于达夫尼斯苦难记的歌谣，并答应送他一个木雕的碗或杯子予以回报。于是，瑟尔西斯演唱了那首关于达夫尼斯罹难与死亡的极具田园色彩的歌曲，并得到了牧羊人的礼物和赞美。在这首诗中，杯子的描写占去五分之一的篇幅，达夫尼斯哀歌则超过了一半。因此，诗中的对话和简要的环境铺陈——比如两人午后在一个缓坡上的柳荫下惬意而卧——似乎只是在为歌曲以及关于杯子的描写提供一个框架而已。

按照希腊神话的说法，达夫尼斯这个西西里岛人是田园诗的创始人。

---

① 阿波罗尼奥斯大约出生于公元前295年，古希腊诗人和文法学家，著有史诗《阿尔戈英雄纪》（Argonautica）。

② ［古希腊］亚里斯多德：《诗学》，陈忠梅译注，商务印书馆2002年版，第169页。

③ 达夫尼斯是希腊神话中信使之神赫尔墨斯（Hermes）之子。

据说，达夫尼斯因酒后犯下对婚姻不忠的行为而被一个仙女弄瞎双眼，但忒奥克里托斯却运用间接的手法展现了一个明显不同的版本。他笔下的达夫尼斯是一个纯真的牧羊人，因吹嘘自己能够战胜性爱的诱惑而激怒了爱与美女神阿弗洛狄忒（Aphrodite）；达夫尼斯终被爱情征服且濒临死亡。他嘲笑阿弗洛狄忒，向河流、森林、牲畜一一道别并把他的笛子遗赠给了牧神潘（Pan），之后便死去了。诗中一个片段告诉我们，当地的仙女们并未到场拯救达夫尼斯：

> 你们身在何处？达夫尼斯日渐憔悴之际，仙女们，你们身在何处？
> 若不在你们的住地阿纳帕斯河畔，不在埃特纳山，也不在阿吉斯的圣河边，
> 难道是躲在珀纽斯可爱的溪畔或是品都斯的山谷？
> （《达夫尼斯之死》：67—70）①

当达夫尼斯死去时，甚至动物们也异常悲痛："豺狼为他的死而嗥叫，狮子也在灌木丛中哀悼"（72—73）。他死后，自然界秩序陷入混乱：

> 紫罗兰在灌木和荆棘丛中绽放，
> 美丽的水仙花爬满杜松的枝条；
> 松树结出了无花果，这世界变得一团糟。
> 因为达夫尼斯的死，牡鹿追捕猎狗，
> 山间仓鸮的歌声比夜莺还要动听。（《达夫尼斯之死》：135—139）

自然界对人类死亡的反应象征着人与外部自然界的两种联系：一者自然界为达夫尼斯哀悼表明它感受到了这个田园歌者的不幸；二者是让一切陷入"怪异的"混乱之中是要把诗人的愤慨之情以客观的形式表现出来。上述两个片断开创了田园挽歌最常用的一些传统手法，即自然界被神奇地

---

① For English text please see Calverley, C. S. *Theocritus Translated into English Verse* (2nd edition). London: George Bell and Sons, 1883. 诗集中的诗歌题目为译者所加。下文所引忒氏作品，如无特别注明，均引自该书。另外，该诗集中部分诗歌的英译本与原作在行数上有出入，本书中引文后的行数均依据英译本。

与人类的境遇及情感联系起来。这就是"情感错置"（pathetic fallacy）[1]，也就是将人的情感与力量赋予外部世界的事物之上；它常以上述最惯用的两种文学形式出现在田园诗歌的开头部分。[2] 达夫尼斯悼词将听众带入了一个纯洁而悲伤的传奇故事中，

> 他的生命之线已然纺尽。达夫尼斯
> 走向了死亡的湍流：漩涡慢慢没过
> 这个为缪斯和仙女们所深爱的人的头顶。
>
> （《达夫尼斯之死》：143—145）

然而，这首诗的最后七行以牧羊人的话语结尾，又很自然地回归到了普通乡村生活的场景之中：

> 瑟尔西斯，你的嘴巴像是含满了蜂蜜
> 还有埃吉勒斯的无花果：
> 你的歌声比蛐蛐的吟唱还要动听。
> 送你这个杯子，闻一闻啊朋友，它有多么芳香。
> 它曾在时序女神的井泉里舀过水，你可能会这样猜想。
> 过来，希赛撒！去挤它的奶吧，孩子！
> 稳着点啊，别因胡闹把公羊惊醒。（《达夫尼斯之死》：150—156）

这是一种甜蜜的生活图景。牧羊人最后话语中的甜美构想呼应了诗歌开头的对话里描绘的景象：

> 瑟尔西斯：
> 远处松树沙沙作响，就像歌声
> 飘荡在溪流之上，羊倌啊，还有你

---

① 该术语由英国艺术理论家约翰·拉斯金（John Ruskin）在其《现代画家》（*Modern Painters*）（第三部，1856）中提出，意指原本属于人类的情感却转移或体现在无生命或非人类的自然物之上。

② Dick，B. F. "Ancient Pastoral and the Pathetic Fallacy." *Comparative Literature* 20（1968）：27–44.

那动听的笛声在奏响 [……]

牧羊人：

噢，牧羊人，你的歌声比巉岩上一泻千尺的瀑布

还要悦耳动听。　　　　　　　（《达夫尼斯之死》：1—3；7—8）

这里是另一种形式的情感错置，人与自然共享一种宁静的氛围，比如松树的音律和牧羊人的歌声相得益彰。动听的音乐起着抚慰作用，因为它可以帮助构建一种安稳、平静、愉悦的心境，即后来被称为"阿卡迪亚式"（Arcadian）的心境。这种相似的开篇和结尾与篇中的达夫尼斯哀歌形成鲜明对比，旨在将神秘、纠结而又令人动容的达夫尼斯悲剧依照原本的样子（即瑟尔西斯的原始素材）呈现出来，以增强悲剧效果。

下一首以田园为背景的牧歌是第 3 首，即《情歌》（The Serenade 又译《小夜曲》）。歌中，一位牧羊人把他的羊群留给泰特鲁斯（Tityrus）照看（1—5），然后去向居住在山洞中的阿玛瑞丽斯（Amaryllis）歌唱表达爱慕之情的小夜曲。牧羊人的歌词占去了整首牧歌的后 50 行。此前曾经有一个故事讲述城里一个寻欢作乐之徒夜晚在一个少女家紧锁的门前吟唱情歌，《情歌》便是它的乡村版。这个牧羊人是个滑稽而又丑陋的人物，鼻梁塌陷，双眼抽搐，还患有头疼病。然而，由于爱情的信念，他却将自己和神话中那些光彩照人，凭借魔法制胜的求爱者们相提并论，例如海珀摩尼斯（Hippomanes）、阿多尼斯（Adonis）和恩底弥翁（Endymion）。更特别的是，他还引入一些乡村迷信思想中盛行的预言：

正当我疑惑你是否爱我，却发现

那份被碾碎的缺席的爱，已杳无声息，

它在我青春光润的腕间干皱，枯萎而去。

昨天，我从那位拾穗的占卜巫婆

获知真相：尽管我全心在你身上，

你却丝毫也不体谅。　　　　　　　（《情歌》：32—37）

这种不幸的爱情所引发的滑稽可笑的心境与《达夫尼斯之死》中营造的悲喜交加的氛围大相径庭。

然而，与《达夫尼斯之死》的气氛区别更大的是第 4 首牧歌《牧人》

（The Herdsman）。这首诗采用两位牧人对话的形式。两位牧人是柯瑞东（Corydon）和巴图斯（Battus），前者在替艾贡（Aegon）照料牛群。在这首63行的长诗中，没有程式化的歌谣，只有两个人间的交谈，而且是在两个人间均衡交替的一至四个六音步诗行。诗中的背景显然是在古城克罗顿（Croton）的附近，即现在的卡拉布里亚（Calabira），意大利的"足尖"。两人的对话轻松地从一个话题转向另一个话题——艾贡在奥林匹亚参加拳击比赛，柯瑞东吹笛以及艾贡曾深爱的阿玛瑞丽斯的离世。对话曾因两人要赶回迷途的牛群，柯瑞东帮巴图斯拔脚中的刺而中断，然而诗歌转而以谈论一个老头纠缠一位少女的下流行径而结束。这种结尾所展现的人性的卑劣与《情歌》中滑稽可笑的悲愁情境及《达夫尼斯之死》中可贵的爱情企盼都形成鲜明对比。

第5首牧歌《诗人的交锋》（The Battle of the Bards）的英译本有144行（原作150行），是两位牧羊人克玛塔斯（Comatas）和拉肯（Lacon）之间的对话。在互相责骂对方是窃贼之后，两人展开例行的唱歌比赛。比赛以莫尔森（Morson）为裁判，但莫尔森本人支持的是克玛塔斯。诗歌暗示，年长的克玛塔斯曾是拉肯的情人，但如今成年后的拉肯抛弃了他，并开始自己引诱男孩子。所以，多种奇怪的爱情出现在这首诗歌中，谈起性来也更加粗俗，人类的性行为简直与农场里动物的性行为毫无二致。轮番的唱歌比赛，自我吹嘘，彼此嘲弄和相互攻击都为这首牧歌打上了古老民歌的印记。

第6首牧歌《平局》（The Drawn Battle）是关于另一个对歌比赛，这次是发生在一对情人——牧人达夫尼斯和达摩埃塔（Damoetas）之间。达夫尼斯指责波吕斐摩斯（Polyphemus）对伽拉忒亚（Galatea）的性爱挑逗持漠然的态度；而作为回复，达摩埃塔站在波吕斐摩斯的角度解释说，这种漠视是假装的，是恋爱策略的一部分。这些歌曲互为补充，没有争吵，甚至像《诗人的交锋》一样没有决出胜负，因为诗歌是这样结尾的：

> 达摩埃塔亲吻达夫尼斯，
> 两人还互赠排箫和长笛。
> 和着排箫和长笛的演奏，
> 小牛在柔和的草地上欢跳。
> 没有胜负，因为两人都无懈可击。（45—49）

和平和欢乐用音乐的方式表达了出来，当小牛在欢跳时，自然界仿佛也分享了人类的喜悦心情，并对他的杰出艺术作出回应。这两个牧民之间完美、平等的爱情与波吕斐摩斯和伽拉忒亚不幸、曲折的爱情形成对比，后两者注定不能结合在一起，只能交替扮演追求者和被追求者的角色，比如在这里，伽拉忒亚是求爱者，而在后面的诗（见第 11 首）中，求爱者换成了波吕斐摩斯。《平局》这首诗歌的背景设置在夏日午后的一条小溪边，此种和谐宁静的氛围和第 1 首中的场景相同。

第 7 首牧歌《颗粒归仓》（Harvest-Home）被认定为忒奥克里托斯所作田园诗中的最后一首，全诗 157 行。诗歌的背景是在克斯岛上。叙述者表面上为斯密奇达斯（Simichidas），实际上却是忒奥克里托斯自己。斯密奇达斯与两个朋友一起从克斯镇出发去参加一个王室家族在其庄园中举办的丰收节庆活动。途中，他们遇到一个名叫利西达斯（Lycidas）的牧羊人，此人在当地被尊称为诗人。为了消磨旅途时光，利西达斯和斯密奇达斯轮流唱歌，利西达斯歌唱其对即将远航到密底勒恩（Mitylene）的阿吉奈科斯（Ageanax）的爱恋之情（52—89），而斯密奇达斯以一首关于他朋友阿瑞忒斯（Aratus）爱情故事的歌作为回应（96—127）。利西达斯把他的野生橄榄牧杖送给斯密奇达斯以示缪斯的馈赠，也作为两人道别的方式。这个礼物似乎也标志着作为城市诗人的斯密奇达斯也加入了乡村诗人的行列。而利西达斯也许是当时某位名人的假面伪装：在 45—48 行，他严厉斥责那些新潮的长诗作家，可能暗指阿波罗尼奥斯（Apollonius Rhodius）。因此，整首牧歌也许是一篇文学寓言或"假面舞会"，但并没有确凿的依据证明这一点。

斯密奇达斯和他的同伴们继续前往农场的征程。在那里，他们尽情地享受丰收庆典带来的富足和喜悦：

> 我们惬意地躺在柔软草铺之上，
> 灯芯草和新摘的藤叶散发着清香。
> 白杨和榆树枝条摇曳在脑袋上方，
> 仙女洞涌出的圣水也在身旁流淌。
> 遮阴的绿叶间蝉虫在不停地吟唱；
> 荆棘丛中树蛙的叫声长笛般悠扬。

> 百灵鸟展开歌喉，海龟也开始亮嗓；
> 黄褐色的蜜蜂追逐着潺潺的溪流。
> 万物都在吮吸丰收的果实的营养。
> 梨子熟透而落，枝头苹果闪亮；
> 李树娇嫩的枝条被果实压弯了腰；
> 用树脂密封四年的罐口首次开敞。
> 游荡在陡峭的帕尔那斯山上的仙女们，
> 请问在弗洛斯的岩洞里年老的喀戒
> 可曾用这大杯子盛满盛宴的琼浆？
> 这样的豪饮可曾诱使阿纳珀斯山旁
> 用岩石击掷帆船的粗野的牧羊人，
> 波吕菲漠在他的羊群旁雀跃欢畅？——
> 仙女们在得墨忒耳的圣坛汲取
> 一口之量，便可汇成河水汤汤，
> 得墨忒耳的谷堆又将被狂热膜拜，
> 她手持穗束和罂粟以微笑将我们褒扬。（136—157）

如果斯密奇达斯和利西达斯分别代表忒奥克里托斯和另外一位诗人的话，那么丰收节便可以被理解为诗歌创作的象征，其中，酒和水代表着诗人灵感的源泉，收获的果实则是诗人丰富想象力的产物。这样的酒就像济慈在《夜莺颂》（*Ode to a Nightingale*）中的酒，把诗人带入一个神秘的世界，在这个世界里，他可以自由行走于圣人之间，超越时间和世俗变幻的规约。这首诗歌颇具浪漫主义特征。它真正的意义并不在于虚构出来的牧人之乐，而是在于把"牧人"隐喻为"诗人"的做法对后世田园诗歌的发展产生过举足轻重的影响。

在第 11 首牧歌《巨人的求爱》（*The Giant's Wooing*）最主要部分"独眼巨人"（The Cyclops）中，波吕斐摩斯的歌曲占了较大成分。波吕斐摩斯表示，如伽拉忒亚接受他的爱，他愿给予她巨大的财富和欢乐：

> 美丽的少女，我知道你为何将我回避。
> 因为我两耳之间贯穿额头的浓眉之下，
> 只长着一只眼睛，还有唇上宽阔的大鼻。

尽管我相貌如此出奇，却养羊千只有余，

它们有上好的奶乳供我享用，供人索取。

夏秋时节甚至隆冬仓廪殷实，乳酪不缺。

我擅长吹笛，尽管并没有他人与我相比，

无数沉寂之夜，我为你也为我用歌求祈。

我为你饲养了十一只小山羊和四只熊仔。

来吧，一切都是你的，什么都不会短缺。

让海洋蔚蓝的浪花朝着陆地大口地呼吸。

在我的山洞里，良辰美景中你依我而息。

月桂树、纤柏、常春藤还有甜美的葡萄；

清凉的雪山泉水恰是神仙们的琼浆玉液。

面对如此的欢愉，谁还会选择海浪为家？

（《巨人的求爱》：30—48）

伽拉忒亚仍旧不为所动，反而是独眼巨人歌中所唱的关于缪斯的灵丹内容缓解了他自己的悲伤：除了让自己轻松愉快之外，并没有什么能够医治爱情创伤的灵丹妙药。于是，他不再照料自己的羊群，而是在音乐创作中守望自己的爱情，并发现了更多用金钱买不到的慰藉。苦难产生诗歌，诗歌反过来又抚慰人心。尽管这首诗的主题带些神话色彩，但它也属于忒奥克里托斯的田园牧诗之一。比起第 3 首中的牧羊人，波吕斐摩斯则是一个更为怪诞的乡村求爱者。第 11 首牧歌在古典时期被大量模仿，尤以奥维德（Ovid）的《变形记》（*Metamorphoses*，bk. 13）为著。波吕斐摩斯对伽拉忒亚的付出成为田园诗另一个常规体裁的基础，即"爱的邀约"（invitation to love）。在这一点上，克里斯托弗·马娄（Marlowe）是英国诗人中最有名的例子。但在之后的效仿中，引诱者波吕斐摩斯的丑陋特征全都消失了。

除了上述牧歌之外，值得关注的是第 10 首，即 58 行农耕诗（agricultural idyll）① 《两位农人》（The Two Workmen）。诗歌内容是两位收割的农民在田地里的对话。害相思病的巴图思（Battus）在歌颂着自己的恋人；而较为阳刚活跃的米罗（Milo）则以讽刺性的赞美作为回应，并唱了一段

_____

① 与后来出现的农事诗（georgic）类似。

收割谣，其中充满了乡村格言：

> 让你收割的谷穗朝着西方或北方
> 摆放，这样谷子才会最饱满精亮。
> 你们打谷的人哪切莫要正午睡觉，
> 因为阳光最强之时谷粒最易脱壳。
> 云雀离巢，收割人开始挥舞镰刀，
> 云雀归来，收割人结束一天辛劳。(46—51)

可以看出，在上述所有牧歌中，米罗的语言似乎最接近真实的乡村用语。米罗事实上代表了忒奥克里托斯性格中最现实的一面，他质朴的生活常识与巴图思充满色情而荒谬的感伤色彩形成强烈对比。

有几首诗歌的背景设置在城镇里，因此，严格说来它们并不能算作田园诗歌。不过，其中有两首值得评析，因为它们对英国的田园诗歌及戏仿田园诗歌产生过重大影响。这两首诗就是第 2 首和第 15 首。恰当地说，它们应属于城市现实主义"滑稽剧"（mime）的范畴，有简单的戏剧场景或人物描写。

第 15 首诗歌《阿多尼斯节》（The Festival of Adonis）（149 行）的故事发生地在亚历山大城。诗中两个好打听闲事的愚昧妇人布拉克西诺亚（Praxinoa）和格耳戈（Gorgo）常在家中聊天，议论她们的衣着、丈夫和仆人们的种种缺点。某天，她们上街时在热闹的人群中被挤操着参加了阿尔西诺（Arsinoe）皇后在王宫中举办的庆祝阿多尼斯节的活动。布拉克西诺亚的滔滔不绝和西西里方言遭到人群中一位男士的讥笑，并引发了两人的争吵；这场争吵因一位妇女上前颂唱阿多尼斯赞歌（100—144）而被打断。此诗前三分之二所体现的喜剧性现实主义为 18 世纪"城市牧歌"（Town Eclogue）的诸多变体提供了一个有效的典范。

第 2 首牧歌《女巫》（The Sorceress）是人物希梅亚塔（Simaetha）的戏剧独白。她被自己的爱人德耳菲思（Delphis）抛弃，现在试图通过魔法重获对方的爱。在嘱咐过她的奴隶忒斯特里斯（Thestylis）去为自己的魔法准备道具之后，希梅亚塔念出由一连串相当精妙的四行诗组成的咒语，其中包括一个叠句：

现在我凭借神力把这蜡熔化，

德耳菲思也将即刻为爱而熔。

如这青铜轮子因神力而旋转，

爱神也会将他转到我的门外。

飞转啊神奇的轮子，请带回我的爱人。

[……]

款冬是生长在阿卡迪的仙草，

能使山驹和母马发狂地奔跑。

但愿德耳菲思离开同胞兄弟

一路狂奔来到我的家里。

飞转啊神奇的轮子，请带回我的爱人。（32—36；51—55）

当忒斯特里斯在德耳菲思的门前即将完成魔法时，希梅亚塔回想起了她的恋爱历程，不禁说出一个叠句打断了她的咒语，"告诉我，月亮女神，何处走来我的爱人"（73）。这个为爱疯狂的女人在悲痛和对性的渴求中所表现出来的壮烈而狂热的情感放纵堪比阿波罗尼奥斯笔下的美狄亚（Medea），更是超越我们《诗经》中那位望着成熟而落的梅子而苦苦企盼情人的女孩①；即便将希梅亚塔和玛莎·雷（Martha Ray）② 相比较，也不会显得太过牵强。但是，为了和他一贯的田园牧歌保持一致，忒奥克里托斯选择彰显一个低微平民的激情，而不是一位公主。忒奥克里托斯和华兹华斯一样，都是在真实而非虚夸地探索平凡生活中所蕴藏的人性的基本规律，从而在兴奋状态下以交汇思想的方式使日常琐事变得妙趣横生。③

忒奥克里托斯有着戏剧家的写作技巧，他着力创造的非英雄式人物（小人物）通常以戏剧独白或者对话的形式展现自我。这些独白或对话有时出现在诗人自己的描述或反省的框架内，而更多时候是处于一个完全客观的叙事结构中。因此，从崇高的挽歌到滑稽低俗的闹剧，均需依赖大量的注解。忒奥克里托斯把爱情和歌谣化作田园诗歌的核心元素。无数后代

---

① 见《诗经·摽有梅》。

② 玛莎·雷（Martha Ray, 1742—1779）是英国汉诺威王朝乔治时代（Georgian era）著名歌唱家。据说她十七岁就成为三维治伯爵四世约翰·蒙塔古（John Montagu, 4th Earl of Sandwich）的情妇，并育有五个子女。

③ 观点参见华兹华斯为他和柯勒律治创作的《抒情歌谣集》所撰写的长篇序言。

的田园诗人不同程度地间接借用了他的创作手法——文学性和乡村性相杂糅的语言、歌唱比赛、挽歌、情感错置、民间传说及其他等等。有些人（尽管为数很少）还能透过种种版本捕捉到保留在忒奥克里托斯讽刺作品中的微妙的幽默感；但坦率地说，极少数人能参透他对人性的理解。

那些未经证实的忒奥克里托斯作品恰恰能够反映一个田园写作传统的发展路线。第8首《达夫尼斯的胜利》（The Triumph of Daphnis）是对第5首《诗人的交锋》和第6首《平局》的一个成功模仿，而第9首《田园诗》（Pastoral）的模仿则略显拙劣。不过，后者中"小牛在吮吸乳汁"，"公牛仔或在吃草或者漫游在没膝的草丛中"（《田园诗》：2—3）等诗句更具乡村气息。毋庸置疑，两首诗都属于描写乡村生活乐趣的诗歌类别。第21一首题为《渔夫》（The Fishermen）更明证了田园诗歌题材的拓展。诗歌认为，贫穷本身恰能促成技艺，并用两个贫困渔民的故事支持此论点。这首诗也因此成为"渔歌"（piscatory eclogue）的老祖先。题为《城镇与乡村》（Town and Country）的诗歌是该集中的第27首，牧羊人达夫尼斯向一个牧羊女求爱，并把她带到一个树林里；她象征性地表示拒绝后，最终屈从于他。有关这首诗的作者，众说纷纭，有人说是忒奥克里托斯，也有人认为是比翁（Bion），抑或是莫修斯（Moschus）。但仅从诗歌的低俗主题来看，几乎可以肯定其作者不是忒奥克里托斯。在这首诗歌中，作者提供了丰富而详尽的有关诱奸场面的色情细节，为后世树立了负面的榜样。这首牧歌在17世纪的英格兰被大量仿效，其中，德莱顿（John Dryden，1631—1700）的仿作可能是"主流文学"版本中最猥亵的一个。

田园挽歌（pastoral elegy）的传统始于忒奥克里托斯的第1首牧歌《达夫尼斯之死》，而后被安那托利亚半岛士麦那城（Smyrna）的比翁以及锡拉丘茨（Syracuse）的莫修斯（Moschus）的《悼比翁》（Lament for Bion）所延续。比翁的《悼阿多尼斯》（Lament for Adonis）描述了阿多尼斯在狩猎时被野猪顶伤致死后，其尸首被放置在阿弗洛狄忒床上的情景。诗歌中展现出一种狂热而激烈的性欲，这无疑反映了比翁的家乡安那托利亚膜拜阿多尼斯的特色。阿多尼斯神话寓示旧一年的逝去及新一年的开始，所以，随着春天的回归，阿多尼斯重新出现，再次与阿弗洛狄忒相聚在一起，而大自然也又一次开始繁殖生命。《悼阿多尼斯》的最后诗节写道："停止你今天的哀悼吧，赛希莉娅；/停止哀歌，因为新的哀悼在后面等着，/来年的现在，你还要悲痛泪落"（127—129）。这种对未来怀抱希望的一瞥成为这首田园挽歌的永恒特征。山上的仙女们和阿多尼斯的猎犬，还有山川、森林、河流和泉水，都与阿弗洛狄忒一起哀悼。这是又一次情感错置。很明显，这种情况正是崇尚阿多尼斯神话的原始宗教信仰在文学上的相应体现。原本被悼念的那些在新旧交替中死去的自然植被，现在却成了悼念者。

《悼比翁》显然是对忒奥克里托斯《达夫尼斯之死》的模仿。整个大自然都被召来为死去的比翁哀泣：太阳神阿波罗、牧神潘、森林之神萨梯（the satyrs）、酒神的信徒们（the priapoi）、伽拉忒亚及其他仙女们都加入了哀悼者的行列，并且伟大诗人曾经居住过的每一个城市也都为之悲恸。诗中道出了田园挽歌中一个老生常谈却极其令人感伤的话题：

> 唉！花园里的锦葵，绿色的芹菜
> 繁茂的卷叶茴香终将枯黄，
> 可是，它们来年又会生长，
> 我们人呢，聪慧、强大、有力量，
> 死后便埋进深坑，听不到一点声响；
> 在那里永世长眠，绝无苏醒的希望。（99—104）

这首挽歌的对象不是一个像达夫尼斯或阿多尼斯那样的神话人物，而是一个历史人物比翁。比翁被刻画成一位"牧牛人"（neatherd）。他把自己的诗歌天赋传给了这首挽歌的作者（93—97），就像利西达斯把他的牧杖——缪斯的礼物——移交给了斯密奇达斯。比在忒奥克里托斯诗歌中更为明显的是，这里的"牧人"已成为了"诗人"的隐喻，而"牧歌式假面舞会"也作为一种独特的要素更加清晰地出现在后来的田园诗歌中。

古希腊诗人将一种独特的诗歌形式流传给后世的田园诗人，这种诗歌通常由一首或几首短歌组成，有一个微妙的戏剧框架，以折中风格展现一种不折不扣的人造乡村。他们提供了大量适合各种语境的素材和短语，勾勒了一幅幅美妙的田园风景图，而这些图景在后世诗人的妙笔下生花出阿卡迪亚这样典型的文学符号。他们的主题主要是反映爱的力量和艺术的抚慰功能；尽管也时也有关于自然界和人类情感关系的情节暗示，却没有深入展开。他们不愿运用过于明显的寓言式叙述，却为后来诗人开启了以阿卡迪亚及居住于斯的纯真牧人作为道德和美学标准的可能性；而忒奥克里托斯笔下的牧羊人——从达夫尼斯到利西达斯再到波吕斐摩斯——作为激发力量或怜悯之心的人物，都显示出无穷的启示意义。忒奥克里托斯的田园诗中最富特色的手法到了维吉尔时代很快就发展成为一种传统。但是，在所有的后继者中，也许只有维吉尔和斯宾塞（Edmund Spenser）等少数诗人能与忒奥克里托斯的艺术才能相媲美。

第二节　古罗马时期的田园诗歌

苏拉（Sulla，B. C. 138 – B. C. 78）统治时期，有一部由阿特米多鲁斯（Artemidorus）编辑印行的田园诗集，该集将比翁、莫修斯的作品与忒奥克里托斯的牧歌被归一类。作为欧洲田园诗歌的开创者，忒奥克里托斯（包括他的希腊追随者们）的牧歌作品当然属于经典之列，但是，对欧洲田园诗歌传统产生更为直接而深远影响的却是维吉尔。

维吉尔出生于高卢（Gaul）曼图亚（Mantua）地区的一个农民家庭，一些批评家透过他的出身，在其作品中捕捉到了一种凯尔特式的浪漫情怀。公元前43年，在克雷蒙纳（Cremona）、米兰、罗马等地学习了一段时期之后，27岁的维吉尔回到了曼图亚的农场。在那里，他摹仿忒奥克里托斯的诗作风格开始了一系列牧歌创作。约四年后，他的田园诗集出版并为他赢得了热烈而又持久的赞誉之声。他给诗集的具体命名并不清楚，后世编者多称这部诗集为《牧歌》（Eclogae，英译 Eclogues），也有直接冠以《诗选》之名的。古代的主要版本是斯温韩（Sweynham）和潘纳兹（Pannartz）编辑的罗马版，其年代不可确知，但应该比470年德斯屁拉（De Spira）的威尼斯版早些。现代的校订版中最好的是1895年里别克（Ribbeck）的四卷本和1900年赫尔则（F. A. Hirtzel）的牛津大学古典丛书本（Scriptorum Classicorum Bibliotheca Oxoniensis）。杨宪益先生翻译时就是依据赫尔则的校订本。① 维吉尔的《牧歌》包含十首诗，因各首诗创作时间不详，所以诗集并不是按照创作时间排序的。但是，对这些诗歌进行归类还是非常容易的。一般来讲，最具忒奥克里托斯风格的归为第

---

① 本书所引维吉尔《牧歌》中的诗行，均参考杨宪益先生的译本，部分地方为行文一致略有改动。

一类。

《牧歌·其二》讲述了牧人柯瑞东（Corydon）苦苦暗恋美丽的阿荔吉（Alexis）的故事。诗歌第一行"牧人柯瑞东热恋着美丽的阿荔吉"开门见山地表达了牧人对美丽的渴望，充分展示了牧歌主题的精髓。诗歌的大部分都是郁郁寡欢的柯瑞东吟唱的情歌，或者说他的歌占了很大比例；因为歌词显示，他从中午一直唱到傍晚。如忒奥克里托斯的多首田园诗（如第3、5、11首等）一样，维吉尔《牧歌·其二》的背景也是西西里优美的自然风光。但是，比起忒奥克里托斯诗中的描写，维吉尔笔下的西西里却更富质感，甚至称得上浓郁：

> 看，那些山林女神给你
> 带来了满篮的百合花，那纤白的水中精灵
> 也给你采来淡紫的泽兰和含苞欲放的罂粟。
> 把水仙花和芬芳的茴香花也结成一束，
> 用决明花和各种香草把他们编在一起，
> 金黄的野菊使平凡的覆盆子增加了美丽，
> 开着又白又软的花的榅桲子我也奉送
> 和我过去的阿玛瑞梨所爱的栗子一同，
> 还要加上蜡李。（45—53）

就像忒奥克里托斯第3首牧歌里的牧羊人和第6首里的达摩埃塔那样，柯瑞东分别把自己比作神话里伟大的爱神和巨人波吕斐摩斯。但是，忒奥克里托斯牧歌中被维吉尔模仿最多的是第11首，就是讲述波吕斐摩斯与伽拉忒亚之间爱情故事那首。西西里巨人波吕斐摩斯向冷酷的伽拉忒亚表白了爱意，并把所有的财富和热情都献给了她，但他到最后才意识到在一位轻浮多变的女子身上倾注感情有多么不值。维吉尔的柯瑞东就是波吕斐摩斯的拉丁版。事实上，在维吉尔的诗歌里，波吕斐摩斯成为不少多情牧羊人的原型。在某种意义上讲，维吉尔比他的希腊前辈走得更远——他让原本异性恋情人波吕斐摩斯的措辞改由同性恋者柯瑞东之口讲出。这种改变给这首略带讽刺意味的诗歌增添了更多不协调的色彩，而维吉尔正是借此嘲讽这位乡下人的一本正经和极度自负。

《牧歌·其三》是一场唱歌比赛。与忒奥克里托斯的第5首牧歌一

样，唱歌比赛缘于一场争论；比赛的奖品中有一对雕花奖杯（忒奥克里托斯的第 1 首牧歌中也曾出现过一只类似的奖杯）；比赛的结果是双方打成了平局（又如忒氏牧歌第 6 首）。其中一个歌者梅那伽（Menalcas）提到了同时代的几位人物：他一面高声赞扬维吉尔的一位赞助人、诗人政治家波利奥（Gaius Asinius Pollio，B. C. 75 – A. D. 4）①，一面又谩骂另两位蹩脚诗人梅维（Maevius）和巴维（Bavius）。就像在《牧歌·其二》中那样，维吉尔略带幽默地轻触一下他这位陷入爱河的牧羊人，就催生出这首美妙的诗篇。

《牧歌·其五》是另外一场对话。维吉尔再次模仿忒奥克里托斯牧歌里的很多情节来编织诗的主题。这首诗里，维吉尔把尤利乌斯·恺撒（Julius Caesar，B. C. 100 – B. C. 44）奉若神明；整首诗还渗透了维吉尔本人对大自然特有的感情。这首诗的主体内容是两支对仗齐整的歌谣。歌谣的背景是一个洞口挂满串串野葡萄的洞穴：这是一个专供礼拜和吟诗的圣地。莫勃苏（Mopsus）在这里哀悼死去的达夫尼斯——忒奥克里托斯第 1 首牧歌的主人公，他是传说中西西里牧歌的创始人；梅那伽又在这里庆祝达夫尼斯的复活并升入天堂。诗歌里也描绘了达夫尼斯死时大自然陷入一片混乱的景象：

> 常常我们在田里种下了丰满的大麦，
> 却长出没用的莠草和不结果实的萧艾；
> 只有荒蓟和带刺的荆棘到处丛生
> 代替了深紫的水仙和柔美的地丁。（36—39）

当达夫尼斯升入天堂的时候，大自然一片欢呼：

> 为了这个，树林、田野和那牧神，
> 牧人和林中仙女们都无限欢腾。
> 豺狼不再为羊群设伏，也不再有人
> 用罗网捕鹿，善良的达夫尼斯爱好和平。

---

① 波利奥是古罗马战士、政治家、演说家、诗人、剧作家、文学批评家、史学家，维吉尔的赞助人和朋友。波利奥是维吉尔、贺拉斯共同的朋友，两人均有诗作献给他。

> 苍翠的青山快乐地昂首高歌，
> 岩石和灌木丛也以歌声相和，
> 它们高喊："他是神啊，是神啊。"（58—64）

　　这种为死亡而唱的挽歌和因重生而唱的欢欣之歌浑然一体，在这里，维吉尔果断地把阿多尼斯（Adonis）死而复生的特征加到了这位牧羊人歌者达夫尼斯的传说里。这种带有一定宗教热情的神化（apotheosis）过程——确切地讲是基督教化过程——成为随后形成的文艺复兴时期田园挽歌传统的特有基调。诗的最后，维吉尔让梅那伽重新提及他在第 2 和第 3 首牧歌中所唱之歌，从而将三首诗歌联系起来。梅那伽分别唱了那两首歌的第一句：

> 我要先送给你这支纤细的芦笛，
> 它曾教我唱了"牧人柯瑞东热恋着美丽的阿荔吉"
> 和"这是谁的羊？是否梅利伯所有？"（85—87）

　　如果说忒奥克里托斯第 7 首牧歌里只是暗含着牧羊人与诗人的等同关系的话，维吉尔则是明确断言两者身份的等同；在文艺复兴时期的田园诗里，这种等同关系更是成为常态。

　　《牧歌·其七》又是一场歌唱比赛。这首诗摹仿忒奥克里托斯的牧歌第 8 首。很显然，这首诗的背景正是维吉尔的家乡曼图亚："在这里敏吉河用柔软的芦苇将绿岸围绕，/圣洁的榉树上也回响着蜂群的喧嚣"（12—13）。参加歌唱比赛的两位牧羊人柯瑞东和瑟尔西斯都是阿卡迪亚人，他们的歌里精心勾画了一个夸张的热恋场面：心爱的人出现时，万物繁茂；心爱的人离去时，万物枯凋。这种奇妙的幻想被文艺复兴及随后时期的文学作品普遍效仿。

　　上面提到的 4 首牧歌应该写于维吉尔诗歌创作的早年。但是，作为诗人最后 3 首牧歌之一的《牧歌·其八》却仍具有很强的忒奥克里托斯风格。就像忒奥克里托斯第 6 首牧歌一样，维吉尔的《牧歌·其八》只是两首交替演唱的歌谣而不是一场比赛。达蒙（Damon）在歌中表达他对妮莎（Nysa）的爱意，而妮莎这一天就要嫁给另外一位牧人。达蒙回忆起他们初次相遇的情景：

> 我初见你时，你年纪还小，正同着你母亲
> 在我园里采摘带露的苹果，（我过来帮助你），
> 那时我还不到十二岁，身高刚好能摘到
> 那满枝的果实。看到你的第一眼
> 我就惊呆了，从此为你失魂落魄。（38—42）

维吉尔最推崇忒奥克里托斯的第 11 首牧歌，达蒙的歌唱风格显然深受这首诗的影响。但和波吕斐摩斯不一样的是，达蒙并没有在歌声里找到丝毫慰藉，也没有在想象的丰饶的大自然中得到些许快乐；相反，他想象的是一个完全扭曲的大自然：在这里，野狼从羊群中逃开，橡树上结出了苹果，桤树上开出了水仙花。这又让我们回想起忒奥克里托斯第 1 首牧歌《达夫尼斯之死》所描绘的情景。《牧歌·其八》中另外一位牧人阿菲西伯（Alphesiboeus）的歌则取材于忒奥克里托斯的第 2 首牧歌《女巫》。但这首歌的背景不是城市而是乡村，结局也是美满的：一位妻子用咒语最终把她的丈夫唤回家来和她团聚。

上述两首歌组成了《牧歌·其八》的主体，但诗中两位失恋者的命运却截然相反：悲痛沮丧的达蒙失去了他的爱人，另一位害怕失去丈夫但很坚定的牧女却唤回了她的爱人。这两首歌里两种不同的爱情命运由句子结构相似且一一对应的两组诗节突显出来。在《牧歌·其八》的开篇诗节里，维吉尔特意写到要亲自把这首诗歌献给一位伟大的战士诗人（可能指波利奥，参考下文《牧歌·其四》）。

《牧歌·其十》介绍的是一位害相思病的牧羊人，他并不是虚构的角色而是维吉尔的朋友伽鲁斯（Gallus）。伽鲁斯是一位英勇的战士同时也是一位杰出的挽歌诗人，但他却被爱人所抛弃。诗中描写到，阿卡迪亚的牧人们和众神围坐在他的周围，聆听着这位达夫尼斯第二演唱的为爱而献身的哀伤情歌：

> 神女们啊，你们是在哪个深林，哪个幽谷里，
> 当伽鲁斯为了单相思而弄得奄奄一息？
> 不是巴那苏山也不是品都斯山使你们延迟，
> 也不是阿昂尼山的阿甘尼勃泉水。

> 他独自一个卧倒在岩石下面，
> 甚至是月桂树和柽柳也在为他哭泣
> 还有多松的米那努斯山和冰冷的吕加乌石岩。（9—15）

很明显，《牧歌·其十》和忒奥克里托斯的第一首牧歌类似。不过，与达夫尼斯不同的是，伽鲁斯是一位历史人物：他是一个士兵，又是一位很有才华的城市诗人。他生活的背景是古老的阿卡迪亚山，那是一个土地贫瘠而又多山的地方。他爱的人离他而去，投入了另外一位士兵的怀抱，并远游于白雪皑皑的阿尔卑斯山下冰封的莱茵河畔一个同样荒凉的地方。伽鲁斯沉浸在自己是达夫尼斯第二的幻想里，但同时又在考虑自己或许会成为一位田园诗人，这多少有些喜剧色彩。但是对他来说，最合适的地方就是这个充满政治斗争和战争纷扰的真实世界。无论是在现实生活中还是在艺术世界里，放下牧歌写作对维吉尔来说都是一种生活的转换。于是，维吉尔终于把牧歌束之高阁，不再描写这种理想化的田园生活。他期望写一些主题更高端的作品来表达对田园诗的告别，这一想法在《牧歌·其十》的开头和临近尾声的一些语句里均有表达：

> 阿瑞图萨啊，恳请你让我做最后一件事。（1）
> 缪斯女神们，希望这些诗歌令你们满意。（70）

而在诗歌结尾，诗人则以一个近乎完美却又十分纯朴的田园画面表达他对牧歌的惜别之情——夜幕即将降临，牧羊人站起身来，赶着他的羊群回家了：

> 让我们起来走吧，暮气对唱歌的嗓子不利，
> 杜松的阴影是很坏的，连对庄稼都无益，
> 山羊们吃够了，回家去吧，黄昏星已经升起。（75—77）

其余四首牧歌几乎与忒奥克里托斯没有任何关系，它们的主题也不是爱情。尽管《牧歌·其九》和忒奥克里托斯的第7首在形式上有些相似，但它们的主题完全不同。《牧歌·其九》写的是两位乡下人在路上相遇并开始谈话，随后他们开始唱歌。其中一位叫莫埃里（Moeris），是众多失

去土地的曼图亚农民之一。他们的家园被"三头政治"（Triumvirate）时期退伍的士兵们占领：这些士兵受唆使参加了菲利比战役（Philippi campaign，B. C. 42），统治者许诺日后给他们一块土地过安定的生活；结果却是，这土地不是来自敌人，而是取自那些原本生活安详的意大利农民。莫埃里的同伴利西达斯（Lycidas）谈到了另外一位农民梅那伽为了他们的土地免遭掠夺而付出的努力：

> 可是我明明听说，从那些山丘低降
> 留下来一条斜坡的山岭的地方，
> 到那溪水和顶都裂开了的老榉树，
> 一切田地都被你们梅那伽用诗歌保住了。(7—10)

梅那伽确实曾呈递过一份诗体请愿书，不过最终还是失败了。两位乡下人一边称颂着梅那伽的歌，一边朝着曼图亚慢慢走去。根据《牧歌·其五》的描写（85—87），梅那伽很可能代表的就是维吉尔本人。通过上文对梅那伽家乡的描述，诗歌给我们展示了一个真实的地方。对话的场景就发生在通往曼图亚的路上，并且这两位乡下人就生活在那个真实的、灾难性的历史时期。这种直接的现实主义描写和忒奥克里托斯第7首牧歌中对现实的影射式描写形成了鲜明对比。例如，忒氏笔下的斯密奇达斯（Simichidas）和利西达斯（Lycidas）相遇在一个美妙的午间；斯密奇达斯从城里而来是要去参加一个丰收节——这暗含了乡村是一个可以让人远离城市纷扰，放松心情的地方。而维吉尔笔下的莫埃里和利西达斯相遇时，乌云正在聚集，暴风雨即将来临，他们却从一个充满威胁的乡村走向了一个他们一无所知的城市。

曼图亚地区的土地掠夺同样也是《牧歌·其一》的主题。这首诗里，梅利伯（Meliboeus）的农场已经被强征了，他带着所有他能保护下来的东西逃离曼图亚，去寻找另外一个可以安身的地方——也许到塞西亚人（Scythians）居住的地方，还可能加入到天涯海角的不列颠人（Britons）的群体。他在旅途中碰见了泰特鲁斯（Tityrus），后者正悠闲地躺在草地上看着他的羊群吃草。泰特鲁斯说他的农场被保住了，因为他去了罗马，并向一位天神一样的年轻人请求。人们普遍认为这位男子就是屋大维（Gaius Octavianus，B. C. 63 – A. D. 14），也正是那位发起强征田地的人。

也就是说，同样的一股政治军事势力摧毁了梅利伯的家园却保留了泰特鲁斯的一切，尽管这两位牧人似乎根本没意识到这其中的矛盾。泰特鲁斯全身沉浸在自己的好运里而无暇顾及梅利伯的遭遇，在梅利伯即将继续流浪他乡之际，除了为他安排了一个晚上的食宿之外，并没表现出特别的同情。梅利伯一面为内战带给他的灾难而万分悲痛，一面又衷心地祝福泰特鲁斯逃过了这一劫：

> 多么幸福的暮年！在这里，有你熟识的清溪，
> 那圣泉旁的林荫，使人凉爽无比。
> 在这里，邻家的篱笆上繁花依旧，
> 希伯来的蜜蜂也来采摘花蕊上的蜜糖，
> 并用低微轻柔的甜美和声催人入睡；
> 高高的岩石下修葡萄的人迎风高唱。
> 林鸽的鸣叫使你心情舒畅，
> 斑鸠也在榆树枝丛中不断地互相呼应。(51—58)

与《牧歌·其九》所描写的一样，这幅优美的、理想化的意大利北部风光却夹杂着流落他乡的人们的浓浓乡愁。可见，巴望隐退于充满爱与美的田园世界中去过悠然自得、自给自足的生活，这种想法是多么不切实际。维吉尔承认，在理想和现实之间，在诗人拟构的理想国度和人们必须面对的这个严酷的世界之间存在着巨大的差异。与梅利柏的苦难遭遇相比，泰特鲁斯的笛声中则流露出了一种感伤和逃避现实的情绪。

泰特鲁斯作为一位歌手再次出现在《牧歌·其六》里。他把这首诗献给瓦鲁斯（Varus）——《牧歌·其九》曾提到过此人，他可能是现实生活中维吉尔的一位朋友或者赞助人。但与《牧歌·其九》和《牧歌·其一》不同的是，《牧歌·其六》的题材是一个纯粹的幻想：两个男孩和一个水中仙女（Naiad）把沉睡中的西阑奴斯（Silenus）捆绑起来并威胁他，不为他们唱歌的话就不释放他。西阑奴斯被迫开始唱歌。他的歌讲述世界的起源，其中援引了伊壁鸠鲁派（Epicurean）哲学家卢克莱修（Titus Lucretius Carus, c. B. C. 99 – B. C. 55）的见解和古代神话关于丢卡利翁（Deucalion）逃避洪灾的典故。他在歌里提到了沙屯（Saturn）的统治、高加索山上普罗米修斯的痛苦、帕西淮（Pasiphae）那扭曲的性欲，

还有很多其他的传说，大多数讲述的是不幸的爱情故事。他唱到海中仙女思齐那（Scylla）、色雷斯王蒂留斯（Therus）、雅典公主菲洛梅拉（Philomela）的变形，他唱到了所有由阿波罗创作并教给攸洛塔斯河（Eurotas）边月桂树演唱的歌。就这样，在吟唱阿波罗歌曲的过程中，西阑奴斯断言，从世界起源到人类的内心活动，万物皆可入诗，成为诗的细节，激发诗人的想象。《牧歌·其六》中的田园背景充其量是一种敷衍般的装饰，因为这首诗只是在谈论诗歌，不是在描绘现实的或者理想中的田园生活。尽管《牧歌·其六》整体上是泰特鲁斯（维吉尔）献给瓦鲁斯的，但在西阑奴斯的歌里，有一首则是歌颂伽鲁斯（Gallus）的（64—73），而伽鲁斯则是《牧歌·其十》的主角。这样，和其他几首牧歌一样，《牧歌·其六》的重要目的也是诗人用来称颂其同代人的。《牧歌》的所有诗里（除了其二和其七）均提及维吉尔本人、他的朋友或者他的赞助人，有的直呼其名，更多的是以他名遮掩，这是因为维吉尔一直探索把田园诗写成文学寓言故事的可能性——"牧歌式化装舞会"（bucolic masquerade）。这种形式首次出现是在忒奥克里托斯的第7首牧歌里，而文艺复兴时期的田园诗已将其开发殆尽。

　　《牧歌·其四》是另外一首称颂诗。维吉尔把它献给自己的好朋友波利奥。公元前40年，波利奥是罗马执政官。同一年，他在屋大维与安东尼的布林迪西（Brundisium）停战和解中起到重要作用，这成为维吉尔所预言的一个"和平时代"的历史背景。维吉尔将诗歌亲献给他，以歌颂他的丰功伟绩：

> 西西里的女神，让我们唱雄壮些的歌调，
> 荆榛和低微的柽柳并不能感动所有的人，
> 要是还歌唱山林，也让它和都护名号相称。
> 现在到了库玛籤语里所谓最后的日子，
> 伟大世纪的运行又要重新开始，
> 处女星已经回来，又回到沙屯的统治，
> 从高高的天上新的一代已经降临。（1—7）

"黑铁时代"已彻底终结（8），新的"黄金时代"悄然开始（9）。就在这个伟大的新时代，一个神童也成长起来——这个孩子可能是波利奥

的，也可能是屋大维或安东尼的，因为后两位在这首诗创作的时候都已经娶妻生子。基督教读者，比如君士坦丁大帝、圣·奥古斯丁以及但丁等，认为这个神童指的就是基督。中世纪时期，兰斯大教堂（Rheims Cathedral）的一些祈祷文中称维吉尔为"异教徒先知"（Prophet of the Gentiles）。在 20 世纪，甚至有些评论家称《牧歌·其四》里维吉尔的预言呼应的就是以赛亚的救世主预言。

尽管争议不断，有一点却是非常清楚的：维吉尔的预言把我们所熟知的希腊—罗马神话中时代轮回的观念和同样为人熟知的希腊—罗马传统中的黄金时代结合在了一起。他的作品与奥维德（Ovid Publius Ovidius Naso，B. C. 43 – A. D. 17）的《变形记》（*Metamorphoses*）、波伊修斯（Anicius Manlius Severinus Boethius，c. 480—524）的《哲学的安慰》（*De Consolatione Philosophiae*）等一起成为将黄金时代神话引进现代文学的重要渠道。希腊传说至少可以追溯到约公元前 8 世纪的赫西俄德（Hesiod）时期。按照赫西俄德《工作与时日》（*Works and Days*）的说法，人类经历了五个时代：第一个是黄金时代，时光之神克罗诺斯（Chronos）和农业之神掌管着天地万物。人们亲善和谐，青春永驻，没有处心欺诈和病魔痛苦；人们不用劳作，土地自然会结出累累的果实。随后宙斯（Zeus）篡夺了克罗诺斯的王位，奥林匹亚神（Olympians）取代了泰坦（Titans），人类进入了白银时代（the Silver Age）。这时物质属性变得更加坚硬，第一次有了季节更替。人类继续堕落，又经历了青铜时代（the Brazen Age）和短暂的英雄时代（the Heroic Age），进入最悲惨的最后一个时代——黑铁时代（the Iron Age）。赫西奥德和维吉尔悲哀地认为他们就生活在这样的年代。黑铁时代的人类彻底堕落，他们的生活充满了痛苦、祸患和艰难。正义女神也离开人间回到天上变成了遥远的处女星座。地球上只剩下罪恶、灾难、仇恨和暴力。所有早期的作家都认为黄金时代只曾出现在遥远的过去，但是维吉尔期盼人类纪出现一个大回旋，这样，在不久的将来黄金时代又可以重回人间。亚历山大·蒲柏（Alexander Pope，1688—1744）把田园诗比喻成"黄金时代的缩影"（an image of the Golden Age）① 也许就包含这个意思。维吉尔的两首关于对曼图亚地区土地掠夺

---

① Warton, Joseph, ed. *The Works of Alexander Pope*, ESQ. , Vol. First. London: Printed for B. Law, J. Johnson, C. Dilly and Others , 1797. p. 48.

的牧歌里没有一点儿黄金时代的影子，但在《牧歌·其四》里面，他把黄金时代的和谐和传统的田园诗歌紧密联系在一起，这样就大大拓展了田园诗想象的空间。

当然，对黄金时代的幻想表明了维吉尔对《牧歌·其一》和《牧歌·其九》里面提到的历史事件的态度。在《牧歌》这 10 首紧密相关的诗歌中，这两首诗一前一后的存在似在表明，维吉尔是有意让读者认识到《牧歌·其四》的确只是个幻想，在现实世界中根本不可能实现。值得一提的是，这 10 首牧歌几乎都写成于那个连年内战的时期，这场战争从公元前 49 年尤利乌斯·恺撒跨越卢比孔河（Rubicon）开始一直持续到公元前 31 年屋大维取得阿克图（Actium）战役胜利才结束。而在忒奥克里托斯的田园诗里，没有任何关于残酷的政治斗争以及战争场面的描写，诗人有意表现出自己对任何形式的公众议题都不感兴趣；爱情和诗就是他的主题。爱情和诗当然也是维吉尔诗歌的主题，但是他的《牧歌》触及了社会生活中令人痛楚的种种复杂因素。《牧歌·其二》和《牧歌·其八》中亦庄亦谐的恋人幽怨，《牧歌·其十》里微妙的、苦乐参半的爱情愁思，还有那些歌唱比赛，都不仅仅是要"逃遁"到幻想之中，而是要表明诗人在面对这个混乱的世界和严峻的生活时试图获得一种内心的和谐和情感上的平衡。

维吉尔诗中的时空概念要比忒奥克里托斯的诗歌中的清晰、真实得多。坦诚地说，《牧歌》里的地理方位并不连贯，这一定程度上是因为大量的田园景色不仅是作为人物背景，而且也是人物心境和情感的象征：曼图亚和西西里的特征被融合到一起；《牧歌》其四、其七、其八和其十等都提及伯罗奔尼撒（Peloponnese）中部那片叫作阿卡迪亚的山区，对潘神的崇拜就源于此；此后无数牧歌诗人都以此名来形容理想的田园境地。[①] 不过，成就《牧歌》的却是诗人在《农事诗》（Georgics）和《埃涅阿斯纪》（Aeneid）中表达出的对美丽富饶的意大利宗教般的挚爱。

尽管农事诗作为一种文学体裁与田园诗有着明显的区别，但其中蕴含有西方文学中最具感染力、最有影响的乡村颂歌；因此，在探讨牧歌时提及农事诗也没什么不合适。下面的引文取自《农事诗》第 2 卷：

———————————

① 忒奥克里托斯在其第 2 首牧歌中也提及过阿卡迪亚，但是，维吉尔最先使它成为田园诗中牧人歌者的故乡，从此阿卡迪亚与牧歌密不可分了。

哦，幸福的农民，但愿他们知道自己的幸运

他们远离了刀枪剑戟

大地供给他们一切生活所需

［……］

这里生活安定，童叟无欺

富裕之神也毫不吝惜：给了他们这广阔的牧场安居。

（458—460；467—468）

诗歌营造的节日氛围让忒奥克里托斯第 7 首牧歌中收获节的情景再次浮现在我们的脑海。对于维吉尔来说，"黄金时代"的美好时光依然存在于这些意大利普通农民的生活中，特别是与那些市民、朝臣和士兵的生活相比，这种美好显得更为突出。《农事诗》里勾勒了一幅勇敢善良而又生活节俭的"快乐农夫"的画面，这就把农夫的生活理想化了，无异于《牧歌》里牧人的理想化的生活。牧人的安逸与农夫的劳作相互映衬，贯穿于两部作品的始终。在《牧歌》里，大多数的牧人同时也是耕者。例如，《牧歌·其一》里的泰特鲁斯就拥有一个功能齐备的复合型农场。而《牧歌·其二》里描写的景色就是一个农场：午间，忙于收割的农民暂时从劳作中脱身得以小憩；傍晚，忙碌一天的农夫回到了家里。与《农事诗》一样，《牧歌》展现了一幅由人们的辛勤劳作灌溉出的美丽富饶的大自然景象。同时，两部作品都表明，自然是反映人们的情感和想象力的一面镜子。

然而，作为农民的儿子，维吉尔无须任何溢美之词就能够精妙地描绘农耕生活。《维吉尔补遗集》（*Appendix Virgilianae*）是一本没有经维吉尔本人出版的诗集，其中一首可能最能说明维吉尔在描写农村生活和田间劳作时流露出的那种坚定的现实主义态度。这首诗就是《香草奶酪》（Moretum）①，它描写的是一位住在一间破旧茅舍里的农夫早上起来准备香草奶酪早餐的情景；这种早餐的名字成为诗的标题。这首诗描绘了一幅以日常生活为主题的完整画面，似乎不带任何感情色彩，但是，如果仔细研读全诗就会发现，作者对这些生活在贫困线上的农夫们怀有深深的

---

① 又译作"色拉"。Moretum 是一种奶制品，好像是古罗马诗人很热衷的题材。

同情。

维吉尔《牧歌》的题材范围要比忒奥克里托斯的更广泛，最明显的是《牧歌·其一》和其四、其六、其九。这些诗里，爱情虽仍是《牧歌》的主旋律，但不再像忒奥克里托斯牧歌中那样无处不在，也不再那么热情澎湃，而是被大自然的祥和、宁静平复下来，变得温柔而平静。这也从另一方面暗示了"黑铁时代"的政治、战争和种种磨难对"黄金时代"安逸、自由的田园生活的严重破坏及其激发起的人类重归田园的强烈愿望。比起忒奥克里托斯，维吉尔更善于运用比喻手法，他也更多地把牧人和诗人合为一体。维吉尔和忒奥克里托斯对待大自然的态度也略有不同。忒奥克里托斯牧歌的主题是要从不同侧面探讨人类的爱情，而牧人为这位亚历山大时期的诗人提供了朴实的载体，使诗人能够从他们身上清晰地体察到那种最为本质而强烈的情感。当然，为了刻画这些纯朴的牧人，忒奥克里托斯必然要用到乡村背景，但它的作用通常不过如此；唯一的例外是第7首牧歌：在结尾的诗句里面，忒氏表达了人类对富饶的大自然的感受和他自己对自然景色的陶醉。比起忒氏，维吉尔对大自然的美则表现出一种敬畏，并不断地传递出一种身处自然山水中的满足感。

维吉尔同时代的两位追随者贺拉斯（Quintus Horatius Flaccus 英文 Horace，B. C. 65 – B. C. 8）和提布鲁斯（Albius Tibullus，c. B. C. 55 – B. C. 19）并没有写过正式的田园诗和牧歌，但他们（尤其是贺拉斯）写的赞美乡间生活的诗对英国牧歌传统的形成产生了一定的影响。贺拉斯才华横溢，其《颂歌集》（Odes）令人叹服，是无数英国诗人的榜样。在英国文学史上，贺拉斯可能是诗歌被引用和模仿最多、影响最广泛的古典诗人。他那幢精致的乡间别墅——塞班农场（Sabine Farm）也成为代表远离城市纷扰和喧嚣的乡村庇护所的文学符号。一代又一代的英国文人把它看作是一个可以付诸实践的文化范例；他们坚信，正如在其他地方传授诗歌艺术一样，贺拉斯定然在那里传授过生活的艺术。

在《书信集》（Epistles）和《颂歌集》里，有十几首是贺拉斯邀请城里的朋友来塞班农场做客的诗体书信。《书信集》第10、14和16首里把城市生活和乡村生活相比较。同样的比较也出现在《讽刺集》（Satires）第2卷第6首中，诗歌中对比了城市生活的烦恼和乡村生活的乐趣，认为乡村生活虽简朴却远离惊扰，这样的生活才最美好。诗歌这样开头：

这是我的祈祷：一小块田外加一个花园，
房子旁有涓涓清泉，小树林延伸于泉边。
这个愿望上帝已帮我实现，
更美好，更丰富，甚至超出我的祈盼。
太美妙了，信使之神。我已别无所求，
但愿这一切永与我相伴。（1—6）

　　诗歌以城市老鼠和乡村老鼠的寓言故事结尾。贺拉斯对乡村生活的欢乐与美德的描写被引用最多的是《短长格集》（épode）第2首。诗歌写的是乡村与退隐生活的美妙：

幸福就是这样，远离世俗的纷扰
就像我们那些古时的祖先
赶着耕牛在祖辈的土地上劳作。（《短长格集》II：1—3）

　　后文艺复兴时期模仿此类诗歌的作品不计其数。但值得一提的是，英国的模仿作品通常会忽略贺拉斯诗歌最后的带讽刺意味的附言。很多读者认为这些狂妄之言不是出自诗人之口，而是出自那位高利贷商人奥尔菲乌斯（Alfius）之口，他梦想着回到城里重拾放款旧业。贺拉斯讽刺人类易变的本性，嘲笑人的内心居然能轻易地滋养出互不相容的不同愿望。但是，大多数英国模仿者的关注点不在这里，而是试图在当代的乡村中寻求近乎阿卡迪亚式的快乐。
　　提布鲁斯的《挽歌》（Elegies）大部分写的是关于扭曲而令人痛苦的性爱，但是，在这些诗歌里，乡村代表了心灵健康。诗人一生出版了两本书，每本都以一首赞美乡村生活的诗歌开头。
　　另一位诗人西西里的凯尔彭（Calpurnius Sicily）将维吉尔的牧歌传统延续到了古罗马白银时代。诗人名字中的"西西里"可能是指诗人来自西西里，或者是要表明诗人是西西里的忒奥克里托斯的追随者。① 凯尔彭的7首牧歌大概创作于尼禄（Nero）统治初期的公元54年至57年间。这些牧歌里描写的场景，表达的思想以及表现方式都和维吉尔的《牧歌》

---

① Hadas, Moses. *History of Latin Literature*. New York：Columbia University Press，2013. p. 259.

十分相像。这7首牧歌的题材分别是：第1首，牧人们发现刻在树上的关于黄金时代复归的预言，是对维吉尔《牧歌·其四》的模仿，诗中写道："在这无忧无虑的宁静中，／黄金时代又重新来到人间"（41—42）；第2首，一位园丁和一位牧人的歌唱比赛；第3首，一位牧人抱怨情人的不忠；第4首，先是一位牧人（或是凯尔彭本人）歌唱接受赞助人的好意相助，接着是对新上任的年轻的皇帝的赞美；第5首和维吉尔的《农事诗》有些相似，里面包含了一些实用的羊群管理规则；第6首又是一唱歌场比赛，中间被比赛者间的激烈争吵所打断；第7首，一位牧人描绘罗马竞技场的壮观，其间充满了对皇帝溢美之词。

公元3世纪，迦太基人（Carthaginian）尼莫西（Nemesianus）创作了一些和凯尔彭风格非常相似的牧歌，由此拉丁语牧歌寓言化的趋势进一步得以延续。

作为田园诗歌之父的忒奥克里托斯和维吉尔（当然多数田园诗人亦然）从未真正归隐或做过牧人或农人，因此他们的诗境是由想象创造出来的虚幻世界。两者当中，人们普遍认为忒奥克里托斯的诗歌比维吉尔的更自然一些。前者体现艺术之完美的清澈、明朗的自然主义风格将后者的《牧歌》衬托得有些做作。当然，这里不包括《农事诗》，因为维吉尔在《农事诗》中对那位意大利农夫的描写非常真实。总体来看，比起其前辈忒奥克里托斯来，维吉尔更像一个"人"而不是一位艺术家。而且，在精神上维吉尔也远远超越了忒奥克里托斯。维吉尔对宗教那天生的虔诚、充满渴望的真挚之情和他沉思的强烈程度为其所有作品增添了无上荣耀。忒奥克里托斯的田园诗歌富有戏剧性，而维吉尔式的田园诗则充满了沉思和幻想。通常情况下，来自这两方面的影响对后世同时发挥着作用。

第二章 中古与前文艺复兴时期
欧洲田园诗歌

通过上一章的介绍，我们能够感觉到田园诗歌在古代并非一个重要的文学类型。从它的传播与发展状况来看，似乎连古典时期的希腊文人对它也不甚了了。尽管忒奥克里托斯和维吉尔为田园诗这一文体树立了榜样，但是它在希腊和罗马的追随者却寥寥无几。作为维吉尔的朋友，贺拉斯虽然也写了一些描写乡村景色的抒情诗，但在其《诗艺》（*Arts Poetica*）里甚至未提及田园诗。这一切足见田园诗歌在当时的落寞程度。在漫长的中世纪，田园诗歌零星散落于各类文献，几乎遭遇了被人遗忘的命运。从西罗马帝国灭亡到意大利文艺复兴约 1，000 年的历史中，田园诗这种文学形式乃至牧歌体裁不但没有表现出较为明确的发展路线，还给人以走向歧途的感觉。甚至有人怀疑，在中世纪，牧歌到底是以一种独立的文学形式存在着，还是仅只为满足人们的好奇心而作为历史回忆来供人品评。但有一点是明确的，那就是田园诗歌在中世纪不但没有消失，还以自身的独特魅力成功地维持了生存，并最终在文艺复兴时期得到空前绝后的重视与发展。

第一节 中世纪田园诗歌简述

中世纪，欧洲田园诗歌沿着两个轨道发展：一个是沿袭的拉丁语传统；另一个是用民族语言创作的方言田园诗歌。前者高雅有余，活力不足，因此成就较低；后者雅俗共赏，有大众基础，成就稍高，影响也大一些。下面仅就这两个方面简单梳理一下，不展开论述。

海伦·库珀（Hellen Cooper）将后古典主义时期欧洲拉丁语田园诗歌

的发展划分为三个主要阶段。① 不过，她划分的这三个阶段很显然也如其他文学运动一样，只是大致的脉络，不能以确切的时间进行截然划分。第一个阶段是指卡洛琳王朝（Carolingian）② 时期的诗人们对牧歌的复兴。就其灵感源泉来看，这一时期的田园诗最接近古典牧歌；诗人们兴致盎然地阅读维吉尔，并试图模仿和重现维吉尔的艺术风采。这次复兴运动于公元 10 世纪结束。到了 12 世纪，诗人马修斯·维拉瑞乌斯（Martius Valerius）再次将田园诗推向一个小高潮，他的创作表明他对田园诗表现技巧的娴熟；另一位诗人麦提鲁斯（Metellus）为这次短暂的复兴画上句号。第二个阶段指中世纪欧洲诗人对田园诗进行的具有明显中世纪特征的全新解读。这一趋势在中古前期就已开始，一直持续到 14 世纪晚期。在这个漫长过程中，新的诗学理论与创作实践不断出现；在它们渗透下，维吉尔创立的牧歌传统渐渐被取代。中世纪诗学理念对田园诗歌产生的最大影响莫过于，后来的田园诗人们"不但模仿原始文本，还去模仿对它们的评注。于是，寓言变得愈来愈复杂，解读也越来越困难。最终导致的必然结果是，西罗马帝国灭亡后的千年之中，拉丁语田园诗歌与牧人的距离越来越远。"③ 第三个阶段就到了文艺复兴时期。这一时期的拉丁语牧歌试图回归纯粹古典时期的创作实践。但是事实证明，人文主义诗人们总是会无意地受到中世纪诗人对维吉尔的看法的影响，拉丁语牧歌再也回不到纯粹古典时期的风格了。

在中世纪，用民族语言创作的田园诗歌（或称方言田园诗）则踏上了一个相对不同的发展道路。最早的方言田园诗歌可以追溯到 12 世纪。在这些田园诗中，牧人仍旧是诗歌的关键人物；对牧人的表现方法与拉丁语牧歌也截然不同。这一传统显然特别重视现实主义描写，但似乎又离不开传统田园诗歌的虚幻感。的确，在中世纪，无论牧人被多么真实、自然

---

① Cooper, Helen. *Pastoral: Mediaeval into Renaissance*. Totowa, N. J.: Rowman & Littlefield, 1977. p. 9.

② 卡洛琳王朝是 8 世纪中叶至 10 世纪之间统治法兰克王国的封建王朝。由其家族惯用名字卡洛儿（拉丁文为 Carolus, 即查理）而得名。751 年法兰克王国宰相查理·马特之子矮子丕平废王自立，建立加洛林王朝。丕平之子查理经过连年征战，建立庞大帝国并于 800 年加冕称帝，史称查理大帝。查理死后，帝国走向解体。843 年帝国三分，渐渐形成德意志、法兰西和意大利三国的雏形。卡洛琳王朝的统治于 987 年彻底告终。

③ Cooper, Helen. *Pastoral: Mediaeval into Renaissance*. Totowa, N. J.: Rowman & Littlefield, 1977. p. 5.

地写进文学作品，其形象都会被赋予多重含义，以实现其充分的价值和意义。牧人形象的多重含义是牧歌之所以被称为牧歌的根本，它们源自对牧人的现实主义描写，同时又是对这种描写的超越。因此，古典牧歌（从古典时期到新古典主义）中的牧人显然是一种"为艺术目的"而创造的"艺术形象"。① 诗人通常用艺术手法将牧人世界与现实世界进行对比，以展开对生活本身的评论。中古田园诗歌的典型表现手法是选取牧人真实生活的某个侧面作为其整个生命世界的缩影，亦即燕卜荪所谓的"将复杂的事物简单化。"② 这种表现形式在中世纪最为著名的牧歌形式"牧女恋歌"（pastourelle）中得以明显体现。"牧女恋歌"是一种以表现牧羊女爱情故事为主的古法语抒情诗歌，可能由 12 世纪法国民谣歌手尤其是诗人马卡布里（Marcabru, 1130—1150）首创。在大部分早期"牧女恋歌"中，通常是一位自诩为诗人的骑士在以第一人称叙事，讲述自己如何遇到一位牧羊女，如何两相智力较量，自己败北而牧女则流露一丝羞怯；故事的结局通常是叙事者与牧羊女发生或者两相情愿或者强迫性的性关系。严格说来，这种诗歌与传统意义上的田园诗歌相去甚远，但后来这种诗歌中又出现了牧羊人，有时还加入关于爱情的争论等情节，逐步使其成为田园诗歌传统的有机部分。无论这些恋歌作者的意图何在，人们在阅读它们的时候都不会仅仅聚焦于故事中的恋情，而会自觉地把它当做一个批评媒介，展开一番道德评论或政治批判。"牧女恋歌"对后世牧歌传统产生了较大影响，到 15 世纪时，其影响已遍及西欧和整个不列颠地区；苏格兰民歌《罗宾与梅肯》（Robene and Makyne）就是一首短小的"牧女恋歌"，斯宾塞也受到过恋歌的影响。诚然，"牧女恋歌"只是中世纪出现的多种方言牧歌形式之一。就在它的影响下，西班牙出现了一种具有田园诗歌特征的诗歌体裁瑟拉尼拉（serranilla）③；稍后，大约在 14 世纪末，

---

① Cooper, Helen. *Pastoral*: *Mediaeval into Renaissance.* Totowa, N. J.: Rowman & Littlefield, 1977. p. 5.

② Empson, William. *Some Versions of English Pastoral.* New York: New Directions Publishing Corporation, 1974. p. 22.

③ 瑟拉尼拉是一种以乡村题材为主的西班牙语抒情短诗。诗歌内容通常讲述绅士与乡村少女间的感情纠葛。诗行通常较短，如果一行有八音节构成，则称为瑟拉纳（serrana）。这种诗歌在中世纪后期尤为典型。这种诗歌的代表诗人是璜·瑞兹（Juan Ruiz, c. 1283—c. 1350）。

法国出现了一种牧歌体裁"牧羊曲"（*bergerie*）①。这里把"*bergerie*"翻译为"牧羊曲"，仅只是考虑它作为一种诗歌体裁的情况。事实上，"*bergerie*"有着宽泛的涵义。就基本含义来说，它既有"养羊"的意思，又可以作为集合名词指代整个牧人群体；就文学体裁来说，它即可以广义地指称一切以牧人为题材的文学作品，也可以狭义地指称以牧人生活为题材的具体文体，如"牧羊曲"、田园道德剧（*bergerie moralisee*）等。与"牧羊曲"相关的所有文学形式都属于一个共同的传统，这个文学传统对英国田园诗歌产生过一定影响。

"牧羊曲"在不少方面有别于传统牧歌。比如，无论是古典时期、中世纪还是文艺复兴时期的传统牧歌都把注意力放在牧人的闲情逸致之上，很少看到他们照看牧群的劳动场面；但在"牧羊曲"中，牧人对牧群的照看从未被忘记。维吉尔的牧人除了晚上将牧群赶回圈里外，其他几乎什么也不干；圣经里的牧人不过是赶赶狼，找找羊而已。而"牧羊曲"传统中的牧人们的劳作更具体、更辛苦，它们剪羊毛，给羊涂抹焦油治疗疥癣，保护它们免受灾害袭扰，寻找优质牧场，挤羊奶，换草料，甚至还要为羔羊哺乳等。又比如，"牧羊曲"中对牧羊人外貌特征的描写比对他们劳动场面的描写更细致入微；14、15世纪的"牧羊曲"有详细列举牧人的装束与装备之风。中世纪的法国牧人似乎人人都有那些基本装束与装备，同样的情况在英国牧歌中也不少见（下文有论及）。这种将艺术表现手法与细致入微的现实主义描写相结合的方法犹如将文学作品融入到了绘画艺术，两者相得益彰。

如果说像"牧女恋歌"和"牧羊曲"这样的方言牧歌也受到过来自拉丁语文学的影响的话，该影响主要来自圣经，而不是来自古典牧歌。无论是在圣经还是现实生活之中，牧羊人的职责都是看护好他（她）的羊群，做一位好牧羊人。也就是说，当田园生活被看做一种理想的时候，它通常是一种建立在责任心之上的社会理想。

拉丁语牧歌和方言田园诗歌构成中古抑或前文艺复兴时期欧洲田园诗歌的两条路线，它们共同将田园诗歌的火种延续下来，不至于使其在漫长

---

① *Bergerie*（古法语）原指牧羊人哼唱的小调，此种小调原为牧羊人结合自己的劳动生活即兴吟唱，多有为上流社会所不齿的粗鄙之语，因此，贵族阶层用此词语时多有贬义色彩。后逐渐泛指田园诗，牧歌。为区别于传统牧歌，权且译作"牧羊曲"。

中世纪乖戾的文化氛围中遭遇覆灭之运。我们之所以在此加以简单梳理，目的是要尽量向国内读者展示一个相对完整的欧洲田园诗歌发展概貌。之于不打算对中世纪的田园诗歌展开专章论述，不仅仅是因为这一时期的田园诗歌成就相对较低，更重要原因是，英国田园诗歌虽然或多或少地间接受到过中古田园诗歌传统的影响，但绝非这个中古传统的直接延续。从英国中古晚期到文艺复兴早期的田园诗歌来看，英国田园诗人的模仿对象确乎隔过了漫长的中世纪，直接追溯到了古典时期。

第二节　欧洲文艺复兴早期的田园诗歌

欧洲田园诗歌的全面复苏始于 14 世纪的意大利。首先复苏的是拉丁语田园诗，然后才出现用意大利语创作的田园诗歌。当田园诗歌得以复苏并成为古典学术整体复兴的一部分时，它首先在很大程度上被当作讽喻的工具。

但丁（Dante Alighieri，1265—1321）在其生命的最后两年里曾用拉丁语六步格诗行（hexametres）的形式创作了一些书信体田园诗。但是，意大利文艺复兴早期最重要的田园诗作者是彼特拉克（Francesco Petrarca 英译为 Petrarch，1304—1374）。1346 年彼特拉克一边享受着在沃克吕兹省（Vaucluse）的隐居时光，一边开始了拉丁语田园诗的系列创作，终成《田园歌集》（*Bucolicum Carmen*）。不过，他诗中的主题却不是隐居的欢乐。比如，他在第 2 首牧歌中哀悼了他的赞助人那不勒斯的罗伯特（Robert of Naples），谴责并痛惜罗伯特死后随之而来的政治动荡。其中最著名的第 6 首、第 7 首牧歌则是针对分裂的教会和阿维尼翁（Avignon popes）[①]"巴比伦之囚"（Babylonian captivity）似的窘境的刻意嘲讽。第 11 首牧歌则是一首道德讽喻诗：神女尼俄伯（Niobe）（象征失控的悲伤）和福斯卡（Fusca）（象征混乱的理智与激情）这两个哀伤中的姐妹在前往嘎拉

---

① 1309—1378 年驻法国阿维尼翁的七任教皇。1309 年，由法王腓力四世支持而就任教皇的克雷芒五世在教廷相对于法国处于劣势的情况下离开罗马，进驻当时的法国边境小城阿维尼翁，此后约翰二十二世、本笃十二世、克雷芒六世、英诺森六世、乌尔班五世 、格利哥里十一世等六任教皇皆驻此地。这是教皇与世俗君主争权失利的结果。1378 年前，天主教史上出现罗马和阿维尼翁两地教皇并存的现象。后世天主教会承认阿维尼翁七教皇合法。

提亚（Galatea）①（暗指彼特拉克逝去的情人劳拉）的坟茔的路上，遇到了第三个人福尔吉大（Fulgida）（象征光明与希望），给予了她们理性的、信念般的安慰。

不论是出于政治、自传抑或是宗教的目的，讽喻都是彼特拉克田园诗最为本质的特征。也正是因此，若是离开他本人或他朋友的注解，就很难真正理解彼得拉克的牧歌。在给朋友的一封信中彼特拉克写道，田园诗的本质如此具有讽喻性，除非作者详细说明，否则会使其完全不可理解。②格兰特（William Lawson Grant）在研究了新拉丁语田园诗的整体状况后总结道："在彼特拉克的作品中，牧歌已经成为最具中古色彩的筛选工具；典故就是一切，而用古典形式表现神秘内容实属偶然。"③

薄伽丘（Giovanni Boccaccio，1313—1371）的16首牧歌（*Buccolicum Carmen*）中前6首很可能作于1350年前，那时他第一次读到彼特拉克这种体裁的作品。薄伽丘称赞彼得拉克是田园诗领域的艺术大师，并承认其本人深受这位年长诗人的影响。薄伽丘的大多数牧歌是政论性的，不过最有趣的却是一些有关宗教信仰的诗歌。例如，牧歌第11首《万神殿》（Pantheon）记录了耶稣基督的诞生、生活、职责、死亡、复活以及第二次降临，但是诗中耶稣的每一次出现都被赋予了神话或传奇中不同的名字：科德洛斯（Codrus）、莱克格斯（Lycurgus）、阿斯克勒庇俄斯（Asclepius）、帕勒斯（Pales）、亚克托安（Actaeon）、赫拉克勒斯（Hercules）、海波利托斯（Hippolytus）、福波斯（Phoebus）和亚瑟王（King Arthur）等（136—228）。格兰特认为："这似乎是有意强调基督身上汇聚甚或超越了古代英雄具有的所有美德的总和。"④薄伽丘的寓言极其巧妙。例如，当亚瑟王给他的圆桌骑士（Knights of the Round Table）派遣任务时，他就是在派遣使徒的基督；当大力神赫拉克勒斯从卡库斯手里拯救群牛时，他又像基督在征服地狱，救赎痛苦的灵魂。后来田园诗作者不再无选择地兼收并蓄，当他们试图从异教神话中寻求基督或上帝的替身时，他们通常选择光明之神福波斯或农牧之神潘（Pan），如弥尔顿的《利西达

① 希腊神话中皮格马利翁（Pygmalion）用象牙雕刻的美女，后应皮格马利翁祈祷，被爱与美女神阿芙洛狄特（Aphrodite）赋予生命。
② Quoted in Sambrook, James. *English Pastoral Poetry*. Boston: Twayne Publishers, 1983. p. 28.
③ Grant, W. L. *Neo-Latin Literature and the Pastoral*. Chapel Hill, 1965. p. 87.
④ Grant, W. L. *Neo-Latin Literature and the Pastoral*. Chapel Hill, 1965. p. 103.

斯》（Lycidas）中的福波斯及其《基督降生之晨》（Hymn on the Morning of Christ's Nativity）中的潘神，斯宾塞《牧人日历》（*The Shepheardes Calender*）中集古老神话中的森林之神、全能的上帝和亨利八世于一身的潘神等。

在最负盛名的第 14 首牧歌《奥林匹亚》（Olympia）里，薄伽丘再次借助科德洛斯这位传奇的雅典国王的形象，以寓言的形式诠释了基督的生活。诗人也称圣母玛利亚为处女帕特诺斯（Parthenos），撒旦为普卢塔尔科斯（Plutarchus），称上帝为万能的阿吉斯勒斯（Archesilaus）。奥林匹亚是诗人死去的女儿在诗人梦境里的幻象，这一点模仿了当时流行的中古英语诗歌《珍珠》（Pearl）。奥林匹亚给诗人讲述天堂的欢乐，还给他指导在天堂赢得一席之地的方法："喂养你饥饿的兄弟，给疲惫者以牛奶，／减轻负荷者的重担，给赤身者衣穿"（《奥林匹亚》275—276）。诗歌对于天堂的描述很大程度上得益于维吉尔在《埃涅阿斯纪》（*Aeneid*）里描绘的"极乐世界"（Elysian Fields）和第四牧歌里的"黄金时代"，更得益于但丁在《炼狱篇》（*Purgatorio*）里描绘的"人间天堂"（Earthly Paradise）。散见于古典史诗和田园诗中的大量关于各种"安乐之所"（pleasant places）的描述自然而然地为基督教诗人提供了表现天堂的范例。薄伽丘的天堂是一个建立在山林旁的乐园：园内有繁花盛果，更有溪流淙淙；这里温柔的狮子与其他百兽飞禽同生同乐；这里春天的气息永驻，死亡、疾病、衰老和贫困不知为何物；全能的牧羊人阿吉斯勒斯怀抱着他喂养的羔羊；在他周围站立着的半人半兽形象的山林之神代表着天使，他们头戴红玫瑰花环，用歌声赞美着羔羊。从内容看，这样的牧歌与传统的田园诗只是沾一点边而已；然而，它们有力地证明，人文主义者决心要把整个古典神话统统吸收进基督教信仰的核心理念中。相比田园诗形式而言，后者也许意义更为重大。

就田园诗而言，薄伽丘的知名度和影响力远不及彼特拉克；而且，到其牧歌集 1504 年首印时，其光芒又为另一诗人所遮掩，这位诗人就是被后人尊称为曼图安（Mantuan）的斯帕格奴里（Giovanni Baptista Spagnuoli，1448—1516），一位杰出的牧师政治家和多产作家。曼图安著有 10 首牧歌，大约于 1498 年首次出版。前 3 首牧歌里，浮士德（Faustus）和福图纳图斯（Fortunatus）就合法婚姻的乐趣与非法情欲的痛苦展开对话。曼图安的现实主义和屈尊俯就的幽默感使这些诗歌免于落入陈规俗套。他在第 1 首牧歌中这样描述参加乡村婚礼时醉酒的风笛手托尼乌斯（To-nius）：

> 拿起风袋和音管，然后起身
> 这风笛手摆出雄赳赳的姿势：
> 他的头高高扬起，手势夸张，
> 他通红的双颊鼓起，肺部努力地膨胀，
> 他的眼睛凸起，眉毛飞舞上扬；
> 他踩踏着节奏，一副骄傲的模样。（163—168）①

　　曼图安在第 4 首牧歌中采用朱维诺式讽刺（Juvenalian theme）② 手法，对女人的易变本性进行了强烈谴责，他痛斥女人为"卑劣的一类"，说她们"冷酷而傲慢"（110）。③ 第 5 首牧歌采用同样的手法讽刺了赞助人对待诗人的态度。第 6 首牧歌中有更适合田园牧歌的素材——一场以乡村生活对抗城市生活的辩论。最后三首牧歌是宗教寓言；根据文艺复兴时期的风尚，诗人在这些诗中也把古典神话吸收进了基督教里。在第 7 首牧歌中，一位牧羊人在梦中得到通知，要他隐退到加尔默罗山（Mount Car-mel）去，也就是加入加尔默罗会④。第 10 首牧歌中，两位牧羊人分别代表了加尔默罗会的两个派别，对种种弊端进行了辩论。第 9 首有力地讽刺了滥用政府职权的教会，这也激发了包括斯宾塞和弥尔顿在内的一代又一代新教田园诗人对教皇职权的无情鞭挞。无论曼图安笔下的牧羊人是真正的农民还是寓言化了的加尔默罗会的政治人物，他们的世界都不是阿卡迪亚：它更像是一个隐喻，其中充满了考验、斗争、悲伤以及现实生活中难

---

　　① 本书意大利拉丁语诗歌文本除特别注明外均引自 Grant，W. L. *Neo-Latin Literature and the pastoral*. Chapel Hill, 1965.

　　② 朱维诺（Decimus Junius Juvenalis, 60—140）是古罗马讽刺作家，以谴责当时罗马社会的邪恶、荒唐而闻名。他的讽刺直击人性，刻薄而无情。

　　③ Mustard，Wilfred P.（ed.）. *The Eclogues of Baptista Mantuanus*. Baltimore：The Johns Hopkins Press，1911. p. 80.

　　④ 加尔默罗会（the Carmelite order）是中世纪天主教四大托钵修会之一。因称圣母曾显现授以"圣衣"，故又名"圣母圣衣会"。前身是十字军东征期间由意大利人贝托尔德（Bertold,？—c. 1195）和一部分朝圣者于 1155 年左右在巴勒斯坦加尔默罗山（Carmel）创建的隐修院，早期该会会员多分散独居，十字军失利后，这些人约约于 1240 年左右迁居塞浦路斯、西西里、法兰西和英格兰，靠托钵化缘为生，不久这个修会就传遍西欧。

得的乐趣；这是因为曼图安赞成薄伽丘的观点，认为田园世界只有在天堂才能达到完美。

在整个 16 世纪，曼图安在牧歌方面的声望和影响力堪比维吉尔。他的牧歌作品常和维吉尔的作品一起作为学校的教科书，供学生学习拉丁文诗歌和写作的范例。曼图安第 1 首牧歌的开篇第一行——"浮士德，我祈祷所有牛羊都能在凉荫下/反刍"（Faustus precor gelida quando pecus omne sub umbra / Ruminat）——简直成了一个标签，学生们都知道这句话曾在《爱的徒劳》（Love's Labour's Lost）里被傻瓜霍洛芬斯（Holofernes）错误地引用过。曼图安牧歌里的一些长段落也被后来的很多作家模仿过，如巴克莱、斯宾塞等，而乔治·特伯维尔（George Turbervile）的英译本在 1567 年至 1597 年的 30 年间就印刷了 4 次。

与曼图安齐名的另一位有影响力的新拉丁语田园诗人就是桑纳扎罗（Jacopo Sannazaro，1456—1530）。他在其郊区的庄园里过着悠闲的隐居生活，眺望着那不勒斯海湾（the Bay of Naples），写下了 5 首渔歌（Eclogae Piscatoriae），并于 1526 年出版。渔歌理念源自忒奥克里托斯的牧歌，但是语言则有意沿袭了维吉尔式的新拉丁语田园诗。桑纳扎罗渔歌的贡献在于其清新快乐的语言风格中所表现出的创造性。诗人将传统牧歌的主题、情景及惯用的短语等移植于海边这一背景之下，通过背景描述表达对这一具有地方色彩的社会群落的挚爱。

16、17 世纪，拉丁语田园诗歌在整个欧洲传播开来。当时使用拉丁语创作田园诗歌的英国作家有托马斯·沃森（Thomas Watson，1555—1592）[①]、菲尼亚斯·弗莱彻（Phineas Fletcher，1582—1650）和吉尔斯·弗莱彻（Giles Fletcher，1586？—1623）[②] 以及约翰·诺里斯（John Norris of Bemerton，1657—1711）[③] 等，但是写得最好的还是弥尔顿的《悼达摩尼斯》（Epitaphium Damonis）。这些新拉丁语诗人以其聪明才智将维吉尔式田园诗的题材和视野加以拓展，水手、园丁、葡萄园修理工、渔民和其

---

① 托马斯·沃森是英国文艺复兴时期抒情诗人。他同时用英语和拉丁语写作，其拉丁语作品尤其受欢迎；他的十八行商籁体诗歌（sonnet）在当时反响很大。

② 菲尼亚斯·弗莱彻和吉尔斯·弗莱彻兄弟是伊丽莎白王朝臣兼诗人老吉尔斯·弗莱彻（Giles Fletcher the Elder，c. 1548—1611）的儿子。两兄弟都是英国文艺复兴时期知名诗人；剧作家约翰·弗莱彻（John Fletcher，1579—1625）是他们的堂兄弟。

③ 约翰·诺里斯是英国剑桥柏拉图派（Cambridge Platonists）神学家、哲学家，也是一位知名诗人。

他相关人物都加入了牧羊人的行列。同时，他们也尽可能地拓展了寓言的内容与形式，将其题材延展到颂词、讽刺、信仰乃至圣餐仪式等不同类型。

作为新拉丁语田园诗的代表人物，桑纳扎罗同时也是文艺复兴时期方言田园诗的早期开创者。他的意大利语诗歌《阿卡迪亚》（*Arcadia*）很可能创作于 1483—1485 年间，1502 年首次印刷。该作品在整个 16 世纪平均每两年就要重印一次，影响广泛而深远。作品由 12 个散文章节和 12 首田园诗交织而成，由一条隐含的叙事线索贯穿起来。桑纳扎罗极大地延展了维吉尔《牧歌·其七》里那个关于柯瑞东和瑟尔西斯这两位"情趣相投之人"（Arcades ambo）（《牧歌·其七》：4）的故事，营造出一个精神国度。

古老的阿卡迪亚是潘神的居留之地，生活在这里的人都是著名的音乐家；但他们的土地却是一片贫贱之地，贫瘠而又多岩石。是维吉尔首先把阿卡迪亚和田园诗艺术中的美丽景色联系在一起，它才有了繁花点缀的草地、温和凉爽的树林、习习掠过的微风及其他美景。但是，最早对这片想象式空间展开地理学描述的却是桑纳扎罗。桑纳扎罗在《阿卡迪亚》开篇散文中就有对该地区的精彩描述，那里的裂谷中布满矿石，那里的泉水益于健康，原生态的自然美景与神话元素有机结合，似乎被赋予了精神。诗人精致细腻的艺术表现背后透露着质朴与纯真：

> 诵读刻在山毛榉树皮上的歌曲带给人的享受，丝毫不亚于从镀金般光滑的书页中学习诗句的快乐。在布满鲜花的山谷中，牧羊人用芦笛吹出的声音比音乐家在精致的练声房里用光亮昂贵的黄杨木乐器弹奏出来的更为动听悦耳。难道还有谁会怀疑，从布满绿色植物的岩隙里流出的泉水远比用白玉和黄金堆砌的艺术品对人的心灵更为相宜？我想，谁也不会怀疑。因此，基于以上所言，我将在这片荒芜之地重新找寻那会聆听的树木，还有那些居住于斯的牧羊人；他们从自然的叶脉中吹出的天然的牧歌，这来自阿卡迪亚的牧羊人在怡人的树荫下，在晶莹喷泉的细语里唱出的牧歌，我都将原封保存，不加任何修饰。这动听的乐音不仅使山神千百次地侧耳倾听，就连优雅的山间女神，也忘记了追逐闲逛的野兽，而在梅拿鲁思山（Maenalus）和吕开

俄斯山（Lycaeus）高耸的松树下附耳聆听。（《阿卡迪亚》序言）①

无论诗人如何试图证明阿卡迪亚是一个真实的自然空间，它本质上仍是一个具有很强虚构色彩的理想化了的地方。然而，正如古典田园诗中频繁出现的隐喻所揭示的那样，这片神话般的土地也代表了艺术的完美。

《阿卡迪亚》中几乎没有任何有序的叙事。诗人好像只是邀请读者在一个脆弱的、充满神秘色彩的美景中逗留徘徊。但作品有着内在统一性，它就体现在隐居的朝臣辛瑟罗（Sincero）这个人物身上。为了忘却冷酷的情人，辛瑟罗从那不勒斯逃离出来。但是，当他漫步在阿卡迪亚，却总是不由地想起情人。他的爱情挽歌引起阿卡迪亚牧人们的共鸣，其中两位牧人在第4首牧歌中唱出的叠韵六行诗（double sestina）为后来西德尼（Philip Sidney）提供了范例。维吉尔在《牧歌·其五》中已经在理想化了的田园风景里注入了"坟墓"（tomb）的元素，桑纳扎罗更是在《阿卡迪亚》三次提到了坟墓。桑纳扎罗第三次提到坟墓是在第12首牧歌中，这次出现很可能就为后来法国古典主义画家尼古拉斯·普桑（Nicolas Poussin，1594—1665）那幅收藏于卢浮宫（Louvre）作品《阿卡迪亚牧人》（*Et in Arcadia ego*）② 提供了灵感，由此衍发了一种卓有成效的文学图解传统。③

田园诗继续向西传播至西班牙，在这里，田园浪漫史在蒙特梅耶（Jorge de Montemayor，1520？—1561）的《戴安娜》（*Diana*，c. 1560）和塞万提斯（Miguel de Cervantes Saavedra，1547—1616）的《嘎拉提亚》（*Galatea*，1584）中达到了艺术的最高峰。田园诗又向北传至法国，克莱蒙·马洛（Clement Marot，1496—1544）在1531年创作的一首田园挽歌给后来的斯宾塞带来不少启发。艾伊尼阿斯·西尔维乌·比科罗米尼（Aeneas Sylvius Piccolomini，1405—1464），一位演说家、外交家，后晋升至庇护二世教皇（Pope Pius II），著有拉丁语诗集《庙堂悲情录》（*Epistola de Curialium Miseries*）来谴责宫廷侍臣的野心、贪婪与恶习。在英国，

---

① Sannazaro, Jacopo. *Arcadia and Piscatorial Eclogues*. Trans. Ralph Nash. Detroit：Wayne State University Press，1966. pp. 29 – 30.

② 《阿卡迪亚牧人》画面中墓碑上的文字，意为"死神说：我也在阿卡迪亚。"

③ See Panofsky, E. "*Et in Arcadia ego*：On the conception of transience in Poussin and Wartteau." *Philosophy and History*，*Essays Presented to Ernst Cassirer*. Ed. R. Klibansky and H. J. Paton. Oxford：Clarendon Press，1936：223 – 254.

第一位使用方言正式创作田园牧歌的作家是牧师亚历山大·巴克莱（Alexander Barclay，1476—1552）。巴克莱之后，古奇（Barnaby Googe，1540—1594）用 14 音节诗行（fourteeners）创作了一些牧歌，乔治·特伯维尔（George Turberville，c. 1540—1597）也使用 14 音节诗行把曼图安（Mantuan）的牧歌前 9 首译成了英文。

第三节　英国中古晚期与文艺复兴早期的田园诗歌

　　如上文所述，整个中世纪，维吉尔的《牧歌》在欧陆国家并没有被忘记。而在英国，却只有那位维克菲尔德大师（the Wakefield Master）①曾在其剧作中有过类似于维吉尔《牧歌》中牧羊人生活场景的描写。维克菲尔德大师是维克菲尔德神秘剧集（the Wakefield cycles）的最主要作家，他同情受压迫者和那些被社会遗忘的人，被后世称作"中世纪的斯坦贝克"（medieval Steinbeck）。他的作品用严苛的现实主义手法描绘荒凉山区的田园生活，揭示农民的贫困与苦难，其作品的主题基调悲愤、强硬，有时甚至有点蛮横，凸显其对弱者的同情。这种维克菲尔德式现实主义的田园描写很难被看作是牧歌传统的延续，倒是很像风行于 18 世纪的反田园诗（anti-pastoral）的先驱。另外，彼得拉克的牧歌虽然在 15 世纪的英国已广为人知，且其中的最后一首还在英法"百年战争"中被用于政治目的，写进一篇支持英国获取法国王位权的檄文中；但也仅此而已，并没有迹象证明彼得拉克对当时的英国诗坛产生了多么大的影响。只有在那些文艺复兴时期大陆的主要诗人被英国诗坛广泛接受之后，我们才可能

---

　　① "维克菲尔德大师"是查尔斯·米尔斯·盖雷（Charles Mills Gayley）对一位佚名的维克菲尔德神秘剧（the Wakefield Mystery Plays 或称 Towneley Mystery Plays）作者的称呼。维克菲尔德神秘剧集的故事基于圣经写成，共 32 部，可能上演于中世纪晚期英格兰的维克菲尔德，遂有此名。集中有几部艺术水准极高的戏剧因形式、风格统一被公认为同一无名作者所著，包括《第二位牧人的表演》（*The Second Shepherd's Play*）、《诺亚》（*Noah*）、《第一位牧人的表演》（*The First Shepherd's Play*）、《大希律》（*Herod the Great*）、《圣餐》（*The Buffeting of Christ*）等五部。另外，剧作《亚伯之死》（*The Killing of Abel*）如果不是他亲手创作，也至少深受其影响，《末日》（*The Last Judgment*）至少一半是大师的手笔，甚至集中其他剧作中也有许多诗节很可能由他所做。盖雷在他与阿尔文·泰勒（Alwin Thaler）共同编辑出版的《英国喜剧代表作》（*Representative English Comedies*，1903）中称这位无名作者为"大师"（master），1907 年改称"维克菲尔德大师"并沿用下来。

对那些模仿之作进行追本溯源。但是，那些模仿之作也绝非等闲，有根基坚牢的英国传统做后盾，它们绝不会甘愿停留在模仿层次上。

牧歌的方言传统虽然不以反映学者的优雅气质为主，而且其风格又常常难以捉摸，但它已经成为伊丽莎白时期田园诗中一种想当然的语境。这一时期的英国诗人刻意地模仿维吉尔、桑那扎罗、曼图安还有马洛等人的诗歌，以便让读者学会辨识和欣赏诗人所努力遵循的这种艺术传统。不过，这种模仿之作很难与本土传统相区分；它们之间的相似之处使它们更像是笼统意义上的家族关系，而非确切的父子关系。比如，在1558年的一场宫廷演出中，牧人身着带风帽的外套，头戴软帽，以带束腰，[①] 这副装束很容易让人联想起诸如乔利·沃特（Jolly Wat）、维克菲尔德大师，还有法国的罗宾（Robins）这些快乐的歌者，而非像泰特鲁斯（Tityrus）或是辛瑟罗（Sincero）这样的诗人。我们不可能为这样的牧人寻到确切的原型，因为他属于一个大的文化语境——一个艺术流派，而非某个特定的艺术家。很可能中世纪的民谣对牧人生活也有普遍的反映，不过证据已存在不多，我们只能从中古诗人马洛礼（Thomas Malory，c. 1395—1471）的作品中寻到一些描写英国挤奶女工的类似于"牧女恋歌"的迹象。乔利·沃特因其名字的原因而成为"快乐的牧童"的代名词，也是这一传统的典型代表。一首题为《我只能跟着哟呵》（Can I Not Sing but "Hoy"又译《乔利·沃特》）的佚名歌曲这样唱道：

> 牧羊人他坐在山坡之上；
> 穿着短外套，戴了顶宽檐帽，
> 还有他的火镰，他的笛子和水壶。
> 他名叫乔利[②]，乔利·沃特，
> 是一位好羊倌。
> 哟呵，哟呵！
> 他的笛子快乐地演奏着。
> 我只能跟着哟呵。

---

① Feuillerat，Albert，ed. *Documents Relating to the Office of the Revels in the Time of Queen Elizabeth*. 1908. Vaduz：Kraus reprinted，1963. 34.

② 乔利（Jolly）意为"快乐的"。该词在许多牧歌中出现，让人不时想起乔利·沃特这个人物。

＊＊＊＊＊
牧羊人站在山坡之上；
羊群围着他咩咩叫，
他把手伸进帽兜下面，
望见一颗血红血红的星星。
哟呵，哟呵！（合唱）（1—8；16—20）①

笛声（piping）自然是传统田园文学的一部分，这无论从西德尼（Philip Sidney，1554—1586）的散文体罗曼司《阿卡迪亚》（*Arcadia*）还是其他田园诗中均可得到明证。而另一个重要元素——山冈（hill）也成为程式化了的牧歌背景，以至于伊丽莎白时代的众多田园诗歌都将背景置于山岭之上，不管从情节角度看是否合适或可能。《诗薮》（*Englands Helicon*）② 收录的约翰·沃顿（John Wootton,？）的《情人赞》（Dameatas Jigge in Praise of his Love）显然也受此影响：

牧羊人乔利③站在山梁
在山梁上轻松吹笛，
在山梁上快乐歌唱，
无忧无虑的牧笛声
溢出溪谷，飘向平川：
他吹啊唱啊；爱情没有悲伤。（1—6）④

沃顿似乎还模仿了另一首流行歌谣——这首歌谣在伊丽莎白时期广为人知，但应该创作于更早年代：

快乐的⑤牧童坐在山冈，

---

① Kermode, Frank, ed. *English Pastoral Poetry*：*From the Beginnings to Marvel*. London：George G. Harrap & Co. Ltd. , 1952. pp. 50 – 51.

② 英国最古老的田园诗集之一，初版于1600年。Helicon 山是希腊神话中缪斯聚居之处。

③ 也可以译作"快乐的牧羊人"。

④ Macdonald, Hugh, ed. *Englands Helicon* （1600）. London：Routledge and Kegan Paul Ltd, 1949. p. 45.

⑤ 原文为 Jolly。

守护着篱笆门，把号角吹得山响，

他早出晚归，

披星戴月，

欢快的笛声永不停歇。①

　　乔利形象还有其他几种版本：其中一个是田园剧《少女变形记》
（*The Maydes Metamorphosis*）② 中的主人公牧童莫普索（Mopso），他与守
林员的儿子、朝臣的仆人依次登场，演唱符合他们角色特征的歌曲。朝臣
的仆人唱的是"财富我的仇敌"（Fortune my foe）；守林人的儿子唱道：
"你能否吹响这只小号角？"歌词让人联想到亨利八世时期守林人惯唱的
歌曲。牧童莫普锁则唱道：

哒哩啰，哒哩啰，哒哒哩哒啰③

这牧童如此快活，

他吹起他的号角，

从东方发白到太阳西落。④

　　这些歌词均在追忆中世纪的颂歌（Carols），追忆乔利·沃特和圣诞
颂歌（Noël）中传统的复唱（Refrain）。颂歌本身很可能就是从世俗的民
谣演变而来。这个传统将几个世纪连系了起来：山岗上吹着牧笛的牧童是
伊丽莎白时期诗歌和中世纪诗歌的共同原型。

　　中世纪的牧歌传统到了 16 世纪早期依然充满生机。最早收录《乔利·
沃特》的由理查德·希尔（Richard Hill）编纂的《拾遗录草稿》（*Com-
monplace Book* 大约编纂于 1508—1536 年间）中还收录有许多古老的或传
统的诗篇。这些神秘剧直到伊丽莎白时期还在上演：其中，切斯特（the

---

　　① Ravenscroft. *Deuteromelia*（1609），a collection of ballads and folksongs（*English Madrigal Verse*
1588 – 1632. ed. E. H. Fellowes，3ʳᵈ edition），Oxford：Clarendon Press，1967. p. 201.

　　② Lily, John. *The Complete Works of John Lily*. ed. R. Warwick Bond. Oxford：Clarendon Press，
1902/1967. Vol. Ⅲ, pp. 333 – 387. 该剧初版于 1600 年，很可能创作于更早年代；因疑为约翰·
李利所作，故被收录进其全集。

　　③ 原文为 Terlitelo, terlitelo, tertitelee, terlo，似为演唱时打节拍的声音。

　　④ Lily, John. *The Complete Works of John Lily*. ed. R. Warwick Bond. Oxford：Clarendon Press，
1902/1967. Vol. Ⅲ, p. 358.

Chester）和上文提到的维克菲尔德系列的最后演出大约是在 1575 或 1576
年。亨利八世在位期间出现了大批具有中古风格的不同类型的田园文学作
品。从法语翻译而来的《牧人历书》（*The Kalender of Shepherdes*）在 1528
年之前已经经历五次修订。红衣主教沃尔西（Thomas Wolsey, c. 1473—
1530）在 1526 年圣诞庆典活动中组织了一场假面舞会，其中有六位老人
身着用银色和白色缎子做成的牧人风格的服饰，与同样戴着面具的国王及
其随从一块儿出场。① 在伦敦同业公会（London livery companies）的一次
仲夏演出活动中，有一个牧童形象至少出场了两次。② 此类场景成为伊丽
莎白时代更为精致而复杂的化妆表演和盛装游行的先驱。

另外，中世纪还流行着一种以牧歌形式进行教会批评的风尚。斯克尔
顿（John Shelton, c. 1463—1529）③ 曾借助其笔下人物科林·克劳特
（Colyn Clout）谴责邪恶的教士，说他们无心养羊，却一心惦念着羊毛：

> 他们没有心思
> 牧养那些倒霉的绵羊，
> 却一心盘算着
> 把羊毛拔个精光。
> 他们珍爱的是羊毛
> 而非那群绵羊。（《科林·克劳特》：76—81）④

科林·克劳特是普通乡下人的代表，他敢于直接表达对教会的看法，
并大胆揭露主教的贪婪、无知、虚浮以及当时泛滥成灾的圣职买卖行为。
不过，他又谨慎地声明：他的指控并非针对一切教士，他非但不是反对而
且是在捍卫教会。从内容看，诗人的谴责似乎真的有所特指。在《科
林·克劳特》中，斯克尔顿多次间接抨击主教沃尔西；他对沃尔西的公

---

① George Cavendish, "The Life and Death of Cardinal Wolsey." ed. Richard S. Sylvester. *Early English Text Society* No. 243. London: Oxford University Press, 1959. p. 25.

② Robertson, Jean and D. J. Gordon, eds. "A Calendar of Dramatic Records in the Books of the Livery Companies of London." *Malone Society Collections* Vol. III. Oxford: Malone Society, 1954. p. 20.

③ 约 1513—1529 年间任桂冠诗人。

④ Skelton, John. *The Poetical Works of John Skelton*. Vol. II. Rev. Alexander Dyce, ed. Boston: Little, Brown, and Company, 1854. pp. 125 – 169.

开抨击则出现在另一首诗歌《斯皮克·佩罗》（Speke Parrot）[①] 的后半部分。而在《何不觐见?》（Why come ye not to Courte?）中，诗人已完全不再掩饰：他嘲讽沃尔西主教徒有其表，质疑他的神圣权威，斥责他对各阶层请愿者的跋扈态度，甚至戏弄他的卑微出身。[②] 此种谩骂和攻击在红衣主教有生之年不可能刊印发行，但毫无疑问，它的手抄本曾广为流传。与斯克尔顿的诗歌一样，理查德·希尔的《拾遗录》中收录的一首佚名诗歌也借助一个真正的牧人之口抨击教皇和教士，诗歌每节的末尾重复一个稍做变化的诗行以强化主题：

> 一天傍晚出去闲逛，
> 我来到一片田垄旁，
> 看着禾苗间露珠跳跃闪亮
> 还有牧人赶着他们的群羊。
> 有一位开始向我宣讲：
> 严实实裹着保暖的冬装，
> 教士们仍觊觎栏里的绵羊。
> 请圈好你的羊。[③]

这里，说话人的身份很重要。作为一位真正的牧羊人，他的话客观公正，颇具权威，因为他精通和热爱自己的行业，也深知其中的艰辛。他与那些傲慢、富有的牧师们形成鲜明对比：教士们只"播种罪恶的种子"，而不给羊饲喂"恩典的牧草"；他们的绵羊"脏兮兮的"，一看就是疏于照料。[④]

巴克莱（Alexander Barclay，c. 1476—1552）的 5 首牧歌（eclogues）创作于亨利八世（1509—1547 年在位）时代早期。这是对唱体牧歌在英国的首次亮相，甚至比法国的马洛用同样形式创作还早大约 20 年。尽管巴克莱采用了古典牧歌的对唱形式，内容上却追随了自 14 世纪后期就开

---

① 该诗歌现存版本不完整。

② 关于沃尔西的出身，流行着两种说法：一种认为沃尔西的父亲是位屠夫和牲口贩子，另一种认为其父很可能是位受人尊敬的富有的布商。前者有贬损沃尔西之嫌，后者也未必没有溢美之虞。

③ Hill, Richard. Commonplace Book. ed. Edward Flugel. *Anglia* XXVI, 1903. p. 169.

④ Ibid.

始流行于法国的田园文学形式"牧羊曲"（*bergerie*）。在这些"牧羊曲"中，牧羊人的形象被典型化，风帽（hood）、毡帽（felt hat）、法式裹腿（cockers）、水瓶（bottle）、笛子（pipe）、牧杖（crook），以及装面包、奶酪的挎包（wallet）等成为牧人形象的标准元素。同时，他们的生产活动也得以突出表现：他们剪羊毛，给羊涂抹焦油治疗疥癣，保护它们免受灾害袭扰，寻找优质牧场，甚至还挤羊奶，为羔羊哺乳，换草料等。而传统的牧歌则大多倾向于脱离（或者很少描绘）牧人生产生活的真实情景，古典时期、中世纪乃至文艺复兴时期的田园诗歌大多如此，比如，维吉尔式牧人只在夜幕降临前将牲畜关进棚圈了事，圣经里的牧人也不过是赶赶狼，找找羊而已。

巴克莱对法国"牧羊曲"传统的追循是显而易见的。他的第一首牧歌开篇对科尼科斯（Cornix）的描写就颇具法国风格，只不过科尼科斯略显贫穷，用的是木质汤匙：

> 风帽的破洞露出几缕乱发，
> 眼眉上一顶硬毡帽悬挂，
> 他破旧的衣衫泛着绿色，
> 打补丁的裹腿紧绷膝下，
> 毡帽一侧塞着把木汤匙，
> 外套上挂着个破水瓶子，
> 悬耳与瓶子几欲分家，
> 手中握着一把笛子，
> 丝丝地流露出他的牵挂，
> 挎包里装着面包和奶酪，
> 他站在那儿，看样子状态颇佳。（巴克莱《牧歌》I：146—156）

巴克莱对牧歌的主要贡献在于将牧羊人本土化，将牧歌乡村化。这一点显然是受到曼图安的田园诗的启发[①]——尽管曼图安也受到法国"牧羊

[①] 曼图安对当时英国诗坛的影响仅次于彼特拉克，莎士比亚时代的英国文法学校多把曼图安的作品列入必读目录。其时，维吉尔尚不为英国公众所熟知，而忒奥克里托斯甚至还没被介绍到英国。

曲"传统的影响，他的牧羊人依然讲拉丁语。巴克莱并不像后来的斯宾塞（Edmund Spencer，1552—1599）那样给他的人物取些粗鄙的名字，而是仍旧沿用曼图安或维吉尔式的人名，比如阿敏塔斯（Amyntas）、敏纳科斯（Minalcas）、科尼科斯等；不过，这些人物无疑都是深深植根于诗人本人生活环境的英国本土农民。可见，早期的英国田园诗人就已意识到本土元素对这种新型诗歌在英国发展的重要意义。也是从这个意义上说，英国田园诗的本土化过程从巴克莱时代就或多或少地开始了。

巴克莱被普遍认为是第一位重要的英国田园诗人，他的作品首次让学养深厚的英国诗人领略到田园诗的风采。不过，他的早期作品，如译作《特奥多勒斯牧歌》（*Ecloga Theoduli* 即 *Eclogue of Theodulus*，1509）和仿作的五首《牧歌》（*Bucolics*，1512）等，并没立刻有引起英国诗坛的普遍关注。直到《青春》（*Adolescentia*）1519 年在伦敦出版之后，巴克莱才变得炙手可热起来，并很快被奉为圭臬。可见巴克莱对英国诗坛的影响是渐进式，这也侧面说明英国诗人对牧歌这种新型文学形式有一个逐步接受的过程。在当时英国诗人看来，《青春》的确是一个全新的作品，其新颖的形式之中蕴含着令人振奋的新理念，并以此开创了英国诗歌的新传统。在为《牧歌》写的《序曲》（Prologe）中，巴克莱列举了诸如忒奥克里托斯、维吉尔、曼图安、彼得拉克、特奥多勒斯（Theodulus）[①] 等一系列杰出的田园诗人，可见他对欧洲田园诗歌发展概况已有了一定的了解。很显然，巴克莱受曼图安的影响最大。他对彼得拉克等人虽有了解，但并不深入；而对于忒奥克里托斯，他只是略知其名而已。但无论如何，他对古典牧歌在英国的传承和发展所做的贡献是显而易见的。巴克莱的牧歌虽然无法摆脱模仿的窠臼，却已经有了较为明显的创新：首先，他的牧歌（Eclogues）篇幅空前之长——每首平均长度是维吉尔牧歌的 12 倍，而且其牧歌更加突出牧人对歌（话）的特征；其次，也是更为重要的，他既不是简单地翻译，也非刻意地模仿，而是力图将牧歌融入英国诗歌传统之中。

尽管巴克莱很清楚田园文学的使命并不在于表现乡村生活，古典牧歌中的田园与现实中的田园也相距甚远，他还是不遗余力地要将两者进行调和。很显然，他试图以更接地气的乡村现实主义来取代古典牧歌中类似于

---

① 特奥多勒斯（Theodulus），中世纪抒情诗人，生卒年月不详。

文人清谈的、虚幻色彩浓厚的理想主义。但巴克莱对题材的选择似乎局限了他的现实主义诉求：他的前三首牧歌题材出自意大利人文主义学者、教皇庇护二世艾涅阿斯（Pope Pius II 原名 Aeneas Silvius Piccolomini，1405—1464）的《庙堂悲情录》（*Epistola de Curialium Miseries*），表现的是王公贵族的烦恼；第4首主要基于曼图安的《牧歌（五）》，描写富人与诗人间的行为对撞；第5首拟仿曼图安的《牧歌（六）》，争论起公民与国人间的关系。上述题材并没脱离古典牧歌的俗套，也因此总让人想到现实主义的反面去。事实上，中古英国诗歌传统中并不缺乏对牧人的现实主义描写，巴克莱的牧歌也的确化入了这个传统，他对牧人衣着、饮食、消遣等方面的描写足以显明他对英国诗歌传统的继承。但是，整体来说，巴克莱的牧歌仍然是说教式的，通常是一位牧人对另一位牧人（抑或所有读者）进行指导。只要这种指导涉及养羊，乃至于天文地理的话，就不至于将诗歌扯离现实主义太远，所幸巴克莱在此方面做得还好。为了把道理说得亲切自然，符合逻辑，巴克莱让其笔下的人物去聆听牧师布道和鸿儒讲学；而作为学者的艾涅阿斯居然被称为"牧羊人西尔维乌斯"（巴克莱《牧歌》I：737），以便使其进入牧人世界合理化。科尼科斯能够详尽描述宫廷生活的悲惨，是因为他年轻时老往宫中送煤炭，这当然是获得内部信息的可靠渠道。在巴克莱笔下，另一位被称为浮士德（Faustus）[①]的牧羊人也有过类似的"旁观者"经历：

> 他带牛奶和黄油去那儿销售，
> 却从没想过在城里高就，
> 因为他目睹过暴行的疯狂，
> 嫉妒，欺诈，仇恨和邪恶弥漫着城邦。
> 无须思量，没有挣扎，
> 他选择生活在乡下。（巴克莱《牧歌》V：29—34）

　　这位牧羊人也许没有受过什么教育，他不过是见什么说什么：他眼中的都市的确充满了罪恶。他的道德权威不是源于抽象的理论，而是出自"实践与科学"（practise and science）（巴克莱《牧歌》I：158）；同时，

---

① 应为拟托欧洲民间传说中那位与魔鬼打交道的浮士德之名。

依照中古文学的传统，为真实的牧人形象赋予一个权威的榜样身份也是强化这种道德权威的常用方法（巴克莱《牧歌》V：445—52）。巴克莱从曼图安那里照单接受了包括亚伯（Abel）、以色列十二族长（the Patriarchs）、帕里斯（Paris）、阿波罗（Apollo）等在内的众多宗教与神话形象，还精心地将伯利恒牧羊人以及自命牧羊人的基督形象与"牧羊曲"传统交织起来。为了更好地表现道德主题，他还增加了潘神（Pan）、赛利纳斯（Silenus）、俄耳甫斯（Orpheus）、泰特鲁斯（Tyterus）、扫罗（Saul）、大卫（David）等形象。可见，巴克莱在这点上做得无可挑剔。

直率也好，含蓄也罢，田园诗总归要提供一个审视社会的视角，而牧歌以其惯用主题将这一点发挥到了极致。表面上看，以乡村为题材的牧歌似乎不太可能以宫廷批判为主题；而事实上，正如威廉·燕卜荪所说，传统牧歌"专写［牧人］，却又不是由他们书写和为他们而写，"① 这是传统牧歌的典型特征之一，它以间接、含蓄的方式对与牧人毫无关系的其他生活形态展开批判。"牧羊曲"既属此列，道德评判自然也就成其主旨。况且，作为一种贴近牧人现实生活的文学形式，"牧羊曲"在表现道德主题方面具有先天优势。巴克莱在这方面做出了榜样，他不屑于批评那些虚幻缥缈的牧歌，而是直接表现牧人生活的艰苦与清贫，以此表达个人的道德诉求。巴克莱笔下的牧羊人终日与穷困相伴，无论如何也享受不到田园理想的惬意与满足。曼图安曾经在其第3首牧歌中描绘过牧人生活的困苦（17—21）；巴克莱将这些诗行翻译过来并加以深化，然后放进了自己的第1首牧歌的前部，为下文定下基调：

> 多少汗水和劳碌，又加多少痛苦
> 才换来蔽体的衣衫，果腹的食物？
> 为了羊群的成长，还有家人的生活
> 君不见，牧人须忍受病痛的折磨。
> 酷暑难耐，我们仍要把羊群照料，
> 隆冬来临，又不免受严寒的煎熬；
> 我们睡卧在地面和石块之上，

---

① Empson, William. *Some Versions of English Pastoral*. New York：New Directions Publishing Corporation, 1974. p. 6.

他人却享用铺满羊绒的暖床。（巴克莱《牧歌》I：219—226）

诗中对田园生活的现实主义描写使得它比《庙堂悲情录》中对宫廷生活的谴责更可信，更具说服力。与大多数牧歌中的描写一样，艾涅阿斯的乡村是理想主义的，它源自文学想象而非现实生活。换句话说，艾涅阿斯对乡村的认知不是出于切身观察，而是受到其他人的文学想象的影响，比如维吉尔的第1首牧歌中那种惬意的生活场面：

用绿叶作床铺，享用着熟透的苹果，
松软的栗子，香甜的干酪还有很多。

（维吉尔《牧歌·其一》：80—81）

类似的情节构成艾涅阿斯乡村描写的主体。而毫无疑问，巴克莱已将表现的重点全面转移，他对宫廷生活和乡村生活的据实描绘使得田园理想更令人向往。因为考虑的因素更全面，科尼克斯的讲述比艾涅阿斯的描写更有分量，更令人信服。巴克莱倡导的是实用伦理学而不是文学虚构。他这样写道：

牧人的生活还不算悲惨，
他们吃得上粗茶淡饭，
还有苹果李子和清泉佐餐，
在羊群中犹如君王一般。（巴克莱《牧歌》II：1045—1048）

巴克莱当然并非是在说喝清水就是贫困的表现，但这种生活状况给人的整体感觉还是颇为震撼。可以想见，这与理想中悠闲满足的田园生活还相距甚远。当塔索（Tasso）让他的老羊倌悠闲地漫步于乡村，思索着大自然的杰作，享受着大自然的馈赠的时候，巴克莱的那位一贫如洗的牧羊人敏纳科斯（Minalcas）却只能提出最基本的生活要求：

既不要珍宝也无须积蓄财富，
我只要衣食和平静的生活，
外加一间遮蔽风雨的茅舍。（巴克莱《牧歌》IV：453—455）

言辞之间流露出冻馁难耐的窘迫状况。

巴克莱创作牧歌时所用的英语已相当纯正。在此方面，那个时期的牧歌诗人当中无出其右者。无论是翻译还是拟仿，巴克莱都会努力将外来的东西融入英国语境，比如说，艾涅阿斯的牧羊人的食谱中不再有栗子，气候更加恶劣，地理环境也被本土化等。为了给读者留下更为深刻的印象，他总要对田园背景进行一些改变。他采用归化手法将曼图安的诗行处理得如同一首伊利儿歌（Ely Nursery-rhyme）：

> 多如爱尔兰的灌木丛，
> 多如英格兰的葡萄藤，
> 多如一月忙碌的布谷，
> 多如二月欢唱的夜莺，
> 多如海里畅游的鲸鱼，
> 城里的好人摩肩接踵。（巴克莱《牧歌》V：939—944）

这里，巴克莱借用了民歌的语调和措辞风格，是其现实主义思想向其诗歌创作延展的一个很好实例，也是其艺术风格与创作题材之间相互统一的佐证。为此目的，巴克莱拒绝晦涩艰深的经院哲学，持守质朴通俗的风格，即便他的上帝也是用这种方式讲话。巴克莱的上帝所用的意象都是平易朴实而非庄严华丽的，比如祂这样向夏娃幼小的孩子们赐福：

> 破瓦罐变不成闪亮金银，
> 山羊毛做不得漂亮衣裙，
> 牛尾巴要做成锋利宝剑，
> 不失败那才叫天方夜谭。
> 尽管我有能力改变一切，
> 又岂能让恶棍硬充好人。（巴克莱《牧歌》V：359—364）

曼图亚的原作并非这么对仗，巴克莱这样处理可能也是出于尽量保留原作庄重风格的考虑。巴克莱还会借助寓言式的表达来强化主题。比如，描写伊利（Ely）主教阿尔科克（Alcock）和温彻斯特（Winchester）主教福克斯（Foxe）时，便颇具伊索寓言的特征：

> 这公鸡不忌惮那只狐狸
> 如狮子不惧怕与公牛相遇。（巴克莱《牧歌》I：527—528）

可见，巴克莱不但不拒绝寓言，还尽力使寓言大众化，消解了其晦涩与神秘。正是借助这种方法，他才能够使城市、宫廷、教堂这些主题成为牧人们的日常谈资。

巴克莱在其牧歌中对英国性的坚持与他对乔叟的尊崇密不可分。他的牧歌虽然源自意大利，但他却视这位杰出的英国诗人为导师。乔叟的影响在巴克莱的第 5 首田园诗的梗概中表现得尤为明显，使其读起来像是压缩版的《坎特伯雷故事集》（*The Canterbury Tales*）的《总序》（General Prologue）：巴克莱描写的季节是冬天而非春天，更像乔叟的姐妹篇。故事中，巴克莱也用乔叟式的眼光观察和描写人物，不放过任何重要细节。其实，乔叟并未描绘过现实中的牧羊人，而只是将其用作寓言形象。巴克莱弥补了乔叟的这一缺漏。请看巴克莱第五首牧歌如何开场：

> 寒冬一月炉火暖洋洋，
> 田野里一片萧瑟凄凉，
> 牧羊人归家羊群入栏，
> 撤退到窝棚躲避严寒；
> 碧绿的树木和沃土地，
> 被暴风雪遮掩了美丽；
> 小鸟们自知冬天漫长，
> 惶惶然止住啁啾歌唱。
> 有两位年轻的牧羊人，
> 相约会面于这个小村；
> 他们是浮士德和阿敏塔，
> 很难说他俩谁更强大；
> 他们靠的是各自魅力
> 而不拿财富来壮底气。
> 阿敏塔着装正式高雅，

帽檐下不露一丝头发，

衣服褶熨得笔挺笔挺，

伦敦派学得从从容容。（巴克莱《牧歌》V：1—18）

高贵的做派不代表富有，事实上，这位也的确不那么有钱，他不过是
"挺着贵族的肚子，却揣着个乞丐的钱袋"（《牧歌》V：21）；他在城里
久不得志，于是，"为了躲避债务和贫穷"（《牧歌》V：27），逃出城来，
却发现"没有一家旅店、酒馆/可供他投宿"（《牧歌》V：28—29）。

巴克莱从没有像斯宾塞那样谈及过英国式泰特鲁斯（the English
Tityrus）对自己的影响，但他的确曾以模仿的形式表达了对泰特鲁斯的敬
意。作为一名早期都铎诗人，巴克莱的声名几乎完全被斯克尔顿（Skel-
ton）所遮掩。但就英国牧歌传统的主流而言，巴克莱还是更胜一筹。巴
克莱一直在他的牧歌中尝试一些从未在其母语中运用过的传统悠久的艺术
形式，尽管这种尝试只是取得了部分成功。

直到亨利八世统治的末期，新阿卡迪亚风格的田园诗的影响才渐渐显
现出来。这在萨利伯爵（Henry Howard, Earl of Surrey, 1516/1517—
1547）的《隆冬归来》（In Winters Just Returne）中可见端倪，这首诗讲
的是一个牧羊人在冬天的早晨去放羊，听到一个失恋者的痛哭，阻止他自
杀失败后将其葬在特洛伊罗斯（Troilus）墓旁的故事。诗歌中的第一人称
叙述，对牧羊人本职工作的现实主义描写，以及牧羊人和朝臣的特殊关系
都显示出了中世纪的传统；但是失恋，失恋者的自杀以及令人意想不到的
闯入奇幻之境等元素仍属于典型的意大利阿卡迪亚风格。这首诗最初发表
于《托特尔杂集》（Tottel's Miscellany）①。这个集子是中世纪对阿波罗风
笛描写的集大成，其中收录的萨利伯爵另一首田园诗《哈佩勒斯的抱怨》
（Harpelus' Complaynt）更是深受来自意大利的影响。诗歌描写了一个三
角恋式的故事：哈佩勒斯喜欢牧羊女菲丽达（Phillida），菲丽达却倾情于
科林（Corin），而科林并不喜欢菲丽达。故事和人物名字本身就具有古典
色彩。同时，为表现牧羊女拒绝一个求爱者而另寻新欢这样的主题，诗歌

---

① 《托特尔杂集》（Tottel's Miscellany 初名 Songes and Sonettes）是第一部公开印行的英国诗
歌集，由理查德·托特尔于 1557 年出版。集中收录萨利伯爵、托马斯·怀俄特（Thomas Wyatt）
等诗人 271 首诗歌。诗集受到各阶层读者的普遍欢迎，很快就被多次再版。

借鉴了曼图安的阿敏塔（Amyntas），让哈佩勒斯以死要挟并为自己写下墓志铭；诗歌还为表达哀婉情绪而借鉴了彼特拉克情诗中的表达方式：

> 什么理由可以使
> 残忍和美丽相分？
> 为什么女人的内心
> 总藏匿一位暴君？（《哈佩勒斯的抱怨》：81—84）

    但是，从其他方面来看，这首诗又具有强烈的英国色彩。它采用的是民谣或者中世纪田园抒情诗《罗宾与梅肯》（Robene and Makyne）① 的韵律。诗中，长于纺织和唱歌，以给科林做花环为乐的菲拉达本是法国牧女恋歌中的一个形象，这是她首次出现是在英国文学中。也许正是这种结合使得这首诗广为流传，该诗不但被收录进《诗数》，还配有一首署名为牧羊人托尼（Shepherd Tonie）的和诗②，足见其影响之大。

    紧跟上述意大利风尚之后，英国诗坛表现出对田园诗这种文学形式持久而浓厚的兴趣。但必须承认，就巴克莱牧歌创作的年代来看，他并非这股牧歌潮流的首启者；因为英国诗人开始广泛地创作牧歌是在 16 世纪中叶，也就是巴克莱去世之后。帕特纳姆（George Puttenham）在他的《英国诗歌艺术》（*Arte of English Poesie*）中提到他自己曾给爱德华六世（Edward VI）写过一首田园诗，诗中以埃尔潘（Elpine）来称呼爱德华六世。③ 埃尔潘可能源于桑纳扎罗的埃尔皮诺（Elpino），意为"满怀希望的"或者类似的含义，因为爱德华是"一个充满希望的王子"（a Prince of great hope）。④ 这首诗现今已不存世，但从帕特纳姆引用的五行诗句来看，此诗可能是一首将国家比作船舶的寓言诗，或者说是一首渔人牧歌，

---

    ① 《罗宾与梅肯》是 15 世纪苏格兰诗人罗伯特·亨利森（Robert Henryson, c. 1460 – 1500）的一首田园短歌，诗歌用歌谣体写成，情节简洁紧凑，富有乐感。该诗出现在多部诗集中，建议参见弗兰克·柯尔莫德（Frank Kermode）编辑的《英国田园诗歌——从开始到马维尔》第 46 页。

    ② 见《诗数》（*Englands Helicon*）第 37—43 页。诗人疑为剧作家、诗人安东尼·曼迪（Anthony Munday, 1560? –1633）假托。

    ③ Puttenham, George. *Arte of English Poesie*. London: Printed by Richard Field, dwelling in the black-Friers, neere Ludgate, 1589. Vol. 3, Chap. 13.

    ④ Ibid. .

而不是正统的田园诗。但由于埃尔潘显然是站在陆地上提出关于船舶的问题，他可能习惯性地忽视海洋，而仍旧在诗中表现得像一个牧羊人。此诗无疑是用典型田园诗形式写成的关于道德及政治的寓言，寓大量典故于颂词之中。

巴纳比·古奇（Barnabe Googe，1540—1594）1563 年创作的田园组诗 8 首（eclogue cycle）应该是巴克莱之后、斯宾塞之前唯一具有原创色彩的英国田园诗。不过，尽管具有原创色彩，这些诗歌的绝大部分题材仍是取自欧洲大陆，而忽视了除道德观之外的本土其他传统。此后相继出版的有特伯维尔（Turberville）的曼图安牧歌译本（1567），弗莱明（Fleming）的牧歌（bucolics）译本（1575）等；另外，巴克莱本人的牧歌也附在《愚人之船》（Ship of Fools）1570 年版本之后得以重印。1588 年《短歌六首》（Sixe Jdillia）① 在牛津出版，终于打破了忒奥克里托斯作品在英国无任何译本的局面。贾尔斯·弗莱彻（Giles Fletcher）于 16 世纪 60 年代用英式拉丁语创作的三首牧歌是英国人对田园诗产生兴趣的更进一步明证：其中两首是关于新教的辩论，另一首则表现学院政治纷争的激烈景象——这种主题是彼得拉克引入田园诗的，但宗教改革后的版本以及寓言的运用使之在文艺复兴大潮中更易于被人接受。这一时期，除了曼图安和维吉尔这两位主要权威之外，古奇还把田园诗的典范扩展到蒙特梅耶（Jorge de Montemayor，1520？—1561）② 和维加（Garcilaso de la Vega，1503—1536）③。

古奇的田园组诗之所以不如巴克莱的作品成功，是因为他没有真正尝试过把自己崇尚的权威与英国传统相结合。语言形式可能是他对英语传统做出的唯一让步：他选择了十四音节的诗行形式（Fourteener），构成七步抑扬格（iambic heptameter），这通常被看作古典诗歌传统中六步格诗行

---

① 伊丽莎白时期翻译的忒奥克里托斯的牧歌第 8、11、16、18、21 和 31 首，描写的是忒奥克里托斯在西西里的田园生活。

② 乔治·德·蒙特梅耶是用西班牙语写作的葡萄牙小说家、诗人。他最著名的作品是散文体田园传奇《戴安娜》（Diana，1559）。

③ 加尔西拉索·德·拉·维加是西班牙"新体诗"的第一位伟大诗人。维加的诗作流传至今的约 5000 行，其中有十四行诗 40 首，大多描写爱情；田园诗 3 首：第 1 首通过牧人萨利西奥和内莫罗索的对话，表达诗人对恋人伊萨贝尔·弗莱雷之死的悲痛；第 2 首主要描写一对牧人之间的爱情，情节曲折，富有戏剧性；第 3 首用优美的八行诗体描写塔霍地区宁静悠闲的牧人生活景象，以暗示伊萨贝尔女王之死告终。

(hexameter) 在英语中的对应形式。要是把古奇的诗行按 4—3 音步分开排列，可以看出与《罗宾与梅肯》和《哈佩勒斯的抱怨》中非常相似的民谣韵律。比如，把原本为一行的 "A proverbe olde hath ofte ben hearde, and now full true is tryed" 分作两行便成了歌谣体的韵律：

> A proverbe olde hath ofte ben hearde,
> and now full true istryed. (*Egloga Tertia* 97—98) [1]
> 常听的一个古老谚语，
> 如今被真真地应验了。(古奇《牧歌三》：97—98)

试比较《哈佩勒斯的抱怨》的前两行：

> Phillida was a fayr mayde,
> As fresh as any floure.
> 菲丽达是一位美丽的姑娘
> 与所有鲜花一样鲜亮。(《哈佩勒斯的抱怨》：1—2)

歌谣体的明快流畅、易于吟诵的特征可以解释为什么后来收录古奇诗歌的诗集多用歌谣体形式重新断行排列的原因。

无论从形式上还是题材上，古奇几乎没有脱离过自己的既定路线。他的题材要么取自曼图安，比如，《牧歌一》(*Egloga Prima*) 讲述爱情的痛楚本质，《牧歌三》(*Egloga Tertia*) 批判城市的邪恶；要么源自蒙特梅耶，比如第 2、4、5 首牧歌构建的几个颇为复杂的爱情故事。古奇和巴克莱均擅长说教，不过两者的方式大相径庭。巴克莱是坦率地说教，他绝不会把对宫廷生活的批评伪装成其他的东西；古奇则是沿着爱情的甜蜜小径把他的读者引向演讲厅。例如，《牧歌二》(*Egloga Secunda*) 中被情人拒绝的达密塔 (Dametas)，好似古奇版的阿敏塔 (Amyntas)。他用长段的独白悲吟出动人的诗句，最后自杀身亡：

---

① Googe, Barnabe. *Eglogs, Epytaphes, and Sonettes*, 1563. Edward Arber (ed.) Westminster: A. Constable and Co., 1895. p. 40. 本书引用古奇作品均依照此集中的歌谣体 4—3 音步断句排列。

达密塔死于此。(《牧歌二》：72)①

　　这最后一句颇像为自己写的墓志铭。但是，这种极端的彼得拉克式的忧郁最终遭到报应：自诩拥有天堂般灵魂的达密塔在《牧歌四》(*Egloga Quarta*)中被诅咒，他的殉情在米利比乌斯(Melibeus)看来恰是对瑞森(Reason)②的极大伤害。这不仅是对达密塔自身故事的明确评判，也是对第一首牧歌中关于爱情的痛楚本质的注解。《牧歌五》(*Egloga Quinta*)讲述了一个令人唏嘘的爱情故事：贵族青年浮士德(Faustus)试图通过仆人维拉利乌(Valerius)向自己喜爱的克劳迪娅(Claudia)求婚，不料克劳迪娅却爱上了维拉利乌；当克劳迪娅获知维拉利乌选择忠实于自己的主人后，便自杀而终。这个故事部分受到蒙特梅耶的《戴安娜》(*Diana*)第二部中牧羊女菲丽丝米娜(Felismena)的爱情故事的影响，后者据说也是莎士比亚创作《维洛那二绅士》(*Two Gentlemen of Verona*)时的故事原型。在《牧歌六》(*Egloga Sexta*)中，浮士德又出现在乡下(尽管存在一些叙事上的不一致，但是大概是同一个角色)，在那里领受了关于地狱历险、理智(Reason)的首要性以及乡村生活的魅力等方面的训诫。最后一首诗，即《牧歌八》(*Egloga*)，是对所有诗歌总体大意的概括：撤退到阴影中的克里顿(Coridon)和柯尼科斯(Cornix)展开对唱。柯尼克斯唱道：

　　　　不是那些可怜的情人，
　　　　而是那位永恒的王，
　　　　将草原赐给我们的牛羊，
　　　　保佑我们福寿绵长。(《牧歌八》：23—26)③

　　歌唱的内容包括对牧羊人生活的赞扬，对古典神话中众神的抨击，以及对所有追求享乐者的谴责等。

---

　　① Googe, Barnabe. *Eglogs*, *Epytaphes*, *and Sonettes*, 1563. Edward Arber, ed. Westminster：A. Constable and Co., 1895. p. 40.

　　② 意为"理智，理性"。

　　③ Googe, Barnabe. *Eglogs*, *Epytaphes*, *and Sonettes*, 1563. Edward Arber, ed. Westminster：A. Constable and Co., 1895. p. 62.

古奇尝试把中世纪传统的道德观应用到文艺复兴时期田园主题中，但他失败了。他的失败并非因为他所倡导的道德规范过于严苛，而是因为两者之间并没有共同之处。批评一个牧羊人没有成为好牧羊人是一回事，但责骂一个已经跨越意大利诗歌想象之外的乡村青年没有成为一个对精神斗争具有敏锐触觉的新教徒，这的确又是另一回事。所以从某种程度上说，古奇是把文艺复兴时期的田园诗作为一个整体来抨击：害相思病的牧羊人不是虔诚的基督徒；但是，这个命题的抨击力却被牧歌式相思病的魅力所消减，以至于对相思病中的牧羊人的描述占去了整组诗歌一半多的篇幅。古奇的新教徒道德批评至少切中了一个事实，那就是，其他许多田园诗对教会以及政治寓言的兴趣在消减。《牧歌三》有倡导重归玛丽治下的天主教以及烧死善良牧羊人达夫尼斯（Daphnes）和阿荔吉（Alexis）等情节。诗人还以曼图安的山川、河谷等意象来象征宗教的变化：刚刚被引领到"欢乐小山"（《牧歌三》：122）的羊群，被逼迫返回到他们"散发着恶臭的山谷"（121）中那"腐败破旧的草地"（127）上。可见，一切倡导俭朴生活的慷慨陈词都不如田园诗中牧羊人的生活那样更具说服力。

整个 16 世纪，尤其是在《牧人日历》出版前的 20 年里，英国诗坛对田园诗歌表现出持久且益加高涨的兴致。对这一时期的田园诗歌的统计显示，斯宾塞之前的抒情诗和牧歌不但是评价这种持续高涨的热情的有效尺度，也反映了田园诗歌影响范围的不断扩大。

伊丽莎白时代早期逐渐为人熟知的还有其他形式的田园诗。意大利和法国田园诗人（尤其是桑纳扎罗和马洛）的作品愈加受人欢迎。1565 年，龙沙（Pierre de Ronsard，1524—1585）① 把他的《哀歌、假面舞会和牧羊曲》（*Elegies, Mascarades et Bergerie*）献给伊丽莎白女王，据说还因为赠书获得一枚钻石作为回报。一部题为《戏仿田园诗新编》（*Iusus Pastorales Newly Compyled*）的诗集曾于 1565 年或者 1566 年进入书业公所，可惜当今已无副本存世。一首描写牧羊人、野人（wild men）、仙女（nymphs）和农耕之神萨杜恩（Saturn）的牧歌于 1574 年在温莎（Windsor）和雷丁（Reading）被一群意大利演员呈现出来。另一首关于希腊少女的田园诗或

---

① 彼埃尔·德·龙沙（Pierre de Ronsard，1524—1585）法国第一位近代抒情诗人。1547 年组织七星诗社。1550 年发表《颂歌集》（*Odes*）四卷，声誉大著。1574 年所写组诗《致埃莱娜十四行诗》（*Sonnets pour Hélène*）被认为是他四部情诗中的最佳作品。

者历史故事被莱斯特伯爵（Earl of Leicester）的仆人们于 1578 年或者 1579 年搬上舞台以庆祝基督教节日；1584 年圣诞节上演的以菲丽达（Phillyda）和科林（Chorin）为主人公的牧歌，其中有一个情节是为一群仙女和一座山佩戴围巾。事实证明，阿卡迪亚式牧歌已经到达英国并开始驻留于此，但这只是众多田园诗中的一种模式。文艺复兴提供了可供田园诗充分发展的多种形式：重新发掘的田园诗、浪漫戏剧和传奇。西德尼的《阿卡迪亚》的首要成就是他努力创造出一个不脱离社会责任的理想国度。意大利和法国的田园诗唤醒了英国诗人对自身传统的新意识和新兴趣。但田园诗之所以展现出如此巨大魅力的另一原因却是田园诗自身所固有的。田园诗意味着艺术与自然的完美结合：艺术寓于维吉尔、桑纳扎罗和每一位牧歌诗人诗歌的欢乐之中；自然则体现在诗歌与乡村简朴生活的关系中。在欧洲，只有像斯宾塞、西德尼、莎士比亚、德雷顿（Michael Drayton）以及许多声名稍逊的诗人们意识到了此问题的重要性，并开始正面地面对它。

第三章　文艺复兴
——英国田园诗的黄金时期

　　文艺复兴时期的英国诗人继承和复兴了古典田园诗的牧歌传统。这一时期，作为诗人们展示自己诗才的平台，田园诗歌乘古典文学复兴的东风，踏上了快速发展的道路，产生了不少思想性、艺术性极高的佳作。诗人们希望以牧歌中那种虚饰的乡村生活为背景创造出一种邈远的效果，让自己借以暂时退出并远距离审视和评判他们现世所处的社会。因此，这一时期的田园诗大多具有强烈的理想主义倾向和梦幻色彩。西德尼的散文体罗曼司《阿卡迪亚》问世后曾因其虚幻的形式和内容而长期遭人误解，历经坎坷。[①]但在现代人看来，它简直就是那个时代所特有的某种社会情趣的代表。与《阿卡迪亚》中那种忧郁的、幻灭的情绪不同的是，马娄的《多情的牧羊人》则是对现实的美化，反映了诗人对纯朴的田园生活的向往。其中所描写的爱情纯粹是一种理想的境界，严重脱离了生活实际。沃尔特·雷利爵士曾专门写诗对这种脱离现实的描写进行批评，他用现实主义的笔触批评了马娄笔下牧人生活的虚幻。当然，这一时期也有少量田园诗不同形式、不同程度地触及社会现实。斯宾塞的《牧人日历》的中心主题为贬恶扬善，对社会现实给予更多的关注。因此，它具有了较其他同时代田园诗歌更深刻的社会意义。莎士比亚剧本里许多清新而优美的短歌中有不少对乡村生活和田园风光的现实主义描写，他们契合戏剧主题、为主题服务。文艺复兴时期的英国诗坛就像一个硕大的鸟巢，莺歌燕鸣，一派热闹景象。但热闹的背后也掩盖着诸多不和谐的因素；尤其是文艺复兴晚期，一贯被贴以消极避世标签的田园诗中也隐约散发出一丝丝硝烟的气息；与此同时，类似于游戏人生乃至低级趣味的消极声音也不绝于

---

① Drabble, Margaret. *The Oxford Companion to English Literature.* Oxford：Oxford University Press，1993. p. 37.

耳，大有将风雅文体庸俗化的倾向。

第一节　黄金时代牧歌的主流

西德尼（Philip Sidney，1554—1586）曾经在《诗辩》（*A Defence of Poesie*）中说过："那些在异国深受欢迎的诗歌居然在我们这个时代的英国饱受冷遇，我想大地也在为此痛惜，于是便赋予我们的土壤更少的桂冠。而今看来，英国诗坛也繁荣起来了。"[①] 西德尼所指就是田园诗歌，言语中流露出对堪与法国和意大利诗歌相媲美的真正英国本土诗歌的渴望。正如西德尼所说，英国田园诗歌的兴起的确比欧陆诸国要晚一些，它由冷清而走向繁荣经历了几代人的努力。当巴克莱、古奇、特伯维尔等人以模仿、创作和翻译的方式引介田园诗歌的时候，他们也许没有想到英国田园诗歌很快就要迎来它的黄金时代。

1579 年，斯宾塞（Edmund Spencer，1552—1599）的田园长诗《牧人日历》（*Shepheardes Calender*）出版，标志着英国田园诗歌乃至整个英国诗坛新时代的到来。《牧人日历》是斯宾塞效仿忒奥克里托斯和维吉尔的牧歌形式写成，也是斯宾塞第一部重要作品。诗歌是题献给西德尼的。全诗由 12 首牧歌构成，每首对应一年中的一个月份。除了第一和最后一首外，其他 10 首均采用对话形式。牧羊人柯林·克劳特（Colin Clout）是作品的核心形象，该形象是借用诗人斯凯尔顿（John Skelton，c. 1460—1529）的牧歌《柯林·克劳特》（*Colyn Cloute*）中的人物形象，他在全诗无处不在——要么独自出场，要么在对话里出现，或者被别人谈及。全诗的中心主题是爱情，因为其中 7 首（《一月》、《三月》、《四月》、《六月》、《八月》、《十一月》、《十二月》）要么谈论，要么涉及爱情主题；而其中的《四月》是以爱情牧歌的形式对女王（fair Eliza）的热情颂扬。斯宾塞笔下的爱情有时是快乐的源泉，但更多时候是痛苦的源泉。更重要的还是那些以宗教为主题的牧歌：在《九月》中，诗人把矛头指向天主教士放荡的生活和陋习；《五月》不但讽刺了天主教会，也挖苦了英国国教；《二月》讽刺英国国教神职人员的俗心欲念；《七月》中，

---

① Sidney, Philip. *A Defence of Poesie and Poems.* London, New York, Toronto and Melbourne: Cassell and Company, Limited, 1909. p. 101.

自傲、野心勃勃的牧师总受到指责，而善良的牧羊人则备受尊敬。《十月》是唯一例外的一首，在诗中诗人抱怨他那个时代对诗歌的忽视。这里，斯宾塞反对诗人为功利或用猥亵语言写诗，他认为诗人的使命应该是劝人为善。而就形式来看，有人将 12 首牧歌分成三类：一是哀伤型（《一月》、《六月》、《十一月》和《十二月》），二是道德型（《二月》、《五月》、《七月》、《九月》和《十月》），三是创新型（《三月》、《四月》和《八月》）。① 五首道德型牧歌重在辩论。比如，其中一位牧羊人展开了一场严厉的说教，就像神职人员（《五月》）或诗人（《十月》）一样严肃地倡导来世；而另一位牧羊人却保持较为自由、轻松的态度，他维护年轻人焦躁的性欲（《二月》），允许诗人考虑实用的必要性（《十月》）。

　　《牧人日历》一经出版便有相应的文本注释伴随而出，这种只有文学经典才能享有的荣誉在英国诗坛尚属首次；同时，它给后来的英国诗坛带来的巨大变化更给它的作者带来无上荣光。但是，正如海伦·库珀（Helen Cooper）所说，《牧人日历》的"巨大影响更多地在于其对传统的承继，而非在于其创新"。② 在选择田园诗作为新诗的第一种表现形式时，斯宾塞并没有为迎合来自欧陆的古典之风而抛却英国传统，而是借助英国诗学和文化传统，竭力彰显英语语言中足以与法语或意大利语相媲美的潜质。在这部作品中，斯宾塞借鉴了一些传统的写作手法，并且呈现了在早期田园诗歌中有所体现的所有主要功能。不过，其最显著的特点是优美的韵律和精湛的语言技巧：斯宾塞运用巴克莱式的粗俗与口语来展开时政批判及教会讽刺等相关的"低级"事务，但是在其他方面，他则有意识地采用一系列复杂而又流畅的抒情手段，使其与前者形成巧妙的对比。

　　《牧人日历》以一首表达忧伤情感的牧歌开始。《一月》（Januarie）的主要内容是主人公科林·克劳特（Colin Clout）抱怨自己不幸的爱情。他深深地爱上了村姑罗莎琳达（Rosalinde），带着这份情感，他开始了悲伤的旅程。他把自己的心境比作冬季这个悲伤的季节，比作洒满寒霜的大地，比作冰冻了的树木和他那饱受冬寒之苦的羊群。最后，当发现自己因此感情而失去了先前所有的快乐时，他平静地摔毁笛子，一头躺倒在地

① Quoted in Sambrook, James. *English Pastoral Poetry*. Boston: Twayne Publishers, 1983. p. 35.

② Cooper, Helen. *Pastoral: Mediaeval into Renaissance*. Ipswich: D. S. Brewer Ltd; Totowa: Roman and Littlefield, 1977. p. 115.

上。诗歌的前两个和最后一个诗节描述的是主人公的劳动情景：他把羊群带到田野里，让它们沐浴短暂的午后阳光，然后再把它们赶回羊栏。这种肃杀的季节性田园背景烘托了贯穿全诗、给牧羊人带来无限苦恼的单相思主题。牧歌的结构是忒奥克里托斯式的，也运用了情感错置手法，但是诗歌的基调与忒奥克里托斯的诗歌仍相去甚远。对于科林而言，冬季的风景反映出他内心的绝望：

> 冬的严酷使大地你凄凉、荒芜，
> 化作一面镜子，映照我的痛苦：
> 你曾春意盎然，鲜花妖娆，
> 水仙做了酷夏的霓裳。往矣，
> 如今又是风霜雪剑来耍狂，
> 斗篷原可御寒，怎奈破损难挡。　　　　　（《一月》：19—24）

紧随此绝望心情的是一系列意象写真：

> 树叶凋落，树木光秃，
> 鸟儿喜欢筑巢的地方，
> 如今青苔与白霜撒布。
> 不见花蕾绽放出鲜花，
> 却见你枝头泪如雨珠，
> 顺着悬挂的冰柱滴落。
>
> 我所有的枝叶枯槁、飘零，
> 应时开放的花朵也已凋谢；
> 我青春的枝干绽放的花朵，
> 在冬日的叹息中枯萎飘落，
> 泪花从我的眼眸中落下，
> 宛如树枝上悬着的冰挂。　　　　　　　　（31—42）

"科林·克劳特"这个名字并不常用，它其实是个法语名字，最早被马洛采用过。斯宾塞是从约翰·斯凯尔顿（John Skelton，c.1463—1529）

的一首同名诗歌借用的这个名字，并在《牧人日历》中采用了这一个角色，同时也在《科林·克劳特重归家园》(*Colin Clouts Come Home Againe*)和《仙后》(*The Faerie Queene*) 第 6 卷第 10 诗章里采用了这一角色。

《二月》(Februarie) 核心不是抒情而是道德说教。诗中，老牧羊人瑟诺特 (Thenot) 讲述了关于石楠 (Briar) 与橡树 (Oak) 的道德寓言 (102—238)，试图以此教育年轻的牧羊人库迪 (Cuddie) 尊敬年长者，但结果似乎不如其愿。这个寓言是从瑟尔西斯 (Thyrsis)（指乔叟）那里学来的，诗歌的风格粗犷，过于沿袭古旧的乔叟式表达方式。库迪对色诺特训诫的反驳再现了乔叟的语调和真正的牧羊人形象：

> 求求你，老羊倌，别再啰嗦：
> 这故事又臭又长，不值一说。
> 我听够你冗长的演讲，
> 巴不得顺着地缝逃脱；
> 我感觉我的血在冷却，
> 裹腿向脚踝迅速滑落，
> 你蹩脚的故事实在乏味，
> 快回家吧老羊倌，日子已所剩不多。　　　　　(239—246)

全诗的最后一行诗"快回家吧老羊倌，日子已所剩不多"(Hye thee home shepherd, the day is nigh wasted) 采用了传统的维吉尔风格的牧歌结尾，也暗示着年老的色诺特来日不多，同时也呼应了《牧人日历》中关于时间消逝的主题。

《三月》(March) 的主体是一个寓言式故事 (61—102)。乘着三月的暖阳，粗俗的捕鸟少年汤姆林 (Thomalin) 与牧童威利 (Willye) 聊起了爱情。汤姆林讲道，有一天他去猎鸟，发现一个长着翅膀的小孩儿，他弯弓搭箭向其射去，还拿浮石向投掷；无奈那小孩儿在树枝间敏捷跳闪，总也无法击中。正当他因害怕而拔腿想跑之时，脚后跟却被那孩儿击中。被击中脚后跟的汤姆林很快便陷入身心的痛苦之中：

> 很快疼痛便开始蔓延；
> 现在已周身扩散，

我内心的剧痛

不知道如何排解。　　　　　　　　　　　　　　　　　（99—102）

　　诗歌的目的之一是描绘爱神丘比特，而其核心目的却是要表现另一个
主题：蔑视嘲弄爱情者最终反被爱情痛苦折磨。这种朦胧的性爱寓言源自
比翁，也带有龙沙的印记，但是其叙事模式却取自忒奥克里托斯。斯宾塞
安排两位互有敌意的"猎人"相遇并使其相互攻击，不但给诗歌以深刻
的寓意，也为其增添了喜剧色彩，使其更富诗意。

　　《四月》（April）与前几首大不相同。它的故事主体是献给伊丽莎白
女王的赞歌，占去了诗歌的大部分篇幅（37—153）。科林·克劳特用复
杂而又巧妙的抒情方式赞美"美丽的伊莉莎，所有牧羊人的女王"（34），
格调庄重高雅。在这华丽的颂词中，伊丽莎白女王有缪斯与美惠三女神的
陪伴，用她的美丽来羞辱掌管诗歌与音乐的太阳神福波斯（Phoebus）及
其双胞胎妹妹月亮女神辛西娅（Cynthia）。艺术与大自然用所有的辉煌将
她装扮，四季之花为她做成花环；因为她是黄金时代永不衰落的王国的女
王，不受季节变化的影响：

　　　　看啊，她坐在青青的草地上，

　　　　（哦，角度刚好）

　　　　斯卡洛的伊柯莱德像一位年轻的女王，

　　　　洁白而无瑕，

　　　　她头戴一顶红色的王冠——

　　　　点缀着玫瑰与水仙，

　　　　月桂树叶夹在中间，

　　　　还有绿色的樱花草

　　　　和甜美的紫罗兰。　　　　　　　　　　　　　　（55—63）

　　然而，当诗歌以简短的介绍性对话结束时，诗人有意采用与故事主体
形成对比的朴实风格，从而为故事主体中精湛的修辞和韵律技巧提供了一
个传统的田园诗框架。

　　《五月》（Maye）里，牧人皮尔斯（Piers）和帕林诺蒂（Palinodie）
分别代表两类牧师或者新教和天主教两类信徒，他们的对话旨在论证是否

两个群体必须采用同样的生活方式。皮尔斯认为与恶人为伍非常危险，他主张不要过于相信那些伪装的善意；为了证明自己的观点，他引述了一个狐狸和小山羊的寓言故事（174—305）。这个寓言成为诗歌的核心片段。小山羊可以被理解为朴素的信仰和真正的基督徒；狐狸则喻指虚伪而不忠实的天主教徒，对他们不可轻信，也不宜与其为伍。尽管这首牧歌充满愤懑情绪，却仍旧相当程度地保留了田园诗的特征，例如，破产的羊主人与牧羊人恰恰成为抨击虚位买主（absentee purchasers）和享受圣俸的小贩的依据：

> 虽被雇佣却几乎没有报酬，
> 廋弱不堪犹如一架骷髅；
> 羊群垮掉了有人来索取羊毛，
> 给一两个子儿就夺去了所有。
> 我思忖这两者生活的价值，
> 一方是为了工钱，他也的确得到，
> 另一方的任务是神的委派，
> 伟大的潘神让牧羊人自觉遵守。 （47—54）

这首诗显然在追随中世纪基督教化的寓言体牧歌传统。斯宾塞诗歌的注释（多沿用早期 E. K. 的注解）对此给出的解释是"潘神就是基督，是所有牧羊人的上帝，他自称伟大、善良的牧羊人。（我认为）这个名字最适合他；因为潘神代表一切，是无所不能的，是唯一的上帝耶稣。"①

《六月》（June）不再将牧羊人比拟为基督教牧师，而是将其比作诗人。忧郁的科林·克劳特悲叹其爱情的失败，表达对自己才思枯竭的恐惧。他的抱怨在他与好朋友霍比诺尔（Hobbinol）的谈话中流露出来，而霍比诺尔则陶醉于周围美丽的风景：一泻千里的瀑布、清凉的绿荫、布满鲜花的沼泽、轻扬的微风还有欢快的鸟儿。在霍比诺尔的歌声里有维吉尔《牧歌·其一》的回声，让我们回想起欢快、悠闲、处境安全的泰特鲁斯（Tityrus）与不幸的梅利伯（Meliboeus）之间的对比。但是，在斯宾塞的

---

① Quoted in Morris, R., ed. *The Works of Edmund Spenser.* London: Macmillan and Co., Ltd, 1907. p. 461.

牧歌集里，经典的神话形象被归化入英国乡村的迷信风俗。霍比诺尔邀请科林去美丽的山谷，那里：

> 友好的精灵与美惠女神们相遇，
> 腿脚轻快的仙女踏着舞步齐聚，
> 追逐着漫漫长夜，留下整齐的足迹；
> 居住在帕纳索斯山上的九位姐妹，
> 为助兴而演奏的音乐美妙无比。　　　　　　　　　　（25—29）

科林嫉妒地发现，霍比诺尔找到了亚当曾经失去的乐园；而正如在《一月》与《十二月》（December）里描写的那样，科林自己却被从那个永恒的伊甸园里驱逐了出来，他的内心只有冬天。

在《七月》（Julye）中，斯宾塞继续采用优美抒情的语言与巴克莱式粗俗讽刺的语言交互运用的手法，辅以断句式十四音节诗行（即将一个十四音节诗行断为两行）的舒缓韵律来展示一场辩论。这场辩论发生在清教徒"善良的牧羊人"与"高傲而野心勃勃的牧师"之间，其主题以曼图安的第8首牧歌为基础，又与斯宾塞本人的《五月》相互联系。诗中的寓言其实是透明的，只不过草草地遮以田园诗的面具。在汤姆林的描述中，罗马牧羊人的举止就像地主：

> 羊吃面包皮，他们食用面包：
> 面包片和美味佳肴；
> 他们取走羊毛，让羊来增膘，
> （瞧那憨憨的绵羊）
> 别人脱粒，他们享有食粮，
> 他们终日无须辛劳。　　　　　　　　　　　　（187—192）

这样的书写一方面体现了诗人对忒奥克里托斯和维吉尔开创的传统田园诗模式的曲解和认识局限，同时又从另一方面展现了斯宾塞的开创性，因为，这样的主题预示着反田园诗歌在英国兴起的必然。

《八月》（August）采用了忒奥克里托斯－维吉尔式歌唱比赛（对歌）的模式。一部分比赛在霹雳哥（Perigot）和威利（Willie）之间展开，前者歌唱对爱情的渴望，而后者则用嘲笑的口吻来接应（53—124）。即兴对歌在欢快的氛围中进行：

> 霹雳哥：要是我因难堪的忧伤而死，
> 威利：嗨呵，难堪的忧伤，
> 霹雳哥：见证者啊她用眼光把我戕：
> 威利：因为他发现你愚蠢的真相。　　　　　　（112—115）

在斯宾塞时代之前有一首被称作"嗨呵，假日"（Heigh ho holiday）的流行曲调，这首诗中霹雳哥和威利歌词中粗犷、质朴的回旋曲（roundelay）很大程度上模仿了这个曲调。在这平凡朴素的快乐对歌之后，另一首歌与其形成鲜明比照。这首歌的演唱者是仲裁者库迪（Cuddie），他唱的是一首科林·克劳特的歌曲（151—189），以意大利式六节诗（sestina）的复杂形式哀叹永恒之爱的痛苦。两首歌都契合歌手的身份与风格，他们不但较好地融合了英国与欧陆两种田园诗的风格，也把情感的自然流露与沉思这两种基调调和得较为完美。

在斯宾塞的几首抨击邪恶牧师的诗歌中，《九月》（September）是讽刺意味最为强烈的一首。他的模版应该是曼图安的第9首牧歌，而曼图安的作品本身又是对维吉尔《牧歌·其一》的改写。就像曼图安的牧歌一样，其主题出自《马太福音》："你们要提防假先知。他们来到你们面前，外表看来像绵羊，里面却是凶狠的豺狼。"①

斯宾塞在创作《十月》（October）时采用了更高的格调。牧羊人的角色再一次从牧师转换成诗人。在与皮尔斯（Piers）的对话中，库迪表达了一种有着古老传统的哀伤情绪，这种情绪可以追溯到忒奥克里托斯的第16首牧歌（其实是非田园诗）。让库迪哀伤的不但是诗人赞助人的缺失，还有高格调诗歌主题的匮乏：

> 但是呦，赞助人已身披黄土，
> 伟大的奥古斯督久已作古：
> 诗人的创作题材已然不在，

――――――――――

① 现代中文译本《马太福音》7：15。

消失得就像千古风流人物。　　　　　　　　　　　　　(61—64)

斯宾塞认为，诗歌可以培养年轻人的想象（14），它同时还是一种道德力量（21—24），有时还被赋予爱国思想（39—48）；但是，在更高层次上，它像神圣的礼物一样崇高（83—84）。在牧歌的结尾处，诗人试图以科林为例来说明自己的观点：库迪宣称，如果科林没有受到不幸的爱情摧残的话，他会"爬得很高，像天鹅一样平静地歌唱"（90）；但是皮尔斯回复说，科林是愚蠢的，因为他没有理解

> 是爱情教他爬得如此之快，
> 把他从可恶的泥潭里拉了出来：
> 这不朽的镜子恰如他之所愿，
> 会把人的精神提升至星际空间。　　　　　　　　(91—94)

自忒奥克里托斯开始，肉欲或感伤的爱情就是田园诗歌的主要母题。而这里，斯宾塞又将柏拉图式爱情引入牧歌传统，并在他自己后来的诗集《爱与美礼赞》（*Fowre Hymnes*）里给予进一步详细阐释。

《十一月》（November）的抒情部分是一首挽歌（52—202），悼念一位名叫迪杜（Dido）的身份不明女士。科林·克劳特用灵活、流畅的节奏歌唱，其复杂多样的旋律甚至超越了《四月》里的歌。诗歌的直接模板是马洛的《洛伊姿夫人》（*De Madame Loyse*），但是马洛和斯宾塞所共同采用的最有效的创作手法则来自莫修斯的《悼比翁》或者维吉尔的《牧歌·其五》，比如，平凡而又深刻的哲理：花有重开之日，人无复活之期；情感错置——大自然也会为人的不幸哀悼悲伤；突然的"转机"令人重见希望；胜利地宣告主人公迪杜没有死等。就像维吉尔的达夫尼斯一样，迪杜也成了神：

> 她幸福地与众神生活在一起，
> 饮的是琼浆玉液，吃的是仙界美食，
> 享受着凡人无法企及的快乐，
> 她已获最高神的荣耀。　　　　　　　　　　　(194—197)

在《十二月》（December）里，诗人以一段哀伤的独白来结束一年的时光。诗中，科林运用了与《一月》相同的诗节，总结他的生命轨迹，并将其生命比喻为四季。他的春天充满了动物般快乐的时光；他仿佛生活在永恒的世界里，"像燕子一样四处翱翔"（20）。夏天使诗人的写作技能有所提高，但是也给诗人的爱情注入了悲伤。秋天这个收获的季节里充满了未实现的愿望。现在"冬天即将来临，刮着恶意的微风；冬天过后，死亡将如期到来"（149—150）。

这样，《牧人日历》像它的开头那样，在一位孤独、失望的牧羊人 - 诗人为自己歌唱的情景中结束了。整个牧歌集的主格调是忧郁的。在他的讽刺性牧歌中，更多的是悲伤而非愤懑；甚至献给伊莉莎（Elisa）的颂歌也被嵌入表达科林忧伤之情的牧羊人对话之中。在《十二月》乃至整个《牧人日历》的框架中，用诗人蒲柏的话说，斯宾塞"将人的生命比作四季，同时向读者展现出一幅伟大而又渺小的世界的多重变化与侧面。"[①] 但是，科林·克劳特这个核心人物使得整部作品显得有机统一，这一点似乎更为重要。斯宾塞创造了这个忧郁的情人与诗人，他既是一个与我们的世界明显不同却又切实相关的神秘空间的创造者，又同时是这个空间的居住者。在更高的层次上，这位忧郁的情人与诗人体现的是一种对艺术的自觉意识；就这点而言，维吉尔尚做得不够，忒奥克里托斯则干脆没有尝试过。

然而，从某种层面上讲，斯宾塞创作的风格更接近忒奥克里托斯而不是维吉尔。在维吉尔和中世纪的大部分拉丁语田园诗歌里，找不到与忒奥克里托斯的多利安方言等价的语言风格，而斯宾塞最显著的成就之一就是创造了一个等价的语言风格。如忒氏语言那样，斯宾塞的语言纯朴却充满了艺术气息，成为严肃主题的诗化媒介；他的"英式多利安风格"深深地扎根于本土的诗歌传统，兼收并蓄了朝臣诗人乔叟、道德诗人兰格伦（William Langland，c. 1330—1387）和讽刺诗人斯凯尔顿（John Skelton，c. 1460—1529）等多位诗人的语言风格。

斯宾塞甚至发现自己已经离不开田园诗歌这个面具了。他曾以一位牧羊人的身份创作了一首忧郁的挽歌《达芙妮达》（Daphnaida），以哀悼道

---

① Pope, Alexander. "Discourse on Pastoral Poetry." *Poems of Alexander Pope*. ed. John Butt. London：Methuen, 1963. p. 122.

格拉斯·霍华德夫人（Lady Douglas Howard）的去世。而他的《阿斯托洛菲尔》（Astrophel：A Pastorall Elegie upon the Death of the Most Noble and Valorous Knight，Sir Philip Sidney）则是以田园诗的风格写给西德尼的挽歌。《阿斯托洛菲尔》开篇就称西德尼为"出生于阿卡迪亚的文雅的牧羊人"（1），而诗歌标题则成为已知最早的对"田园挽歌"（pastoral elegy）这个术语的英语记录。该诗借用了一个古老的牧歌题材——阿多尼斯的故事，诗中对阿多尼斯神话的运用直接受到龙沙的《阿多尼斯》（Adonis）的影响。《阿斯托洛菲尔》以田园牧歌的风格为阿斯托洛菲尔的牧羊女妹妹演唱的《克罗琳达的哀歌》（The Dolefull Lay of Clorinda）构建了一个引言或者叙事框架。《克罗琳达的哀歌》的题记写道，"这些诗行据说是由西德尼爵士的妹妹彭布洛克伯爵夫人（the Countess of Pembroke）玛丽·西德尼（Mary Sidney）所做。"可以想见，斯宾塞要把他自己创作的诗歌归功于伯爵夫人，因为她也是斯宾塞本人的女赞助人。这些诗歌也许在1586年西德尼死后已经写好了，但是到1595年它们才作为《科林·克劳特重归家园》（Colin Clouts Come Home Againe）的附录印刷出版。《科林·克劳特重归家园》这部作品一共955行，是斯宾塞最长的牧歌，它讲述了科林受"海洋牧羊人"（Shepherd of the Ocean）雷利（Ralegh）的邀请前去宫廷朝觐以及他幻想破灭、重归家园的故事。诗歌利用很大篇幅描述月亮女神辛西娅（Cynthia）（亦即伊丽莎白女王）宫殿的金碧辉煌。但是，当科林的同伴问他为什么离开这样富丽堂皇的宫殿而返回乡村时，他开始痛斥朝臣们的野心、阴险、奸诈、奢靡、虚荣与愚蠢。科林（即斯宾塞）一方面雄心勃勃地希望成为一名赞美月亮女神的宫廷诗人，另一方面他又持守传统的道德情怀，对与乡村生活形成鲜明对比的宫廷生活有一种天然的敌对意识。在当时的环境下，这对任何一位诗人恐怕都是两难选择，因此，诗中几乎感觉不出诗人化解其内心矛盾的任何努力。

科林·克劳特的最后出场是在《仙后》（The Faerie Queen）的第6部，也就是最后一部分。凯利道尔（Calidore）爵士被帕斯特丽拉（Pastorella）的美丽以及梅里伯（Meliboee）描述的卑微的牧羊人的快乐与美德所吸引，并成功逃脱了葛洛丽娜（Gloriana）对他的追踪。科林这位牧羊人的乡村笛声与欢快的圣诞颂歌被帕斯特丽拉奉为比凯利道尔的宫廷歌曲更为崇高的音乐。然后，在第6部奇妙而又美丽的高潮部分（第10诗章第11—16节），科林在艾西德尔山（Mount Acidale）上和着美惠女神们

欢乐的舞步吹起笛子。美惠女神们是"快乐的女儿"（第15节第1行），
也是人类生活中美的神圣源泉：

> 三女神赋予人们高尚的秉性，
> 来装点他们的躯体和内心，
> 使他们漂亮可爱，蒙受恩宠。（第23诗节）

  科林将自己的情人置于女神们中间，将其视为与女神一样的优雅之
源。对于这位牧羊人诗人而言，美惠三女神的舞蹈展现了一个理想的虚幻
世界中的和谐景象。而实际上，只有诗人的诗歌艺术才能够将这理想世界
中想象的情景带入到大自然真实的世界之中。这种虚幻的景象是脆弱的，
凯利道尔的干扰轻易地便将它驱散。同样，田园般平静的世界也是脆弱
的：随后不久，强盗们（the Brigants）闯了进来，杀死了梅里伯与他的妻
子，夺走了帕斯特丽拉，而凯利道尔则无可奈何地重新回归到艰难的骑士
式探索之路。之于凯利道尔的退隐田园究竟是诗人对其脱离骑士式探索之
路的谴责，还是作为其文雅举止的重要证据而用，斯宾塞并没有刻意向读
者说明；但不管怎样，他表现出的文雅举止无论在下层社会还是在宫廷，
都会起到正面作用。另外，正如唐纳德·伽斯尼（Donald Chesney）指出
的那样，牧歌风格潜在地贯穿于整个《仙后》的六部曲中，其中关于帕
斯特丽拉的片段绝不仅仅是个插曲，而应该是整个作品的高潮。①
  《仙后》第6部里这种关于英雄般的奋力拼搏（入世）与隐士般的田
园生活（出世）之间的对比，在菲利普·西德尼的《阿卡迪亚》（*Arcadi-
a*，1580）中也有同样清晰的表达。尽管《阿卡迪亚》这个标题间接地
（通过蒙特梅耶的《戴安娜》）衍生于桑纳扎罗的同题诗歌《阿卡迪亚》，
但西德尼的作品更像是一部骑士史诗（chivalric epic）而不是田园罗曼史
（Arcadian romance）。西德尼的《阿卡迪亚》很大部分用散文体写成，但
是其中有四组牧歌将散文叙事部分分割成西德尼所谓的五"幕"（actes）。
而这四组牧歌在英国田园诗歌发展史中所占据的地位不可忽视。这四组牧
歌包括27首韵律多样的诗歌，其长度堪比斯宾塞的《牧人日历》，共有

---

① Chesney，Donald. *Spenser's Image of Nature：Wild Man and Shepherd in "The Faerie Queene"*.
New Haven：Yale University Press，1966. p. 154.

2500 行。每组诗松散地围绕某个单一的主题形成一个诗歌或寓言系列，而这些主题的组合呈现出一个自然的发展趋势。第一组诗歌讲述了没有得到回报的悲伤爱情；第二组诗歌描述了情人心灵中理智与情感的斗争；第三组诗歌呈现了婚姻中（或夫妇间）的爱情，其中还包括英语诗歌中第一首正式的婚礼颂歌；第四组记载了死亡，其中有对《悼比翁》（The Lament for Bion）的改编。西德尼可能是通过桑纳扎罗的《阿卡迪亚》中第11 首牧歌间接受到了《悼比翁》的影响。

西德尼的《阿卡迪亚》是一部传奇文学作品。该作品有两个版本。第一个版本完成于 1581 年，被称为《旧〈阿卡迪亚〉》（*Old Arcadia*），大部分写于威尔顿（Wilton），直到 1907 年它才被作为一部独立作品发掘出来。第二个版本，现称为《新〈阿卡迪亚〉》（*New Arcadia*），于 1583—1584 年间经过了作者的大幅修改，但最终修改工作并没有完成。而仅只修改到原作的五分之三时（原作共五卷），新作就已达原作的两倍长了。这个修订版于 1590 年先行刊印，有人还给它分了章节并加了总结。1593 年以后，有人把旧作的后三部附加上，从而形成了看似完整，实为新旧混合的作品。但在 20 世纪初伯特伦·多贝尔（Bertram Dobell）发现旧作之前，读者所能看到的就只是这个混合本。

《旧〈阿卡迪亚〉》的故事主线是阿卡迪亚的统治者愚蠢的老公爵巴西里乌斯（Basilius）带着妻子吉尼西娅（Gynecia）和两个女儿帕美拉（Pamela）和费洛克丽（Philoclea）隐遁到乡村，企图以此来阻止一个预言的实现。故事的核心人物是退隐到乡村的两位王子摩西多罗斯（Musidorus）和皮洛克勒斯（Pyrocles），他们分别乔装成牧童和女战士，得以接近这个隐遁的朝臣之家。于是，一系列复杂的情节相继发生，老公爵和他的妻子同时爱上了乔装打扮的皮洛克勒斯。而同时，摩西多罗斯则被德莫塔斯（Dametas）一家所困。德莫塔斯是个粗野的牧人，是公爵女儿帕美拉的扈从；他有一个泼妇一样的妻子，名叫米所（Miso），还有一个傻女儿，名叫莫泼洒（Mopsa）。皮洛克勒斯成功地勾引了公爵女儿费洛克丽；摩西多罗斯则想与帕美拉私奔，但他们的计划因为老公爵的病危而失败（公爵夫人怀疑公爵付多了壮阳药）。与此同时，皮洛克勒斯和费洛克丽在床上被德莫塔斯逮了个正着。故事的高潮是由马其顿王国英明的统治者尤阿切斯（Euarchus）主持的审判。公爵夫人吉尼西娅被判处活埋，皮洛克勒斯和摩西多罗斯被判斩首。两位王子的乔装和假名使得尤阿切斯本人也没能认出他们就是自己的儿子和侄子，但是，即便是他们的身份公开后，尤阿切斯还是声明，既然他已公正地做出了判决，他也得公正地判决自己的孩子。不料在执刑那天，老公爵的突然苏醒挽救了一切，他原来并非服春药过量，而只是服了安眠药。

如上所述，《旧〈阿卡迪亚〉》分成五幕，不时出现仿戏剧的对话形式，并穿插点缀着大量的诗与短歌。这些穿插在故事间的短歌多半是由扮演成牧羊人的朝臣们演唱的。故事的次要人物中，忧郁诗人菲利西德（Philisides）正是西德尼本人的翻版。他就是短歌的主唱者之一，共演唱了七首牧歌。菲利西德这个名字由西德尼姓名简写组合而成；因为这个名字意为"追星者"（star-lover），它同时又与西德尼的《阿斯托洛菲尔与斯特拉》（Astrophil and Stella 又译《爱星者与星星》）中阿斯托洛菲尔这个角色相对应。忧郁的菲利西德在《阿卡迪亚》里漂泊，悲叹着自己爱情的不幸。最后，在第四组牧歌中，他被人说服，开始用散文与诗歌交错的形式讲述他的故事；事实上，他的故事在许多方面反映的是西德尼早年的生活经历。此前，在第三组牧歌的第4首里，菲利西德引述了一个政治寓言，说那是某年的八月份"老朗格特"（old Languet）讲给他的。西德尼本人曾在朋友赫伯特·朗格特（Hubert Languet，1518—1581）的陪护下环游欧洲，并在1573年的8月和1574年两次到达维也纳。菲利西德这个人物事实上是诗人本人为自己虚构出来的自画像；在这点上，他明显超越了斯宾塞作品中的科林·克劳特这个形象。不过，西德尼后来对这种寓意式的自传显然并不十分满意。在他去世后出版的修订版《阿卡迪亚》（1590）中，尽管菲利西德这个名字依然被保留了下来，却将他所唱之歌或省略不录，或重新分派给一位伊比利亚骑士。这位骑士在作品中仅仅出现过一次，而他却成了星星斯特拉的情人。

《旧〈阿卡迪亚〉》中另两位牧歌演唱者是扮成牧羊人的朝臣斯特拉冯（Strephon）和克拉乌斯（Klaius）。他们演唱了两首精美的情诗，第1首就是叠韵六行诗（double sestina）《尔等牧羊之神，爱那翠绿的山林》（Ye Goat-herd gods, that love the grassy mountains）。旧版中其他值得一提的诗歌还有：赞美费洛克丽美貌的诗歌《什么语言能描绘她的完美》（What tongue can her perfections tell），六音步附和诗《漂亮的岩石，绮丽的河流，甜美的树林啊，我何时得见宁静?》（Fair rocks, goodly rivers, sweet woods, when shall I see peace?），散文诗《啊甜美的树林，那孤寂的

快乐》（O Sweet woods, the delight of solitariness），针对暴君的动物寓言
《埃斯特岸边那一小群羊》（As I my little flock on Ister bank），还有一首十
四行诗《我的爱人拥有我的心》（My true love hath my heart, and I have
his）。所有这些诗歌都置于清新雅致的田园背景之中，令读者仿佛目睹了
山河的壮美，闻到了花草的芬芳，听到了流水的歌唱，聆听故事的同时又
获得感官的愉悦。这也许就是这部作品的最大魅力所在。

　　《阿卡迪亚》中的大部分牧歌都与整个作品严肃的道德主题保持一
致，但是，偶尔也有些诗歌尝试较为轻松的格调。第二组牧歌中的第 3 首
是两个乡巴佬——尼克（Nico）和帕斯（Pas）——之间的歌唱比赛。该
诗脱胎于忒奥克里托斯的第五首牧歌和维吉尔的《牧歌·其三》，但是与
两位老师的风格比较起来，西德尼的喜剧格调显得有些生硬笨拙。相比而
言，第二组牧歌中的其他诗歌对西德尼的思想与艺术特点体现得更充分。
其中，第 1 首是阿卡迪亚人的交互轮唱，伴着他们的歌声，人们跳起一种
被他们称为"理性与情感冲突"的舞蹈。七位"理性的"牧羊人参与其
中：其中四位组成一个正方形；另两位远远地站在两侧，就像主战场的两
个侧翼一样；第七位牧羊人在最前方，他像敢死队一样"挑起"冲突。
七个毫无激情的牧羊人按照这样的顺序走出来，各自手中握着不同的乐
器，随着歌声踏出一致步调。第二组牧歌中的其他几首尝试了其他艺术手
法。比如，忧郁的菲利西德演唱的一首歌采用了奥维德讲述纳喀索斯
（Narcissus）与艾科（Echo）的故事①时使用的回声技巧。该组的最后一
首诗歌是由摩西多罗斯王子扮演成牧羊人吟唱的。他这样唱道：

> 哦，甜美的树林，独处的欢乐！
> 哦，我多么喜欢这样的清净生活！
> 在那里，人们的思想自由翱翔，
> 接受慈善的亲切指导；
> 在那里，直觉让人们感受到上天的恩赐，
> 聪慧的思想让人们理解造物主的伟大；
> 在这里，沉思占据它独有的位置，
> 毫无约束地张开希望的翅膀

---

① 参见奥维德《变形记》（Metamorphoses, bk. 3：379—392）。

飞向天际的星辰；大自然就在它下方。(1—9)

到此为止，理性与情感的斗争结束了。在宁静的思想状态下，摩西多罗斯盛赞乡村的清净将人们的思想带到了天国。

尽管西德尼对韵律的精湛把握并没有为《阿卡迪亚》中的所有牧歌带来同样的快乐效果，但是不得不承认，至少他的叠韵六行诗还是比较成功的——这种诗节被誉为"后无来者的异国情调。"[1] 这种韵律巧妙的诗歌出现在第四组牧歌的开头，演唱者是斯特拉冯和克拉乌斯这两位朝臣。在这种韵律中，每一诗节都由相同的 6 个词语作为诗行结尾，但是它们以循环的次序出现。因此，在 6 个诗节中，这 6 个行尾词分别出现在不同诗行的结尾，而在每一节诗的最后一个单词总是重复地出现在下一节诗的第一行最后；接下来的 6 个诗节的押韵格式严格重复前 6 个诗节；最后，这 6 个行尾词两两出现在后三行，构成了一个三行押韵诗节。为了直观起见，现照录原诗如下：

Strephon.

Ye Goatherd gods, that love the grassy mountains, /Ye nymphs which haunt the springs in pleasant valleys, /Ye satyrs joyed with free and quiet forests, /Vouchsafe your silent ears to plaining music, /Which to my woes gives still an early morning, /And draws the dolor on till weary evening.

Klaius.

O Mercury, foregoer to the evening, /O heavenly huntress of the savage mountains, /O lovely star, entitled of the morning/While that my voice doth fill these woeful valleys, /Vouchsafe your silent ears to plaining music, /Which oft hath *Echo* tired in secret forests.

Strephon.

I that was once free burgess of the forests, /Where shade from Sun, and sport I sought in evening, /I, that was once esteemed for pleasant

---

① Robertson, Jean. "Sir Philip Sidney and his Poetry." *Elizabethan Poetry*, ed. J. R. Brown and B. Harris. London: Edward Arnold, 1960. p. 125.

music，/Am banished now among the monstrous mountains/Of huge despair, and foul affliction's valleys, /Am grown a screech-owl to myself each morning.

Klaius.

I that was once delighted every morning/Hunting the wild inhabiters of forests, /I, that was once the music of these valleys/So darkened am, that all my day is evening, /Heart-broken so, that molehills seem high mountains, /And fill the vales with cries instead of music.

Strephon.

Long since alas, my deadly swannish music/Hath made itself a crier of the morning/And hath with wailing strength climbed highest mountains; /Long since my thoughts more desert be than forests, /Long since I see my joys come to their evening, /And state thrown down to overtrodden valleys.

Klaius.

Long since the happy dwellers of these valleys/Have prayed me leave my strange exclaiming music, /Which troubles their day's work, and joys of evening; /Long since I hate the night, more hate the morning; /Long since my thoughts chase me like beasts in forests, /And make me wish myself laid under mountains.

Strephon.

Meseems I see the high and stately mountains/Transform themselves to low dejected valleys; /Meseems I hear in these ill-changed forests/The nightingales do learn of owls their music; /Meseems I feel the comfort of the morning/Turned to the mortal serene of an evening.

Klaius.

Meseems I see a filthy cloudy evening/As soon as sun begins to climb the mountains; /Meseems I feel a noisome scent, the morning/When I do smell the flowers of these valleys; /Meseems I hear, when I do hear sweet music, /The dreadful cries of murdered men in forests.

Strephon.

I wish to fire the trees of all these forests; /I give the sun a last farewell each evening; /I curse the fiddling finders-out of music; /With envy I do hate the lofty mountains/And with despite despise the humble valleys; /I do detest night, evening, day, and morning.

Klaius.

Curse to myself my prayer is, the morning; /My fire is more than can be made with forests, /My state more base than are the basest valleys; /I wish no evenings more to see, each evening; /Shamed, I hate myself in sight of mountains/And stop mine ears, lest I grow mad with music.

Strephon.

For she, whose parts maintained a perfect music, /Whose beauties shined more than the blushing morning, /Who much did pass in state the stately mountains, /In straightness passed the cedars of the forests, /Hath cast me, wretch, into eternal evening/By taking her two suns from these dark valleys.

Klaius.

For she, with whom compared, the Alps are valleys, /She, whose least word brings from the spheres their music, /At whose approach the sun rose in the evening, /Who, where she went, bare in her forehead morning, /Is gone, is gone from these our spoiled forests, /Turning to deserts our best pastured mountains.

Strephon.

These mountains witness shall, so shall these valleys,

Klaius.

These forests eke, made wretched by our music, /Our morning hymn this is, and song at evening.

这首诗歌以桑纳扎罗的《阿卡迪亚》中第 4 首牧歌为模板。桑纳扎罗也采用了叠韵六行诗，他的诗歌行尾词分别是 campi（田野）、sassi（岩石）、valle（山谷）、rime（诗歌）、pianto（哀挽）、giorno（时光）。西德尼诗歌行尾词分别是 mountains（山脉）、valleys（峡谷）、forest（森林）、music（音乐）、morning（清晨）、evening（傍晚），两者非常契合。两首诗里，前三个单词展现了三种常见的地标，后三个单词体现的是寻常生活中常见的抱怨：两位诗人一致认为田园风光是一个追寻爱情的封闭世界。这种叠韵六行诗的形式具有精准的规律性，就像编钟一样轮番发出不同的声音。尽管叠韵六行诗的韵律如此巧妙，威廉·燕卜荪却指出了它的单调乏味；不过，他把这种单调乏味作为烘托主题的手段来看待，从而给出了较为辩证的评价：

> 这个形式没有方向性或者冲击力。无论乐曲多么丰富，它都用哀挽而固定不变的单调节奏来进行演奏，总是徒劳地涌向相同的通道。山脉、峡谷、森林、音乐、清晨、傍晚，斯特拉冯和克拉乌斯在他们的吟唱过程中只在这些单词处暂停。这些单词限定了他们的世界的边界，是他们生活场景的脊梁。通过这 13 遍的重复，他们在追寻失恋状态下的田园式单调与沉闷，就像汹涌的海水漫无目的地拍打着一块岩石，让我们似乎从这些概念中理出了所有可能的意义。①

在这首叠韵六行诗中，一个情人的抱怨被另一个超越、放大之后，便在他们不幸的爱情作用下演变成可怕梦魇。爱神乌拉妮娅的离弃使斯特拉冯和克拉乌斯陷入深深的痛苦之中。牧羊人拉姆（Lamon）用冗长却又不完整的诗歌（544 行）重述了两位失恋的牧羊人的悲伤故事，这首诗被附加在 1593 年版《阿卡迪亚》第一组牧歌的最后。拉姆的歌喻示了一段未实现的柏拉图式爱情。一开始，这些牧羊人享受着如动物一样纯真的青春的快乐，就像科林·克劳特享受着春天的快乐时光一样，但爱神乌拉妮娅的出现给他们带来痛苦，也带来精神的成长。爱神的美丽胜过其他两位牧羊女——代表理性之爱的努斯（Nous）和代表肉体之爱的柯斯玛（Cosma）。这些牧人之间爱情的开始可以象征性地追溯到乡村节日时玩的一种叫作"打燕麦"（barley break）② 的游戏。游戏中，斯特拉冯的伙伴从乌拉妮娅换成了稳健的柯斯玛，再换成优雅的努斯，最后又与容光焕发的乌拉尼亚携手。就这样，斯特拉冯以他田园般的天真无邪模拟了灵魂的发展

---

① Empson, William. *Seven Types of Ambituity*. London：Chatto and Windus, 1930. p. 48.
② 一种古老的乡村游戏。参与者三男三女，两两拉手。其中一对留在中间被称为"地狱"的位置，另两队分列两边。中间一对携手向其他两队展开冲击，但他们拉着的手不可分开；另两队在受到强烈冲击时可以分手，而一旦有人被抓住，就得与"地狱"里的调换位置，成为追捕者。

趋势，他拒绝上帝创造的和谐的物质世界以及神圣的思想领域，而祈盼爱神乌拉妮娅引领他融入一个更高的、神圣的境界。这个新柏拉图式寓言实际上暗合着了乡村快乐生活的真实情景。的确，伊丽莎白时期评论家们普遍认为，西德尼和斯宾塞都善于把牧歌用作寓言的主要媒介。乔治·帕特纳姆评价道："诗人创造了牧歌，其目的不是伪装或者呈现乡村方式的爱情与交际，而是要借助平凡之人以及粗俗的语言暗讽与映射更为重要的事件。"①

《新〈阿卡迪亚〉》中没有加进新的诗歌，但是，无论从文体上还是从主题上讲，其叙事方法要复杂得多。所增加的几个新的角色包括老公爵邪恶的小姨子塞克洛皮娅（Cecropia）和她的善良但不幸的儿子安菲厄勒斯（Amphialus）。安菲厄勒斯爱上了费洛克丽。由于补充了马上比武大会和宏大的宫廷表演场面，以及对皮洛克勒斯和摩西多罗斯两人在来到阿卡迪亚之前的英雄业绩的评述，书的前两部大大地扩充了。修改后的第三部中，在两位阿卡迪亚公主和乔装打扮的皮洛克勒斯被塞克洛皮娅因禁之后，戏仿的战斗便开始让位于真正的战斗。书中大量描写几位年轻人（尤其是坚韧高贵的帕美拉）在监狱中所遭受的种种折磨。

1593 年及以后出版的混合版《阿卡迪亚》被赫兹利特（William Hazlitt，1778—1830）批评为"有史以来滥用知识之力量的最伟大的里程碑,"② 主要是因为他的散文文体。T. S. 艾略特（T. S. Eliot，1888—1965）更甚，他称其为"无聊乏味的里程碑"。③ 但是不可否认，《阿卡迪亚》的确是整个 17 世纪非常流行的一部书，它的情节常被当时的戏剧家们搬用。莎士比亚《李尔王》部分情节取材于斯，后来的理查逊（Samuel Richardson，1689—1761）还把帕美拉作为自己第一部小说女主人公的名字。进入 20 世纪，有迹象显示《阿卡迪亚》又开始得到读者的欣赏。C. S. 刘易斯（C. S. Lewis，1898—1963）说："与一个人对莎士比亚、斯宾塞或者邓恩等人的看法比起来，他对它（指《阿卡迪亚》——引者）

① Puttenham, George. *The Art of English Poesie*. ed. G. D. Willcock and A. Walker. Cambridge: Cambridge University Press, 1936. p. 38.

② Quoted in Drabble, Margaret. *The Oxford Companion to English Literature*. Oxford, New York, Tokyo, Melbourne: Oxford University Press, 1985. p. 37.

③ Ibid. .

的看法更能够测试出他对 16 世纪产生共鸣的的程度。"① 由此可以看出，《阿卡迪亚》这部作品自问世以来所经历的种种曲折。

无论我们现代读者如何理解《阿卡迪亚》，大家都会承认一点，那就是《阿卡迪亚》想要告诉读者的是：希望通过隐遁世外桃源来逃避政治或者社会责任，是行不通的。老公爵携家带口逃往阿卡迪亚时，仍不可避免地带去一系列问题。这里，田园诗这种文学手段的作用恰在于强调了社会现实的不可逃避性。西德尼意识到田园诗不过是一种幻想或游戏，而《阿卡迪亚》那远非纯真的情节设计（反串的角色、不正当的性关系和社交行为等等）不无幽默地承认了这一点。②

《牧人日历》为伊丽莎白和詹姆士一世时期的英国田园牧歌树立了榜样；它正式出版几年后，忒奥克里托斯和维吉尔牧歌的英译版本才陆续出现。《牧人日历》中展现出的所有牧歌形式在同时代追随者的作品中均能找到范例，其中，反映失恋痛苦的爱情怨歌最为普遍。这一时期田园诗的主题大多能回溯到古典牧歌时期。

维吉尔以同性恋为主题的《牧歌·其二》为理查德·巴恩菲尔德（Richard Barnfield，1574—1620）的《热情的牧羊人》（*The Affectionate Shepherd*，1594）开篇的两首诗歌提供了样板，这两首诗分别是《热情的牧羊人为爱情落泪》（The Tears of an Affectionate Shepheard Sicke for Love）和《热情牧羊人的再次悲叹》（The Second Dayes Lamentation of the Affectionate Shepheard）。诗中，主人公达夫尼斯（Daphnis）向伽倪密达（Ganimede）发出爱的邀约，并提供草莓、覆盆子等水果，一付金球拍和网球，一顶带翎毛的绿色帽子，许诺可以在蜜糖的溪流中沐浴，还有绵羊、山羊、夜莺、奶酪、肉豆蔻、生姜等其他大量礼物。这样的礼物清单可以通过维吉尔的作品一直追溯到忒奥克里托斯的第 11 首牧歌。忒奥克里托斯的波吕斐摩斯也为伽拉忒亚列出了一系列礼物，只不过忒氏的描写没有如此夸张、复杂而已。波吕斐摩斯如此描绘伽拉忒亚："洁白如凝乳，雅致如羔羊，/比小牛还羞怯，比葡萄更丰满"（忒奥克里托斯《巨人的求爱》20—21）。维吉尔不像忒氏一样刻意描写阿荔吉的美貌，而只

① Quoted in Drabble，Margaret. The Oxford Companion to English Literature. Oxford，New York，Tokyo，Melbourne：Oxford University Press，1985. p. 37.

② Goodridge，John. *Rural Life in Eighteenth – Century English Poetry*. Cambridge：Cambridge University Press，1995. p. 3.

是用一个简单的词"漂亮"（formosum）来形容。巴恩菲尔德借达夫尼斯
之口对美丽而冰冷的伽倪密达的描写精细得甚至有点奢华：

> 这男孩面庞清秀，
> （琥珀色的头发飘逸在额头
> 在美丽的脸颊快乐地晃悠，
> 秀发上珍珠和鲜花亮如彩釉）
> [……]
> 他皮肤白如象牙，润如蜡石，
> 点缀着珍稀的朱砂红，
> 星星般的亮光不逊于金星：
> 又如百合与红色的玫瑰，
> 白与红在他身上完美搭配。

（《热情的牧羊人》：7—10；13—18）①

　　巴恩菲尔德的礼物清单，尤其是对这位不情愿的男孩的美貌的描写，
明显受到洛基（Thomas Lodge，c. 1558—1625）、马娄（Christopher Mar-
lowe，1564—1593）、莎士比亚（William Shakespeare，c. 1564 – 1616）等
同代人创作的以情爱为主题的奥维德式神话叙事诗的影响。
　　巴恩菲尔德的第 3 首牧歌《牧羊人的满足》（The Shepherds Content）
依照惯例将牧羊人的生活与王公、朝臣、士兵、学者、商人还有农民的生
活进行对比。尽管巴恩菲尔德关于牧羊人的观念仍是阿卡迪亚式的，他还
是引进了嬉闹的、具有英国牧人特色的歌舞。这些英国本土的牧人

> 夜幕降临，穿起外套归家而去，
> 哼着基歌②和欢快的圆舞曲；
> （他哼唱的曲调是那么欢快，
> 尽管他连一个格洛特③也换不开）

---

　　①　Citations of Barnfield's poetry in this book are all from Bullen，A. H. ，ed. & intro. *Some Longer
Elizabethan Poems：An English Garner*. New York：Cooper Square，1964.
　　②　基歌（Jigge）是一种活泼、轻快的舞蹈或舞曲。
　　③　格洛特（groate），英国古钱币单位，一格洛特相当于四便士。

在他最渴望的冬夜，

他在火上烤制脆饼和螃蟹。

他带给村姑一只圆形的号角，

作为五朔节花桩舞①的礼物；

吻着头戴花冠的亲爱姑娘，

在高昂的嗨呵声中徜徉。（《牧羊人的满足》：188—197）

  这首诗歌体现了巴恩菲尔德的折中主义：作为一首爱情挽歌，诗人仿佛既在哀悼西德尼，又在恭维斯宾塞、迈克尔·德雷顿（Michael Drayton，1563—1631）以及托马斯·沃森，这一点从他诗歌中科林（Colin）、罗兰（Rowland）、阿敏塔（Amintas）等人物名字就可以看出。

  与那个时代的其他文学形式一样，伊丽莎白时期的田园诗歌也盛行对君王的称颂。斯宾塞和西德尼曾分别把伟大的伊丽莎白女王比作牧羊人女王和五朔节女王，这为当时田园诗歌的君王称颂提供了直接范本。沃森曾将自己的一首拉丁文牧歌《梅里伯》（*Meliboeus*，1590）译成英语。这是一首葬礼牧歌，其主人公沃辛汉姆（Walsingham）被称为"戴安娜，阿卡迪亚的至高女王"。乔治·皮尔（George Peele，1558—1598）的《祝词》（*An Eglogue Gratulatorie*，1589）是一首不折不扣的斯宾塞风格的牧歌，歌词献给"荣耀而声望卓著的英格兰阿卡迪亚（Albions Arcadia）的牧羊人"埃塞克斯女伯爵（earl of Essex）罗伯特（Robert），她是两位乡村青年西德尼（Sidney）和埃塞克斯（Essex）的雇主，他们终日守护着伊莉莎（Eliza）的大门，防止豺狼的入侵。此处很容易让读者听出弦外之音：豺狼暗指西班牙和罗马天主教，它们时刻威胁着国教的至高领袖女王陛下治下纯真而和平的信徒（flock），这里暗含着天主教与国教这两种教派之间的斗争。1603年，亨利·彻特尔（Henry Chettle，c.1564—c.1606）以桑纳扎罗的风格写成的牧歌和散文体作品交织成一套内容丰富的《英格兰丧服》（*Englandes Mourning Garment*），牧羊人穿着这套丧服来纪念他们神圣的女主人——美德女王伊丽莎白。彻特尔还在诗歌中给

---

  ①　五朔节花桩舞是欧洲民间节日，其间人们围着高高竖起的木桩跳起花桩舞（maypole dance）。

他的同代诗人取了牧人的名字，比如称莎士比亚为梅里瑟特（Melicert）。另外，附在菲尼斯·弗莱彻（Phineas Fletcher，1582—1650）的12诗章长诗《紫色岛》（*The Purple Island*，1633）之后一同发表的组诗《渔歌》（*Piscatorie Eclogs*）也深受桑纳扎罗和斯宾塞的影响。

乔治·维瑟尔（George Wither，1588—1667）的《牧人的狩猎》（*The Shepheards Hunting*，1615）中还出现了田园化装舞会（bucolic mas-querade）。这组牧歌由5首长诗构成，单行印发之前曾作为塔维斯托克的威廉·布朗（William Browne of Tavistock，1590—c. 1645）的诗集《牧笛》（*The Shepheards Pipe*）的附录出版。在这组诗中，布朗被称作威利（Willy），维瑟尔则自称罗格特（Roget）。诗歌主要描述维瑟尔的牢狱生活，诗的题目"牧人的狩猎"暗指给维瑟尔自身带来牢狱之灾的讽刺作家生涯。维瑟尔的《美德》（*Fair Virtue*，1622）是一部将近五千行之长的长篇田园诗，由形式各异的田园诗和短歌组成。像巴恩菲尔德一样，维瑟尔作品中最好的部分也是一些短小的片段，比如那首回忆大学生沙拉节的轻快诗歌《我爱上一位美丽少女》（I loved a lass a fair one），诗中描写了牛津乡村的田园风光。

斯宾塞的弟子中最杰出的田园诗人当属迈克尔·德雷顿，他在其称颂诗（complimentary verse）中创造的田园形象"磐石般的罗兰"（Rowland of the Rock）常与那个时代最著名的牧人形象科林·克劳特相提并论。德雷顿的第一部诗集由9首田园诗组成，题名为《牧人的花环》（*The Shep-heards Garland*，1593）。这部诗集在结构、主题、语言和韵律上都受到了《牧人日历》的影响。诗集的第1首和最后一首是罗兰自己的爱情挽歌；第7首是关于青春和岁月的辩论；第3首是献给伊丽莎白的颂诗，诗中把女王成为"贝塔"，也算是对斯宾塞的伊莉莎形象的补充；第4首在某种程度上是对斯宾塞的《阿斯托洛菲尔》的补充，因为它最核心的一个片段是对一位逝去的牧人的挽歌，这个牧人指的就是西德尼。除了宗教和政治讽刺之外，斯宾塞诗歌的几乎所有旋律均能够在德雷顿的诗中寻到踪迹。德雷顿摒弃了将牧人比作教会牧师的寓言式手法，将注意力放在表现牧人和诗人间的对等关系上。他的主题并不像《牧人日历》中十二个月份所象征的那样试图延伸到人们生活的方方面面，而是要如副标题"罗兰对九位缪斯的献祭"暗示的那样，集中展示诗人的技艺。

德雷顿最清新的田园诗是第8首。诗歌将乔叟（Geoffrey Chaucer，

1340？—1400）关于"托帕斯爵士"（Sir Thopas）的故事场景移植到德雷顿挚爱的沃维克郡（Warwickshire），乔叟戏仿骑士文学的怀旧情结以及滑稽语气被一种深情的地方色彩所化解和取代。诗人在描绘故事女主人公多萨贝尔（Dowsabell）的美貌时，用英格兰中部乡村所有美好的事物作为衬托，如莱姆斯特羊毛、德比郡多福河旁生长的青草和特伦托河里游泳的天鹅。（147—152）多萨贝尔和一位快乐的牧人相互爱慕，他们甜蜜的求爱私语与其他田园诗中罗兰的爱情怨辞形成对比，似乎在刻意匡正罗兰的消极情感。诗的意境和技巧与在同时代的杂集中发现的田园民谣非常相似。然而，这并不是真正的"现实主义"，而只是从真实的乡下人的求爱游戏中获得一些生命力而已。

英国的一些乡村游戏是在德雷顿的诗歌《恩底弥翁和福柏：拉特莫斯构想》（*Endimion and Phoebe*：*Ideas Latmus*，1595）中悄然出现的；在这首诗中，拉特莫斯山中的森林之神萨梯们在玩一种名叫"打燕麦"游戏。这首诗是 1590 年代在英国非常流行的奥维德式神话故事诗中的一首——当时，这类诗歌中最闻名的是马娄的《海洛和利安德》（*Hero and Leander*，1590）和莎士比亚的《维纳斯与阿克多斯》（*Venus and Adonis*，1593）。尽管德雷顿借鉴了马娄和莎士比亚，他对爱情的处理是柏拉图式的，几乎没有性爱；这与他所选神话的格调保持一致。恩底弥翁是一个牧人，他位于拉特莫斯山坡上的家具有桑纳扎罗笔下的阿卡迪亚的所有特征。《恩底弥翁和福柏》在被收录于德雷顿的《诗集》（*Poems*，1606）中时做了大幅删减和修改，并把题目改为《月中人》 （The Man in the Moone）。在此修订版中，神话变成了老罗兰在纪念潘神的牧羊人宴会上所讲的一个故事。这是一个讽刺故事，主要写的是月中人所监视到的牧人的不端行为；其讽刺特征、故事框架以及叙述者的身份在某种意义上促成了一首长篇田园诗，使之成为 1606 年版德雷顿《诗集》中收录的系列牧歌（*Eglogs*）的直接延续。

德雷顿的系列牧歌是对《牧人的花环》的改写和重构。德雷顿在修订版中引进了一种新的讽刺手法。例如，在由《牧人的花环》第 4 首修改而成的第 6 首牧歌中，西德尼和伊丽莎白女王的逝世以及詹姆斯一世的继位暗示了旧秩序中美德、诗歌和赞助制度的消亡：

绿树，青山，还有可爱的石南，

曾和着圆舞曲摇摆回旋，

现在被凛冽的北风吹落，

牧羊人已无心欢快唱歌。（第 6 首：85—88）①

　　尽管偶尔有这样的严酷情景出现，这一系列牧歌核心的基调仍如其早期牧歌一样，是轻松愉快的；诗人以自己的诗歌艺术尽情描绘英格兰的田园风光。第 9 首牧歌是一首重新创作的诗歌，描写是在科茨沃德山区（Cotswold Hills）举行的一个剪羊毛节的景象。当然，类似的场景也曾在诗人的牧歌集《多福之邦》（Poly-Olbion）② 第 14 首中出现过。在第 9 首牧歌中，那节由两位牧人轮唱的圆舞曲以巧妙而对称的夸张手法描绘了一位名叫西尔维娅的乡野少女，她可以阻滞自然的进程，藐视多变的世界：

莫托，为什么太阳会违反本性，

将耀眼的战车停在天穹？

珀金，他停下来，凝视她神圣的眼睛，

结果他眼冒金星，几乎失明。

［……］

莫托，那些花儿怎么会依旧绽放，

没有在严酷的寒风中消亡？

珀金，她掠夺了大自然的技艺，

用自己的气息给万物以能量。

莫托，为什么小溪如此缓慢地流淌，

它们曾迅猛得如野獐子一样？

珀金，哦，是缪斯而不是牧人让它们驻足，

因为它们听见她神圣的金嗓。（149—152；157—164）

　　诗中的珀金（Perkin）表达了真爱的永恒和他的情人的卓越品质。诗歌以精致的形式，生动的语言巧妙地将美丽的乡村风光融入充满深情的背

---

①　All the citations of Drayton's poetry in this book are from Drayton, Michael. *The Complete Works of Michael Drayton* 3 vols. Richard Hooper, ed. & intro. London：John Russell Smith, Soho Square, 1876.

②　"Poly-Olbion" 意为 "受到多重祝福的英格兰"。

景描写之中，实现了情感与背景之间的和谐平衡。

在《牧人赛琳娜》（*The Shepheards Sirena*）中，上述的平衡不再持续。这首诗虽是在 1627 年与《阿金库尔之战》（*The Battaile of Agincourt*）合辑出版，但很可能十几年前就已创作完成。《牧人赛琳娜》中的诗句"银光闪闪的特伦托河畔，／赛琳娜居住的地方"（166—167）应属当时最精美诗句之列。诗歌里，牧羊人和牧羊女一面唱着圆舞曲，跳着节奏欢快的乡村舞蹈"特伦奇魔舞"（trenchmore），一面又要尽力阻止猪倌们将他们的猪赶进羊群，以免这些猪将牧草吃个干净。在这里，德雷顿隐含了一个寓言：多数评论家认为，诗中提到的"愤怒的欧肯"（angry Olcon）就是詹姆斯一世，是他鼓动这些猪倌们这样做。可见，这首诗歌无论从情感还是主题来看，均不再具有诗人描写西尔维娅少女时的和谐与平衡，也使它显得与其他的田园诗格格不入。在 1627 年的版本中，还收录了德雷顿用新潮的雅各宾-凯罗琳体（Jacobean-Caroline genre）创作的童话诗《尼姆菲迪亚》（Nimphidia）。这是一首略显古怪但语气欢快的仿英雄体诗歌，诗中的精灵多具艺术气质，不过，也难免受当时乡村中还在流行的某种迷信活动的影响：

> 姑娘们身上被拧得青紫，
> 让她们悔恨她们的懒惰，
> 再放枚小钱到她们鞋里，
> 去扫净房子的角角落落。（65—68）

童话故事和乡村习俗也同时呈现在德雷顿的最后一首长篇田园诗《伊琍兹姆的缪斯》（*The Muses Elizium*，1630）之中。该诗由 10 首"仙女颂"（Nimphall）构成，其中的第 8 首是庆祝一对仙女和精灵结婚的预祝曲，诗歌将神灵的婚礼与乡村婚俗结合起来，增添了强烈的人间情味：

> 人们戴着面具跳起欢快的舞蹈，
> 以盛大的宴会庆祝这美景良宵：
> 我们绕着屋子闲散地游荡，
> 抛撒着坚果让人们争抢，
> 板凳桌椅被弄得叮叮咣咣，

毫无顾忌地嬉闹嚷嚷。（《伊琍兹姆的缪斯》（八）：212—217）

这简直就是一幅乡村婚礼的风俗画，而它却发生在仙女的婚礼之上。在《伊琍兹姆的缪斯》的几首曲子中，伊琍兹姆与菲利希亚（Felicia）这两个地方形成对比。诗歌主要表现了伊琍兹姆的变化，这里原本是一个天堂般美丽的地方，现在却是一片狼藉。伊琍兹姆其实象征了现实世界，更确切地说就是英格兰。在第 10 首颂歌中，德雷顿将自己化身为一个上了年纪的森林之神，从遭受瘟疫袭击的菲利希亚逃到伊琍兹姆这个"人间天堂"——这里快乐永驻；没有暴风雨，也没有寒冬；溪边百合盛开，树上果实果实累累；这里端坐着先知阿波罗，缪斯在他面前歌唱，美惠三女神在应歌起舞：

> 那里没有颓败和衰老，
> 只有永恒的青春，
> 万物与时间共同成长，
> 不断更新生命力量。

> 这里是诗人的天堂，
> 很少人有此奢望；
> 缪斯仅将极乐的庇荫，
> 播撒在伊琍兹姆上方。（97—104）

这个天堂就是文学艺术本身。《伊琍兹姆的缪斯》这首长诗整体上体现了德雷顿的艺术追求：一是将纯粹的美学形式发展到极致，二是创造出一些超脱客观现实的愉悦形式。

德雷顿对田园诗的另一个发展体现在《多福之邦》（Poly-Olbion 第一部，1612；第二部，1622）完整版之中。这是一部三万多行的风物组诗，共 30 首。诗歌介绍了英格兰诸郡及威尔士的山水、森林、文化古迹、民间传说、风俗习惯、自然资源及职业状况等，堪称一部诗体旅游指南。在卷首语《致读者》（To the Generall Reader）中，诗人承诺会带读者去"鲜花盛开的秀美草地，那里有小溪如脉搏一样静静流淌，美丽的仙女赤裸着身子在晶莹的溪水中沐浴。沿溪流而上，来到愉悦快乐的丘陵高地，善良的牧羊人们吹着笛子，唱着歌儿，照看着他们的羊群。"① 在这30首歌的每一首前面的插图里，每条溪水中都有一位仙女，每座山丘上都有一位牧羊人。为了进一步突出英国乡村的各种美景，诗人虽借用古典牧歌的手法，却融入了本地的神灵。于是，艾尔威河（Irwell）的仙女夸耀河水的美丽，不经意间描绘了一幅为读者所熟悉的英国乡下人富足而快乐的生活景象：

> 和着角笛舞曲，少女们步态优雅，
> 享用着蛋黄派，还有鲜红的苹果；
> 欢乐的歌声和愉快的聚会宣告
> 艾尔威远远胜过利波尔小河。（《多福之邦》第27首：125—128）

在《牧人赛琳娜》中，德雷顿曾以寓言的形式讽刺了那些不入流的诗人对神圣古老的牧场的玷污。这种批评在德雷顿的赞美诗《致他的作者朋友》（to his friend the Author）中得以再现，这首诗歌曾作为威廉·布朗（William Browne，1590—1645?）所著的《不列颠田园诗（第一卷）》（Britannia's Pastorals, Book I）的前言出版。诗中，德雷顿欢迎这位年轻的牧师加入到那些仍在坚持斯宾塞传统的真正的牧羊人团队。但是，如德雷顿一样，随着创作的深入，布朗的诗歌风格也与斯宾塞的渐行渐远。《不列颠田园诗》是一首主题与风格散漫的叙事诗，其灵感来源于奥维德、桑那扎罗、塔索、西德尼、《仙后》和约翰·弗莱彻的田园剧《忠诚的牧羊女》（The Faithful Shepherdess）。布朗以浪漫的手法为各类人物寻到了各自合适的位置，诸如牧羊人和牧羊女、奥林匹亚诸神、好色的森林之神、希腊本地的神灵、德文郡的仙女，还有真理、时间、暴行等抽象概念的化身。尽管这首诗号称英语中最长的田园叙事诗，但在结构层面上，它仍是由一连串诗歌构成的系列牧歌。这些诗歌是一个牧羊人为他的牧羊人伙伴们歌唱的。在每首歌曲的最后，故事会戛然而止，原因可能是夜幕降临，或开始下雨，又或者是因为一只羊卡在什么地方而分散了歌者的注意力。布朗遵循伊丽莎白时代诗歌原则把经典神话移植到本土，把诸如异教

---

① Drayton, Michael. *The Complete Works of Michael Drayton* 3 vols. Richard Hooper, ed. & intro. London: John Russell Smith, Soho Square, 1876. Vol. 1: *xxxiv*.

神灵、仙女和森林之神的形象本土化为英国人自己熟知的形象。他的真正
主题的确是英国的乡村和乡民。他在第一卷第 1 首诗歌的开篇这样宣告：

> 我为什么要描写塞萨利①的乡村情人？
> 或者毫无裨益地提及阿卡迪亚乡民？
> [……]
> 我的缪斯的崇高音符不会飞向异域，
> 而是要尽情歌唱她的故乡与本土。
> [……]
> 亲爱的不列颠啊，我要尽情地歌唱你。(9—10；13—14；16)②

　　这种浪漫情结不时地通过对自己故乡风土人情的描写而得以展露：德
文郡的人们时而在田地里耕作，时而在玩五朔节游戏，时而又在参加乡村
婚礼。比较典型的英国乡村描写出自第二卷的第 1 首诗歌：

> 海岸边奏起激情的玛丽娜曲：
> 是他将愉快甜蜜的五月开启，
> 天过正午羊群还逡巡在远处；
> 收获者开始享用奶油和凝乳，
> 干酪与黄油，面包和燕麦粥；
> 自耕农们暂时撇下牛与叉耙，
> 拢坐在谷捆上饮用起午后茶，
> 身边风笛演奏出欢快的音乐：
> 目光偶尔离开纤手抬起额头，
> 好像美惠女神都在此处居留。
> 深埋的双眸抬起来环顾四周，
> （我好似看到珍贵无比的宝石
> 滚动在水汪汪的贝壳之中。）

---

① 塞萨利（Thessaly）是希腊东部一个地区。
② All the citations of Brown's poetry in this book are from Brown, William. *The Whole Works of William Brown* 2 vols. W. Carew Hazlitt, ed. Chiswick Press: Printed for the Roxburghe Library, by Whittingham and Wilkins, 1868.

她用铁制的工具深深地
将文字在大理石上雕刻，
那是牧人的哀婉诉说：
银色的海浪啊请轻轻闪烁，
泉水啊请息去清波：
让那浓郁的树林里
鸟儿都停止唱歌！
树林里的斑鸠啊
也不要双居巢窝：
在各自的栖息地保持缄默，
威利要向朋友做临别诉说。（225—248）

　　英雄行为被暂时搁置，因为布朗要将更多的时间留给那些田间的收获者。诗中宝石的比喻赋予诗人的抒情诗更高的品格。这些以德文郡为背景的小小田园图画常常以明喻的形式出现，如第一卷第5首诗歌中的钓鱼者和捕松鼠者，其实都兼具比喻意义。而诸如"一位小伙坐在田埂上剥着／成熟的坚果"（第二卷第4首）这样不经意间创造出的典型人物速写与整个宏大的叙事文本之间形成鲜明对比。

　　《不列颠田园诗》对本土爱国主义精神的宣扬随处可见。在第二卷第3首诗歌中，诗人自豪地宣布："万岁，天赋于我的土地！这受到天佑的版图／整个世界也无法与其交换"（602—603）。爱国主义在第二卷第4首诗歌中被赋予典型的田园诗特征：

现在，英国的乡村青年（伴着温顺的羊群）
我身边的整个世界充满热情，
将快乐洒向平原和丘陵山坡；
羊毛几乎与黄金同价，
你拿着轻轻的一缕羊毛，
便换来品质精良的香料。（933—938）

　　英国羊毛及羊毛商品的出口成为接下来几个世纪里爱国诗人钟爱并经常谈论的主题，只不过多数诗人面对用羊毛换来的外国奢侈品时表现得并不像布朗这样淡定而已。18世纪广受欢迎的另一个主题可以在《不列颠田园诗》第二卷第3首诗歌中发现端倪。在这首诗中，布朗试图说服读者，黄金时代的牧羊人具有上天赋予的理性：

> 哦，快乐的人们！你们曾经的确拥有
> 一切与纯真相互融合的智慧；
> 所以没有恶念，没有愚蠢，
> 因为理性与天真相伴左右。(426—429)

由德雷顿、维瑟尔和布朗构成的田园诗人群体常常用田园诗来赞美诗人之间的友谊。在他们的作品中还有一种把田园诗本土化的趋势。他们回首伊丽莎白时代的英国，将它看作黄金时代。直到1620年代，在英国诗坛流行"粗线条"或贺拉斯式雅致之时，他们仍把斯宾塞当为他们的楷模。当然，他们继承的只是斯宾塞诗歌中那些轻松而朴实无华的元素，而没有将《牧人日历》中的象征主义进一步光大。因此，与他们的师傅斯宾塞相比，他们就显得不够庄严、肃穆。

第二节 黄金时代牧歌的大众化

除了布朗、德雷顿以及其他诗人创作的比较正式的田园诗歌之外，伊丽莎白和詹姆士一世时期还出现了大量短小的田园抒情诗。可以说，田园诗是宫廷、都市和乡村共同的财富。这些由巡回的民谣歌手演唱、传播的民谣中有许多优美的田园诗歌。这些诗歌证明，从伊丽莎白继位到资产阶级革命爆发这段时期的确是流行歌谣的黄金时代。这一历史时期的情歌集和鲁特琴曲大多都由中产阶级购买，这就突显了田园诗的地位。另外，伊丽莎白、詹姆士一世和查理一世时期的宫廷娱乐活动几乎都以田园诗歌作为收场。当然，田园抒情诗也出现在田园舞台剧和散文体传奇作品中。不过，它们更多出现在并不具有显著田园文学特征的剧本和叙事散文之中。

伊丽莎白时期的一些诗歌杂集里收录有大量的田园诗歌。其一是宫廷诗集《凤巢集》 (*The Phoenix Nest*, 1593)，另一部是当时最受欢迎的《欢乐集》(*A Handful of Pleasant Delights*, 1566, 1567, 1584)。但毫无疑问，能让现代读者很便利地对田园诗歌的性质和多样性进行评判的诗集非

《诗薮》（*England's Helicon*，1600，于1614增补）莫属。这部独一无二的诗集收录的全部是田园诗，其真正编辑是尼古拉斯·灵（Nicholas Ling），他搜集已经刊印的诗歌并对多半诗歌进行过修改，有时会改换诗歌的题目或叙述者，有时为了确保诗集里的所有诗歌都符合田园诗的特点，甚至他会加入一些新的诗行。

这一时期的田园诗，无论是宫廷还是市井题材，其主题大都是爱情。从理想化了的异常纯洁的女子到健康欢乐的性爱体验，再到寻常的淫秽之语，诗歌描写涉及爱情的各种层面。第一类主题理想化得有点不切实际，属于典型的宫廷田园诗；最后一类才更为流行。但是，宫廷与流行之间的分界并不是很严格。伊丽莎白和詹姆士一世时期最为成功的田园抒情诗恰是那些将宫廷古典诗歌和文艺复兴时期的意大利元素与本土流行的歌曲和民谣传统相融合的诗歌。

如前文所述，作为田园诗的传统主题，爱情描写可以上溯到中世纪法国的牧女恋歌。但是，在爱情的处理方法上早期的英国田园诗与法国牧女恋歌大不相同。法国牧女恋歌的故事框架通常是：某天早上，一位年轻的王子或朝臣骑马外出，遇到了美丽的牧羊女；他听她唱歌，并表达了爱意（有时会许诺给她长袍或珠宝）；最终，他说服牧羊女接受了他的爱情并与她共度良宵。但是，英国诗歌描述这类情景时通常不会这么直接，而是会让求婚者采用智胜的方式，很典型的一个例子就是民谣《骑士的困惑》（The Baffled Knight）[1]。这首民谣最初收录于托马斯·雷文克罗夫特（Thomas Ravencroft）的《丢特罗梅里亚》（*Deuteromelia*，1609）中，随后又在包括《英格兰苏格兰流行歌谣》（*English and Scottish Popular Ballads*）在内的其他很多诗集中出现。在英国乡村节假日期间上演的吉格舞（jigs）和滑稽剧（mimes）中的求爱对话带有些许牧女恋歌的痕迹。[2] 在伊丽莎白时期依然非常流行的一段中世纪后期的示爱对话是这样开始的："嗨，美丽的少女，你要到哪儿去？/我要到草场那边把牛奶挤。"在这种场合下，这位骑士并没有直接劝说这个挤奶的姑娘屈服于他，而是向她唱了另外一首当时也非常流行的歌："到那片葱郁美丽的小树林去吧，/你

---

① For the text please see Child, F. J. *English and Scottish Popular Ballads*. Boston：Houghton Mifflin, 1884 – 1898. No. 112.

② Baskerville, C. R. *The Elizabethan Jig*. Chicago：Chicago University Press, 1929. Chap. 1.

这美丽的女孩，你这活力四射的少女，"接着又殷勤地为她采摘美丽的花朵；如此三番才得以最终成功。① 中古后期田园诗中的示爱对话写得最好的当属罗伯特·亨利森（Robert Henryson，1430？－1506）的《罗宾与梅肯》（Robene and Makyne）。所以，尽管牧女恋歌的形式与元素已经大量渗透进英国抒情诗歌和民谣当中，细数起来，也只有两三首中古英语诗歌属于牧女恋歌的类型。②

在当时盛行的单幅歌谣（broadside ballads）③ 中，对情感诱惑进行轻松而又大胆描写的不在少数，这类诗歌多将背景置于田园之中。毫无疑问，这类诗歌受到了牧女恋歌或忒奥克里托斯第 27 首牧歌的影响。呈现这种题材的典型民谣有《村姑与小丑》（A Merry New Ballad of a Country Wench and a Clown）④ 和《羞涩的牧羊女》（The Coy Shepherdess）等。后者有诗行大胆写道：

> 在一个愉悦的夏日
> 菲丽丝春心荡漾
> 躺在新晒干草上
> 企盼着牧羊的情郎。（1—4）⑤

尼古拉斯·布雷顿（Nicholas Breton，1545—1626）的诗歌《菲丽达

---

① Chambers, E. K. and F. Sidgwick. *Early English Lyrics*. London：Sidgwick and Jackson, 1907. Nos. 28 – 29.

② Moore, A. K. *The Secular Lyric in Middle English*. Lexington：University of Kentucky Press, 1951. p. 55.

③ 单幅（或称巨幅 broadsheet）指单页、单面的印刷方式，最初可能主要考虑印刷成本、销售和张贴等因素。通常用于印行歌谣、诗歌、新闻、广告等，多会配有插图。单幅印刷是 16 至 19 世纪最为常见的印刷制品，尤其在不列颠、爱尔兰、北美等地区。单幅歌谣（或称单页歌谣、通俗歌谣等）与传统歌谣不太一样的地方在于：传统歌谣常常讲述某个古老的故事，且常常跨越民族、文化的界限，充当了一种口头传播工具。比较而言，单幅歌谣重视抒情，不追求史诗般的叙事效果，不过于注重艺术性，表现的也不是宏大主题。单幅歌谣的主题与话题涵盖爱情、宗教、酒歌、传奇或早期报刊刊载的灾难、政治事件、海报、奇闻轶事等。一般来说，单幅歌谣仅包括抒情诗，标题下常列出供参考的适配曲调。

④ For the text please see Clark, Andrew, ed. *The Shirburn Ballads*, 1585 – 1616. Oxford：Clarendon Press, 1907. pp. 220 – 222.

⑤ Cited from Farmer, J. S. *Merry Songs and Ballads*. London：privately printed, 1895 – 1897. Vol. 2：30.

与柯瑞东》（Phillida and Corydon）中也书写了和上述民谣相类的题材。
《菲丽达和柯瑞东》出自布雷顿的《娱乐集》（*The Entertainment given to the Queen at Elvetham*，1591），后被收录进《诗薮》。

还有一类民谣写的是那些被始乱终弃的牧羊女或付出了爱却没得到回报的牧羊人对自己情感悲剧的幽怨。前者以古老的"策马外出"（As I rode out）的牧女恋歌故事模式频现于 17 世纪早期的民谣中，例如，《考蒂诺的金雀花》（The Broom of Cowdenowes）。这类诗歌中，失恋的牧羊人通常会头戴一个柳条编成的帽子而不是桂冠。比如，当时一首很有名的民谣《牧羊人的哀怨》（The Shepheards Lamentation，1613）唱道："来吧牧羊人，装点你的头，不用桂枝，只需几根绵柳。"[1]

此类民谣中，还有一首更加精制的宫廷民谣，题为《哈尔帕卢斯的抱怨》（Harpalus Complaynt）。这首民谣最早出现在《托特尔杂集》（*Tottle's Miscellany*，1557 初版，至 1587 年已经再版 9 次以上）中，后经改编收录进《诗薮》时归于萨利伯爵名下，但很可能并非伯爵本人所做。如该杂集中其他诗歌一样，《哈尔帕卢斯的抱怨》也广受欢迎。诗中写了三个人复杂的情感纠葛：哈尔帕卢斯喜欢菲丽达（Phillida），却被她残酷地拒绝；菲丽达喜欢的是科林（Corin），而科林并不喜欢她。于是，哈尔帕卢斯诅咒残酷的菲丽达，并预言自己的死亡；他头戴一个象征哀婉的柳条帽以表达自己的忧伤。既然过着田园般的生活，一切情感和行为理应与自然规律相契合。哈尔帕卢斯认为，菲丽达的行为如此反常，远不如身边自然而和谐的动物：

> 雄鹿需要雌鹿喂养，
> 雄兔也有雌兔依傍：
> 对深爱自己的人啊
> 斑鸠都那么慈祥。
> 母牛有公牛来保护，
> 公羊母羊相伴成长。（69—74）[2]

---

① Walton，Izaac. *The Compleat Angler*. London：Printed by T. Maxey for Rich Marriot，in S Dunstans Church-yard，Fleet Street，1653. p. 34.

② Cited from Macdonald，Hugh，ed. *Englands Helicon*（Edited from the edition of 1600 with additional poems from the edition of 1614）. London：Routledge and Kegan Paul Ltd.，1949. p. 39.

菲丽达的行为与自然相悖；这些牧羊人的内心情感似乎丝毫也没被自然世界的和谐运行所触动。相比之下，倒是大自然常被牧羊人的悲伤所感染，表现出与人共鸣的情感来。在一首题为《无名牧羊人的抱怨》（The Unknown Shepheards Complaint）的诗歌中，大自然也在为牧人的悲伤而动容：

> 泉水不再涌，鸟儿不再鸣，
> 树木也难预卜自己的生命：
> 绿草站着哭泣，禽鸟沉沉入梦，
> 回首窥伺的仙女们难掩惊恐。（25—28）①

这种情感错置的表现手法可以上溯到忒奥克里托斯时期。这首佚名情歌最早出现在威尔克斯（Thomas Weelkes，1576—1623）的《情歌集》（*Madrigals*，1597）中，后又相继被诗集《热情的朝圣者》（*The Passionate Pilgrim*，1599）和《诗薮》收录。在《诗薮》中，《无名牧羊人的抱怨》后面增加了一首题名为《同样境遇的牧羊人》（Another of the same Sheepheards）的诗歌，歌中唱道：

> 新的一天开始了，
> 就在愉悦的五月，
> 桃金娘树林
> 撒下惬意的树荫。
> 群兽蹦跳，鸟儿歌唱，
> 树木在自由生长，
> 万物已消除悲伤，
> 唯有夜莺独守凄凉。
> 可怜的鸟儿难掩伤痛，
> 将心儿挂在芒刺之上，

---

① Cited from Macdonald, Hugh, ed. *Englands Helicon* (Edited from the edition of 1600 with additional poems from the edition of 1614). London: Routledge and Kegan Paul Ltd., 1949. p. 54.

唱着忧伤的曲儿，

让听者满心恓惶。（1—12）①

　　诗中，这位牧羊人借传说中不幸的夜莺菲洛米拉（Philomela）的故事来抒发自己的悲伤之情。这首情诗之后是选自托马斯·沃森诗集《世纪之爱》（*Hekatompathia*，1582）的一首情诗。再随后的一首是选自托马斯·洛奇（Thomas Lodge, c. 1558—1625）诗集《罗莎琳达》（*Rosalynde*，1590）的《蒙塔努斯致福比》（Montanus Sonnet to His Faire Phoebe），诗中，多情的牧羊人把自己比作害相思病的珀利费姆（Polipheme）。类似的抱怨与相应的神话故事在《诗数》中俯拾皆是。诗歌《牧人尤利马库斯致他美丽的米瑞密达》（The Sheepheard Eurymachus to His Faire Sheepheardesse Mirimida）选自罗伯特·格林（Robert Green, 1560—1592）的诗集《弗兰西斯科的财富》（*Francesco's Fortunes*，1590），诗歌将传统的神话人物置于明快的田园景色之中，以衬托情人的伤痛：

正襟而坐的靓丽快乐的花神

身旁有鲜花如云：

闪耀着彩虹女神晶莹的甘露，

尽情炫耀着

她那缀满生命之色的衣裙；

唯余

我这位

兀自神伤之人。（1—8）②

　　接下来，诗歌寻求到一种巧妙的表达方式，把热恋中的情人比作能在烈火中生存的火蜥蜴，因为他们像火蜥蜴一样

在炽热的

---

　　①　Cited from Macdonald, Hugh, ed. *Englands Helicon* (Edited from the edition of 1600 with additional poems from the edition of 1614). London: Routledge and Kegan Paul Ltd., 1949. p. 55.

　　②　Cited from Macdonald, Hugh (ed.). *Englands Helicon* (Edited from the edition of 1600 with additional poems from the edition of 1614). London: Routledge and Kegan Paul Ltd., 1949. p. 97.

爱的烈火中生存：

绝不会在渴望的烈焰前退缩，

也绝不会

躲避维纳斯发出的热烈的欲火；

而是满足地

在烈火中

躺着，慢慢耗尽他们的生命之果。（41—48）①

尽管格林这首诗歌中的讲述者是一位牧羊人，但他的歌几乎与田园生活没有任何关系，别说现实中的田园，就连想象的田园也没提及，诗人不过是借助神话或象征的手法讲述一位牧人的情感经历而已。

尽管《诗薮》中大多数诗歌是对失恋的抱怨，但也有少量诗歌表达了收获爱情后的欢快与喜悦。例如，亨利·康斯特勃（Henry Constable, 1562—1613）笔下的牧人达密鲁斯（Damelus）唱给他的情人戴厄菲尼亚（Diaphenia）的歌：

戴厄菲尼亚就像水仙花，

洁白如太阳，娇美如百合。

嗨呵，我真的太爱你——（《达密鲁斯致情人》：1—3）②

还有洛奇笔下的牧羊女演唱的甜蜜的《罗莎琳达情歌》（Rosalynde Madrigall）：

爱人就像我花蕊中的蜜蜂，

吮吸着他的蜜汁：

他时而展翅与我打闹

---

① Cited from Macdonald, Hugh（ed.）. *Englands Helicon*（Edited from the edition of 1600 with additional poems from the edition of 1614）. London：Routledge and Kegan Paul Ltd., 1949. p. 98.

② Cited from Macdonald, Hugh, ed. *Englands Helicon*（Edited from the edition of 1600 with additional poems from the edition of 1614）. London：Routledge and Kegan Paul Ltd., 1949. p. 96.

时而用柔脚跟我嬉戏。(1—4)①

　　《诗薮》中收录的洛奇的另一首诗歌《柯瑞东之歌》(Coridons Song)
讲述的故事是：一位快乐美丽的乡村姑娘想要嫁人了，正好有一个帅气的
少年向她示爱，两人就成功地走到了一起。

　　与洛奇的故事一样，布雷顿笔下的菲丽达最终也接受了柯瑞东的求
爱，不过这个求爱过程更加复杂有趣。布雷顿的这首诗在《诗薮》中题
为《阿斯托洛菲尔致菲丽达与柯瑞东》(Astrophell his Song of Phillida and
Coridon)。诗中展示了传统的宫廷示爱情景，男子爱慕菲丽达，是她指引
他生命的航向；菲丽达是优雅和美德的化身。另外，两位情人间之间还有
一层社会关系——这位牧羊人爱上的正是他的雇主：

> 尽管菲丽达拥有这些土地，
> 却是可怜的柯瑞东来管理：
> 菲丽达常漫步的地方
> 是柯瑞东管理的牧场。
> 菲丽达所爱的小羊羔，
> 柯瑞东将它们饲喂；
> 菲丽达那美丽的花园
> 柯瑞东除草护养。
> 从那时开始，菲丽达就成了
> 这位牧羊人的唯一女王。(53—62)②

　　跟同时代的其他田园诗人一样，布雷顿把这种优雅而理想的传统田园
生活带入了英国乡村的日常劳作之中，以此揭示人的意愿和抱负可以超越
这种单调生活的界线。他的另一首诗歌在《诗薮》中被冠以《记梦歌》

---

① Cited from Macdonald, Hugh, ed. *Englands Helicon* (Edited from the edition of 1600 with additional poems from the edition of 1614). London：Routledge and Kegan Paul Ltd., 1949. p. 139.

② Cited from Macdonald, Hugh, ed. *Englands Helicon* (Edited from the edition of 1600 with additional poems from the edition of 1614). London：Routledge and Kegan Paul Ltd., 1949. p. 51.

(A Report Song in a Dream)① 的题目，诗歌用三行诗节写成，以邀舞开篇："来吧，我们去跳回旋舞②"（1），然后依次是邀人唱歌、求爱、亲吻，结尾写道"运动会几乎还没有开始，/我却走开了，一切宣告结束"（14—15）。值得一提的是，在《诗数》中，布雷顿的8首田园诗中，有3首都是在记梦。

如果说布雷顿的成功体现在他把田园生活的梦想成功地植入普通人的生活之中的话，那么克里斯托弗·马娄的《多情的牧羊人致爱人》（The Passionate Sheepheard to His Love）及沃尔特·雷利（Walter Raleigh, c. 1552—1618）的和歌《答牧羊人》（The Nymph's Reply to the Sheepheard）的成功则分别体现在对那个理想化的永恒的田园梦想的真诚拥抱和全然否定。前者的四个诗节和后者的一个诗节曾被整理收录于《热情的朝圣者》（The Passionate Pilgrims，1599）中，后来这两首诗歌一同被《诗数》收录。

《多情的牧羊人致爱人》是伊丽莎白时代颇负盛名的一首牧歌，莎士比亚喜剧《温莎的风流娘们》中曾援引本诗的片段。马娄的诗歌向以豪放著称，而本诗则展示了其绵丽温婉的一面，几百年来一直受到读者的喜爱。诗歌巧妙地采用牧歌的形式，描绘了一幅远离尘世的理想的田园生活图景，并以此为背景抒发了牧羊人对情人的热烈爱情。诗人自比牧羊少年，而他所钟情的少女则是牧羊女。牧羊少年承诺给他的情人种种美好的礼物，召唤她一起共享田园生活的乐趣。诗中，秀美的大自然使纯洁的爱情脱去了城市生活的浮艳，为诗歌平添了一份清丽和纯朴。

《多情的牧羊人致爱人》全诗共6小节。头两节中诗人用明快的笔触勾勒出明丽和谐的山川景色，使读者感受到山谷、树林、田野、丘陵和山岭的清新空气，欣赏着牧童喂食羔羊的悠闲情景，聆听着潺潺的水声和婉转的鸟鸣。随后三节用白描手法写出田园生活的乐趣，同时也把牧羊少年对少女的真挚爱情穿插进带有浓郁民俗气氛的五朔节的庆祝活动中。比如，他要剪下最好的羊毛，织成暖和的衣裙，缝制御寒的带纯金鞋扣的羊毛拖鞋；他还要用青草和常春藤编成腰带，镶上琥珀饰钮和珊瑚扣环，把他的心上人打扮成五朔节皇后；他要在五月的每一个清晨高唱爱情，翩然

---

① See Macdonald, Hugh, ed. *Englands Helicon* (Edited from the edition of 1600 with additional poems from the edition of 1614). London: Routledge and Kegan Paul Ltd., 1949. pp. 199 – 200.

② 回旋舞（the hay）指一种乡村舞蹈，舞步以旋转或蛇形动作为主。

起舞，为的是博取姑娘的芳心。全诗清丽流畅，散发着浓郁的泥土气息，同时诗歌也表达了牧羊少年的大胆追求："来吧，和我一起生活，做我的爱人。"至此，读者脑海里不禁会浮现出纯真的牧羊少年向像玫瑰花一样的少女求爱的动人场面。诗中所描写的牧人生活是对现实的美化，反映了诗人对纯朴的田园生活的向往，可以说是一首抒情幻想曲。诗中充满浪漫主义的夸张和反讽语气。与同时代所有牧歌中描绘的爱情一样，这里的爱情纯粹是一种理想的境界，严重脱离了现实生活。

雷利在其和歌中讽刺了马娄诗歌中理想化的爱情，他开篇写道：

> 如果青春长存爱情不老，
> 如果牧羊人讲的都是真话，
> 这些快乐会将我打动，
> 我会做你的爱人，与你一起生活。(1—4)①

诗人强调了时光的短暂，认为"鲜花总会凋谢，繁茂的田野/也会屈服于任性的严冬"(9—10)。雷利诗中的意象正好和马娄的黄金般永恒的五月时光相对，是对马娄的永恒之爱的观念的批驳。他借用仙女之口指出马娄笔下牧人生活的虚幻。事实上，耽与田园生活的理想，脱离复杂的社会现实，这是传统牧歌的通病。随着时代的前进，人类生活的变化，牧羊人预示的一切乐趣纵然美好，但不切实际，不能长久；因此，多情的牧羊人用以引诱仙女的一切只能使她无动于衷。雷利诗中滑稽反讽的笔调使它具有了现实主义色彩。

统计显示，在伊丽莎白时期的诗人中，马娄是最受关注，被模仿最多，却也是诗作被肆意篡改最多的诗人。② 在《诗薮》中，继雷利的和歌之后就有一首匿名的仿作；约翰·邓恩（John Donne，1572—1631）也写过一首渔歌式仿作《诱饵》（The Baite），这首诗曾在《钓客清话》（The Compleat Angler）中重印；罗伯特·赫利克（Robert Herrick，1591—1674）创作了一首模仿诗；查尔斯·克顿（Charles Cotton，1630—1687）

---

① Cited from Macdonald, Hugh, ed. *Englands Helicon* (Edited from the edition of 1600 with additional poems from the edition of 1614). London: Routledge and Kegan Paul Ltd., 1949. p. 193.

② See Forsythe, R. S. "The Passionate Shepheard and English Poetry." *PMLA* 40 (1925): 692 – 742.

仿作了两首。布雷顿也在其祈祷诗《以马内利》（Emmanuell）的开篇唱道："来吧，和我生活在一起，作我的爱人，/我的爱人，我的生命，我的国王，我的上帝。"①《威斯敏斯特趣闻集》（*The Westminister Drolleries*, 1671）中收录的一首较为粗俗的流行民谣这样开头："来吧，和我生活在一起，做我的小荡妇"②；类似地，在作曲家托马斯·雷文克罗夫特（Thomas Ravencroft, c. 1590—c. 1633）的歌曲集《装饰音》（*Melismata*, 1611）中的第22首《肯特乡村青年的求爱曲》（A Wooeing Song of a Yeoman of Kent's Son）是一首乡村娱乐曲（country pastime），曲中的求爱者许诺他在肯特郡有多少房产和土地，还有多少公猪和母猪等。③ 上面两首歌虽显粗俗，却也有一种世俗的亲切感。《诗薮》中所有表达求爱主题的诗歌中，至少有一首可以和马娄的诗歌相媲美；这是一首匿名晨曲（*aubade*），选录自音乐家约翰·朵兰（John Dowland, 1563—1626）的《歌谣集》（*First Booke of Songes or Ayes*, 1597），选入《诗薮》时所加题目是《致爱人》（To His Love）。这首歌谣是这样开头的：

> 跟我走吧，亲爱的姑娘，
> 清晨已布洒金色的阳光：
> 整个大地，整个天空，
> 都沉浸在爱和喜悦之中。（1—4）

歌中表达了对爱情的强烈渴望：

> 跟我走吧，亲爱的姑娘，
> 别浪费了金色清晨的时光。
> [……]
> 甜蜜的爱情促使我们

---

① Cited from Robertson, Jean, ed. *Poems by Nicholas Breton*. Liverpool：Liverpool University Press, 1952. *lxxxvii*.

② Cited from Pinto, V. De Sola and A. E. Rodway. *The Common Muse：an anthology of popular British ballad poetry*, 15th – 20th *century*. London：Chatto & Windus, 1957. p. 228.

③ Ravencroft, Thomas. *Melismata：Musicall Phasies*. London：Printed by William Stansby for Thomas Adams, p. 1611.

自由飞翔，在热切的渴望中，

插上甜蜜希望与神圣激情的翅膀。(11—12；18—20)①

这就是"及时行乐"（*carpe diem*）主题的精髓。既然歌中要珍惜"金色清晨"，那就暗示有一个暗淡的黄昏；这个世界显然也不是马娄诗中描写的那个永恒的黄金世界。

"黄金时代"这个古典概念不但频繁地出现在伊丽莎白时期的田园诗中，同时也不断出现在那些以放纵不羁的自由爱情为主题的新型诗歌中。塞缪尔·丹尼尔（Samuel Daniel，1562—1619）译自塔索田园剧《阿敏塔》（*Aminta*，1573 年上演）第一幕的合唱《一首田园诗》（A Pastorall）即以此主题而闻名。在这首合唱中，塔索宣称，第一个时代之所以是金色的，不是因为世界享有永恒美好的春天，也不是因为河流淌着牛奶，树上流淌下蜂蜜，也不是因为人们还不知什么是战争和交易，而是因为所谓的"思想的暴君"（the tyrant of the mind）——荣誉（Honor）——尚未开始他的统治，并且

他苛刻的律条尚不为自由的精神所熟悉。

世间只有这些大自然制定的

黄金法则。一切合法而又快乐无比，

在花丛和清溪之中

做着欢快的游戏。

[……]

裸身的处女

那玫瑰般鲜美的肌肤，

仅用薄薄的轻纱包裹：

圆润的双乳柔美丰腴。

在清清的溪水中，

常与情人相拥，尽情嬉戏。(51—54；61—66)②

---

① Cited from Macdonald，Hugh，ed. *Englands Helicon*（Edited from the edition of 1600 with additional poems from the edition of 1614）. London：Routledge and Kegan Paul Ltd.，1949. p. 164.

② Daniel，Samuel. *Complete Works in Verse and Prose of Samuel Daniel*. ed. A. B. Grosart. Aylesbury：For private circulation，1885 – 1896. Vol. 1：261.

这样的一首田园诗表达了人们渴望逃脱道德束缚，进入一个可以自由、安逸地享受爱情世界的强烈情感。可见，这样的自由王国与科林·克劳特的世界相去甚远。而更值得注意的是，作为清教徒的斯宾塞竭力反对塔索把黄金时代看作一个情感至上、缺乏理性的自由放荡（libertinism）的时代，他笔下的黄金时代被置于清规戒律的严格约束之下：

> 在世界之初的远古时期，
> 人类的确天真无邪，无忧无虑，
> 质朴、真诚、无瑕而又贞洁，
> 没有人尝试过狡诈诡谲；
> 尚不会卑劣与奸诈的人类，
> 对美德有着至高的敬畏：
> 神圣的爱情需要神圣的辖制，
> 对待淫欲都有严格的律规，
> 人类的爱好须远离禁止的一切。
>
> （《仙后》第 4 部第 8 诗章第 30 节）

但是，斯宾塞没有想到，塔索和丹尼尔关于黄金时代的认识居然成为 17 世纪最盛行的一个主题；尤其是"骑士派诗人"（Cavalier Poets）的诗歌，可谓将"及时行乐"主题发挥到了极致。

第三节　欢乐的乡村与欢乐掩盖下的社会矛盾

伊丽莎白时代的英国乡村保留有不少具有鲜明季节色彩的传统节日和宗教仪式，从中可以发现异教徒自然崇拜的些许痕迹。围绕这些节日和仪式逐步兴起的流行歌谣又反过来深深影响了文人墨客乃至宫廷诗人的诗歌创作，因此，这一时期的贵族文学、中产阶级文学与通俗文学相互之间区分得并没有那么明显。这些节日歌谣中流行最广的是五朔节歌谣，比如《姑娘小伙一起来》（Come Lasses and Lads）及其不同演变形式。诸如此类的情歌有托马斯·莫利（Thomas Morley, c. 1558—1602）的《绕着舞桩欢乐地跳吧》（About the Maypole Now，with Glee），[1] 诗中描写了五朔节这个充满欢笑的节日，向人们展示了酒神和克罗莉丝、牧羊人和仙女们共舞的祥和场面。另一首是托马斯·沃森的《仙女和女王的聚会》（The Nimphes Meeting Their May Queene）（收录于《诗薮》），该诗最初于1591年在汉普郡的埃尔佛塞姆（Elvetham）举行的五朔节盛大娱乐活动上演唱，其中的五朔女王就是指伊丽莎白女王本人。西德尼在1578至1579年间出版的作品《五朔节女王》（The Lady of May）也是诗人给女王的献礼，因为她才是英格兰人最敬爱的五朔节女王。托马斯·莫利在1601年编辑的牧歌集《奥利安娜的胜利》（The Triumphs of Oriana，1601）[2] 也许是为盛大的乡村五朔节娱乐活动而创作。这类诗歌显示，女王喜欢在五朔节和她的臣民共舞并共同参加五朔节采花活动。

然而，上述舞蹈、五朔节游戏活动以及传统乡村习俗招致了一些评论者的攻击。清教徒作家菲利普·斯塔布斯（Philip Stubbes，c. 1555—c. 1610）曾在《陋俗剖析》（The Anatomie of Abuses，1583）中以厌恶的语气描述了女王陛下治下人们引进五朔节风俗的情况：

> 到了五月，在降灵节或其他日子，所有年轻小伙子、姑娘们、老人和妇女都到山上林间彻夜嬉戏娱乐，直到第二天早晨，带着许多桦树条或其他树枝回到家中［……］他们带回的最珍贵的东西要算那根他们以最虔敬的礼仪从林中运回的花柱了。他们在花柱上扎满了花草，有时还在柱上涂着各种彩色，用二十或四十对角上挂着芳香花束的牛拉着，两三百男女老幼前呼后拥恭恭敬敬地运回村中竖立起来，在柱顶上挂着许多手帕和小旗，迎风飘扬。接着又在花柱周围铺上稻草，并用青翠的树枝绑在柱上，在花柱附近搭起可供休憩的凉亭、凉棚和小舍。一切停当之后。便围着花柱开始跳起舞来，就像异教的人们向偶像祭祀舞蹈一样。他们所跳的舞，正是完整的祭祀舞蹈或同类型的舞蹈。[3]

---

[1]　Morley，Thomas. *First Booke of Balletts to Five Voyces.* London：Thomas Este，1595. p. 59.

[2]　《奥利安娜的胜利》一说是献给伊丽莎白女王的，集中每首歌都以"美丽的奥利安娜万岁"结尾。奥利安娜即女王伊丽莎白；也有人寻找到证据，认为这部歌集是献给丹麦安妮女王的。

[3]　转引自詹姆斯·乔治·弗雷泽：《金枝》，徐育新等译，大众文艺出版社1998年版，第117—118页。

威廉·普林（William Prynne，1600—1669）在他的《演员的悲剧》（*Histriomastix*，1633）中则将诸如此类的舞蹈与庆祝活动斥为"荒谬的爱情恶作剧"、"田园情歌或淫词艳曲。"① 清教徒的地方法官设法阻碍和禁止舞蹈和传统的农村体育等各种活动。直至詹姆斯一世（James I）时期情况才有转机；他在 1618 年颁布的法定运动公告规定：无论男女都可以跳舞；男人还可以表演剑术；鼓励全民参与跳远、跳高及诸如此类伤害性比较小的运动；五朔节运动会（May-games）、威特森啤酒节（Whitsun-ales）、莫里斯舞（Morris-dances）和竖五朔节花桩等一切与五朔节有关的活动在适当的时间允许举行，此项权利神圣不可侵犯。查尔斯一世（Charles I）也在 1633 年颁布了类似的规定。

斯图亚特王朝延续了伊丽莎白时期鼓励民俗活动和民间舞蹈的政策。当时有一本诗集《科茨沃德运动会纪念集》（*Annalia Dubrensia*，1636）收录了琼生、德雷顿、托马斯·伦道夫（Thomas Randolph，1605—1635）、欧文斯·菲尔萨姆（Owen Felltham，1602—1668）、托马斯·海伍德（Thomas Heywood，c. 1570s—1641）、沙克力·马米恩（Shackerly Marmion，1603—1639）等几十位诗人、名士对罗伯特·多佛（Robert Dover，1575—1641）先生及其创办的科茨沃德运动会（Cotswold Games）② 的贺诗。罗伯特·多佛不但是该运动会多年的组织者，也时刻维护着运动会免遭清教徒的攻击。德雷顿在他的贺诗中将多佛称作"从阴暗的铁器时代唤醒/黄金时代的荣光"（1—2）③ 之人。托马斯·伦道夫在他的诗歌里把运动会和异教徒的古老遗俗联系起来，诗中提到的帕里利亚（Palilia）是古罗马时期纪念牲畜守护神帕尔斯（Pales）的节日。④ 伦道夫借助诗中的讲话人科伦（Collen）抱怨道：尽管"英国的牧场/如阿

---

① Cited from Sambrook, James. *English Pastoral Poetry*. Boston：Twayne Publishers，1983. p. 67 – 68.

② 科茨沃德运动会，全称 Cotswold Olimpick Games，由罗伯特·多佛（Robert Dover，1575—1652）于 1612 年创办，每年举办一次。

③ Cited from Grosart, Alexander B.，ed. and intro. *Annalia Dubrensia*（First printed in London by Robert Raworth for Mathewe Walbanckes，1636）. Manchester：Reprinted by Charles E. Snals for the Subscribers，1877. p. 5.

④ For the text please see Grosart, Alexander B.，ed. and intro. *Annalia Dubrensia*（First printed in London by Robert Raworth for Mathewe Walbanckes，1636）. Manchester：Reprinted by Charles E. Snals for the Subscribers，1877. p. 17.

卡迪亚的草地一样鲜花烂漫”（9—10），但牧羊人和古代的相比起来却显得了无生机：

> 英国的乡村青年都是土坷垃脑袋！
> 全是在原野上闲逛的傻大个！
> 没有生机，没有精神做支柱！（1—3）

为什么呢？因为“体育运动已将他们的灵魂驱逐”（23）：

> 直到那时他们仍积极乐观；每一天
> 他们舞动手臂一直锻炼，直到麻木，
> 除去索枷和犁耙，对一切均没知觉。
> 五朔节一早踏上快乐的旅程，
> 在云雀的召唤下奔向广阔的田野：
> 有人在追逐蜜蜂，气喘吁吁，
> 从这颗山毛榉追到那边的桑树地；
> 有人在跳跃，展示他的灵活肌体，
> 还有人在练习那动听的旋律；
> 这一位跳起新基歌，另一些
> 在摔跤，或者在投标枪；
> 一个个雄心勃勃要赢得比赛，
> 亲吻那棕肤色的五朔节女王。（24—36）①

　　科伦指出，似乎只有比赛的胜利才能让他们生龙活虎，而一旦失败，什么奖励也没得到，他们就失去生机，自甘颓废，还会被清教徒剥夺运动的权利。但是，潘神（即查理一世）已然宣布舞蹈是神圣的，多佛也已经恢复了古代的运动，“赋予古老的欢愉和天真新的生命”（144）。诗人为国王和清教徒分别戴上牧歌的面具，这种处理再合适不过；而且，这首

---

① Cited from Grosart, Alexander B., ed. and intro. *Annalia Dubrensia* (First printed in London by Robert Raworth for Mathewe Walbanckes, 1636). Manchester: Reprinted by Charles E. Snals for the Subscribers, 1877. pp. 17 – 18.

牧歌虽不为大众所熟知，其题材却是真正的田园生活。

　　骑士派和清教徒之间在乡村和娱乐战场上的斗争其实早已引起诗人们的注意。曾连任牛津和诺维奇主教的理查德·科比特（Richard Corbett，1583—1635）曾在他的谐趣诗中引用了与此主题相关的几个典故。他在《致约翰·哈蒙先生的劝告词》（Exhortation to Mr. John Hammon）中讽刺这位清教牧师摧毁了异教徒们的虚荣心，而这种虚荣心在五朔节期间都是可以理解和接受的。与《劝告词》一样，他最好的一首诗作《仙子辞别》（The Faeryes Farewell）也是创作于詹姆斯一世统治时期；科比特在该诗中把清教徒对古老的舞蹈和乡村信仰的攻击与宗教改革中对罗马天主教圣徒们的驱逐联系了起来。佚名作者在其诗歌《帕斯奎尔的食言》（Pasquil's Palinodia，1634）中悲叹那些吹毛求疵的清教徒对当时乡村风气的颠覆，把五朔节花桩看作象征乡村理想的社会秩序的圣洁符号：

> 过去的日子快乐又没有烦恼，
> （因为那时还有真爱和友好）
> 每个村子都竖起五朔节花桩，
> 啤酒充足，游戏多彩而丰富：
>
> 棒小伙们组成盛大的团队，
> 与快乐的姑娘一起绕桩起舞。
> 人们用友好之道招待宾客，
> 为这盛会穷人们更努力工作。
>
> 都市庄园里的老爷们也来了，
> 满怀兴致地与庄户们同乐，
> 他们簇拥在夏日的树荫下
> 观看殷勤的乡村少年跳舞唱歌。（17—28）①

---

① Quoted in Brand, John. *Observations on Popular Antiquities*, rev. H. Ellis. London：Henry G. Born, York Street, Covent Garden, 1888. Vol. 1：239–240.

由此可见，诗人们认为，那刚刚过去的"美好往昔"（good old days）其实就是排除了政治偏见后的美好的家庭生活与五朔节庆典的糅合体；而真正的美好往昔还得回到伊丽莎白时代。

尼古拉斯·布雷顿（Nicholas Breton，1545—1626）的诗歌《疯帽子的快乐时光》（*Mad-caps Oh the Merrie Time*，1602）向我们展示了一幅伊丽莎白全盛时期"快乐英格兰"（merry England）的乡村生活全景。诗人在这首诗里问道："美好的黄金时代哪里去了？""那时仙女们惬意地守着森林，/老精怪还被关闭在山洞里"（64—65）。古老的英格兰是凝乳和奶油之乡，在那里穷人和富人一样生活得舒心，那时

> 农民们生活富足，
> 富人不驱赶乞丐，
> 而是在自家门前给他们施舍。（26—28）

那是真实、纯洁、正直的年代，人们还不知马基雅维利主义（Machiavellianism）和行骗盗窃为何物；那时物价很低，"四便士换一百个鸡蛋"；爱情不受约束，五月的清晨"单身汉向姑娘们赠送绿袍"（152）；光明磊落的交易和质朴的传统娱乐合为一体：

> 农民不贪图邻居的便宜。
> 山姆和辛金是在祖先的坟墓上
> 跳特伦奇魔舞的快乐的奴隶。（66—68）

> ［……］笛子和手鼓奏起欢快的歌
> 五朔节花桩旁人们在尽情欢乐。（160—161）①

布雷顿以轻松的方式把森林女神、缪斯、淘气的妖怪、五朔节花桩、起舞的农场仆人还有其他元素结合起来，使 17 世纪早期的诗人不但可以像伊丽莎白早期的诗人那样轻松地把经典牧歌本土化到英国的田园风景中

---

① All the citations of Breton's poetry in this book are from Robertson, Jean（ed.）. *Poems by Nichaolas Breton*. Liverpool：Liverpool University Press，1952.

来，而且更使它融入英国乡村的社会关系之中。

在《科茨沃德运动会纪念集》中，萨克莱·玛米恩（Shackerly Marmion，1603—1639）的诗歌也按惯例对多佛复兴潘神崇拜，把科茨沃德变成阿卡迪亚给了赞美。然而有趣的是，在他的诗中，威胁到英国牧羊人田园乐趣的可怕之人并不是吹毛求疵的清教徒，而是正在从事圈地和垄断生意、贪婪又精明的地主。在这点上，玛米恩可算是眼光独到而敏锐。

即使在威廉·布朗的《不列颠田园诗》中充满诗意的田园世界里，也有对圈地或土地买断行为的抱怨：

> 那些乡绅们从邻居手里
> 搜刮土地，强夺继承权，
> 贪得无厌，将大片土地买断；
> 连成世界上最广阔草原。（第二部第 1 首：871—874）

同时还有对粮食垄断和囤积行为（指禁止粮食流入市场，人为造成粮食不足现象以抬高价格）的谴责："邪恶的农场主囤积着粮食，/大街上叫花子冻馁而死"（879—880），大有"朱门酒肉臭，路有冻死骨"的境界。然而，布朗最后却给读者做了个不太可信的保证，说只有牧羊人还是开心的："没有人能逃脱这尘世间争斗的漩涡，/唯有牧羊人过着天赐的幸福生活"（881—882）。

约瑟夫·豪尔（Joseph Hall，1574—1656）的《讽刺集》（*Virgi-demiarum*，1597，1598）是英国第一本正式的讽刺诗集，共有 6 卷。在第 5 卷中，诗人控诉了横征暴敛、囤积居奇、圈地（第 5 卷，诗 I & III）和大地主们家政管理的衰败（第 5 卷，诗 II），这些控诉是在 16、17 世纪的布道文、舞台剧和民谣中反复出现的主题。

大地主们奉行唯利是图的畜牧主义，不断寻找畜牧业的财源。他们买断邻近穷人的土地或者干脆把他们驱逐出去，圈占公用土地以形成需要更少劳动力的大牧场。这样一来，好多村子整个都消失了，只有牧羊人的小屋留了下来。在《讽刺集》第 5 卷中，豪尔映射了这种行为给农民带来的损害，诗中提及，那些失去产业的小农场主因此而被迫流落海外。他指责贪婪成性的大地主

驱逐了整个聚居区的穷人，
将它们的房舍夷为平地；
一面是土地被围上栅栏，
一面是失地者背起了行李；
他们被舶运到新殖民区，
或者是杳无人烟的荒凉山脊。（第5卷，诗I：109—114）

　　他还鼓动被驱逐的佃农："看到你曾经生活过的地方/被满身粪污的绵羊占据，你难道不会生气?"（115—116）不过我们必须承认，诗歌前文描绘的贫穷佃农们世代相传的家园也并比这好多少，其悲惨之状很容易让人联想起维吉尔《香草奶酪》（Moretum）中那位农夫的家境。请看豪尔的描写：

那可怜的窝棚，天啊，空间如此狭小，
茅草下的立柱上覆满一寸厚的烟灰
脏兮兮黑黢黢如同摩尔人的眉毛。
一只两头透气的桶充当排气的烟囱，
床脚边就圈养着一群畜生，
他的猪仔和鸡鸭在那里乱拱。（59—64）

　　豪尔在其布道文中也曾以同样的口气谴责了一位欺压佃农的乡绅，说他侵犯邻人的继承权，圈占公共土地，使村民人口锐减，戕害农民致死等。包括拉蒂莫（Hugh Latimer，c. 1487—1555）、廷代尔（William Tyndale，c. 1494—1536）等在内的都铎王朝早期的教士们也激烈反对圈地牧羊，他们对圈地行为的公开不满引发当时诗坛的共鸣。托马斯·莫尔（Thomas More，1478—1535）在《乌托邦》（Utopia）中讲到的"羊吃人"的场景也在诗人理查德·考克斯（Richard Cox，1499—1581）的抒情诗《害群之羊》（The Black Sheep）中得以再现：大量房屋变成了土丘；英格兰的一半成了绵羊的地盘；人们失去的一切都是被害群之羊所吞噬。佚名诗人的歌谣《圣诞哀歌》（Christmas Lamentation，大约写于1590—1615年间）援引威廉·郎格兰（William Langland，c. 1332—c. 1400）笔下农夫皮尔斯的故事，继承和延续了英国本土的讽刺传统。诗歌以农夫皮尔斯为乡下人的道德典范，并以此为契机，巧妙地把当时人们对乡村状况的不满同牧歌神话结合起来，

> 曾经充满欢乐的家园，
> 如今只剩下狗和牧羊人，
> 呜呼！
> 曾经举办圣诞狂欢的地方，
> 现在却成了绵羊的地盘
> [……]
>
> 牧羊人的保护神潘啊，已把
> 谷物女神刻瑞斯的王冠破坏，
> 所有村镇的农业耕作都已衰败；
> 地主们又肆意提高地租，
> 农夫皮尔斯只得光脚跳舞；
> 呜呼！
> 农夫们无论如何还得过圣诞，
> 却无奈糊口的东西少得可怜。①

本·琼生（Ben Jonson，1572—1637）诗集《树林》 (*The Forrest*，1616）中的第2首《致彭赫斯特》（To Penhurst）是一首在17世纪颇为著名的庄园诗（country house poem）。庄园诗是17世纪英国出现的一种独特的乡村诗歌。这种题材吸引了包括琼生（Ben Jonson）、赫利克（Robert Herrick）、伽路（Thomas Carew）、马维尔（Andrew Marvell）等在内的大批优秀诗人。庄园诗构成那个历史变革时期诗歌发展的一条重要路线，也受到文学评论界的极大关注。但是，如果要问这种诗歌属于哪个传统，恐怕一时难以给予确切回答。从名字看，这类诗歌好像是描写乡村房舍，其实题材很复杂。有以房舍映射人的谦逊与高傲者，有如寓言体传奇中的游

---

① Cited from Chappell, W. *Popular Music of the Olden Times*. London：Cramer，Beale and Chappell，1959.2：464.

记一样引领读者游览庄园的，有对公园和私家花园的描写，有的展示画廊或建筑艺术，还有的讲述家庭历史，如此等等。所以有人认为，与其称其为"Country house poem"，倒不如称其为"estate poem"来得更合适。①

《致彭赫斯特》而其本质上是一首委婉的讽喻诗。因为，透过诗人对彭赫斯特庄园充满钦羡的描绘，读者感受到的却是诗人对被彻底打破的理想的乡村社会关系的深切哀挽。《致彭赫斯特》中的讽刺元素可能源自斯特提乌斯（Publius Papinius Statius，A. D. c. 45 – c. 96）的《森林》（*Silvae*）以及马夏尔（Marcus Valerius Martialis，A. D. c. 40 – c. 103；英译作 Martial）的 12 卷长诗《讽刺集》（*Epigrams*），但对其影响最大的应该还是维吉尔的《农事诗》。② 《讽刺集》是一首长篇讽刺诗，诗中将巴苏斯（Bassus）浮华而靡费的城郊庄园与福斯蒂努斯（Faustinus）位于贝亚（Baiae）的朴实无华却很实用的房产进行了对比；马夏尔着意描述了福斯蒂努斯家里欢快而忙碌的家务活动以及客人们带来的简单礼物和主人的慷慨好客。同样，琼生也将彭赫斯特——曾是菲利普·西德尼的家宅——描绘成一个整洁卫生且结构紧凑的社区的核心，该社区由一位仁慈善良的乡绅管辖。琼生对庄园管理的社会功能的描述中不乏田园牧歌的元素，比如，潘神和酒神巴克斯在彭赫斯特的山毛榉和栗子树下欢宴的场景。诗集《树林》的第 3 首是书信体诗歌《致罗伯特·罗斯爵士》（To Sir Robert Wroth），在这首诗中，琼生不但搬来了牧神和森林之神，还把农耕之神萨图恩（Saturn）的统治和牧歌式的神话世界本土化到英国乡村庄园的场景之中：

> 牧神和森里之神的仪式刚刚结束，
> 饮宴之神科莫斯又开始了新的狂欢；
> 宽敞的大厅充满了欢声笑语，
> 恰如走进了农神萨图恩的丰饶之国；
> 阿波罗的竖琴赫耳莫斯里拉琴悠扬奏响，
> 缪斯们就像客人一样前来捧场。(47—52)

---

① Fowler, Alastair. *The Country House Poem: A Cabinet of Seventeenth-Century Estate Poems and Related Items.* Edinburgh: Edinburgh University Press, 1994. p. 1.

② Fowler, Alastair. *The Country House Poem: A Cabinet of Seventeenth-Century Estate Poems and Related Items.* Edinburgh: Edinburgh University Press Ltd, 1994. p. 58.

这首诗兼具颂歌和牧歌的特征，明显是受到贺拉斯和维吉尔的影响。琼生的这些作品与巴克莱的第 4 首牧歌同属一类，均有将乡下庄园中的社会关系理想化的倾向。这些作品从概念上属于牧歌，大量借用了常规的田园牧歌的传统元素。

宫廷诗人托马斯·伽路（Thomas Carew，1594—1640）1640 年版《诗集》（*Poems*）中也收录有仿照琼生诗歌创作的两首庄园诗，一首是《致萨克斯汉姆》（To Saxham），另一首题为《致友人 G. N.》（To my Friend G. N. form Wrest）。但是，伽路的诗歌也有自己的特点，他会让乡村中的社会关系服务于爱情劝导。比如，在他最著名的诗作《欢天喜地》（A Rapture）中，诗人傲然宣称"荣誉"只是那些贪婪的男士们杜撰的一个词语，目的是"套住普通人/并将自由女人揽入个人的怀抱"（19—20）[1]。伽路最初深受忒奥克里托斯的第 27 首牧歌以及塔索的《阿敏塔》第一幕第一首合唱的影响，但《欢天喜地》这首诗比两位老师的任何一首都更大胆放肆。

理查德·洛夫雷斯（Richard Lovelace，1618—1657?）也追随塔索。他虽没有塔索那样耽于声色，但嗜好却一点也不比伽路少。他的诗集《卢卡斯塔》（*Lucasta*，1649）中有一首题为《致克洛瑞斯：第一纪的爱恋》（Love made in the First Age：To Chloris）的诗歌，诗中讲到，在世界之初的黄金时期，男女纵情享乐甚至于当众做爱并不被看作有悖伦理之事。诗中写道：

> 姑娘如秋天的杨李成熟欲落，
> 被小伙子们漠然地收获
> 一朵鲜花儿，连同处女膜。（16—18）[2]

伽路和洛夫雷斯的田园诗中均有类似的性爱描写，即所谓的"牧人对白"（Pastoral Dialogues）。在这些诗歌中，牧人和少女当着合唱队或是

---

[1] All the citations of Carew's poetry in this book are from Carew, Thomas. *The Poems of Thomas Carew*. ed. Arthur Vincent. London：Lawrence and Bullen, Ltd, 1899.

[2] Cited from Lovelace, Richard. *The Poems of Richard Lovelace*. London：Hutchinson & Co. Paternoster Row, 1906. p. 135.

另外一位牧人的面大秀恩爱，大有田园色情短片的效果。

　　即便是在这样一个性开放的时期，罗伯特·赫里克（Robert Herrick，1591—1674）的情诗仍然显得格外淫荡，从而成为众人诟病的主要对象。但是客观来讲，相对于其他诗人，或许赫利克所创作的众多关于英国乡村生活的诗作更能愉快地传递出古典时期异教思想中那种积极向上的精神。在《赫斯帕里德斯》（*Hesperides*，1648）的开篇诗中，赫里克曾谈及他的田园诗。但严格地说，其中只有几首属于正式的田园诗，比如，《恩底弥翁·波特和利西达斯·赫里克所作并歌唱的田园诗》（Eclogue，or Pastorall between Endimion Porter and Lycidas Herrick，set and sung）是一首带有奉承色彩的称颂诗，《莱肯和瑟尔西斯之间的田园诗》（Bucolick Betwixt Two：Lacon and Thyrsis）则是一出滑稽戏；而《唱给国王的诗》（A Pastoral Sung to the King）以及《有感于查尔斯王子的诞生而作的诗歌》（A Pastorall upon the Birth of Prince Charles）则属于宫廷颂诗，且两首诗歌均被谱曲演唱。《残忍的少女》（The Cruell Maid）是模仿式奥克里托斯第23首牧歌所作，不过，与这首诗歌的其他模仿者一样，赫里克也在诗中交换了被爱者的性别。比上述诗歌更具活力的则是赫里克以当时流行的"热情的牧羊人致他的爱人"的模式创作而成的诗歌《致菲利斯》（To Phillis，to Love，and Live with Him）。赫里克在该诗中列举了一系列诱人的乡间美味，包括"面包上的榛子酱/带有黄花九轮草的花蜜"（13—14）①，并告诉读者菲利斯将主持剪羊毛盛会和一年一度的守夜节，即主保佑节（patronal festivals），然后巧妙地将传统的"偷吃禁果"的故事融入诗歌之中：

　　　　在那柳条编织的篮子里，少女
　　　　将带给你，（我挚爱的牧羊人）
　　　　羞红的苹果和腼腆的梨，
　　　　还有那象征羞愧的杨李。（35—38）

　　《致菲利斯》比其他几首所谓的正式田园诗更接近于赫里克在《书籍

---

① Cited from Barrell，John，and John Bull，eds. *The Penguin Book of English Pastoral Verse.* Harmondsworth；New York：Penguin Books Ltd，1982. pp. 168 – 170.

辩论》（The Argument of his Book）中树立的世俗诗歌的观念的核心。试比较他在《书籍辩论》中的诗行：

> 我歌唱小溪，歌唱花朵，歌唱鸟儿，歌唱树荫：
> 我歌唱四月，歌唱五月，歌唱六月以及七月之花，
> 我歌唱五朔节，歌唱收获的大车、喜宴上的美酒，还有守夜节，
> 我赞美新郎，赞美新娘，赞美他们的婚礼蛋糕，
> 我抒写青春，抒写爱情，并通过它们，
> 去歌唱纯洁的纵情享乐。（1—6）①

赫里克最著名的田园诗歌书写的是那些与季节轮回相关的民间节日；而诗中的"纯洁的纵情享乐"说的是，早年的那些田园歌者们倾慕的是宫廷及都市女士，最终却在乡村姑娘那里获得了满足。

赫里克书写乡村节日的诗篇通常采用邀约的形式。比如，在《守夜》（The Wake）中，主人公（即诗人本人）邀约他的情人安西娅：

> 来啊安西娅，让我们两人，
> 跟他人一起去参加宴会吧。
> 守夜节的宴会上，摆满了
> 果馅饼、蛋奶饼、奶油还有蛋糕。（1—4）②

他邀请自己的情人和他一起去参加罗宾汉游戏，跳莫里斯舞，观看村民的斗棍比赛："最廉价的娱乐活动/乡下人却满足而快活"（21—22）。在《颗粒归仓》（The Hock-cart, or Harvest Home）中，他召唤收获者们"来吧，夏天的孩子们"（1）③，邀请他们参加庄园主人举办的丰收之宴，并借此提醒他们对庄主的责任。这种邀约参加乡村欢庆的行为，反映的大

---

① Cited from Herrick, Robert. *Works of Robert Herrick*. Vol. I. Alfred Pollard, ed. London: Lawrence & Bullen, 1891. p. 3.

② Cited from Herrick, Robert. *The Poems of Robert Herrick*. London: Grant Richards Leicester Square, 1902. p. 242.

③ Cited from Herrick, Robert. *The Poems of Robert Herrick*. London: Grant Richards Leicester Square, 1902. p. 99.

多是对爱情的迫切渴望。再看《柯瑞娜参加五朔节活动》（Corinna's Go-ing a Maying）：五朔节清晨是乡民们专门用以膜拜丰饶的大自然的时间，因此，赫里克在诗中描绘了大量象征丰饶的符号：

> 来吧，我的柯瑞娜，来吧；请注意
> 一块块田地如何变成了街道，一条条街道
> 又如何变成公园，绿荫掩映，树木整齐：看啊！
> 虔信赠与每座房屋一根硕大的枝干：
> 每条走廊，每扇门，在此面前，
> 临时屋舍成为一艘偌大的方舟。（29—34）①

诗中还有关于情欲的真实描写：

> 每人都获赠一条绿色长袍，
> 每人一个亲吻，一位也不漏掉：
> 充满爱意的苍穹的眼眸，
> 向众人投来深情的目光：
> 讲述着钥匙背叛的玩笑——
> 门虽上锁，却没去参加五朔节活动。（51—56）

这些诗行的语气和情调明显受到古罗马哀歌诗人提布鲁斯的影响。

在写给恩底弥翁·波特（Endymion Porter）的《乡村生活》（The Country Life）一诗中，赫里克描述了从宫廷及城市的烦扰和束缚中解脱出来的乡村绅士们的快乐生活，

> 甜美的乡村生活吸引着城里的陌客，
> 他们只为他人，从未为自己活过！
> 供职宫廷或生于都市的人们
> 看起来并没有多么自在快乐。

---

① Cited from Herrick, Robert. *Works of Robert Herrick*, Vol. I. Alfred Pollard, ed. London: Law-rence & Bullen, 1891. pp. 82 – 84.

你没有乘风破浪，扬帆远航

去寻找并运回胡椒与香料；

也没有漂洋过海到东印度

去采购贩运极品的丁香；

更没有以牺牲爱情为代价，

从西方换回来灿灿金锭。

不，你雄心壮志的杰作

当然要比鸿毛飞得更高。（1—12）

    诗人在写到农场主在自家庄园中游玩时，带领读者领略了这个果实累累、经营良好的农场；这一方面是要呼应有关农业对王国命运的价值的格言，另一方面是要传达田园诗歌应有的喜乐之情。诗歌接下来的内容是：波特推荐在自己庄园中举办一系列季节性节庆和乡村游戏，因为他一向是多弗的科茨沃德运动会的全力支持者。与《致彭赫斯特》一样，《乡村生活》是 17 世纪早期倾向于将乡村生活理想化的田园诗作之一，诗歌既是对个人的褒扬，也包含了一定的社会哲理。赫里克此种类型的诗作还有《乡村生活：致弟弟，M. 索·赫里克》（A Country Life：To his Brother，M. Tho. Herrick，1610）及《致刘易斯·彭伯顿的颂词》（A Panegeric to Sir Lewis Pemberton）等。

    托马斯·伦道夫也曾像琼生那样翻译过贺拉斯抒情诗歌。他在翻译贺拉斯的《短长格集》第 2 首时加入了更多有关英国农场生活的本土化元素。而且，与琼生不同的是，为了强化感伤之情，伦道夫将原诗的最后四节略去，代之以贺拉斯第 6 首讽刺诗开头部分的非讽刺性诗行作为诗歌的结尾。在另一首同样受到贺拉斯影响的诗作《无限满足在诗中》（On the Inestimable Content He Enjoyes in the Muses）中，伦道夫将自己贺拉斯式的冷静、满足、精神独立和心灵自由与通过圈地起家的富有的大地主们的罪恶与精神奴役相比较：

你拥有众多的农田可以出租，

但我却从未依靠佃户的汗水过活。

你拥有圈占夺来的公用土地，

我有开阔却不受束缚的思想。

你费尽心机寻求一切机会

去满足自己刁钻而膨胀的欲望；

至少用三种手段去驱赶农民

以满足你奸猾的饕餮之心；

而我只热爱我这片公共牧场，

超越了你选择的口腹之欲。

鳏寡人不会诅咒我备下的饭食，

我也不会饮下孤儿的眼泪。

你很可能供职于什么衙门，

我却在本地管理公共财富。

我的位子享有更多的自由，

远超你图谋虚荣的权利。

是什么带给他沉重的枷锁

让他沦为卑劣行径的奴隶？（65—82）①

　　伦道夫的田园诗作中还有以称颂为主题的假面舞会的场面，比如《致琼生先生》（An Eclogues to Mr. Jonson）。这首诗讨论了诗歌与哲学及神话寓言之间的关系。另一首诗歌《两个医生之间关于命运的争辩》（An Eclogue Occasioned by Two Doctors Disputing upon Predestination）也有类似的主题。但是，伦道夫这类诗歌中最典型的主题是有关两性之爱的，比如《田园求爱记》（A Pastorall Courtship）就是对忒奥克里托斯第 27 首牧歌淫荡主题的重构。在伦道夫最闻名的诗歌《安东尼·斯塔福德颂》（An Ode to Anthony Stafford to hasten him into the country）中，乡村隐逸的主题向着情爱方面倾斜，诗歌风格更贴近提布鲁斯而非贺拉斯。伦道夫鼓动他的朋友尽快远离那些"即将卷入内战"（11）的都市才子们（City wits）：

咱们飞奔离开吧，

我已没有耐心再做等待；

我必须得走了，

---

① Cited from Randolph, Thomas. *The Poems and Amyntas of Thomas Randolph*. John Jay Parry, ed. New Haven: Yale University Press, 1917. p. 69.

離开这大都市充满罪孽的喧嚣。
我要到乡下去，
去到那古老质朴之地，
尽管掩藏于苍白之中，
却比那些镀了金似的虚华
看上去更令人欣慰。
再见吧，即将卷入内战的
都市的才子们。(1—11)①

由于诗歌中提到的战争等可以想见的原因，以绅士身份归隐乡野的主题在17世纪内战与共和时期的文学中首次达到巅峰，并在此后不同历史阶段得以延续。

---

① Cited from Randolph, Thomas. *The Poems and Amyntas of Thomas Randolph.* John Jay Parry, ed. New Haven: Yale University Press, 1917. p. 129.

第四章　社会变革时期

——古典牧歌的式微与田园诗的多元化倾向

17 世纪，古典牧歌的传统虽然仍在如弥尔顿、马维尔、蒲柏等一批诗坛巨擘的作品中支撑着。但随着《利西达斯》的出版发行，古典牧歌的衰微成为不可避免的趋势；尽管有蒲柏等人的极力维持，其颓势仍在不断蔓延。具体表现是，田园诗歌越来越表现出偏离古典牧歌传统的迹象，出现了一些虽背离传统题材但又在某种层面上与传统牧歌有所联系的新型诗歌体裁，包括乡村抒情诗（rural lyricism）、伊甸园式田园诗（Edenic pastoral）以及上章谈到过的庄园诗①等。伊甸园式田园诗的基本主题是上帝、人类和自然之间的完美关系；这类诗歌具有典型的圣经标志和意象。以朝臣为主体的田园诗人们又掀起一股归隐风潮，产出了一批所谓的归隐诗（retirement poetry），相伴而生的还有乡土诗歌（local poetry）、城镇牧歌（city or town eclogue）、宗教牧歌（religious eclogue）、异域牧歌（exotic eclogue）等，不一而多，无不在为悠久的牧歌传统敲响丧钟。

第一节　《利西达斯》及其他

约翰·弥尔顿（John Miltion，1608—1674）创作的最接近琼生风格的诗歌大都表现的是贺拉斯式的田园隐居主题。《快乐者》（L'Allegro）与其姐妹篇《沉思者》（II Penseroso）大约创作于 1631 至 1632 年期间，它们在凯罗琳时期（Caroline 指查理一世和查理二世统治时期）以歌颂乡村

---

① 庄园诗作为一种相对独立的乡村诗歌体裁盛行于 17 世纪。鉴于这种诗歌体裁与本书重点论述的田园诗歌传统有较大差异，仅在上章和本章相关地方附带性地简述一下，不再做专节讨论。欲了解更多关于此类诗歌的情况，可参阅 Fowler, Alastair. *The Country House Poem: A Cabinet of Seventeenth-Century Estate Poems and Related Items.* Edinburgh: Edinburgh University Press Ltd, 1994.

生活为主题的诗歌中占据重要地位。里奇蒙德（H. M. Richmond）认为这两首诗歌属于一种新体裁——乡村抒情诗（rural lyricism），是传统田园诗歌的一个变体："这种题材对乡村生活的赞美是在特定的时间和地点，通过一个更加真实的人物——通常直接以诗人的身份——而不是传统的化身为牧羊人的诗人来讲述。"[1] 小托马斯·沃顿（Thomas Warton the younger, 1728—1790）在其编辑出版的弥尔顿的《偶感诗集》（*Poems upon Several Occasions*, 1785）中声称：《快乐者》和《沉思者》是英语文学中描述性诗歌的先驱，尤其是《快乐者》的读者们，他们更能揣测到田园短诗（idyll）的原本含义——"小画面"（little picture）。在《快乐者》中，弥尔顿通过观察和亲身参与乡村生活，描绘了不少生动的乡村图景，真切地表达了对乡村的热爱和愉悦之情。请看诗人如何捕捉乡下人劳作时的声音：

> 农夫在手上吐了口唾沫，
> 吹着口哨观望着刚翻过的土地，
> 挤奶的少女愉快地唱着小曲，
> 除草工将镰刀在石头上打磨，
> 牧羊人躺在山谷的山楂树下，
> 讲着他的传奇故事。（《快乐者》：63—68）[2]

诗人也听到乡村嬉戏和狂欢的喧闹声，早上猪狗的吠叫声和打猎的号角，随后就迎来了乡村的盛宴：

> 愉悦的钟声四处敲响，
> 三弦琴轻快欢唱，
> 无数的少男少女，
> 在斑驳的阴影里起舞；
> 青年和老人都加入进来，

---

[1] Cited from Richmond, H. M. "Rural Lyricism: A Renaisssance Mutation of the Pastoral." *Comparative Literature* 16 (1964): 193 – 210.

[2] Cited from Milton, John. *The Complete Poetical Works of John Milton* (Cambridge Edition). Boston and New York: Houghton Mifflin Company, 1899. p. 27.

在这个阳光明媚的圣日里，

欢乐到漫长的白昼逝去，

且饮下这辛辣的棕色啤酒，

悠长的故事回荡在夜空。（《快乐者》：93—101）①

这些故事描写了仙女、蛊惑人心者以及专搞恶作剧的罗宾·古德非洛（Robin Goodfellow）。弥尔顿把他们描写得风趣又贪玩，再加上一些无伤大雅的迷信色彩，终于像布朗、德雷顿、赫克里等人的作品一样展现出一个快乐的英格兰。

弥尔顿另外两首杰出的诗篇《春天来了》（On the Coming of Spring）和《耶稣诞生的早晨》（On the morning of Christ's Nativity）写于1629年，两首诗歌均采用了古典主义和新拉丁主义田园诗歌的主题，但彼此在主旨和语气上截然不同。《春天来了》是弥尔顿非宗教主题的拉丁语挽歌中的第5首。这部作品向读者描述了一个放荡不羁的黄金时代。作品中森林之神萨梯热烈地追求着腼腆的仙女："阿卡迪亚的潘神自己变得十分放纵"（125）；作品中的神只是象征，是外部自然界弥漫着的性欲和活力的代言人，弥尔顿祈祷他们能永驻人间。《耶稣诞生的早晨》是一首伊甸园式牧歌。它采用了中世纪教会的理念，认为异教徒的神都是魔鬼，让这些异教徒的神灵在耶稣诞生时打斗了起来。与上述挽歌相反的是，这首诗中的大自然被人格化成一个罪妇："赤裸裸的羞耻，/充满了罪孽"（40—41）。这首诗继承了文艺复兴的传统，将维吉尔《牧歌·其四》基督教化，将仁慈、真理与正义并存的黄金时代认同为上帝之国，再次以意大利新拉丁主义风格将基督与伟大的牧羊人潘神等同起来。

《利西达斯》（Lycidas）最初是附在一本剑桥人为悼念年轻的研究生圣职候选人爱德华·金（Edward King）而创作的拉丁语、希腊语及英文挽歌集之后于1638年出版的。1645年出版的《弥尔顿诗集》（Poems）再次收录此诗。但此次文中有着这样的批注："作者以此诗悼念一位博学的友人。1637年这位友人不幸从切斯特出发的旅程中溺亡于爱尔兰海。此

① Cited from Milton, John. *The Complete Poetical Works of John Milton* (Cambridge Edition). Boston and New York：Houghton Mifflin Company, 1899. p. 28.

事预言了当时如日中天但已然腐败透顶的僧侣阶层的毁灭。"① 挽歌
（monody）原指由一个人独自吟唱的抒情颂歌，但自弥尔顿在这部作品中
把其作为葬礼挽歌使用之后，该术语就常用来作为葬礼挽歌的代名词。尽
管《利西达斯》属于常规的田园牧歌形式，尽管诗歌整体上是由牧羊人
演唱，最后八个诗行却明显是作者自己的语气：

> 就这样乡村青年对橡树和小溪歌唱，
> 寂静的清晨趿拉着灰色的拖鞋出场：
> 他轻轻碰触着麦笛柔和的笛孔，
> 以热切的希望颤颤地唱着多利斯腔：
> 刚刚阳光才洒遍所有山岭，
> 现在已是坠入西部海湾的夕阳。
> 最后他站起身来，扯展他青色的衣裳：
> 明天要去寻找新的树林、新的草场。（186—193）②

这里，弥尔顿追随了一个已被明确定义了的诗歌传统：该传统由忒奥
克里托斯的第一首牧歌开创，并被比翁（《悼阿多尼斯》）、莫修斯（《悼
比翁》）、维吉尔（《牧歌·其五》和《牧歌·其十》）以及无数文艺复兴
时期诗歌继承和延续到弥尔顿时代。这首诗歌的故事梗概和具体措辞最接
近维吉尔《牧歌·其十》，而其对于教会的讽刺则继承了彼得拉克、曼图
安和斯宾塞的传统。

塞缪尔·约翰逊（Samuel Johnson，1709—1784）对《利西达斯》颇
有微词。因为他认为，既然这部作品属于田园牧歌，那么无论它塑造了何
种意象，这些意象早已被前人穷尽。③ 然而，约翰逊明显忽略了一个事
实，那就是弥尔顿从文艺复兴中吸收了灵感，使这些被前人详尽论述过的
意象重获了新生。也就是说，《利西达斯》的主题不仅仅是悼念爱德华·

---

① Milton, John. *The Complete Poetical Works of John Milton* (Cambridge Edition). Boston and New York: Houghton Mifflin Company, 1899. p. 60.

② Cited from Milton, John. *The Complete Poetical Works of John Milton* (Cambridge Edition). Boston and New York: Houghton Mifflin Company, 1899. p. 63.

③ Johnson, Samuel. *The Works of Samuel Johnson* (Vol. 6 of 10). London: Printed for G. Offor, Tower-Hill; J. Reid, Berwick; *et al.*, 1818. p. 115.

金，而且还要复活利西达斯及其同代形象达夫尼斯、阿多尼斯、伽鲁斯，还有随着诗歌的推进而出场的诗人牧师德鲁伊兹（Druids）（53）、诗歌天才的化身俄耳甫斯（58—63）等。尽管诗歌的主旨在很大程度上是要表达弥尔顿自身的希望和恐惧，但是诗中的牧羊人歌手并不单纯指弥尔顿。这一点在诗歌的最后八行表现得很明确：这八行使用第三人称，而不是像维吉尔的《牧歌·其十》那样使用第一人称。诗中的歌者就是那种具有奉献精神的诗人，但他也是普通人，有点跟利西达斯同病相怜的感觉（19—22，75—76）。利西达斯和这位诗人一起居住过的田园世界并不仅仅寓意金和弥尔顿在剑桥时期的少不更事，更是一个代表青春、纯真以及与大自然亲近的意象，这种意象在几个世纪的田园诗歌中俯拾皆是：

> 我俩一起，在高高的草坪显露之前，
> 在清晨张开的眼睑下，
> 我俩一起在野外追逐，同时听见
> 某一时刻灰翅翼的风的潮热号角
> 用夜晚的新鲜露水喂养我们的兽群，
> 常常直到傍晚，那升起的星辰，
> 明亮地向着天堂倾斜它西下的车轮。
> 同时，乡野小调并不沉静，
> 应和着麦笛的音乐，
> 粗暴的萨梯跳着舞，还有偶蹄的牧神。（《利西达斯》25—34）

梅纳德·麦克（Maynard Mack）注意到，弥尔顿用田园诗的方式对剑桥生活进行描写其实就是要表现"将诗歌、诗人和大自然连接起来的诗歌创作的灵感、对自然界的感性欣赏以及对神秘力量（农牧之神和森林之神）的直觉这三者之间的联系，这种联系要比金和弥尔顿在剑桥的实际生活更为真实。"①

牧人歌者吟唱的是仪式感很强的挽歌，体现出早期田园诗歌的一般特征：对女神缪斯的祈祷、对地方神灵的恳求、对外部自然世界的哀挽、送葬队伍、棺木上的花朵、对亡者获得永生的希冀等等。死亡与复活、死亡

---

① Mack，Maynard. *Milton*. Englewood Cliffs，N. J. ：Prentice-Hall，1950. p. 10.

与永生是比翁《悼阿多尼斯》和维吉尔《牧歌·其五》的主题；而在弥尔顿的诗歌中，往往包含着从心灰意冷到重燃希望的情感变化。比如，作品第8行写道："利西达斯去了，他已英年早逝，"而第166行写道："利西达斯虽已离去，你的悲伤不会消失"；前后形成了对比，但这种变化伴随的是异教神话向基督教传说的转变。

诗歌第一部分的主体是作为诗人的牧羊人，并言明了他想要获得的回报。大自然为利西达斯的逝去而悲号，仙女也为之落泪。念及自己也可能过早逝去，于是牧人歌者发出这样的疑问：为何死亡可以随时带走一个诗坛的冉冉新星？为何俄耳甫斯已然将自己化为诗歌，死亡的阴霾依然会降临到他的头上？他自己是否应该细细研读、慢慢完善诗人的才情？（19—22）

> 如旁人那样岂不更好，
> 与阿玛瑞丽丝在阴影中玩耍，
> 或戏弄尼亚艾拉缠结的卷发？（67—69）

在维吉尔的《牧歌·其二》中，阿玛瑞丽丝（Amaryllis）并不是禁欲、劳苦和沉思的代名词，而是具有同性之爱的意味。对她外貌的描写体现出弥尔顿艺术手法的典型特征，也使他的典故语境显得更具威严。在《利西达斯》中，福波斯·阿波罗（Phoebus Apollo）告诫的声音震颤着诗人的耳朵（《利西达斯》：77），一如他警告维吉尔不要有太多野心一般（《牧歌·其六》：3—4）。福波斯确信，真正的名望源自"对一切的爱"（《利西达斯》：82）；与它相比，尘世间的名望一文不值。这种慰藉的言语有着某种不朽的意味，但仍未跳出异教思想的范畴。

《利西达斯》第二部分以介绍牧歌的两个源泉——忒奥克里托斯的西西里岛阿瑞图斯泉（fountain Arethuse）和维吉尔故乡的河流敏修斯（Mincius）——开始，因为上文所表达的是"一种更为崇高的情绪"（87）。之所以说"更为崇高"，因为它讲的是即将获得神圣名誉的前景所带来的理性的慰藉；而且，由于与牧歌格调相反的可怕的死亡意象的突然闯入，打破了这一片从容、美好、闲适、和谐的景象，从而将诗歌情感提升到了新的高度（25—34）。诗歌这样描绘死亡："盲眼的命运女神手持可憎的剪刀，/剪碎这轻帛织就的人生"（75—76）。诗歌因此上升到了探讨生与死的哲理的高度。

　　挽歌的第二部分采用一系列哀悼者惯用的传统手法来介绍圣彼得
（St. Peter）。彼得代表基督教会，而不是常常出现在英国田园诗歌中的那
个伪装成"残忍的狼"（128）罗马教廷。弥尔顿抓住这次机会，充分利
用了田园诗歌确立已久的重要目的——教会讽刺。诗人通过圣彼得之口，
对大教主罗德（Archbishop Laud）以及他在英国凯罗琳教会中引入天主教
仪式的行为进行谴责。这里的叙事主体是作为基督教牧师的牧羊人。这首
先让诗歌的矛头指向了公共生活而不是像在第一部分那样聚焦于个人生活
中的危难和艰辛，同时也使得对上帝和天命的质疑更加彻底：

> 我应该怎样宽容那些年轻人，
> 像这样为了满足他们的肚腹，
> 蹑手蹑脚，攀爬、闯入羊圈？（113—115）

　　为什么上帝让一位有潜质的优秀牧羊人爱德华·金死亡，却纵容邪恶
的雇工骚扰他的教堂？圣彼得用一个可怕的意象给出了答案："门前那长
着两只手的引擎，/已准备好一次毁灭，一次就完结"（130—131）。尽管
这个引擎的目的是要确定一个彻底的解决方案，它本质上却是突然而可怕
的惩罚。

　　鉴于前文中瞎眼的复仇女神（Fury）驱散了田园生活的气氛，这第二
个可怕的意象又为这节教会寓言诗歌提供了一个突然的结尾。在上述两种
情况下，田园生活的情调均被可怕的意象摧毁。弥尔顿效仿维吉尔《牧
歌》（其一、九、十），让短暂而易逝的现实世界侵入到永恒的田园梦想
之中。随着这次入侵而来的是一个新的祈祷：

> 归来吧河神，已听不见干涸了你小溪的
> 可怕的声音；归来吧，西西里的缪斯，
> 唤醒溪谷，命令它们向此处抛撒
> 它们银铃和万紫千红的花瓣。（132—135）

　　并且随着这次祈祷，诗歌最后一次描绘了鲜花盛开的异教徒田园生活
的世界。

> 你深深的峡谷在柔声交谈
>
> 树影婆娑，风儿嬉闹，溪水潺潺，
>
> 鲜美的山间星星慵懒地眨眼窥看，
>
> 古雅的珐琅般的眼睛全投向这边，
>
> 在碧绿的草地上吮吸甜蜜的甘露，
>
> 用春天的鲜花为大地披上锦衣霓裳。（136—141）

诗歌的高潮是通过牧人歌手看到的一个幻象将利西达斯神化："利息达斯向下沉降，却被踏浪行走的那个/强大力量托举到高天之上"（172—173）。在这个永恒的早晨，利西达斯已经穿越田园风光，居住在"其他山林和溪流"（174）之间了。可见，真正的田园世界只存在于天国。这首诗歌完全继承了文艺复兴时期田园诗歌典型的基督教化风尚。

依据王佐良的解释，《利西达斯》中所抒发的情感主要有两种，一种是朋友的死所引发的诗人对自己隐居生活的反省和对未来的思考。诗中，弥尔顿以牧羊人自比，其实是指自己幽居乡野的隐遁生活。几年来诗人读书创作（"供奉缪斯"）"而无结果"，为此诗人产生疑问，这样的生活"所为何来？"与之相对应的是另一种生活，那就是同姑娘们鬼混，逍遥过日。可人生又是那样短促，命运又是那样盲目而无情，说不定哪一天她的利剪就会剪断了一切追求虚名的努力。另一种情感是，诗人原想遵父命成为神职人员，但现实是，教会的情形令他厌恶。教会像个大羊圈，信徒就是里面的羊，牧羊人就是那些教士。教士们不会传教，只会一味地争食，比猪还不如。弥尔顿当然不屑与这些人为伍。但是，诗人对他们的谴责如此猛烈，而且出在一首悼亡诗中，不能不令人惊讶（这首诗曾遭到一些人的非议，说它没有真情实感）。这从另一面反映了他当时的感触至深。王佐良认为，以上两种情感事实上都是真实、强烈的，但是饱读诗书的弥尔顿却不允许自己直接、正面地把它们表露出来，而要把它纳入一个文学模式中，拿一个古典传统作为依托。他找到的模式就是田园哀诗，而爱德华·金的死恰给诗人提供了一个适合哀歌题材。他对朋友的哀悼也是真实的，但同时又借题发挥，把自己的出路问题和诸多其他问题写在里面，使传统的形式为自己的思想情感服务，拿它很好地控制自己的感情，使作品匀称、一致。诗歌结束在优美的田园景色里，好像把美好的理想寄托进去。那片新的牧场预示着诗人的改变，而就在写完这首诗后，诗人的确告别了过去，向一个新的未来挺进了。① 即便如此，还是有人认为《利西达斯》堪称弥尔顿代表性诗歌之一，它不但反映了弥尔顿个人的诗才，也代表了整个英国抒情诗的成就。②

　　与《利西达斯》一样，稍长一些的《悼达莫尼斯》（*Epithaphium Damonis*，1640）是写给查尔斯·迪奥达提（Charles Diodati）的一首拉丁语挽歌，诗歌从异教的悲悼逐步发展到基督教的希望。迪奥达提是弥尔顿的挚友，因而这首诗比《利西达斯》更具有田园假面舞剧的味道。但是，如在《利西达斯》中一样，诗人的情绪也有所控制，诗歌也仍然遵循着田园诗的传统。整首诗都笼罩在对达莫尼斯的哀悼之中，甚至连像《利西达斯》最后八行展现的小小的速写画面也没有。弥尔顿借助瑟尔西斯（Thyrsis）这个形象表达一种西西里式的沉思，并用一个反复出现的叠句强化他的悲痛之情："饿着肚子回圈里吧我的小羔羊，牧羊人无心将你喂养"（18）。这个叠句为诗人提供了一个程式化的正式骨架，不但表达了诗人对自己的孤独以及自己在朋友去世时的意大利之旅的感伤之情，也借以展开对从前经常与朋友迪奥达提讨论文学抱负等事件的思考。瑟尔西斯（暗指弥尔顿）依然保留着他朋友曼索（Manso）送给他的两只雕杯——曼索是位德高望重的著名学者，也是塔索和马里诺（Giambattista Marino，1569—1625）的赞助人——这些杯子上可能都雕刻有曼索的诗；当然，这也不免让人联想起忒奥克里托斯笔下瑟尔西斯赢得悼念达夫尼斯的挽歌比赛的情景。接下来，诗歌借助凤凰这种神鸟表达复活、希望的主题（187）；爱神阿摩耳（Amor）把他的剑射向天空（193），象征着柏拉图式和基督式的爱情，并预示着一个令人欣喜的天国景象的到来：达莫尼斯加入了神灵的行列（198），纯洁的达莫尼斯居住在纯洁的天国，与神明们一起品饮着天堂的蜜露（203）。挽歌在这种强大的张力中结束，而不是像《利西达斯》的结尾那样平静地将希望的前景暗示给读者。

　　《利西达斯》的结尾"明天要去寻找新的树林、新的草场"（193）与维吉尔《牧歌·其十》中的"振作起来"（surgamus）相呼应；同样，

---

① 参见王佐良著《英国诗史》，译林出版社1997年版，第158—161页。

② Milton，John. *The Complete Poetical Works of John Milton*（Cambridge Edition）. Boston and New York：Houghton Mifflin Company，1899. *xvi.*

该结尾还预示诗人要向其他类型的诗歌转变。然而，当弥尔顿向史诗转变时，他并没有完全放弃田园诗歌，因为《失乐园》（*Paradise Lost*）主要情节的背景不是战场，而是一个人间天堂。这让人联想起黄金时代田园诗歌的诸多特征，例如树林、凉亭、溪流和羊群；那里有纯洁的爱情，人与环境和谐相处，大自然宁静平和，有求必应；如在《利西达斯》中一样，基督教真知也吸纳了异教寓言的智慧：

> 小树林里茂盛的树木散发着芬芳的清香，
> 其他树上的水果披着金色的衣裳，
> 软软的挂在那，西方的寓言是真的，
> 如果是真的，只是在这里。

（《失乐园》第 4 卷第 2 诗章：248—251）

伊甸园是一个真正的天堂，它有异于异教神话的田园风光，但它的确又是一个失去的乐园。鉴于人与环境均已堕落，人类不再可能在人间重新恢复与自然和谐相处的理想的田园生活；相反，人类必须像《利西达斯》中表达的主题那样，将自己的希望寄托于神圣的天国之上，这个天国不在遥远的地方，而是在人的内心。

第二节 《花园》与刈草人之歌

安德鲁·马维尔（Andrew Marvell，1621—1678）的《花园》（*The Garden*）中那位叙述者也曾到达过一个内心的天国，只不过稍欠正统一些而已。这首独特而诙谐的田园诗歌可能是在 17 世纪 40 年代至 50 年代的内战背景下创作的。诗歌中，诗人从充满雄心和激情的生活中隐退下来。诗人认为，追求俗世的虚名是陷入迷途，只有进入可供隐居的花园才能获得快乐：

> 美丽的宁静，我终于寻见了你，
> 还有无邪，你亲爱的姊妹！
> 久入樊笼，我在熙熙攘攘的
> 人群中，将你苦苦寻觅。

你们神圣的禾木，要是在这尘世，

就只能在杂木丛中生长；

社会群体粗鄙而鲁莽，

远没有幽居来得和祥。（9—16）①

　　然而，花园里也避免不了世俗情感的烦扰。有些人把女友的名字刻在绿树上，既残忍又不自量力，因为大自然多情的绿色无论如何也比花花绿绿的女人更美丽。诗人发出感叹："美丽的树啊！我给你留下伤疤的地方／已然不见字迹，唯一可寻的名字就是你自己"（23—24）。因为诗人反用了奥维德寓言的意义，便产生了喜剧效果，好像是神明们原本就希望他们的性迫害对象都变幻成植物：

阿波罗对达芙妮紧追不舍，

终使她幻化成月桂树。

潘神在绪任克斯后全力追赶，

得到的不是仙女，而是芦苇一棵。（29—32）

　　诗人挚爱自然，就像忒奥克里托斯第 7 首牧歌的结尾一样，他用不少笔墨描写大自然的繁茂。

仙桃啊，还有那稀奇的玉桃，

它们伸到我手中，无须反掌之劳；

走路的时候我被瓜绊了一跤，

我陷入花丛中，在青草上跌倒。（37—40）

　　虽然他绊了一跤，他的"跌倒"还有些令人发笑，但总比亚当的"跌倒"（堕落）更安全。况且，这一跤摔倒后，人的头脑反而更清醒。在这个幽闭的花园里感受到的愉悦使诗人进一步隐退到了心灵的花园：

---

① All the citations of Marvell's poetry in this book are from Marvell, Andrew. *Complete Poetry*. London：J. M. Dent & Sons, Ltd. , 1984.

> 这时我的意识，因愉悦的减弱
>
> 而回缩到自己的恬和之中去了：
>
> 头脑是海洋，在那里各等族类
>
> 都能立刻寻到自己的相类物；
>
> 然而，它还创造出远超
>
> 这一切的其他世界和海洋；
>
> 把一切俗世之物化为虚妄
>
> 代之以绿荫里的绿色思想。（41—48）

最后这两行后来成为名言，"绿荫里的绿色思想"显然与维吉尔的《牧歌·其九》中的"绿色的［……］暗影"（20）相呼应，它指的是诗人的创造力："谁会用诗歌颂仙女？让大地撒满繁英？／又是谁在清泉之上覆以绿色的树荫？"（《牧歌·其九》：19—20）不过，《花园》随后的小结揭示了灵魂有一天会飞往天堂。虽然现在人们失去伊甸园令人惋惜，但诗人不时发现了内心的天国——一个充满了创造性和想象力的田园世界。马维尔对圣经神话的改编与他对潘神及阿波罗神话进行的巧妙变化相媲美：坠落进他的花园就是进入了天国。①

每每触及田园诗传统，马维尔总会将其戏弄一番。比如，在《达夫尼斯与克洛伊》（Daphnis and Chloe）的前 25 诗节里，热烈而又愚蠢、绝望的达夫尼斯努力把自己装扮成温文尔雅的求爱者；但是，诗歌最后两小节却揭示了他不过是田园伪装之下和风情女子产生滥情的放荡男子的事实：

> 因此，贞女需要小心，
>
> 昨晚他和菲罗吉同睡；
>
> 今晚会由多琳达侍寝；
>
> 除此之外就是到户外散心。

---

① See Poggioli, Renato. "The Pastoral of the Self." *The Oaten Flute*: *Essays on Pastoral Poetry and the Pastoral Ideal*. Boston: Harvard University Press, 1975. pp. 166 – 181. 作者在该文中对《花园》一诗有较详尽的论述。"坠落"一词文章原文刻意用了 fall，就是要暗含它在圣经语境下"堕落"的含义。

> 他会为自己极力辩解，
>
> 事实上也并非没有理由，
>
> 因为，法律就有规定，
>
> 为什么克洛伊拒绝了他？（101—108）

这里的"法律"指的是法国爱情法庭（French Courts of Love）制定的规则，要求求爱者须得绝望地乞求，女性则必须首先鄙视，然后才屈服。这种"游戏规则"在整个文艺复兴时期一直与各种各样的轻浮行为相提并论。达夫尼斯居然求助于这些规则，不但显得老派，而且颇具讽刺意味，也使得这首诗成为对求爱田园诗的滑稽模仿。

在《瑟尔西斯和多利纳达的对话》（A Dialogue between Thyrsis and Dorinada）中，瑟尔西斯描述了黄金时代伊琍兹姆（Elizium）的快乐。如上文所述，异教神话传统中的黄金时代被文艺复兴时期的田园诗人基督教化，成为天国的代称。瑟尔西斯和多利纳达被这个快乐景象所感动，以至于天真地决定去自杀。因此，诗歌最终还是以一个明显的非基督结局而告终。比起上首诗歌中过于世故而令人发笑的达夫尼斯，瑟尔西斯和多利纳达又单纯到了荒谬的程度。

马维尔有一组以刈草人（Mower）为主人公的情诗颇为别致，诗人在这些诗歌中将田园诗歌中惯用的牧羊人形象变换成刈草人。其中，《刈草人致萤火虫》（The Mower to the Glow-Worms）描绘了一个思绪迷茫的求爱者、萤火虫及情人三者紧密相连的组合，诗中发出抱怨的忧郁情郎不再是牧羊人，而是刈草人。诗歌巧妙地运用了夸张手法：

> 借你这活灯笼可爱的光芒
>
> 夜莺在彻夜翱翔，
>
> 探究着夏日的夜晚，
>
> 充满沉思的歌声绝妙无双。（1—4）
>
> 萤火虫的光也为刈草人指示了回家的道路，
>
> 萤火虫啊，你用热心的光芒
>
> 为游荡的刈草人指引着方向；
>
> 他们在茫茫夜色中摸索道路，

愚蠢的激情①过后陷入了迷茫。(9—12)
但这种指引方向的光在他情人耀眼的美貌面前变得微不足道，
你白费着彬彬有礼的光亮，
朱丽安娜已来到我身旁；
我的思绪为她而混乱紧张，
以至于找不到我家的方向。(13—16)

这里，思绪的混乱暗示的不仅仅是传统意义上情人的绝望，它更暗示了一种普遍的、宽泛意义上的精神错乱状态。从他率真的表达之中，我们反而感受到这位刈草人哲学家般复杂的自我意识。

《刈草人达蒙》(Damon the Mower) 采用了传统的田园诗格式。引言诗节将诗人与诗歌意境分离开来，使他能够远观绝望的求爱者，对虚妄的情感错置作出讽刺性的评论，并辅以一系列比喻来强化反讽意味：

听啊，刈草人达蒙在歌唱，
对朱丽安娜的爱情在加强！
似乎万物都在描绘
最适合他抱怨的情景。
时光美丽如她的眼眸，
又如他的激情在燃烧。
他的痛苦锋利如镰刀，
希望凋萎如刀下的草。(1—8)

像许多其他英国田园情诗中的抱怨一样，达蒙的情歌也深受维吉尔《牧歌·其二》的影响：

我长得也并不那么难看，
假如我对着镰刀的正面；
我看到我的相完美展现
如太阳面对着新月一般。

---

① 原文 Fires 含有激情、热情之意，暗示男女之情。

> 不朽的精灵常邀我聚会，
> 为他们的柔美舞蹈领衔。
> 当我清清嗓子开始歌唱，
> 绕着我他们把戒指交换。（57—64）

　　该节诗歌的第一行与维吉尔的"那天在水边我看了一下，自己并不邋遢"（《牧歌·其二》：25）遥相呼应，同时也让人想起忒奥克里托斯第11首牧歌中波吕斐摩斯为自己的丑陋长相辩解的诗行来：马维尔巧妙地重塑了一个后世的英国式波吕菲摩斯——一个是镰刀镜面中扭曲的人像，一个是众精灵中的巨大怪物——达蒙挥舞着镰刀卖力干活时所表现出的暴力和毁灭倾向，俨然使他成为另一个波吕菲摩斯：

> 抡开他的膀子，
> 扫清地面上的一切；
> 他虎虎生风的镰刀
> 剪除地面上每一根草。（73—76）

　　刈草人还给他的牧羊女带来礼物，但他的礼物比独眼怪带给嘎拉提亚的礼物还奇怪：

> 我给你带来无害的蛇，
> 拔掉了毒牙以防钉刺。
> 我带来变色龙善变的色彩，
> 还有蘸满蜜露的橡树叶。（35—38）

　　笨拙的达蒙一不小心被锋利的镰刀划伤了脚踝，他对此颇为不屑，用乡下人常用的草药治疗了自己的伤。而作为一位真心的求爱者，他声称牧羊女的眼睛对他的伤害更加严重：

> 哎！他说，这些伤微不足道
> 被爱人鄙弃而死才更加糟糕。
> 牧羊人掏腰包，乡下人治愈了，

我止住了血，缝住了伤口。
而朱利安娜眼睛带来的伤害
却没有治疗的药方。
看起来你必须面对死亡：
死神面前你仍然身份不改。(81—88)

诗歌的最后一行极其微妙地在凶兆和荒谬之间取得了平衡，再次表明刘草人某种意义上称得上是一位哲人。

第三首情诗《刘草人之歌》(The Mower's Song) 一开始，刘草人回想起他曾经在清新快乐的牧场亨受到的和谐，他的思绪从"绿色草地/看到它的希望，犹如在镜子里"(3—4)。在镜子意象之后的第二节里，诗人反向运用情感错置手法：刘草人观察到，当他因为失恋而难过时，草场却毫无同情心地更加繁茂地生长；于是，为了报复，他挥起了镰刀："花啊草啊，我和周围一切，/咱们将统统化为乌有"(21—22)。《刘草人之歌》每节后两行是一个复唱"朱莉安娜来了，就像我对待青草一样/她摧毁了我的精神和我的肉体。"马格里奥斯 (H. M. Margolliouth) 把这个副歌的韵律比作"镰刀有规律的横扫。"[①] 复唱中有意识将"精神"和"肉体"相区分，暗示刘草人的真正问题是自我意识，正如《刘草人致萤火虫》中的精神错乱。正如弗里德曼 (Donald Friedman) 所说，"这些'刘草人'诗歌的伟大主题是人类与他赖以生存的大自然之间不可调和的矛盾。思维可能会反映世界的秩序，但最终把人类和想象领域分离开来的还是想象。"[②]

第四首情诗《反对花园的刘草人》(The Mower, Against Garden) 是对于自然和艺术相对性的机智辩论，诗歌里刘草人便是叙述人。刘草人坚持认为，没有开发过的外部自然界是充满活力和纯洁无瑕的；因此，他反对在花园里通过人工培育花草而强行创造的艺术。这里的自然是德雷顿和赫里克笔下的田园风光，英国的精灵和古典的农牧之神萦绕其中：

---

① Marvell, Andrew. *Poems and Letters of Andrew Marvell*, ed. H. M. Margoliouth, 3rd ed. Oxford: Oxford UP, 1971. 1: 266.

② Friedman, Donald M. *Marvell's Pastoral Art*. London: Routledge, 1970. p. 120.

一切皆人为创造，喷泉和洞室，

美丽的田野却被遗忘：

在那里慷慨的自然向着万物

馈赠原始而芬芳的纯洁：

牧神和精灵在把牧场耘耕，

仅靠他们的存在而不是技能。

他们的雕像已被古人擦亮，

伫立在花园作为装潢：

但这些形象的确优秀，

诸神与我们如聚同堂。（31—40）

这里，诸神与雕像的区分暗示着蕴含丰富精神的自然界与徒有形式的艺术的对立。不过，说话者不是如《花园》中那样的具有创造力和想象力的诗人，而是那位内心充满躁动的奇怪得有点荒谬的哲学家——刈草人。

花园、田野和刈草人等元素再次出现在诗歌《阿普尔顿庄园，致费尔福克斯勋爵》（Upon Appleton House, to My Lord Fairfax）① 的核心片段中。这首诗歌是马夏尔—琼生（Martial - Jonson）传统下最精致的英语庄园诗。该诗是献给费尔福克斯将军一家尤其是其女儿玛利亚的一首颂词，马维尔曾是其家庭教师。本诗的高潮部分（第82—96诗节）模仿维吉尔《牧歌·其七》中的夸张手法，精心描绘了大自然对女孩的敬重。诗中，自然之美要依靠这可爱的人的出现才得以彰显：

花园向她奉献出

令人惊异的美丽；

她赋予林木傲人的身躯；

草场也因她变得甜蜜；

想要使河流清澈见底

除非靠她诱人的魅力；

① 托马斯·费尔福克斯勋爵（Lord Thomas Fairfax, third Lord Fairfax）是英国资产阶级革命时期一位将军。阿普尔顿庄园（Appleton House）是他乡下的房产。

> 比起花园、树林、河流和草地，
> 她更加纯洁、甜美、诱人而美丽。（第 87 诗节）

由于她的到场，阿普尔顿庄园变成了一个现代的潭蓓谷（the Vale of Tempe），一个现世的伊琍兹姆（Elizium），一个风格素朴的艾达利亚的小果园（Idalian Grove）和一幅天堂地图（第 95、96 诗节）。但是，田野依然呈现英国乡村的日常景色，青草收割之后，草地变成了公用牧场：

> 村民共同放牧，都在追赶
> 在附近乱跑的牛羊；
> 镰刀之下生长出来的是
> 被畜生践踏的草皮。（第 57 诗节）

刘草人生活于田园之中，他们和自然保持着简单、和谐的关系：

> 在那里，刘草人浑身冒着热气
> 闻起来像是亚历山大的衬衣；
> 女人身上弥漫着的芳香
> 来自与仙女一同走过的草地：
> 舞蹈结束时他们欢快地亲吻，
> 新晒的干草也不过如此甜蜜。（第 54 诗节）

他们的活动是如此淳朴、健康而丰富多彩，诗人巧妙地用一派收获景象与那刚刚在天堂般的英国发生的内战展开类比：

> 刘草人现在掌控着牧场；
> 仿佛一片新近战斗过的营地
> 横亘在牧场的中央：
> 堆满干草的牧场好似覆盖着
> 一具具被杀戮的尸体：
> 挥动草叉的妇女们，
> 真实地展示了那场劫掠。（第 53 诗节）

诗歌暗示，即便是割晒干草也不无暴力色彩，再淳朴的人也会感受到这一点。况且，令刈草人沮丧的毁灭性事件也不是没有真正发生过，比如，一位刈草人曾用他的长柄大镰刀杀死了一只长脚秧鸡（第50诗节）。诗中所写显然是关于资产阶级革命和国王被推上断头台的寓言，但读起来自然流畅，丝毫不显得生硬勉强。退隐乡野给诗人带来的解脱，这种感受在接下来的诗节（第61—78诗节）中有所描写。如忒奥克里托斯第七首牧歌的结尾一样，诗人本人也轻松地融入诗中的场景：

> 然后，在安静中憔悴，我在
> 软如丝绒的苔藓垫上辗转；
> 丝丝凉风从树干间袭来，
> 逗弄我剧烈跳动的双眉。（第75诗节）

但是，马维尔再次特别强调了思想和身体之间的差别，有两行诗歌表达的是心理安全带给他身体上的轻松："看啊，我将我的思想隐藏于一棵大树/多么安全，多么坚固"（第76诗节）。从诗歌的内涵来看，尽管牵涉到内战的肆虐以及发生在草场上的琐碎、寻常却又令人不安的暴力事件，马维尔还是觉得，即便这里不是天堂，至少也是一个安全的堡垒。

就马维尔的所有田园诗来看，不论是如《花园》那样采用"乡村抒情诗"的形式，还是对乡间宅邸的颂词，抑或是阿卡迪亚式牧羊人间的对话，都具有很高的原创性。他对英国田园诗歌最杰出的贡献在于：他创造的那位集耕耘者与破坏者于一身的刈草人形象引发了田园诗关于人与永恒的自然之间的关系的旷日持久的辩论。这个刈草人形象是一个相当复杂的波吕斐摩斯式人物，在英国田园诗传统中是独一无二的。

第三节 归隐诗及其他

正如维吉尔为了抗击罗马内战带来的令人无法忍受的混乱而创造了一个和谐的田园诗世界一样，马维尔的《花园》和《阿普尔顿庄园》也凸显了在面对英国内战时归隐和沉思的价值。所以可以理解，在1640到1650年的十年间，英国出现的大量归隐诗歌大多都出自顽固的保皇派，而不是像马维尔那样持半保守思想的国会议员。

在约翰·德纳姆爵士（Sir John Denham, c. 1615—1669）的《库伯山》（*Cooper's Hill*, 1642）中，伦敦的贪婪、嘈杂、肮脏以及清教徒的狂热与乡村的美好、安全和纯洁形成对比，读者可以发现城市和乡村的对立。因此，这种含蓄的田园潮流开启了乡土诗（local poetry）① 的先河。内战也使一些原本老生常谈的东西重获展露机会，比如，韦斯特摩兰（Westmoreland）第二任伯爵麦尔德梅·费恩（Mildmay Fane, 1602—1666）在诗集《奥提亚·萨克拉》（*Otia Sacra*, 1648）中有一首题为《致归隐》（To Retiredness）的诗歌，诗人说他"逃出战争的恐惧与喧嚣"（61），去"拥抱宁静"（65）。铁器时代的战争反证了英国乡村繁忙的劳动场景恰是黄金时代的象征：

> 翻开自然的树叶
> 我标出荣誉的印记，
> 每一块土地都是单独的一页，
> 折射着黄金时代的光芒。（31—34）②

然而，归隐诗歌不需要任何派别的磨砺，无论是以国会清教徒为代表的城市派别还是以保皇党及国教会教徒为代表的乡村派。包括维吉尔的《农事诗》和贺拉斯的作品在内的田园诗歌传统迫切地鼓励着英国作家、绅士们赞美并栖居于已然进入美丽黄金时代的英国乡村，因为这是一段介于中世纪的蛮荒与工业时代的贫困肮脏之间的短暂的美好时光。因此，我们发现从 17 世纪中期到 19 世纪早期，在大批更加令人愉悦的二流诗人群体中有不少乡绅，他们试图以贺拉斯、维吉尔和马夏尔等描绘的乡村生活作为他们规划庄园、创作诗歌和享受田园生活的模板。

此类诗人中较早引起注意的是查尔斯·科顿（Charles Cotton, 1630—1687），他在 1689 年发表了他的应景诗（occasional verse）。在模仿马娄（Marlowe）创作的《热情的牧人致情人》（Passionate Shepherd to His

① "乡土诗"是约翰逊博士提出的一个术语，指的是由《库伯山》引领的一种新型田园诗。这种诗歌通常以真正的乡村生活为题材，而格调仍旧是牧歌式的。

② Cited from Fane, Mildmay. *Otia Sacra*. London: Printed by Richard Cotes, 1648. p. 173.

Love）的一首牧歌中，他否定了雷利的田园世界必须是永恒的夏天的设想，扩大了情人对冬天的愉悦及馈赠的吁求。科顿在《快乐的人》（L'Allegro）中有引人入胜的描写；其《四行诗》（Quatrains）则体现出了乡村抒情诗风格。他歌颂清晨、正午、傍晚和黑夜，捕捉夏日乡村的景象与声响：人们在田间劳作；车夫拉着货物，套在领头马匹上的马具不停地叮当作响；刚刚烫过后的碗盘倚放在奶白色小屋的墙壁上。他从平常的乡村生活中汲取到无穷的快乐，并在轻松和不经意间将古典田园典故与自己对乡村生活亲近又细致的观察相融合。因此，在哭诉的夜莺旁，他听到热闹的麻鸦声；长夜中一个男孩正驱赶羊群回到羊栏，他的影子好像强壮的独眼巨人。科顿之所以为读者熟知，是因为他是沃尔顿（Izaak Walton，1593—1683）1676 版《钓客清话》（The Compleat Angler）第二部分的作者之一，该书曾是最受欢迎的英语田园诗文集。而科顿的无韵律诗歌《归隐》（The Retirement）最初就出现在这部诗集。在《归隐》中，科顿调整自己的视角，向纷繁世界告别，沉醉于德比郡多弗河畔（the River Dove）甜蜜、纯真、优美和宁静之中。贝雷斯福德大厅（Beresford Hall）和多弗河是贺拉斯笔下的塞班农场（Sabine Farm）和班德西亚泉（Fons Bandusiae）的补充版。不过，科顿关于田园隐退的理念还是令人满意的，因为这种观念深深植根于他们那个阶层在那个特定时代的乡村生活的现实。

"归隐诗"（retirement poem）的繁荣表明 17 世纪中期以美好乡村生活为题材的田园诗歌得以新的发展，且较为繁盛：其他田园诗形式——色情诗、流行歌谣、讽喻诗——大体上还是前内战风格的延续和扩展。例如，伊丽莎白式的"朴实"牧歌和民谣仍在创作，很多都发表在约翰·普雷弗（John Playford，1623—1686）和他儿子亨利（Henry Playford，1657—1706?）编辑的诗集中。其他更低俗一点的诗歌则出现在 1656 年到 1672 年的一系列"诙谐诗"（Drolleries）中。《考文特花园趣闻》（Cov-ent-Garden Drollery，1672）可以说是一个很好的诙谐诗集。诗集中除简短的戏剧开场白和尾声及一两首讽刺或饮酒歌之外，几乎全是描写田园和爱情的诗。其中便有关于柳枝花环和为爱而死的贫穷牧羊人的描写，而"濒死"（dying）通常意义上更多承载的是性暗示，比如德莱顿（John Dryden，1631—1700）诗集《时髦的婚姻》（Marriage-a-la Mode，1671）中的《当阿荔吉躺好》（Whilst Alexis Lay Prest）。这些诗歌中，牧羊人通常是城里来的浪荡公子，他们追求的对象则是美丽的少女，但有时也会为了喜剧效果而引入粗鄙的乡村情侣。与乡村联系更紧密的是发表在《威斯敏斯特诙谐诗集》（*Westminster Drolleries*）第二部分（1672）中的那首著名的五朔节诗歌《来吧姑娘和小伙儿，告别你们的慈父》（Come Lasses and Lads，Take Leave of Your Dads），该诗后又相继收录于《解郁丸》（*Pills to Purge Melancholy*）和许多其他诗集中。

托马斯·德尔费（Thomas D'Urfey 或 Tom Durfey，1653—1723）是那个时代最多产、最受欢迎的田园诗人和编辑之一。六卷本诗歌集《智慧与欢乐，或解郁丸》（*Wit and Mirth*，*or Pills to Purge Melancholy*，1699—1720）即为他所编辑出版。这部诗集不仅收录了内战前甚至是 16 世纪的求爱诗，赞美挤奶姑娘和农夫以及庆祝乡村节日的诗歌，还有更多描写当时乡村轻松生活的诗歌，例如《绿袍》（The Green Gown）等。托马斯·德尔费本人仿法国古典牧女恋歌（pastourelle）创作的诗歌也收入其中，比如《牧羊人养羊在高高的山冈上》（A Shepherd Kept Sheep on a Hill So High）。当时，这类的诗集或歌集成了流行文化和宫廷文化交汇的平台，因为在 17 世纪后期，大众艺术与学者型或贵族型艺术之间的联系的确比斯图亚特王朝前两位国王统治时期更紧密。沃尔特·蒲柏（Walter Pope，1627—1714）这位天文学教授和皇家学会会员曾写有一首欢快的归隐诗《愿望》（*The Wish*，1684），是当时流传甚广的单幅歌谣。多赛特（Dorset）伯爵查尔斯·萨克维尔（Charles Sackville，1643—1706）既收集流行歌谣，也用歌谣体进行创作；比如，在他以田园诗里常见的宫廷式恋爱为题材的讽刺诗中就出现了街头民谣：

> 菲利斯是情人最美的仇敌
>
> [……]
>
> 久久地将双腿紧紧并起
> 直脱到不剩一丝一缕。①

这一时期的色情牧歌，无论是流行于大众还是上流社会或文人雅士

---

① Cited from Chalmers, Alexander, ed. *The English Poets from Chaucer to Cooper* 21 vols. London：Printed for J. Johnson, et al.，1810. Vol. 8：345.

间，都比前内战时期更加放荡下流。在这方面，罗切斯特伯爵约翰·威尔默特（John Wilmot，1647—1680）可谓独领风骚。他既写《美丽的克罗莉丝躺在猪窝里》（Fair Cloris in a Pig-Stye Lay）那样轻浮下流的诗，也有《圣詹姆斯公园漫步》（A Ramble in St. James's Park）这样的讽刺诗。后者中，由上流社会操控的爱情游戏在田园假面剧中真实上演，少女科琳娜（Corinna）实际上是同时跟三个坏男人厮混的放荡女子。罗切斯特伯爵曾经以一位名叫斯特拉封（Strephon）的人物创作了一些传统的田园情诗，在当时有一定影响。假如伯爵地下有知，他也许会感慨于托马斯·弗莱特曼（Thomas Flatman，1635—1688）为他的去世而写的田园挽歌（*On the Death of the Earl of Rochester*，1681）：

> 斯特拉封躺在床上垂死地喘息，
> 斯特拉封平凡中给人以惊奇，
> 他是最高贵的田园情人。(1—3)①

弗莱特曼实际上将更多的精力用于翻译贺拉斯的作品，这一点在《悼佩勒姆·汉弗莱斯爵士》（*On the Death of Mr. Pelham Humfries*：*Pastoral Song*）有所暗示：

> 难道你没听过可怕的呻吟，
> 尖叫和沉重的叹息
> 在悲伤的原野上肆意蔓延；
> 钻进温柔的乡村青年的胸膛？
> 一切皆因为久已作古的阿敏塔斯。(1—5)②

1650 到 1800 年间的挽歌作者都会在自己的作品中或多或少地添加对死亡恐惧的描写，这样的作品中不乏出色之作；在这点上，弗莱特曼的挽歌堪与同时代多数挽歌相媲美。

---

① Cited from Saintsbury, G., ed. *Minor Poets of the Caroline Period.* Oxford：At the Clarendon Press，1921. Vol. 3. 365.

② Cited from Saintsbury, G., ed. *Minor Poets of the Caroline Period.* Oxford：At the Clarendon Press，1921. Vol. 3. 334.

《利西达斯》之后，传统的田园挽歌及牧歌几近消亡，除了亚历山大·蒲柏（Alexander Pope，1688—1744）将其短暂地复活外，牧歌传统的活力已然转移到其他形式的田园诗歌之中。但矛盾的是，直到传统形式即将消亡之时，一场关于田园诗歌本质的激烈辩论才真正开始。这场讨论由 1684 年拉宾（Rene Rapin，1621—1687）《论牧歌》（*Dissertatio de Carmine Pastorali*，1659）英译版和 1695 年丰特奈尔（Bernard Le Bovier de Fontenelle，1657—1757）《论牧歌的本质》（*Discours sur la nature de l'eclogue*，1688）英译版的出版而拉开序幕。① 拉宾认为，牧歌是对居住在遥远或虚构的黄金时代的牧人活动的模仿，而丰特奈尔则认为牧歌仅只为展现乡村生活的和平与宁静。事实上，牧歌写作依照的理论之间没有太大的差别。然而，拉宾表示，他的规则是源自古人，而丰特奈尔则声称他的规则的表达是遵照自己理性的"自然之光"。因此，这两位批评家的争辩成为了 17 世纪晚期关于先人和现代人之间的"圣书之战"（Battle of the Books）的一段插曲。②

英国的田园诗理家进一步论阐发了丰特奈尔的观点并最终超越了他，一方面英国评论界关于牧歌当代价值的讨论得到不少人的支持，另一方面，这些理论也触及了政党之间的政治偏见。辉格党（Whig）评论家就在《旁观者》（*The Spectator*）和《卫报》（*The Guardian*）中大肆赞扬安布罗斯·菲利普（Ambrose Philips，1674—1749）的牧歌，并刻意无视蒲柏。艾迪生（Joseph Addison，1672—1719）在《旁观者》第 523 期（1712）上赞扬菲利普消解了整个当代英国乡村民俗中使迷信得到进一步张扬的所谓神性，称他给牧歌以新的生命和更自然的美。艾迪生的学生托马斯·提克尔（Thomas Tickell，1685—1740）在 1713 年的《卫报》（*Guardian*）第 22、23、28、30 和 32 期追随老师的观点，大肆赞扬菲利普并认为牧歌应真实反映当代现实，同时赋予乡村生活以轻松的满足感，强调愉悦，隐藏痛苦。他在《卫报》第 22 期宣称，牧歌的吁求在于希望读者对自然美德的认可。他说，塔西佗（Publius Cornelius Tacitus，c. A. D. 55—120）看见了日耳曼人身上闪烁的天然美德之光；贺拉斯、维

---

① See Congleton, J. E. *Theories of Pastoral Poetry in England*，1684—1798. Gainesville：University of Florida Press，1952. p. 51.

② About their debate, see Congleton, J. E. *Theories of Pastoral Poetry in England*，1684—1798. Gainesville：University of Florida Press，1952. pp. 53–71.

吉尔和西塞罗（Marcus Tullius Cicero，B. C. 106—B. C. 43）歌颂淳朴的赛西亚人；蒙田（Michel de Montaigne，1533—1592）甚至称赞食人族；沙夫茨伯里伯爵三世（Anthony Ashley Cooper，the Third Earl of Shaftesbury，1671—1713）作为剑桥柏拉图思想的宣传者，广泛传播天生美德及其必然结果的观念，认为邪恶只有在自然美德被教育、奢华和其他种类的文明所败坏时才会存在。对沙夫茨伯里伯爵三世来说，道德之美不仅仅是伦理学与美学之间的隐喻性比较，美和善其实就是一回事，因此道德与精神之美事实上比肉体之美更为重要，是人之根本。①

批评理论通常滞后于诗歌创作实践。《卫报》的作者们不会针对斯宾塞、德雷顿、布朗及诸多内战前的田园诗人的写作提出什么革命性的观点；同时，虽然安布罗斯·菲利普也将英国风光、民间习俗和方言写进他的《牧歌》（Pastorals）②，但比起之前的此类好作品，他的诗歌的确谈不上有多大建树。所以，如果不是因为蒲柏在《卫报》第 40 期以轻松的口吻嘲讽菲利普诗歌乡土气息浓厚的话，他的牧歌几乎没人注意。事实上，它们甚至还并非蒲柏所说的那样乡土气息。蒲柏想嘲讽的是菲利普对忒奥克里托斯式"乡土"措辞机械而蹩脚的借用。

蒲柏的批评立场早已在《牧歌论》（A Discourse on Pastoral Poetry）中或者说最起码在 1704 年开始起草该文时就已成形，尽管该文到了 1717 年才正式发表。蒲柏的观点主要遵循拉宾的原则，但也吸收了丰特奈尔的思想。他认为，"田园生活就是他们对所谓黄金时代的想象。所以，我们并没有去描绘这个时代真正牧羊人的样子，只是塑造出我们所认为的他们的样子。"③

蒲柏本人的《牧歌》（Pastorals）很好地印证了他的新古典主义理论。这四首牧歌最初与安布罗斯·菲利普的诗一起收录于《唐森诗意杂集》（第六部分）（Tonson's Poetical Miscellanies，The Sixth Part，1709）。就像他在《牧歌论》中所表明的那样，这些诗歌意在总结古典牧歌传统并使其

---

① See Shaftesbury, Anthony Ashley Cooper, Third Earl of. *Characteristics of Men*, *Manners*, *O-pinions*, *Times*. ed. Lawrence E. Klein. Cambridge: Cambridge University Press, 1999. p. 320.

② 初版收录于 1706 年出版的《牛津和剑桥杂诗集》（*Oxford and Cambridge Miscellany Po-ems*）。

③ Pope, Alexander. *The Poetical Works of Alexander Pope*. ed. Adolphus William Ward. London: Macmillan and Co., Ltd.; New York: The Macmillan Company, 1907. p. 10.

完整化："这四首诗包含了所有研究忒奥克里托斯和维吉尔的评论家们所认可的牧歌主题。"① 这些诗歌涵盖了一年四季、一天的各个时段和往昔牧歌里常出现的各种场景：春天，山谷中的清晨；夏天，正午的河岸；秋天，落日余晖中的小山；冬天，午夜的松林等等。它们也涵盖了各种形式，比如诗歌比赛、非竞争性对白、爱的抱怨以及挽歌等。这四首诗的样板首先是维吉尔，其次是忒奥克里托斯，又有斯宾塞、比翁、莫修斯等人作品的影子，偶尔还与一些王政复辟时期诗人的作品相应和。蒲柏善于引用文学典故并将其完美地融入自己的诗歌，例如"乳白色的公牛居然站上你的圣坛，/准备战斗，四蹄扬起沙尘"（《春》：47—48），② 该典故就来自维吉尔的《牧歌·其三》："给他一只公牛，/要会用犄角顶人，四蹄踢土不休"（86—87）。再看另一段描写：

瞧，愉悦的森林美景出现了！
下凡的神祇寻到了极乐世界。
维纳斯和阿多尼斯在林中流浪，
戴安娜在树影中若隐若现。（《夏》59—62）

维吉尔《牧歌·其二》也有"住在山林"中的神祇（60），也提到神祇在林中游荡"留下的足迹"（10），而维吉尔诗中提到的那位"漂亮少年"（18）显然就是阿多尼斯。

蒲柏甚至尝试使用紧凑的拉丁语法，即动词放在句尾的清晰的句子结构："维纳斯在伊达利亚的树林中穿梭，/戴安娜和克瑞斯也在哪里相爱着"（《春》：65—66）。可见，吸引读者的不仅是蒲柏的思想内容和他的叙事过程，还有他诗歌中语言的结构以及生动的句法。在以下双行体诗节中，诗人通过词序倒置（从岩石、洞穴、迪莉娅到迪莉娅、洞穴、岩石）呈现出反复跳跃的回声："穿过岩石和洞穴传来呼唤迪莉娅之声，/迪莉娅的名字又反射给每个洞穴、每块岩石倾听"（《秋》：49—50）。这一对

① Pope, Alexander. *The Poetical Works of Alexander Pope.* ed. Adolphus William Ward. London：Macmillan and Co., Ltd.；New York：The Macmillan Company, 1907. p. 12.

② All the citations of Pope's poetry in this book are from Pope, Alexander. *The Poetical Works of Alexander Pope.* ed. Adolphus William Ward. London：Macmillan and Co., Ltd.；New York：The Macmillan Company, 1907.

偶句俨然是西德尼的叠韵六行诗的缩微版；诗人刻意以压缩语言结构的方式暗示现实空间的压缩，从而戏剧地表现了封闭世界中的人们向往真爱的迫切心情。但是，直接给人以冲击的还是他诗歌中所呈现出的这种画面艺术和纯粹的语言活力。

蒲柏的语言艺术受到评论界的持续关注，尤其是其语言的音乐性及画面感。在《牧歌论》的序言中他承诺说，在每一首牧歌中他都会为读者呈现"设计好的场面和景色。"① "场面"（scene）是指绘出的舞台布景，"景色"（prospect）同样也是一个绘画方面的术语。蒲柏在《牧歌》中描绘山水风光就是基于绘画原理：

> 群山渐渐变高，
> 隐去了溪谷，高耸入云霄。
> 忙碌的牛儿耗完了汗水和热量，
> 踏着懒散的足迹，从田间撤退；
> 袅袅炊烟升到村落的上方，
> 在朦胧的绿地上投下疾飞的阴影。（《秋》：59—64）

诗人的目光直接由后向前，再由前至中，保持着固定的视角去审视这幅画，使得场景栩栩如生。诗人使用了"变高"、"隐去"、"高耸"这样生动的词汇，而"疾飞的影子"（fleet Shades）似乎让人从画面中感受到了声音的存在。下面这节诗中，音乐性和画面感同样结合了起来：

> 当羊群抖落夜露，
> 两位辗转反侧的恋人，还有缪斯
> 向渐亮的溪谷倾注他们温柔的关怀，
> 清新一如早晨，又如季节般怡人：
> 黎明的晨光将山腰涂上了一抹红色。（《春》：17—21）

杰弗里·蒂洛森（Geoffrey Tillotson）分析了这节诗的音乐性平衡和

---

① Pope, Alexander. *The Poetical Works of Alexander Pope.* ed. Adolphus William Ward. London: Macmillan and Co., Ltd.; New York: The Macmillan Company, 1907. p. 11.

变化，他认为诗中的恋人虽然是两个人，却并没有形成对立。但是，他们显然又被两件事打扰了睡眠，而这两件事反过来促成了平衡的可能；第20行倒置了乐律却没有倒置含义，也就是说，这行诗前后两半在乐律上倒置，在含义上却保持了平行。① 杰弗里·斯宾塞（Jeffery Spencer）评论了这段诗节的绘画效果，将它比作威尼斯洛可可艺术：在清晨的阳光中，羊群如一大团鲜亮的白色，被挥洒到溪谷之中；远处，山腰被黎明的天空映照出粉红的色调。就像祖卡雷利（Zuccarelli）作品表现的那样，家畜起到了装饰作用。②

蒲柏的《牧歌》体现了很高的艺术价值，而它们也并非没有道德内涵。四季牧歌最后一首《冬》（Winter）的结尾事实上是他对维吉尔《牧歌》最后一首的应和：

> 但是看哪，俄里翁撒下不洁的露珠，
> 起来吧，松林散播下有毒阴影；
> 尖利的北风呼啸，自然感觉到了衰败；
> 时间征服一切，我们则必须顺从。（《冬》：85—88）

请比较维吉尔《牧歌·其十》中的诗行："让我们起来走吧，暮气对唱歌的嗓子不利，/杜松的阴影是很坏的，连对庄稼都无益"（75—76）。第88行简直就像伽鲁斯第10首牧歌第69行的翻译："爱情能战胜一切，所以我们必须臣服于它"（Omnia vincit Amor：et nos cedamus Amori）。这里，蒲柏把核心词"爱情"换成了"时间"，因为他的主题是人生的飞逝。蒲柏对斯宾塞的《牧人日历》的评论恰是对他自己田园诗歌的诠注："他将人生比作了四季，并同时向读者揭示了这些既伟大又渺小的世界。"③ 对比人生和外部自然界，必然的感觉是，自然在衰败。蒲柏以四首短小牧歌构成的这台月历明显缺乏斯宾塞《牧人日历》所体现出来的道德深度和复杂度，韵律与语言的多变性以及自身成熟的特征。但是，如

---

① Tillotson, Geoffrey. *On the Poetry of Pope*, 2nd ed. Oxford：Clarendon Press，1950. p. 127.

② Spencer, Jeffery B. *Heroic Nature*：*Ideal Landscape in English Poetry from Marvell to Thomson.* Evanston：Northwestern University Press，1973. p. 201.

③ Pope, Alexander. *The Poetical Works of Alexander Pope.* ed. Adolphus William Ward. London：Macmillan and Co. , Ltd. ；New York：The Macmillan Company，1907. p. 12.

果将其看作斯宾塞诗歌的缩微版，或许可以说，蒲柏是在刻意强调，比之于艺术的持久性，人生何其短暂。像斯宾塞那样，蒲柏吸纳了整个文学传统并将其融汇入一个独一无二的不朽的艺术作品中。

关于田园诗歌本质的激烈辩论一直在持续，贯穿了整个 18 世纪。然而，蒲柏在《牧歌论》中所勾画的牧歌理论受到的关注却越来越少，大部分的评论家只满足于田园诗歌最宽泛的定义。约翰逊（Samuel Johnson，1709—1784）在《漫谈者》（Rambler）第 37 篇（1750）中总结道："因此，根据事物发展的普遍过程，无论发生在乡间的什么事情都可能成为田园诗歌的素材。"[①] 而对歌德史密斯（Oliver Goldsmith，1728—1774）来说，田园诗的素材就是呈现于田园或乡间的任何事物，以及诗歌中介绍的所有人物或对话者，无论是牧羊人还是村夫。"[②] 这样的话，田园诗歌就不但包括传统的古典牧歌以及更受推崇的农事诗，还应该包括以此为题材的戏剧作品，以及与此相关但界定不是那么明确的一切叙事性、描写性或抒情性的诗歌作品，比如出现较晚的"归隐诗歌"（retirement poetry）和"乡土诗歌"（local poetry）等。归隐主题在当时非常普遍，可以说几乎每个作家都赞颂过乡村隐居生活的幸福；甚至那位都市味十足的银行家、诗人萨缪尔·罗格斯（Samuel Rogers，1763—1855）也在自己的诗歌《愿望》（A Wish）中表达了对乡村生活的渴望。《愿望》全诗如下：

> 我需要筑于山边的一间小屋；
> 倾巢的蜜蜂嗡嗡反令我耳根清净；
> 涓涓的细流将磨坊转动，
> 美丽的秋天就这样在周边逗留。
> 茅檐下栖息的燕子，
> 在泥巢边啾鸣。
> 常有香客撩开门扉
> 来与我共进晚餐，我皆报以盛情。
> 爬满常春藤的回廊上芬芳的花儿

---

① Johnson, Samuel. *The Works of Samuel Johnson* (Vol. 2). London：Printed by S. and R. Bentley, Dorset Street, 1823. p. 239.

② Goldsmith, Oliver. *The Art of Poetry on a New Plan.* London：Printed for J. Newbery, at the Bible and Sun in st. Pauls Church-yard, 1762. 1：84.

> 绽放，品饮着露珠的清凉。
> 露茜在车轮旁轻唱，
> 身着褐色的袍子和蓝色的围裙。
> 乡村教堂在林间隐现
> 在那里我们缔结了婚姻，
> 嘹亮的钟声鼓动起微风
> 细挑的塔尖直指苍穹。①

　　这样充满诗情画意的去处代表了当时绝大多数具有归隐倾向的文人墨客的梦想。这首诗歌颇具陶渊明的境界，而其中客人来访的情节又有刘禹锡《陋室铭》的感觉，透露出一股清高的文人气质。

　　在各类杂集和期刊中，众多的诗人继续沿着《诗薮》建立的传统牧歌的路线，节奏欢快地歌唱着菲利斯、迪莉娅，或者茉莉、凯特，抑或田园诗中常见的其他人物。但是，斯威夫特（Jonathan Swift, 1667—1745）在诗歌《现代味道的情歌》（A Love-Song in the Modern Taste）中挪揄了田园诗中爱情怨歌的荒谬：

> 温和的牧人，永远绽放，
> 每夜点数着你的牛羊，
> 我疲倦的日子，都消耗在
> 你鲜花盛开的岩石旁。
> [……]
> 忧郁的溪水轻轻地流淌，
> 快速地形成漩涡状，
> 情人们徘徊在你的河畔，
> 头戴花冠傲如君王。②

　　艾迪生在《旁观者》第 603 期上发表了约翰·拜罗姆（John Byrom,

---

① Cited from Rogers, Samuel. *Poems by Samuel Rogers*. London: Printed for T. Cadell and W. Davies, in the Strand, by T. Bensley, Bolt Court, Fleet, Street, 1814. 该诗最初发表于 1782 年，正值隐逸之风盛行之时。

② Originally in *Gentleman's Magazine*, June 1733.

1692—1763）的《牧歌》（Pastoral），并撰文称赞。于是，田园抒情诗歌的一个新类型——以抑抑扬格写成的"田园歌谣"（Pastoral Ballad）开始在诗集和诗歌期刊上热闹起来。其中，尼古拉斯·罗尔（Nicholas Rowe，1673—1718）的《科林的抱怨》（Colin's Complaint）被谱成流行歌曲，于1713 年出版，后被相继收录进德尔菲的《解郁丸》1720 年增补本、拉姆齐（Allan Ramsay，1686—1758）的《茶余饭后》（The Tea-Table Miscellany）及其他许多歌谣集中。歌中唱道：

> 绝望的牧羊人孤寂地躺在
> 清澈的小溪旁；
> 被错爱的少女牵动着心房，
> 他将头倚在柳树之上：
> 原野上吹过的清风，
> 用叹息回答他的叹息；
> 戚戚低语的溪流啊，
> 用悲伤回答他的悲伤。（《科林的抱怨》：1—8）①

其时最为著名的期刊诗歌当属威廉·申斯通（William Shenstone，1714—1763）的《田园歌谣》（Pastoral Ballad）。该诗原载于《伦敦杂志》（London Magazine）1751 年 12 月号，后经扩充，以四部分形式不断再版。四部分分别是《缺席》（Absence）、《希望》（Hope）、《关怀》（Sollicitude）和《失望》（Disappointment）。诗歌措辞精炼，虽略显雕琢，却不失欢快。比如《希望》开篇写道：

> 我的河岸上摆满整齐的蜂箱，
> 蜜蜂的低语引人进入梦乡；
> 我的河水被蓊郁的树荫遮挡，

---

① Cited from Durfey, Tom. *Wit and Mirth*, *or Pills to Purge Melancholy*. London: Printed by W. Pearson, for J. Tonson, at Shakespear's Head, over-against Catherine Street in the Strand, 1720. p. 363.

山丘上布满了白色的绵羊。（1—4）①

这种富有浪漫气息而又有生活的亲切感的描写是本诗的重要特征。在托马斯·布莱尔伍德（Thomas Brerewood, d. 1748）创作的四季牧歌中，诗人似乎在刻意地回避牧歌式的环境描写。如《秋》（Autumn）中的描写：

当道路泥泞得仿佛是一片沼泽，
车轴扭曲难堪即将断裂，
车夫吹起口哨停住了马车队伍，
在老马们的脖子上轻拍。②

这种刻意的现实主义描写暗示了 18 世纪英国诗歌中乡村书写的一种新动向，那就是反映乡村生活和生产劳动的真实场景。

18 世纪，牧歌仍然被广泛用于表现其他不同题材。比如，威廉·迪亚珀（William Diaper, 1685—1717）受桑纳扎罗的影响而创作的类似渔歌的《海之歌》（*Nereides or Sea Eclogues*, 1712）；摩西·布朗（Moses Browne, 1704—1787）创作的类似于"乡村运动会"（rural sports）的《垂钓比赛：渔歌九首》（*Angling Sports, in Nine Piscatory Eclogues*, 1792）；弗朗西斯·福克斯（Francis Fawkes, 1720—1777）创作的另外一种欢快却鲜为人知的乡村娱乐牧歌《猎鸟歌》（*Partridge-Shooting, an Eclogue*, 1767）等。

城镇牧歌（Twon Eclogue）是 18 世纪更为普遍的一种诗歌形式。像渔歌一样，城镇牧歌可以追溯到忒奥克里托斯的第 15 首牧歌。罗伯特·劳埃德（Robert Lloyd, 1733—1764）将这种忒奥克里托斯原创的诗歌形式改造成更为自由生动的"闲聊"（Chit-Chat）风格。斯威夫特 1710 年创作的《小镇牧歌》（*A Town Eclogue*）是一个关于妓女和嫖客的故事。1747 年，蒲柏、约翰·盖伊（John Gay, 1685—1732）、玛丽·沃特利·

---

① Cited from Shenstone, William. The Works in Verse and Prose of William Shenstone, London: Printed for R. and J. Dodslev in Pall-mall, 1854. p. 191.

② Originally in *Gentleman's Magazine*, September 1754.

蒙塔古夫人（Lady Mary Wortley Montagu，1689—1762）共同出版了《城镇牧歌六首》（*Six Town Eclogues*）。与此同时，城市牧歌（City Eclogue）或城镇牧歌在诗歌集及期刊杂志中的日益增多。另外，还有监狱牧歌（prison eclogue）、郊区牧歌（suburban eclogue），甚至还有"粗话比赛"（Billingsgate Contest）；后者如《粗话比赛：一首伦敦渔歌，仿维吉尔〈牧歌·其三〉》"（The Billingsgate Contest，a Piscatory London Eclogue，in Imitation of the Third Eclogue of Virgil）。[①]

18 世纪，依旧有人将牧歌用于称颂。《绅士杂志》1798 年 7 月号刊载了一首以达蒙和莫里斯对谈形式写成的诗歌《为欢迎西德尼·史密斯爵士而作》（A Congratulatory Pastoral on the Arrival of Sir Sidney Smith）。不过，也有人借此形式表达讽刺主题，比如像索姆斯·杰宁斯（Soame Jenyns）的《乡绅与牧师》（*The Squire and the Parson*，1748）、查尔斯·丘吉尔（Charles Churchill）的《饥荒的预言：一首苏格兰牧歌》（*The Prophecy of Famine，a Scots Pastoral*，1763）、威廉·梅森（William Mason）的《牧师与乡绅：政论诗》（*The Dean and the Squire，a Political Eclogue*，1782）等政论性诗歌；还有进行人身讽刺的作品，比如沃尔科特（Wolcot）的《伯兹和皮尔兹，或英国的传记作家：一首城镇牧歌》（*Bozzy and Piozzi，or the British Biographers，a Town Eclogue*，1786）等。

至于宗教牧歌（religious eclogue），值得一提的有蒲柏的《弥赛亚：圣歌，仿维吉尔的波利奥》（*Messiah，a Sacred Eclogue，in Imitation of Virgil's Pollio*），[②] 这首诗曾被广泛模仿。与这种牧歌形式稍有联系的是威廉·吉尔伯特（William Gilbert）的斯韦登伯格冗语（Swedenborgian rigmarole）诗歌《飓风：神智的西部牧歌》（*The Hurricane，a Theosophical and Western Eclogue*，1796）；该诗中有关美洲的描写又使得它可以被归入继 1742 年威廉·柯林斯（William Collins，1721—1759）的《波斯牧歌》（*Persian Eclogues*）之后涌现出的以美洲、东方、非洲、阿拉伯等异国情调为题材的异域牧歌（exotic eclogue）之列。

---

① Originally in *Gentleman's Magazine*，May 1734.

② Originally in *Spectator*，No. 378，1712.

第五章　十八世纪至浪漫主义

——英国诗歌的乡村化及田园诗的本土化

在英国田园诗歌发展过程中，18世纪是个转折点，英国田园诗歌的本土化主要在这一时期完成。这一时期，淳朴、真实的乡村生活，尤其是因为土地圈禁、工业发展、城镇扩张等原因导致的破败、凋敝的乡村社会现实，引起诗人们的普遍关注。英国诗坛呈现出的强烈的乡村化倾向，为田园诗的本土化提供了语境保障。在英国田园诗歌本土化过程中，许多诗人从不同角度做出了自己的贡献。他们当中有的以戏仿形式将古希腊牧歌中表现的题材移植到18世纪的英国乡村，有的则直接表现本土的乡村现实，还有的在自己的田园诗歌中巧妙而有效地融入民族方言。在此过程中，田园诗歌的形式也发生着变化，出现了诸如寓言式田园诗（fables）、贫民挽歌（pauper elegies）等新型诗歌体裁，新农事诗（Georgics）也在英国大放异彩。

18世纪的英国诗歌的最主要特点就是它的乡村化倾向和批判现实主义精神。首开先河的亚伯·埃文斯的田园诗歌以普通的英国乡村社会为背景，描写生活在那里的人们的酸甜苦辣和这些人的朴素的人生哲学。约翰·盖伊将"田园诗歌本土化"的发展推向新的高潮。在他的田园诗中，盖伊不时地沉浸于乡村风俗、生产生活以及对自己在乡下度过的童年的回忆之中，通过诗歌向我们展示了乡村生活的淳朴与欢乐。艾伦·拉姆齐开创了用苏格兰方言写田园诗的先河，其对苏格兰方言的运用激发了大批英格兰北部诗人创作方言田园诗的热情。继而，约西亚·拉尔夫拉开了用坎伯兰方言进行牧歌和民谣创作的序幕。到了18世纪30、40年代，本土化了的田园诗处处表现出取代传统牧歌的趋势。拉姆齐的诗歌将乡村生活的观察体验与田园风情结合的完美而新鲜。同时，这一时期的大量田园诗歌是在乡村社会与经济发生剧变的历史背景之下创作而成。歌德史密斯的反田园诗《荒村》是其中的巅峰之作。《荒村》对激进思想的影响一直到

18世纪90年代，这首诗对人道主义的普及和对乡村生活描写的影响生动而直接，诗人也强烈谴责了城镇对乡村宁静安逸的生活带来的破坏。

18世纪中叶掀起的重新评价忒奥克里托斯的思潮不但促进了英国民间文学与早期英国诗歌复兴，也催生出一种回归自然的浪漫主义倾向。浪漫主义诗人崇尚自然，富于激情。以华兹华斯为代表的"湖畔派"诗人将田园诗推向了极致，他们教导人们从被赋予了强大幻想力量的大自然和美丽的田园风光中寻求思想和教益、快乐和慰藉。浪漫主义诗人大多写出过以自然、田园为主题的诗歌名篇。他们把笔触和情感寄予生活在社会下层的普通民众，对他们生活的艰辛和悲惨表示深切的同情。他们的田园诗歌不但有现实主义的描写，更有浪漫主义的超凡的想象力和特有的精神气质，这使得他们的思想较18世纪的田园诗人们走得更深、更远，也是他们有别于以往田园诗人的最重要一点。

第一节　英国诗歌的乡村化倾向与
田园诗的本土化进程

18世纪英国田园诗人的一个重要任务是将田园诗歌本土化（naturalize English pastoral）。威廉·柯林斯（William Collins，1721—1759）及其追随者们担当起这个使命，开始探索摆脱传统田园牧歌阴影的新田园诗。有趣的是，首开先河的恰恰是蒲柏的一位朋友——亚伯·埃文斯（Abel Evans，1679—1737）。为了响应辉格派批评家们（Whig critics）对本土田园诗的倡导，埃文斯对田园诗歌加以创新：他以普通的英国乡村社会为背景，展示生活在那里的人们的苦辣酸甜以及他们朴素的人生哲学。比如，他在《田园诗》（*Pastoral*）中写一位名叫威廉的牧民到遥远的集市贩货，疲惫不堪地归来时，大部分货物尚未售出。他为此解释道：

今儿个确实不宜出门！
下个集市定交好运。
该发生的总要发生；
何必为此劳心费神。
福兮祸兮终有轮回，
不会在意你是何人。（《田园诗》卷三：17—20）

这样说着，他就开始打听在他走后村里面发生的各种新闻了。诗歌用寻常百姓的语言生动地刻画了一位质朴乐观的乡下人形象。而更重要的是，诗人将传统田园诗歌中的牧人移植到了乡村真正的社会和经济关系之中；从这个意义上说，这已经不再是传统的田园诗了。事实上，埃文斯的"新田园诗"尚未完全摆脱传统田园诗歌的阴影，比如，在朴实的乡下人身上，也时常会有自作多情的文人式的烦恼。

蒲柏的另一位朋友约翰·盖伊（John Gay，1685—1732）的田园诗《牧人的一周》（*The Shepherd's Week*，1714）将田园诗歌本土化这一话题的争论推向一个新的阶段；但他的第一首乡村诗歌《乡村运动会》（Rural Sports，1713）却是一首农事诗（Georgic）。实际上，继斯宾塞之后，是约翰·菲利普斯（John Philips 1676—1709）的《苹果酒》（*Cyder*，1708）开创了英国农事诗的新时代。《苹果酒》描绘的英国是一派富庶景象：颗粒归仓的喜悦，沃野中繁忙的运输景象，村庄里身强力壮的劳力尽情享受着啤酒与麦面面包。这一切都成为向外宣示英国国力的资本。整个18世纪，农事诗都在歌唱一个富足安康的快乐的英格兰，它简直是贺加斯（William Hogarth，1697—1764）田园画作《啤酒街》（*Beer Street*）的翻版。这种爱国精神反映在盖伊的《乡村运动会》中便是殷实的粮仓、远离尘嚣的欢乐的草原和田野。盖伊的诗歌主要是描写退休绅士的乡村运动会，但其中不时穿插着对狩猎、捕鸟、垂钓的评论，还以插图的形式展示勇敢、稳健、知足常乐的乡民。《乡村运动会》在1720年经过了一次修改，新版的高潮部分是对农舍女主人的评论，热烈的语气中而略带感伤：

> 那村妇终日与幸福相伴，
> 在愉快的劳作中度过每一天。
> 感恩地接受上天的馈赠，
> 清贫却富有，皆因心无贪念。（409—412）①

---

① Gay, John. *The Poems of John Gay*. London：Press of C. Whittingham, 1822. p. 185. 除特别注明外，盖伊的诗歌均引自此集。

《牧人的一周》某种程度上是蒲柏与菲利普斯争论的结果。盖伊用低级趣味的喜剧和粗俗不堪的语言，还有冗长繁杂、按字母顺序分类的人名、植物、花卉、果实、飞鸟、走兽、昆虫和其他一切所涉之物来嘲弄辉格派批评家倡导的现实主义；他还用古语和头韵（如在《普罗艾米致谦恭的读者》（Proeme to the Courteous Reader）中以及对田园诗本身的注解来奚落菲利普斯，甚至把忒奥克里托斯和斯宾塞也牵连进来。

盖伊带着自负、浮躁的"现代"田园诗人的面具书写着讽刺的文字。他赞美忒奥克里托斯，因为这位前辈让他笔下的蠢人讲粗话，傻乎乎地注视着发情的山羊。相应地，他也在《牧人的一周》中也塑造了一位村姑玛丽安，当牧师的公牛与一头母牛交配时，她在一旁傻乎乎地观看。然而，玛丽安并非完全是盖伊的嘲弄对象，她在某些方面跟《乡村运动会》中那位农舍女主人一样有一颗爱心：

> 玛丽安，她会轻柔地抚摸奶牛，
> 或把秸草筛检好送往槽头；
> 她熟练地挤压坚如石块的奶酪，
> 流出是金灿灿的黄油。（《牧人的一周》之《礼拜二》：11—14）

在《牧人的一周》里，盖伊在细节上戏仿更多的是维吉尔而不是忒奥克里托斯。《礼拜六》借诗中人物之口描绘了乡下人的假日。诗中，盖伊用近乎荒唐的手法将维吉尔的第六首牧歌翻版：

> 现在他继续向前，穿行于集市与展览，
> 在他眼前，不断有新的集市出现。
> 商贩的摊儿上摆放着琳琅的饰品，
> 供村姑选购佩戴或赠送他人。
> 细绳上挂满长长的丝带，
> 还有闪闪的发卡和琥珀镯子；
> 吝惜的少女窥视着刀具、发梳和剪子
> 用羡慕的眼神盯着那顶针儿。
> 他吆喝着抽奖的信息
> 那里有银匙和金戒赢取。

> 姑娘小伙涌向街道，
> 随他的歌声向前挤去。
> 江湖郎中跳上台子，
> 兜售他的药丸、他的香脂还有驱疟剂。
> 瞧那位杂耍艺人腾空跃起，
> 走钢丝的女孩如履平地。
> 小丑的穿着花花绿绿，
> 抛着他那副手套，拿包包裹裹演戏。
> 他吟唱这街头献艺，还有那杂技潘趣，
> 甚或那人群里的扒手，和五花八门的骗技。（71—90）

诗人以现实主义手法生动地描绘了乡村集市真实的欢乐场面，容易引发人们的共鸣。因此，就最终效果来看，该诗不但不全是戏仿，反而更富有亲切的生活气息。

尽管在《普罗艾米致谦恭的读者》中有对忒奥克里托斯的揶揄，盖伊还是站在忒氏一边，而不是他的对立面。《牧人的一周》承继忒奥克里托斯一脉，粗俗的题材和优雅的形式之间反差显著，产生特殊效果，寻常事物由于艺术的神奇功效而脱俗。比如，《礼拜五》中那位男士在哀悼失去的爱人时就用古典诗歌中常用的谐音、头韵等表现手法将关键词语联系起来，既突出了诗歌所要表达的核心内容，又营造出凝重的节奏感和音乐感。经过这样的处理，日常辛苦的劳作也变得优雅而令人向往起来，这又反过来加强了男士对爱人的怀念之情。

《普罗艾米致谦恭的读者》在讲起英国乡村那些乡民的淳朴、率直、热心、利落时，并不见得有嘲弄意味。在这些田园诗歌里，盖伊不时地沉浸于乡村风俗、生产生活以及对自己在乡下度过的童年的回忆之中，快乐之情溢于言表。他的诗歌采用半真实、半牧歌式的手法展示乡村的淳朴与欢乐，试图仿造出一个英国式的"阿卡迪亚"。当然，读者也不必像18世纪的批评家们那样过于煽情地解读《牧人的一周》。因为不时有对地主粗野、淫邪、酗酒、残暴丑行的揭露，盖伊的这些田园诗的性质显得含混起来，它们与斯威夫特的《田园对话录》（*Pastoral Dialogue*）中的《德莫特和希拉赫》（*Dermot and Sheelah*，1729）以及盖伊本人仿维吉尔而做的《乡绅诞生记》（*The Birth of the Squire*，1720）等直接的戏仿或转写的作

品显然不属一类。约翰逊在介绍盖伊生平时将《牧人的一周》与蒲柏－
菲利普斯之争联系起来，认为盖伊的目的是要揭示他个人的观点，即
"如果有必要精细地复原自然的话，就必须原样展现在粗俗和愚昧中形成
的乡村生活"。① 现实与真理使得这些田园诗流行起来，"那些对诗人间的
斗角和批评界的论争毫无兴致的人们满怀喜悦地阅读着［这些田园诗］，
认为这才是对乡村风貌的公正展现"。②

　　艾伦·拉姆齐（Allan Ramsay，1686—1758）就是这样一位充满愉悦
的读者。他创作了一些针对盖伊的评注性诗作，继而又用苏格兰方言创作
了田园诗《帕蒂与罗吉尔》（*Patie and Roger*，1721），并以此加入了严
肃的本土化诗人的行列。该诗后来被融入一部田园喜剧《和善的牧人》
（*The Gentle Shepherd*）之中。诗歌的背景是彭特兰山地（the Pentland
Hills），题材则是传统田园诗中的情人幽怨：

　　　　意不相见，此情难断。
　　　　可人儿面前，纵遭鄙视也情愿
　　　　［……］
　　　　羊群啊，任你兀自悠转；
　　　　牧笛已折，不再将清音眷念。

　　　　　　　　　　　　　　　　（《帕蒂与罗吉尔》：83—84；95—96）

　　拉姆齐对苏格兰方言土腔（Scotch Doric）的运用激发了大批英格兰
北部诗人创作方言田园诗的热情。约西亚·拉尔夫（Josiah Relph，
1712—1743）是坎伯兰一名政治活动家的儿子，他于1747年发表了三首
田园牧歌，拉开了用坎伯兰方言进行牧歌和民谣创作的序幕。继之而起的
方言诗人有伊万·克拉克（Ewan Clark）、马克·朗斯戴尔（Mark Lons-
dale）、约翰·斯泰格（John Stagg）、罗伯特·安德森（Robert Anderson）
等，但只有拉尔夫摆脱了拉姆齐的感伤情调，复归了盖伊特有的亦庄亦谐
的风格。

---

① Johnson，Samuel. "John Gay"，*Lives of the English Poets.* London：Jones & Company，1825：
202 – 205.

② Ibid. .

到了 18 世纪 30、40 年代，仿《牧人的一周》而作的"本土化"田园诗已经广为普及。戏仿的意图已不存在，本土化了的田园诗处处表现出取代传统牧歌的趋势。例如，拉·封丹（La Fontaine，1621—1695）、盖伊等人的寓言集的成功催生了 18 世纪一种流行诗体——寓言诗（或短叙事诗）。这些寓言诗包含有大量对乡村详尽而激发同情心的描写。在一首题为《知足的乡巴佬》（The Contented Clown, a Tale）① 中有一节对村舍内部装饰的描写：

> 五只木盘整齐摆放，
> 木汤匙各朝其向；
> 一口铁锅端坐中央，
> 讲述着生活的质量。
> 屋的一侧停靠旧床一张，
> 好椅一把，余者不辨原样。
> 唯有墙上残破的歌谣
> 你无须究其端详。（17—24）②

这个房间内饰可能是受了斯威夫特《博西斯和费勒蒙》（Baucis and Philemon）的启发而作，但是诗人以绘画的技巧详尽地展示了一位贫穷农夫的生存状况。其寓意无疑是"牧歌式"的，因为这知足的小丑并不嫉妒那富有的财主。

另一首题为《快乐的乡巴佬》（The Happy Clown）的方言歌谣则用更多传统牧歌元素和贺拉斯式的感伤来表现粗鄙题材，

> 如那些黄金时代的宠儿，
> 他辛勤耕耘，精心打点，
> 把那块儿赖以生存的田地
> 看得像慈父一般。（17—20）③

---

① Originally in *Gentleman's Magazine*, Oct. 1739.

② Originally in *Gentleman's Magazine and Historical Review*, Vol. 9. 1739. p. 531.

③ Cited from Ramsay, Allan. *The Tea-Table Miscellany*, Vol. First. Glasgow: Robert Forrester, 1 Royal Exchange Square, 1876. p. 196.

　　但是，在拉姆齐的歌中，对乡村生活的观察体验与田园风情的结合完美而新鲜，比如《佩蒂磨坊的少女》（The Lass of Patie's Mill）：

> 佩蒂磨坊的少女
> 漂亮、活泼、有趣；
> 尽管我不乏见识，
> 心仍旧被她勾去。
> 翻晒甘草的日子，
> 我光头躺在草地；
> 她发间撩人的爱意，
> 肆意逗引我的思绪。（1—8）①

　　上面两首诗歌均被收入拉姆齐的编纂的诗集《茶余饭后》（*The Tea - Table Miscellany*，1724—1737）中。后来，这本诗集多次重印，里面囊括了大量的田园诗歌，见证了诗歌艺术在当时这个所谓的"散文时代"（Age of Prose）取得的可喜成就。

　　拉姆齐很早就着手搜集整理古苏格兰诗歌和民谣，并把其中的一些诗歌发表于《苏格兰民歌》（*Scots Songs*，1718—1720）和《常青树》（*The Ever—Green*，1724）中。这些诗歌和民谣让批评界对田园诗歌有了更为宽泛的认识。约翰·兰霍恩（John Langhorne，1735—1779）1762 年在评论《常青树》时声称，15 世纪诗人亨利森（Robert Henryson，1460—1500）的《罗宾与梅肯》（Robene and Makyne）其实就是忒奥克里托斯式的，这种观点其实是对忒奥克里托斯极高的赞誉。18 世纪中叶，重新评价忒奥克里托斯的思潮不仅促进了英国民间文学与早期英国诗歌的复兴，也体现出一种回归自然的浪漫主义倾向。18 世纪 50 年代，约瑟夫·沃顿（Joseph Warton，1722—1800）对忒奥克里托斯推崇备至，说他通过自己笔下的现实主义思想、简约的创作风格、浪漫的乡村风情、表现乡下人热情与质朴的生动画面，还有带有浓郁多利安方言特征的浪漫的乡野情趣，成功

---

① Cited from Ramsay, Allan. *The Tea - Table Miscellany*, Vol. First. Glasgow: Robert Forrester, 1 Royal Exchange Square, 1876. p. 41.

地"描绘了自己的所见所感。"① 这些也许并不符合今人对忒奥克里托斯的理解，但在 18 世纪晚期，这种观点是被广泛接受的，包括旨在颠覆古典牧歌传统的华兹华斯在内。

说到维吉尔，无论如何都称得上古代诗人中的巨擘。但是，自从蒲柏出版了《田园诗集》（*Pastorals*），维吉尔的影响便仅仅局限在了《农事诗》（*Georgics*）和《牧歌》（*Eclogues*）这两本诗集上。一时间，诗人们纷纷抛却叙事诗的写作，转而把农事诗看成了非戏剧诗中最高、最便捷的形式，新农事诗很快兴盛起来。

新农事诗中最为庄严大气的当属詹姆士·汤姆逊（James Thomson，1700—1748）的诗作《季节》（*The Seasons*，1726—1746）。《季节》是一首素体长诗，共四卷，外加一首赞美诗（hymn）作为结尾。四卷诗分别对应一年四季。除了对每个不同的季节的不同特征给予真实生动的描写之外，还穿插了一些叙事性插曲，更为诗歌增添了趣味并丰富了其内涵。首先创作完成的是《冬》（Winter），1726 年初版共 405 行，后经逐步扩展，到 1746 年时已长达 1069 行（其他几部也同时不同程度地进行了扩展）。《冬》通过许多生动的画面展现这个寒冷季节对人和动物的影响。风雪中知更鸟飞进人家室内，在炉膛边饭桌上觅食面包屑的情景，以及全家人翘首以盼、祈祷他能平安归来的那位牧羊人终因冻馁而毙命雪堆的情景充分地体现了诗人对在严酷环境中挣扎着的贫困、悲惨者的同情。"诗中很多情节别具崇高之美。"② 接下来写成的是《夏》（Summer，1927）。诗中描绘某个夏日的一系列活动，包括晒干草、剪羊毛、洗澡等，最后是对大不列颠和她的"十足的伟大"的一番颂词。诗中明显跳跃着劳动中快乐的音符。其中也有两则叙事插曲，一是关于恋爱中的色拉顿（Celadon），他的恋人阿米莉亚（Amelia）遭了雷击；另一个是关于达蒙（Damon），他窥视了穆西多拉（Musidora）洗澡。华兹华斯说，这后一个故事实在太流行了，因为它太撩人。③《春》（Spring，1728）描绘了这个季节对整个自

---

① Warton, Joseph. *Essay on the Genius and Writings of Pope*, Vol. 1. London: Printed for J. Dodsley, in Pall-Mall, 1756. p. 3.

② Drabble, Margaret. *The Oxford Companion to English Literature*. Oxford: Oxford University Press, 1993. p. 881.

③ Quoted in Drabble, Margaret. *The Oxford Companion to English Literature*. Oxford: Oxford University Press, 1993. p. 881.

然世界的影响。它"因其对春耕的现实主义描写、对田间劳动的热情歌颂以及对那些'骄奢淫逸'之徒的惩戒而显得尤为重要。"① 诗中既有生机盎然的农夫春耕图，也有诗人希望农民尊重农作的劝诫。诗以对生机勃勃的春色描写开始（克莱尔就对"春"的开篇仰慕至极），在对婚姻爱情的歌颂声中结束。《秋》（Autumn，1730）是全诗的最后部分，生动地描写了果实的成熟、雾的腾起、鸟的迁徙，还有射箭、狩猎、酿酒以及农民收获后的喜悦等。这里，诗人对常年劳作于田间的农民的同情显而易见。诗中还穿插有一个故事，佩勒盟（Palemon）爱上了一位田间的拾穗人拉维尼娅（Lavinia）——源于《圣经》中路得（Ruth）和波阿斯（Boaz）的故事。诗以对"乡村生活纯粹的快乐"的颂扬结尾。②

1730 年全本《季节》出版时，加了一首对自然的"赞美诗"作为结尾。诗中把自然与上帝等同起来，或者说，诗人认为上帝存在于一切自然物中，从而引入了泛神论的哲学思想。这种思想得到了 19 世纪的浪漫主义诗人，尤其是华兹华斯，还有雪莱等的积极响应，对浪漫主义诗人的自然观和诗学主张产生了很大影响。当然，汤姆逊创作《季节》时并没有完全摆脱新古典主义的影响。在讲述那些感伤的情人们的故事时，他就采用了古老的田园诗传统；而且，他在对自然美景的描绘中时不时加进大段的道德说教。他试图为不同的季节描绘出典型且具有普遍意义的大自然的图画，结果是截然不同地区的不一致的画面接连出现（比如《冬》中，既有北极圈的冰天雪地又有温暖地区的冬景）。另外，诗人在进行描写尤其是进行道德说教时，常常选用传统的诗歌语汇。这一切多是受了新古典主义的影响。但是，我们看到的还有诗人与新古典主义的决裂。诗中对自然的描写从本质上讲是现实主义而不是理想化的，诗中语言运用自然而且符合对自然的现实主义描写。另外，从形式上看，用素体诗而不用几乎成了新古典主义诗歌创作模式的英雄双韵体，这本身就是对新古典主义的叛逆。

《季节》不但风格多变，还暴露出不少哲理上的矛盾。不妨以《秋》为例来分析一下。此诗的开头几句赞叹农业是国家的本源所在，体现了国

① Chen Jia. *A History of English Literature.* Beijing：The Commercial Press，2002. Vol. 2：190.

② Drabble，Margaret. *The Oxford Companion to English Literature.* Oxford：Oxford University Press，1993. p. 881.

家物质上的极大丰富，并且最终能够为英国带来纺织业的进步，城市的兴盛，社会的稳定及全球贸易的繁荣。然而到了诗的末尾几句，作者话锋一转，农耕又成了淳朴美德的发祥地。另一个例子是汤姆逊在该诗中展现的两幅对比鲜明的生活图景：一个是淳朴、愉快的英国乡村生活，另一个则是与之形成强烈对比的藏污纳垢的城市生活：

> 愧疚中焦虑的人们，
> 还有那罪恶的都市，
> 怎知这初民的生活，
> 陪伴着上帝和天使？（《秋》：1348—1351）

　　这几句的意思是说，诗中的那个英国人又重新在属于自己的乡村里收获了只有在最初的黄金时代或者说"伊甸园"中才能拥有的天真美好。当然，汤姆逊并不总是这么刻意渲染。在诗歌《夏》中，诗人用毫不夸张的笔触描绘一次糟糕透顶的收获干草和修剪羊毛的经历。这种将田园情调与生活经验相结合的手法或许可以称之为"温和的现实主义"（soft-realism）。

　　要说汤姆逊开创了一个时代，可能有点言过其实；但是作为感伤主义和前浪漫主义的开路先锋，他还是名副其实的——尽管与汤姆逊同时，甚至于先于他，也有许多诗人开始寻求新的空气，可他们毕竟影响甚微。而《季节》集中体现了汤姆逊的创作思想和艺术追求，并对后世产生了很大影响，它无疑是汤姆逊为英国文学做出的重要贡献。

　　克里斯托弗·斯马特（Christopher Smart 1722—71）在《蛇麻园——一首农事诗》（The Hop-Garden, a Georgic, 1752）中以绮丽乐园麦达姆山谷（fair Madum's vale）中居民的幸福生活（第一卷：38）为题材绘出一幅肯特郡山水画卷。在罗伯特·多兹里（Robert Dodsley 1703—64）1753年创作的农事诗《农耕》（Agriculture, 未完成）中，农舍里充满了纯真无邪与恬静愉悦（第一卷：321）；热闹的市场景象犹如一幅幅素描，尽情展露乡村生活的诗意；年轻的挤奶女工帕蒂（Patty）"就像阿卡迪亚的仙女，"双眸"闪烁着纯真无邪的青春朝气"（第一卷：139）。最后，就像汤姆逊《四季》中拉维尼亚（Lavinia）和佩勒蒙（Palemon）的故事那样，以乡绅瑟尔西斯（Thyrsis）向帕蒂求婚并赢得其芳心结局。

对多兹里来说，租赁市场不过是"自愿的卖身奴们的盛会"（《农耕》第一卷，106）。对此，从农场工人成长起来的诗人斯蒂芬·达柯（Stephen Duck，1705—1756）提出了另外一种更为通俗的看法：如果在创作时能抛开那些干瘪的神话及滥用的比喻的话，那么讲述起真正的乡村生活或描绘他身边幽怨却笃信命运的人们时便会更加得心应手。这从他的《打谷工》（*The Thresher's Labour*）中可见一斑：

> 没有泉水低吟，没有小羊欢跳，
> 红雀停止啁啾，田野不再闪耀；
> 这沉闷的气氛，
> 只会招来缪斯的怨恨。
> 当乌黑的豌豆皮滑落，你可曾看出，
> 我们的天性也在工作中流露：
> 汗水，和着土灰，呼吸着呛人的烟尘，
> 我们变身埃塞俄比亚人，
> 傍晚归家，我们的吼声震颤老婆的神经；
> 婴孩还以为要把怪物宴请。
> 斗转星移，我们把工作巴望，
> 直等时节到了把谷高扬。
> 新一年里老板的态度更差，
> 打谷工不得不屈服于他的责骂。
> 他总嫌打的不多，产量不够；
> 非说我们把半数的时间遗漏。（58—73）

诗中，"我们"的不断重复，意在突出最真实的发自下层人民的呼声。艾迪生（Addison，1672—1719）在其主办的《旁观者》（*Spectator*）第 160 期中，赞誉达柯为"天造才子"（natural genius），[1] 而当时不少颇有身份的人也不失时机地追捧他。于是，达柯被一下子从乡野茅舍召进了王宫，成为裘宫（Kew）中卡罗琳女王（Queen Caroline）的宠儿；他的田园诗也由此转向传统的维吉尔风格。达柯的例子在 18 世纪的文学界掀

---

[1]　Addison, Joseph. "On Genius." *The Spectator*, 1711: 160.

起了一股持续升温的追寻"天造才子"的热潮；一时间，土生土长的庄稼人也竞相舞文弄墨起来。结果证明，穷人不仅值得歌颂，而且歌颂者不是别人，正是他们自己。

托马斯·格雷（Thomas Gray，1716—71）在他的《乡村墓地挽歌》（An Elegy Written in a Country Churchyard）中缅怀过这群劳动者出身的诗人——这群假想中的"天造才子"：

> 也许，在这被遗忘的地方，
> 那颗心，曾燃烧着熊熊的圣火，
> 那双手，或曾挥舞过皇帝的权杖，
> 或曾将欢快的七弦琴音符洒落。（45—48）

《墓园挽歌》从寻常的田园角度对比了村民劳作的实效与权力阶层的浮华。另外，诗中提到的汉普顿（Hampden）的"劣绅"（58）与伊顿公学的手稿（Cato）都隐隐透出了乡村的不和谐气息。但是诗人却在最后劝慰道，要相信命运的安排，以此从诗歌的语气与意象上麻痹视听，压制社会潜在反抗情绪的爆发。

后来，从格雷的诗歌演变出了一种常见诗歌形式——"贫民挽歌"（pauper elegies）。这类诗歌中最权威的两篇莫过于由罗伯茨（Roberts）编发的西蒙·赫奇（Simon Hedge）的《贫民祈福者》（The Poor Man's Prayer）及托马斯·莫斯（Thomas Moss）的《乞丐的请愿书》（The Beggar's Petition）。它们都旨在呼吁人们同情、关注那些遭驱逐的小农户们的悲惨境遇；要知道，不久前他们还是过着田园生活的快乐的庄稼汉。

另外有两首诗歌进一步反映了农村土地被强行征用这一悲惨主题。一个是劳伦斯·怀特（Laurence Whyte）的《诗歌随笔》（*Poems on Various Subjects*）中的长篇叙事诗歌《离别酒》（*The Parting Cup*）；另一个是署名"奥菲莉娅"（Ophelia）的《思内斯沼泽，约克郡牧歌》（Snaith Marsh, a Yorkshire Pastoral）[1]。前一首之所以比较出名，很大程度是因为歌德史密斯（Oliver Goldsmith，1730—1774）可能曾与此诗作者有交往，熟知此诗的创作过程，并且在他自己写作《荒村》（*Deserted Village*，1770）时有

---

[1] Originally in *Gentleman's Magazine*, March 1754.

意无意地从中获得过启发。第二首诗则保留了传统田园牧歌的形式和题材，并揉入"现代"主题。诗人小心翼翼地将纯正方言与诗歌用语结合起来，历数一位佃农所经历的爱情创痛及精神与物质的双重折磨：土地圈禁瞬间毁灭了他的生计和他结婚成家的希望。这恰恰就是当时南约克郡乡村的普遍状况：

> 思内斯沼泽，穷人的面包，我们全镇的骄傲，
> 没有篱笆，没有路标，遍地是肥美的鲜草。
> 这无人收租的草甸，我们祖辈的牧场，
> 谁能料想，瞬息间变成了这般模样：
> 弯弯的犁铧剥去了她锦缎的外衣，
> 长长的镰刀抹去了她最后一点绿。
> 如今啊如今，她满面伤悲，
> 一条条、一排排，被栅栏包围。
>
> （《思内斯沼泽，约克郡牧歌》：21—28）

18 世纪英国诗歌有一种强烈的乡村化倾向，大量田园诗是在乡村社会与经济发生剧变的历史背景之下创作而成。歌德史密斯的《荒村》是其中的巅峰之作。《荒村》中有许多有趣的人物描写和生活细节。这些"可能都带上了回忆的霞光，有点理想化了，然而诗人的用意是惋惜田园生活的消逝，用昔日的欢乐来对照后来的凄惨。"[1] 诗歌以诗人对自己理想中的乡村的愉快回忆开始——诗的开头，诗人热情地呼唤他的家乡为"甜美的奥本"（Sweet Auburn）——随之而来的是对一去不复返的快乐的乡村生活的哀悼。诗人把矛头直指"暴君的黑手"和"暴政"，认为它们才是造成这一切的罪魁，并意味深长地指出怎么会"财富在聚集，人却在堕落"（52），"贸易的无情的后果"是如何"侵占了土地又剥夺了乡民"（63—64）。想到先前的回归快乐乡村的愿望已经破灭，诗人更是哀叹自己命运的不幸；于是又回忆起自己儿时快乐成长的环境，特别是两个栩栩如生的人物：一位是乡村牧师，另一位是乡村学校的校长。再下面，诗人转而描写乡村所发生的变化：土地被圈去归富人们使用，穷人们被从那

---

① 王佐良：《英国诗史》，译林出版社 1997 年版，第 203 页。

里赶了出去，所谓"富人的快乐日涨，穷人的快乐消亡"（267）。穷人何处
安身？要是他们涌向城市，他们拿什么谋生？结果只能是，穷苦的男人沦
为乞丐，穷苦的女人沦为娼妓；而富人们只顾骄奢淫逸。要是他们远渡重
洋到美国或是别的遥远的地方，他们又会面临各种变数和焦虑，遭受离井
背乡之苦。《荒村》对富有的地主和大资本家们大规模侵占公用土地及农民
赖以生存的生产资料的暴行给予尖锐地批判。从这个意义上讲，它又完全
可以称得上记录、批判18世纪英国历史上"圈地运动"的历史文献。

在1762年发表的散文《下层社会生活的革命》（The Revolution in
Low Life）中，歌德史密斯第一次提到了"荒村"这一主题，文中详细描
写了一个庄园围场。据诗人讲，围场离伦敦五十英里，是在1761年夏天
形成的。一位来自伦敦的富商为了满足自己的需求，收买了当地居民的田
产，将近上百家的居民被逐出家园。在其1764年发表的诗歌《旅行者》
（Traveler，1764）中，诗人将自己的抗议进一步的扩大化，他写道："君
不见为博得贵人一笑，／游人如织的村庄已毁掉?"（405—406）《荒村》
通过对被遗弃的奥本村（Auburn）的描述，用为人熟知的形式讲述了一
部关于乡村灾难的传说。故事讲述的基本事实就是，为了满足富人的乐
趣，乡村正在遭受毁灭。霍华德城堡、赛伦塞斯特公园，还有克赖奇、黑
尔伍德、霍克汉、霍克顿、柯德勒斯顿、马利沃斯、弥尔顿·阿巴斯、诺
曼顿、纽恩汉姆·考特尼、肖慈布鲁克、斯托、维姆普尔等等，这些18
世纪享有盛名的花园都是吞食的乡村土地。这些景致花园的建成是为了满
足大地主阶层对古典田园生活的向往，实现他们对阿卡迪亚、潭蓓谷
（the Vale of Tempe）和黄金时代的梦想。但是对哥德史密斯来说，出于取
乐目的大兴土木就意味着对另外一种世外桃源或者黄金时代的破坏，意味
着对生于斯长于斯的农民们的幸福生活、优秀品质以及独立精神的破坏。

奥本村的荒弃使得歌德史密斯对奢华建筑和土地交易的巨大利益展开
抨击，可以说这首诗歌是那个时代的真实写照。毫无疑问《荒村》是一
首反田园诗；但是，埃德蒙·伯克（Edmund Burke，1729—1797）仍然
把它看作田园诗也不无道理。因为伯克认为，该诗塑造的田园意象"甚
至比蒲柏、菲利普斯，乃至于斯宾塞的田园意象还略胜一筹。"① 诗歌的

---

① Burke, Edmund. *Correspondence of Edmund Burke.* ed. J. A. Woods. Cambridge：Cambridge U-
niversity Press，1963.4；234.

背景是一个普普通通的英国式村庄，那里

> 茅檐掩映，田垄葱葱；
> 溪流涓涓，磨坊隆隆。
> 肃穆教堂，矗立山顶
> 郁郁山楂，荫蔽憩凳。（《荒村》：10—13）

　　但是它和古典牧歌当中的田园景象有着共同之处："溪流淙淙，绿草如茵，／鸟鸣山涧，柔风拂林"（360—361）。在被毁掉之前，奥本村是一个"甜蜜而明媚的村庄"（35）。歌德史密斯如此呼应忒奥克里托斯的第一首田园诗的开篇："每当夜幕降临，从山上的小村子／传来低声私语，那声音如此甜蜜"（113—114）。在忒奥克里托斯的诗歌里，甜蜜的声音与牧羊人的歌声，松林的风声以及溪流的流水声相互交织；而在哥德史密斯的诗歌里，男人、女人、孩子以及农场里的动物们发出了"群体的声音"（125），而这种声音"美妙而无序，／与夜莺的歌声相映成趣"（123—124）；还有"天鹅的鸣叫和着挤奶女工的哼唱"（116—117），诸如此类的"交响乐"不禁让人想起传统牧歌中的牧人对答。

　　但是，应该特别注意的是，和谐、美妙决非该诗的主旨。因为，作为一首描述荒弃村落的田园挽歌，《荒村》主题特征仍旧是哀伤：

> 再没有溪流如镜反射阳光，
> 杂芜丛生难觅旧日模样。
> 孤独的游客从林中走来，
> 护巢的麻鸭把声势虚张；
> 荒芜的小路间田兔飞掠，
> 哇哇的号叫单调而干瘪。
> 昔日的凉棚已废毁难辨，
> 荒草爬满了断壁颓垣。（41—48）

　　这个场景里充满了田园歌者自己的感情色彩："她的辛苦劳作在我内心郁积，／令往昔变成了痛苦的回忆"（82—83）。诗人以这个骈句引入下文关于"归隐"话题（82—112），其中的主观色彩贯穿始终，并以作者以被擒野兔自比达到高潮；因为歌者看到的不仅是自己忧伤的对象，而且还有忧伤中的诗人自己。他犹如一个多愁善感者，独自咀嚼自己内心的感受，同时也坚定地注视着外部世界。诗人用以下文字导入诗歌的主题：

> 信奉真理的朋友，务实的政治家们，
> 富人的快乐与日俱增，穷人们的快乐日趋消减；
> 如果让你做一个评判，你会发现
> 华美的土地与快乐的土地相隔多远。（265—268）

《荒村》通过对村民们的集体描写以及对个别村民的精心刻画来体现谦卑的乡村生活中蕴含的美德主题。其中有一位女保姆，她被剥夺了财产，在孤独与悲伤中度日。这是人道主义文学当中常有的、再普通不过的形象———一位没落的地主雇用了一位贫穷、羸弱的男仆或女仆，以免被迫花钱支援其他教区的穷人。诗中，自然与艺术、乡村与城市、简朴与奢华的冲突构成了田园诗特有的理性框架。歌德史密斯笔下的强健有力、生活平庸却富有道德观念的自由农民，是一个终日在田园中劳作的、典型的自然人形象。在写给雷诺兹（Reynolds）的信中，诗人以"古人"自居，谴责外贸业务的激增致使大量的财富和权力集中在少数富人手中，进而对国家的自由产生威胁。这观点明显是受了崇尚简朴、美德与共和的罗马理想的启示。诗人宣称，"英格兰悲伤的时代降临之前，／每一寸土地都供养着它的人民"（《荒村》57—58）。这种声音在当时反对圈地和垄断的政论性小册子里寻到了共鸣。当然，哥德史密斯并非在提供具体的农业改革规划；他的诗歌的大基调是伤痛，不可能有改革的激情。但是，歌德史密斯以一个无论从经济角度或道德角度来讲都不合理的围场为例，把当代乡村地区受压迫的现实和只存在于记忆当中的令人向往的、理想化的农耕式阿卡迪亚进行对比，激发了1790年代政治上激进主义的诞生。

从诗歌的艺术性上看，《荒村》全诗秉承了新古典主义的诗学传统，仍旧采用英雄双韵体。不过诗中充分体现了一位小说家叙事和描景状物的本领，语言简洁凝练，描写自然而无雕琢。《荒村》的每段每节无不证实哥德史密斯诗歌天赋的名副其实。

然而，在《荒村》之后兴起的"贫民诗"浪潮中，激进的情感表达体现得并不明显。诺威奇的约翰·罗宾逊（John Robinson）在《被压迫的村庄》（*The Village Oppress'd*，1771）中，回忆起那些可以追溯的时代，那时，未受伤害的农民还是愉快一族。诗人抱怨地主们出于虚荣、贪婪和对奢华的追求，将"农场与农场合并，田地与田地聚拢"；谴责城市里的富人们为了炫耀自己的财富而通过收买穷人的土地来扩建自己的公园，并将市里的现代设备带到了农村。约翰·司各特（John Scott，1730—1783）在其《训谕牧歌集》（*Moral Eclogues*，1778）之一《阿敏》（Armyn）中描绘过类似于《荒村》的情景，但其中对激进的抗议情绪多采取回避态度。他借被驱逐的牧羊人阿尔比诺（Albino）之口控诉现实，哀婉曾经的美丽多姿、充满活力的田野风光，还有风车、村舍、篱笆墙等这些惬意的村庄景象。现如今，这一切都成了地主们炫耀门庭的资本：

> 在邈远空旷的原野上
> 幽深的园林挥霍着它的苍翠，
> 高大的别墅上屋脊熠熠生辉。（《阿敏》：52—54）①

充满嘲讽意味的是，"苍翠"（verdure）当中的"V"与"挥霍"（waste）中的"W"搭配在一起，发音相似，增强了讽刺效果。以及下行当中的"Vast Villa"的发音相近，尽管差别微乎其微，却能产生讽刺的意味。但是阿尔比诺继续唱道：

> 我命苦啊！但话又说回来，我应该抱怨吗？
> 这些活着的羔羊至少还是生命的证明；
> 就让我们，对拥有的一切，不论好坏
> 充满感激，并耐心的承受吧。（《阿敏》：55—58）

通过倒装的句法形式，司各特表达了自己对穷苦大众的支持。

《荒村》对激进思想的影响一直到 18 世纪 90 年代才得以体现，但是，这首诗对人道主义的普及和对乡民生活描写的影响却很直接。罗伯特·费格森（Robert Fergusson，1750—74）的《农民的壁炉》（The

---

① All the citations of Scott's poetry in this book are from Scott, John. *Moral Eclogues*. London：Printed for H. Payne，at No. 67，Pall-Mall，1778.

Farmer's Ingle）里就有生动并充满同情心的描写，诗歌的写作风格承袭申
斯通—哥德史密斯（Shenstone-Goldsmith）田园诗一脉，却很好地利用了
自拉姆齐时代就已开始复苏的苏格兰本土传统。他写作的主题是寻常的
"幸福百姓"，但是他的语言风格并不像大多数田园诗人，在很大程度上
运用的是他所描述社会的本土语。

威廉·库珀（William Cowper，1731—1800）在《任务》（*The Task*，
1785）当中对穷人的描述比歌德史密斯的描写更加注重个性化和白描化。
这一点通过对比库珀对疯狂凯特的描述（《任务》第1卷：534—566）和
歌德史密斯对悲哀管家的描述（《荒村》：129—136）便可以看出。库珀
对那些值得同情的穷人表示善意的理解，把他们作为被赞助的对象。他能
意识到农村地区劳动生活的艰辛，但是，他也对那些不值得同情的穷人给
予谴责（《任务》第4卷：335—512）。他把瓦罗（Verro）的话改写为，
"上帝创造了乡村，人类创造了城镇"（《任务》第1卷：749）。诗人强烈
谴责城镇对乡村宁静安逸的生活带来的破坏，

> 城镇浸染了乡村；污渍
> 在处女的衣袍上染一个斑点，
> 更糟糕的是，它毁了这个长袍。（《任务》第四卷：532—534）

然而在此之前，他温和地讽刺了田园诗歌的传统风格：

> 那些流金溢彩的时代，
> 那些田园牧歌情景
> ［……］看起来仿佛是
> 被王庭驱逐了，在寻找避难的丛林
> ［……］
> 徒然的希望！那些日子再也不复返：缥缈的梦想
> 成了想象的原型。诗人的手，
> 赋予事实空洞的影子，
> 把诱人的幻觉视为真实。（《任务》第四卷：514—528）

乔治·克拉比（George Crabbe，1754—1832）的《村庄》（*The Vil-*

lage，1783）与哥德史密斯的《荒村》有许多相似之处：都用双韵体，都写"圈地运动"时农村的凄惨景象。所不同的是《村庄》的"笔触更具体，口气更严厉，对圈地运动的谴责也更强烈。"① 而且，从形式上看，《村庄》中英雄双韵体的运用顺应了诗的内涵，也使所描述的画面更生动，叙事更简洁。

《村庄》共分两卷。在第 1 卷的开头，诗人开宗明义：这首诗的目的是要"描绘一幅真实的穷人画面"（5），同时也揭露了自维吉尔时代以来田园诗歌中田园景象的虚假性。接下来诗人就开始根据自己对家乡阿尔德堡的印象来绘制乡村的真实图画。地点描绘过后，又对那里的居民生活进行了速写。克拉比如实地反映劳动人民的生活状况：他们披星戴月，流血流汗，风刮日晒，腰痛膝颤，历尽人间所有的悲惨和苦难；乡村作坊里的劳动者——无论年长年幼，无论是痛苦挣扎的病人还是垂死的贫儿——都在遭受非人的折磨。充斥第一部诗歌的只有阴郁、悲哀的画面。第 2 卷开篇描绘出一个夏季安息日恬静、愉悦的景象，但是紧接着的是醉酒、争吵和晚间骚乱等不愉快事件。下面诗人拿穷人与高贵者相比，指出高贵者也有与穷人一样的伤痛和不幸，劝穷人不要嫉妒高贵者。接下来是对高贵者中一位名叫罗伯特·玛纳斯勋爵（Lord Robert Manners）的典范人物的讴歌。全诗以向诗人的资助者鲁特兰德公爵的致辞作为结尾。

尽管诗的最后一部分的意义明显由于鼓吹高贵者与贫穷者可以在社会中和谐相处而遭到了破坏，尽管贫穷和悲惨的根源并没有被追溯到社会制度或者暴政或者"高贵人"的压迫而是归结于"贫瘠的土地"和穷人们自己酗酒、骚乱等陋习，但该诗至少让我们看到了 18 世纪末弥漫整个英国乡间的极端的贫困和灾难。诗人对他那个时代某些诗歌和小说中美化乡村生活的做法表示反感并起而反抗，这明确表达了他对他所熟知并且联系紧密的穷苦的劳动人民的同情。诗中甚至对自然的描绘也缺乏美，这都是为了与生活在那里的穷苦乡民的悲惨境遇相协调。也许该诗（也是克拉比后来所有诗歌）的另外一个缺点是在对自然和乡村生活进行如实描写的过程中，时不时穿插进道德说教。

克拉比对传统田园诗歌的讽刺与其情感矛盾之间并不冲突，因为他是在伯克（Edmund Burke，1729—1797）的关注下创作的《村庄》，又得到

---

① 王佐良：《英国诗史》，译林出版社 1997 年版，第 204 页。

了约翰逊的赞赏，后经约翰逊如椽之笔的润色，诗行毅然地抛弃了传统牧歌之流弊：

> 在明桥河畔，恺撒的富庶王国里，
> 如果维吉尔再次发现了黄金时代，
> 那必定是昏昏欲睡的诗人的美梦在延长，
> 机械能重唱曼图亚人的歌曲？
> 在维吉尔而非幻想的引导下，
> 我们严重的偏离了真理和自然。（《村庄》第 1 卷：5—20）

约翰逊认为一个诗人应该跟随"幻想"即想象力，而不是维吉尔。但是，在克拉比的原始文本中，这段的最后一行写道："由想象，抑或是维吉尔引领。"诗人想要借此表达的是，无论是想象力还是维吉尔都不能确保将（诗人）引领向"真理和自然"。克拉比呼吁诗歌应是直接、清晰的观察。他真实的"穷人的画像"正是对他那个时代富于情感的理想主义者的抗议。

> 去吧！去看他们晨兴而出，
> 终日劳作辛苦疲惫，
> 去看他们带月披露而归，
> 经年囤积疼痛伤悲。（《村庄》第 1 卷：142—149）

事实上，克拉比笔下的乡村青年既不健康向上，也不单纯无辜。他们当中甚至有受贿的选举人，以及渔歌中奚落的刻薄的渔夫和毁船越货者：

> 我在这愁眉苦脸的土地上漫游，
> 寻找自然赋予的淳朴生活；
> 然而劫掠、邪恶和恐惧篡夺了她的位置，
> 送来这大胆、狡猾、粗暴和野蛮的种族。
> 这些人原本只会捕鱼抓虾，
> 一年一次的大餐，七年才有的贿赂，
> 他们等待在海边，随着海潮涨满，

热切地盯着过往的货船。(《村庄》第 1 卷：109—116)

可见，克拉比坚决反对把"自然状态下的人"与善良美德画等号。他的讽刺不仅针对已经本土化了的现代人道主义田园诗歌，也直指那些对维吉尔梦幻般的模仿之作。《村庄》直接陈明的主题是人类状况的平等（第 2 卷：87—106）；不过，以现代人的眼光来看，他的平等说教恰恰显得有悖公允。全诗的高潮出现在一首长篇挽诗中，克拉比一面称颂罗伯特·玛纳斯勋爵，一面要求穷人们去考虑他们主人生活的痛楚和危险，并要求"停止你们的嘀咕，／想一下，想一下他，平静的上交赋税吧"（第 2 卷：113—114）。这节陈述就紧跟在一个好色的治安法官向一个村庄娼妓背诵法律的场景之后。这个笨拙的情节过度是要展示一种伦理冲突，诗人希望借此重构富人与穷人之间的良好关系——即燕卜荪所谓的"古老牧歌的基本招数"① ——这样做的效果堪比约翰·司各特训谕牧歌《阿敏》的骇人结论。但是，克拉比并没有大胆到公然质疑社会秩序；在这点上，他不但未超过，甚至还不如哥德史密斯。克拉比对早期田园诗的超越在于，他将斯威夫特、盖伊、达柯、申斯通以及收录于匿名杂志和杂集的诗歌中对诸如"知足常乐的乡巴佬"及"教区小职员"等各色小人物或讽刺或感伤或平淡的"底层描写"（low description）加以发展，形成一种具有"荷兰绘画"特征的艺术技巧。早期的评论家们认为，这种技巧体现了克拉比出众的才赋。

或许克拉比可以出于悲伤而宣称"乡村诗人赞美绿色田野的时代／[……] 一去不复返了"（《村庄》第 1 卷：7—8），但是事实证明，继斯蒂芬·达柯之后，堪称"天造才子"农民诗人并非绝无仅有。1786 年塞尔玛诺克版（Kilmarnock volume）② 罗伯特·彭斯诗集的扉页上赫然写着"淳朴的歌者，颠扑不破的艺术规则"。彭斯自觉地按 18 世纪英国和苏格兰传统写作，沃尔特·斯科特爵士（Walter Scott，1771—1832）称彭斯是

---

① Empson, William. *Some Versions of Pastoral*. New York：New Directions Publishing Corporation, 1974. p. 11.

② 塞尔玛诺克（Kilmarnock；Gaelic；*Cille Mheàrnaig*）是苏格兰东艾尔郡（East Ayrshire）的主要城市。彭斯第一部诗集《苏格兰方言诗集》（*Poems, chiefly in the Scottish dialect*）于 1786 年在此地出版，世称塞尔玛诺克版。

"一位拥有自己耕犁的勤劳播种者。"① 彭斯的风格淳朴、审慎，不事虚饰；他抛却当时不事稼穑的作家们处理题材时的感伤倾向甚至近乎闹剧的流弊。例如，在诗歌《老佃农新年致老灰马》（The Auld Farmer's New-Year Morning Salutation to his Auld Mare Maggie）中，他对作为工作伙伴和家产的耕马表示了尊重和爱护，同时，也表达了一个农夫在长时间辛苦劳作后获得补偿的真正快乐——对自己耕作技术的自豪感以及获得收益后的满足感。在《两只狗》（Two Dogs）中，绅士的狗和农夫的狗展开对话。农夫的狗表示，尽管工作无保障，还有地主和贪婪的管家的压迫，农夫还是设法苦中作乐；绅士的狗的答复中讲到，穷人有穷人的苦难，富人也有富人的悲惨，揶揄的话语中还真带点辩证色彩。可见，这首诗并不是在宣讲传统的伦理牧歌中农夫的快乐与美德，而是从狗的角度表达对人性悖论的不满。②

诗人罗伯特·布隆菲尔德（Robert Bloomfield，1766—1823）温和谦卑，曾名噪一时，被誉为英格兰的彭斯。其《农夫的儿子》（*The Farmer's boy*）是一首模仿汤姆逊《季节》写成的韵体诗；不同的是，该诗是对萨福克郡（Suffolk）本土风情的描写。布隆菲尔德大多数歌诗的格调是牧歌式的，然而，《夏天》（The Summer）的最后百行则如许多人道主义诗歌一样，抱怨乡村社会的两极分化。他谈到甜蜜的奥本神话时代平等、独立的小农和他们模仿贵族的怪异方式，并在脚注里描述塔希提人（the Tahitians）的质朴和社会平等以示对比。

18 世纪诗歌中展示的农民居家的欢乐和堂皇的客厅陈设都有甜美的奥本的影子，而这种生活与后来受到严重破坏的奥本一样，一去不复返了。骚塞（Robert Southey，1774—1843）就曾在其 1794 年创作的四首《波坦尼湾牧歌》（*Botany-Bay Eclogues*）之《汉弗莱和威廉》（Humphrey and William）中表达了对失去这一美好生活的哀挽。骚塞对这些田园诗的排列追随了蒲柏的风格——将每个行为安排在早晨、中午、傍晚和夜晚等不同时段。但是，在题材方面他走的却是坚定的"现代"路线，因为他笔下的人物是罪犯，是不公平的社会与刑罚制度的受害者。这四首田园诗

---

① Quoted in Sambrook, James. *English Pastoral Poetry*. Boston：Twayne Publishers，1983. p. 122.

② 彭斯的杰出成就早有定论，况且国内彭斯译本很多，王佐良先生也在《英国诗史》中对彭斯做过专节介绍，此处不再赘述。

的主题——贫困与压迫、罪恶与悲伤、乡村变化以及战争——在骚塞
1797 年至 1803 年间创作的《英国牧歌》(*English Eglogues*) 中得以再现。
其中《被毁的小屋》(The Ruined Cottage) 一篇, 严肃悲怆, 很大程度上
受到华兹华斯影响; 因为, 当骚塞 1795 年第一次遇见华兹华斯时, 他已
经着手写这个相同题目的诗歌了。

从以上分析可以看出, 18 世纪的英国田园诗中, 那种古典时期乃至
于文艺复兴时期的表达人们虚幻理想的主题被一种更为现实的书写所取
代。这种现实主义的书写大致朝着两个方向: 一是推崇和追寻乡村宁静的
田园生活的, 比如詹姆士·汤姆森等, 他们热情歌颂乡村生活的美好一
面, 把乡村生活的各行各业描绘得愉快而有趣; 另一个方向是对乡村悲惨
现实的关注、思考和批判, 这一方向以哥德史密斯和克拉比为代表。总体
上看, 比起虚幻色彩浓重的 17 世纪及以前的田园诗来, 18 世纪的田园诗
更具内涵, 更具质感。

第二节 华兹华斯与田园诗歌本土化的完成

18 世纪后期, 当作为浪漫主义前奏的感伤主义淡出历史之时, 前浪
漫主义悄然兴起, 继之而来的是英国文学的大变革——浪漫主义, 这是欧
洲浪漫主义运动的重要组成部分。浪漫主义时期集中反映山水、田园主题
的是以威廉·华兹华斯 (William Wordsworth, 1770—1850) 为代表的
"湖畔派诗人" (the Lake Poets), 他们教导人们从被赋予了强大幻想力量
的大自然和美丽的田园风光中寻求思想与教益、快乐与慰藉。

华兹华斯是"讴歌自然的诗人" (雪莱语)。他以饱蘸感情的诗笔咏
赞大自然, 咏赞自然界的光影声色对人类心灵的影响。在自然与上帝、自
然与人生以及自然与童年的关系上, 他的诗歌表达了一整套新颖独特的哲
理。他大半生栖居于乡野, 比其他任何浪漫派诗人都更加接近和关切乡村
下层劳动群众; 他以民主主义和人道主义的观点, 以满腔的同情和敬意,
描写贫贱农民、牧民、雇工、破产者、流浪汉直至乞丐们的困苦生活、纯
良品德和坚韧意志, 创作了大量的田园佳作。

华兹华斯的早期诗歌刻画了大量下层民众形象。诗歌《索尔兹伯里
平原》(Salisbury Plain) 大约从 1791 年开始创作, 其中一些诗节以《女
流浪者》(The Female Vagrant) 为标题在《抒情歌谣集》(*Lyrical Ballads*,

1798）中出版。在该诗中，诗人引入了许多司空见惯的人物形象和 18 世纪后半期的人道主义主题：乞讨女人、吉普赛人、退役水手、因贫穷而被迫入伍的小农，战争的恐怖以及圈占土地所带来的恶果。诗中，女流浪者的生活也曾经是牧歌式的，就像生活在未受污染的奥本（Auburn）一样；但是，附近一栋"豪宅"的建造打断了这种生活方式。她既是戈德史密斯"丧偶的孤独体"（《荒村》）的继承者，又与库珀的"疯狂凯特"（Crazy Kate）如出一辙。尽管这个人物形象被刻画得栩栩如生，深入人心，华兹华斯还是感到不满，觉得"女流浪者"仅只是"描述性的"（descriptive）。不过，若将该诗与《废弃的农舍》（*The Ruined Cottage*）或《迈克尔》（*Michael*）稍作比较，就明白诗人不满足的道理了。

《废弃的农舍》创作于 1797 年，1814 年进行了扩充、修订，成为《远足》（*The Excursion*）的第 1 卷。在一个荒芜的花园和破败的小屋，诗人聆听一位老货郎讲述一个普通女人玛格丽特的故事：她丈夫在 1780 年代由于经济萧条而被迫入伍，此后便杳无音信；这位独守空房的妻子历经了九年漫长的孤独和贫穷，却从未放弃他会回来的希望。但是，正如老货郎讲诉的那样，玛格丽特所遭受的痛苦及最后的死亡就如同那渐渐衰败的花园和小屋。荒芜的花园和破败的小屋展示了故事的最后结局，不过，它们正如《荒村》中那些破败的村舍一样，更暗示着过去与现在的对比。在这里，就像在破败的奥本，映入眼帘的是爬过残垣断壁的长长的杂草。但是，透过这幅荒凉的景象，老货郎却发现

> 这些杂草和高墙上的茅草，
> 在薄雾和静静的雨滴中闪着银光，
> [……]
> 呈现出一个静谧的意象，
> 如此美妙、宁静而安详。（《远足》第 1 卷：943—947）①

相应地，在自然收回对曾经开发的花园的所有权时，诗人却追踪到

---

① Cited from Wordsworth, William. *The Complete Poetical Works of Wordsworth* with an Iitroduction by John Morley. London and New York：Macmillan and Co., 1889. p. 428. 下文所引华兹华斯诗歌文本除特别注明外，均引自此集。

那个秘密的人文精神

在自然平静健忘的趋势中

在她的植被、杂草和鲜花

悄悄地蔓延中，死里逃生。（927—930）

毫无疑问，这个特殊的景观因为与玛格丽特的遭遇有关，被赋予了永恒的意义，为了冥思的心灵，死者玛格丽特以一种令人安慰的方式融入到了外界自然的宁静中。《废弃的农舍》是一首反映确切历史的田园挽歌，它比《荒村》中关于当时社会、经济史实的描写更可靠。同时，《废弃的农舍》在心理描写方面也更为真实。诗歌对苦难的普遍意义展开冥想，其中，人与自然之间田园诗式的"情感错置"起到一种投影式的想象作用，以至于读者感受到的是一种真实的情感，而非情感的"错"置：

诗人们在他们的挽歌和颂诗中

哀悼逝者，召唤树林，

呼吁山丘和溪流一起悼念，

无情的岩石也没袖手旁观；

他们的祈求声服从于一种

人类激情的强大创造力。

这是更加宁静的同情，

就像是血亲的诞生，

窃占了冥想的心灵，

伴随着思想成长。（475—484）

通过这种同情，人们的心灵与这美好的宇宙紧密联结起来。这种同情是华兹华斯大部分诗歌的核心主题，甚至是其独有的主题；因此，在某种意义上，他所有的重要作品都是田园诗，尽管这个术语只出现在他的少数诗歌的标题中。

上述主题的诗歌中，最著名的是《迈克尔》（*Michael，a Pastoral Poem*）。[①] 该诗以一位真实的牧羊人的生活为题材，并采用了传统的牧歌形

---

① 收录于《抒情歌谣集》1800 年版。

式。诗人在引言部分说明了他讲述这个平凡而又粗鄙的"家庭"故事的
目的：

> 要是你离开大路，沿着那一条
> 喧闹的山溪——格林赫吉尔走上去，
> 你就会猜测：前边的山径很陡，
> 要辛苦攀登，而在攀登的路上
> 就只有荒山野岭在你面前。
> 别泄气！你瞧，那潺潺的溪水四周，
> 群山已经敞开了他们的怀抱，
> 让出了地盘，形成了一片幽谷。
> 远近看不到人烟；要是有旅客
> 来到这里，会发觉：除自己而外，
> 就只有大大小小的岩石，几只
> 吃草的羊儿和几只盘旋的老鹰。
> 这里可真是满目荒凉；我本来
> 不会提到这些地方，若不是为了
> 一样东西——你可能走过它跟前，
> 虽然看到它，却毫不在意——瞧，
> 就是溪水旁边那一堆乱石！
> 多么平凡的东西，却藏着一个
> 故事——情节并没多么离奇，
> 然而，冬季炉边闲坐，或夏天
> 树下纳凉之时，讲起来却也感人。
> 谷地里住着牧羊人，他们的故事
> 我听过不少，听得最早的是这个。
> 我喜爱这些牧羊人，倒不是由于
> 他们自身，而是由于这一片
> 原野和山岭——他们游息的地方。
> 那时，我是个孩子，不喜欢念书，
> 而由于自然景物的温柔感染，
> 已经体会到造化的神奇力量；

　　那时，这故事引导我去探索

　　他人的悲欢离合，去思考人，

　　人的心灵和人的生活。

　　因此，尽管这故事平凡而粗鄙，

　　我还是把它讲出来，相信有一些

　　天性淳朴的有心人会乐于听取；

　　我还痴心地指望：它能够打动

　　年轻的诗人——在这些山岭中，

　　我离去以后，他们会接替我歌唱。（1—39）

　　《迈克尔》是一个充满诗意的宣言，这一点甚至比忒奥克里托斯第7首牧歌更为突出。华兹华斯就是现代版的利西达斯，他诚邀同代文人们与他一起对抗当时流行的以离奇事件来丰富故事的浪漫主义倾向。一个原本要出现在《迈克尔》中的小插曲被华兹华斯写进了《序曲》（*The Prelude*）之中，某种程度上体现了诗人感受力和想象力的不断提升。这个插曲点到一系列当地地名（229—243），华兹华斯在其他地方还从没这样做过。但毫无疑问，已出版的《迈克尔》的确是一首本土诗歌，其背景就是华兹华斯在《湖区游玩指南》（*A Guide through the District of the Lakes*）中所描写的社会——这里人人平等，整个社区里，牧羊人和农民拥有并耕耘着大部分土地（第二部分，1835 年版）。华兹华斯总有把他笔下的社会理想化的倾向，他常常不自觉地趋同维吉尔在《农事诗》中的态度，甚至模仿其措辞。比如，在《家在格拉斯米尔》（*Home at Grasmere*）中，诗人以维吉尔式语气写道：

　　在那里血脉相连的独立庄园

　　普遍存在，他就在那里耕耘，

　　快乐的他啊，是土地的主人，

　　他踏遍父辈曾经踏遍的群山。（380—383）

　　如绝大多数田园诗一样，《迈克尔》也是在表现人与自然的关系这个古老的田园主题。不过，由于诗歌更具有写实色彩，而不是纯粹充满感伤的虚构，令人感受更为真切而深刻。迈克尔过去的点滴感情就记录在他所

拥有并赖以生存的那片土地之上，所以，当他看到他自己曾经救过一只羊
的地方，情感记忆的机制被经济动机调动起来并不断地加强，且足够令人
信服：

> 谁要是猜想，这里的青山、翠谷、
> 溪流、岩石，都与牧羊人的心境
> 漠不相关，那可就大错特错了。
> 这原野，他常在这里畅快地呼吸；
> 这山岭，他曾多少次健步攀登；
> 这些熟悉的老地方，将多少往事
> 铭刻在他充满苦难的记忆，
> 无论是技巧还是勇气，快乐还是恐惧。
> 这些老地方，像书本一样，记录着
> 他与那一群哑巴畜生的点点滴滴，
> 他搭救，饲喂，为它们遮风挡雨；
> 凭这些辛劳，保障他正当的权益；
> 那原野，那山岭，已完全
> 牢牢执掌了他的情感；
> 他对它们的热爱几近盲目，
> 却透露出生活本身的愉悦。(62—77)

故事的结尾，迈克尔小屋的地基被犁铧翻个底朝天，只剩下那棵橡树
还立在原处；再就是那堆石头——没有砌好的羊栏遗迹，还留在那喧闹的
山溪旁边，似乎仍在悲叹老羊倌的悲惨遭遇。关于乡村土地征收的主题自
维吉尔的《牧歌·其一》经由《荒村》再传到《迈克尔》，形成一个断
续的传承，理清了反田园诗的一个发展路线。但是毋庸置疑，《迈克尔》
对这个主题的表现更具普遍意义，更人性化，但同时也更具悲剧色彩。

如戈德史密斯看待《荒村》一样，华兹华斯也把《迈克尔》当作一
个政治武器。在1801年1月14日的一封信中，他让查尔斯·詹姆斯·福
克斯（Charles James Fox, 1749—1806）① 注意一下他1800年卷中的另一

---

① 英国著名辉格派政治家。

首田园诗，《兄弟》（*The Brothers*）。信中宣称：

> 我已在尝试描绘一幅表现爱国情感的画面，因为我知道这种情感存在于几乎被禁闭于英格兰北部的那些群体之中。他们是独立的小土地主（姑且称他们政治家），是些受过高等教育的人；他们每天都在他们自己的小片土地上劳作。假如人们尚不是多么贫穷的话，爱国情感在这样的人烟稀少之地总会显得更为浓烈。但是，这种情感从那些继承祖业的小庄园主身上获取的情感力量是那些仅仅借机体察雇工、农民、工业无产者生活状况的人们所无法想象的。他们的小片土地不仅充当他们爱国情感的一个永恒集合点，而且充当着记录情感的石碑，永远铭记于心。它是符合社会人士本性的一个涌泉，如他本性一样纯洁，每天为他提供情感补给。这个阶层的人群在快速消失。先生，你知道每个好人都将祝贺你，因为你的公众社交礼仪与举止已经在保护这一阶层的人和那些有类似情况的人们。[1]

华兹华斯给福克斯的信中传达的意思颇像维吉尔《农事诗》表达的保守主义思想。在华兹华斯看来，小农对自己土地的依赖正是美德的基础和爱国主义之树的主根。所以，华兹华斯晚年时反对 1832 年的《改革法案》（*The Reform Act*）的执行，因为它把特权给了没有土地的人；而华兹华斯认为，从事物的本性来看，没有土地的人不太会成为真正的爱国人士。他的这种态度理应会得到 18 世纪大部分作家的理解和认同。

迈克尔这个人物不自觉地将理想状态下的寻常百姓的独立、刚毅和美德与圣经的神圣意象联结起来，尤其当他和他的儿子订立盟约的时候。但是毋庸置疑，与 18 世纪田园诗歌中其他的牧人相比，迈克尔这个人物显得更可信，更有活力，也更真实。华兹华斯将迈克尔融入自然的壮丽和山脉的庄严之中，因为那里是他的生境与家园；而无韵体的运用使得诗歌措辞简洁，句子结构简单，增强了庄严气氛。《迈克尔》充分地支持了华兹华斯在《抒情歌谣集》之《前言》（Preface）中阐述的诗学主张，即他的

---

[1]　Knight, William, ed. *Letters of the Wordsworth Family*, 1787 – 1855. Vol. I. Boston and London: Ginn and Company, Publishers, 1907. p. 138.

诗歌将会提供一个"对于人类感情、人类性格和人类事件的自然描述。"①
在《迈克尔》及华兹华斯的其他诗歌里,以善良的农民及其在城市中堕
落的孩子、乞丐、遣散的士兵及其他人物构成的人道主义队伍就像一群演
员一样在田园风景这个舞台上转悠了一圈;突然之间,我们发现自己已经
不自觉地进入了一个关于人、人心及人类生活的深刻剧情之中。

　　华兹华斯的成就在于赋予了乡村劳作和田园背景某种更加深刻的意
义。与城市居民的生活相比,迈克尔的生活更体面、更有价值,可能是因
为后者是一个集工作、道德和审美经验于一体的有机整体。一个湖区牧羊
人的日常生活就是一个体验并获取知识的过程。华兹华斯信仰万物有灵
论,认为自然也有道德及精神生命,湖区牧羊人因此而得福:

> 一切都为他们服务:晨光热爱
> 他们,在无声的石头上闪光;
> 无声的石头热爱他们,从高处
> 将他们张望;安详的云朵
> 和小溪,躲在栖息地喃喃私语
> 老赫尔维林峰,觉察到周围的骚动
> 给他们宁静的住所注入新的生命。(《序曲》第 8 卷:55—61)

　　通过与弥尔顿笔下伊甸园的对比,读者明显会感受到这个平静的住所
要比任何虚构的天堂更可爱。不过,华兹华斯是将黄金时代的田园诗母题
与农事诗主题结合起来进行描述的:

> 但是,更美好的是我所生活的
> 天堂;大自然原始的馈赠
> 不比那里少,这里的蓝天和阳光
> 更加美妙;无论自然变化,季节更迭
> 总能找到一位可敬的劳动伙伴——
> 那是自由之人,为自己劳作。总是

---

① Wordsworth, William. *Prose Works of William Wordsworth*, Vol. I. London and New York: Macmillan and Co., 1896. p. 31.

依个人的需求选择时间、地点和目标。

他的舒适，天赋的职业还有喜好，

快乐地导向个人或社会的目标

身后紧随的出乎预料，甚至有

质朴、美丽以及无法回避的优雅。（《序曲》第八卷：148—158）

无论维吉尔笔下幸福的百姓还是诸如迈克尔这样的有点儿个人资产的牧羊人——且不论他们最终结局如何——都的确曾经在不自觉的情况下享受过天赐洪福。

华兹华斯的田园诗冷静而富有思想，风格独特且真实可靠，是对传统田园诗歌的扬弃。因此，读者不会因为湖区的牧人与阿卡迪亚的牧人或斯宾塞、莎士比亚作品中的牧人不太相像而感到惊讶。华兹华斯强调，他笔下的牧羊人既与"快乐的英格兰"时期诸如五朔节庆典等真正的乡村记忆毫无关系（《序曲》第八卷：191—205），也不像他在德国戈斯拉尔（Goslar）① 亲身观察到的那些真实、悠闲、平静的牧羊人——戈斯拉尔的田园景色之美简直可以"令想象力发狂"（《序曲》第八卷：326）。就像乔治·克拉比一样，华兹华斯既然没被维吉尔引入歧途，当然也不会被幻想所误导。华兹华斯笔下过着艰苦、朴实生活的牧羊人却呈现出近乎超自然的奇观：

我于是注意到

一个漫步的学龄童，不知为何

感觉到他在自己领域的仪态，

就像主人和王者，如自然与上帝

统辖的一种力量，或天赋才学。

最严苛的孤独与寂寞，

因他的出现而显得更加威严。

当蒙蒙雨中我溯流而上

① 戈斯拉尔位于德国下萨克森州哈茨山区，风景宜人。古有"北方罗马"之称；当地有独特的"巫婆"文化，所以又有"巫婆城"之称。其代表有：巫婆博物馆、巫婆节等。现被联合国教科文组织列入世界文化遗产名录。《抒情歌谣集》出版后，华兹华斯兄妹曾在此处度过几个冬季。

前去垂钓，或迷雾缭绕中漫步于

渺无人迹的山道，倏然之间，

我瞥见他就站在几步远处，

像个巨人，在浓雾中高视阔步，

他的绵羊如格陵兰白熊。

他虽已融入渺远的山峦，

身影却深映在我的心间；

落日的光辉已将他接引升天：

我在辽远天空认出了他，

那形象孤独而又庄严，

立于最高天！如空中的十字架

稳扎在查尔特勒修道院尖塔的

磐石之巅，供人膜拜。（《序曲》第8卷：256—275）

　　尽管华兹华斯拒绝因袭田园诗的传统，但他仍然"梦想着西西里岛"（《序曲》第11卷：426），并向当时在地中海旅行的柯勒律治致意。在致意中，华兹华斯回顾了忒奥克里托斯歌唱利西达斯的那首牧歌，复述了牧羊人歌手科马塔斯如何被残暴的领主禁闭起来，欲将其饿死，却被旷野飞来的蜜蜂用蜂蜜喂养而生存下来的故事："因为牧羊人被赐福了！／他品饮了缪斯的神酒"（《序曲》第11卷：449）。利西达斯希望科马塔斯与他一起在美丽的旷野放牧，一块儿为他们的山羊吹奏牧笛。这个著名的田园寓言展现了诗歌的神圣力量，而《序曲》对它的引用本身就是一种巧妙的牧歌式伪装，亦即华兹华斯－利西达斯（真正的乡村诗人）献给柯勒律治－科马塔斯（"靠蜂蜜存活下来的"神圣歌手）的亲切颂词。在一封1799年2月27日写给柯勒律治的信中，华兹华斯写道："在埃尔郡和梅里奥尼斯郡①阅读忒奥克里托斯，它会让你不断回想起你在当地的日常所见；而在伦敦阅读康格里夫、凡布勒、法科尔，② 尽管离他们去世尚不足

---

　　① 埃尔郡（Ayrshire）是苏格兰的一个郡，以养牛业著称。梅里奥尼斯郡（Merionethshire）是威尔士历史上一郡名，位于威尔士北部。

　　② 康格里夫（William Congreve，1670—1729）是英国剧作家，凡布勒（Sir John Vanbrugh，1664—1726）是英国建筑师和剧作家，法科尔（George Farquhar，1677—1707）是爱尔兰剧作家。

一个世纪，你却会遭遇整页整页乏味而令人费解的东西。"① 在 1824 年 9 月 20 日致乔治·鲍蒙特（Sir George Beaumont）的信中，当谈到北威尔士的挤奶女工时，华兹华斯又一次侧面证实了上述观点："她们看起来多么高兴！那种忒奥克里托斯式牧人的做派一点也不令人感觉可笑。"②

华兹华斯努力使自己的诗篇具有如忒奥克里托斯作品那样的永久品质。在 1802 年《抒情歌谣》的序言中，他为他的诗歌题材作了如下解释：

> 我通常都选择微贱的田园生活作题材，因为在这种生活里，人们心中主要的热情找着了更好的土壤，能够达到成熟境地，少受一些拘束，并且说出一种更纯朴和有力的语言；因为在这种生活里，我们的各种基本情感共同存在于一种更单纯的状态之下，因此能让我们更确切地对它们加以思考，更有力地把它们表达出来；因为田园生活的各种习俗是从这些基本情感萌芽的，并且由于田园工作的必要性，这些习俗更容易为人了解，更能持久；最后，因为在这种生活里，人们的热情是与自然的美丽而永久的形式合而为一的。③

华兹华斯完成了英国田园诗歌的本土化。他的诗歌将热情、质朴与真理结合在一起，充分展示了 18 世纪批评家在忒奥克里托斯诗歌中发现的那种"浪漫的田园生活"（romantic rusticity）。在他的诗歌里，黄金般的往昔岁月和惬意的栖居空间虽然被赋予了个人特征，却仍然保留了相应的神话维度。人们无须再向古代的虚构之地追寻"天堂、乐园 / 和极乐世界"（《隐居者》The Recluse：800—801），它们不过是"寻常生活的简单产物。"④ 以华兹华斯为先导的浪漫主义及后浪漫主义诗人们创作的田园诗数量已然超乎我们的想象，更不用说还有 20 世纪的继承者了。但是，这些诗作并不能算是那个自古典时期开始一直传承到 18 世纪晚期的田园

① Quoted in Sambrook, James. *English Pastoral Poetry*. Boston: Twayne Publishers, 1983. p. 131.

② Knight, William, ed. *Letters of the Wordsworth Family*. Boston and London: Ginn and Company, Publishers, 1907. Vol. II: 233.

③ Wordsworth, William. *Poetical works*, Vol. 4. London: Langman, 1827. p. 360.

④ Toliver, Harold E. *Pastoral Forms and Attitudes*. Berkeley, Los Angeles; London: University of California Press, 1971. p. 258.

诗歌传统的一部分。虽然这个田园诗歌传统曾经历萎靡时期（比如中世纪），也从没有真正中断过；虽然华兹华斯偶尔也将自己看作忒奥克里托斯－维吉尔传统的一部分，但毫无疑问，他比本前文及的任何诗人都更加超越了那个传统。华兹华斯与威廉·布莱克（William Blake，1757—1827）一起被誉为"真正意义上的现代英国诗人。"① 华兹华斯之于田园诗歌犹如塞万提斯之于骑士文学；两者不同的是，塞万提斯只是骑士文学的终结者，而华兹华斯不但打破了一个旧传统，还开创了田园诗歌的新时代。因此，作为对自古典时期延续下来的一个连续的田园诗歌传统的梳理，到华兹华斯为止应该较为合适。

---

① Bateson，F. W. *Wordsworth，a Re-interpretation*，2nd ed. London：Longmans，1956. p. 200.

结语　英国田园诗歌的新时代

华兹华斯引领了诗歌领域反传统的浪潮，极大地拓展了诗歌艺术的疆界。他是第一个伟大的现代实验派诗人，他的《序曲》为后继诗人提供了大量全新的、可资借鉴的经验。华兹华斯引领了一场现代文学运动，使得纯粹的自我表达和即兴创作也步入了艺术殿堂。他的影响在田园诗歌领域尤其深远。在 19 世纪和 20 世纪诗人创作的各类田园诗歌中，除了个别仍对忒奥克里托斯和维吉尔的作品有所怀恋之外，大都追随华兹华斯，以新田园诗歌的面貌示人了。华兹华斯的革命举动迫使诗人和学界纷纷对田园诗歌进行重新界定。我们现在通常称华兹华斯为自然诗人和田园诗人，其实这两个称谓就表达了现代读者对新型田园诗歌的理解：首先，华兹华斯的田园世界宽泛到了整个自然界；其次，他被称作田园诗人也绝非因为他对古典牧歌的点点呼应，恰恰相反，是因为他对古典牧歌的反动。虽然在整个英国田园诗歌传统中，自然描写与农牧生活相互分离的现象从未中断过，但直到浪漫主义时期，自然诗歌才真正开始成为一个独立的诗歌门类，与乡村诗歌一并成为英国田园诗歌新传统的重要组成部分。在这个新传统中，牧人形象渐渐淡出诗人的视野；即便偶尔出现在诗歌里，多半只是起装饰性作用，再也没有像在传统牧歌中那样风光了。这个新传统是田园诗歌本土化的结果，从此以后，传统意义上的田园诗歌被一种新的概念所取代——这种新型田园诗歌虽仍没有像吉福德的界定那么宽泛，倒是真正实现并突破了约翰逊、戈德史密斯等对田园诗歌的构想。正是从这个意义上说，英国田园诗歌的历史不但延续至今，定然还会永远延续下去。

第一节　维多利亚时期的自然与乡村书写

维多利亚时期的诗人深受以华兹华斯为代表的浪漫主义诗人的影响，他们与浪漫主义传统一脉相承。虽然没有激进的浪漫派那种情感喷薄、热烈豪放之势，倒也继承了宁静、沉思、内省的"湖畔派"诗风；他们的诗歌"从浪漫主义的幻想转向揭示事物的真实，从主观的直接抒情转向客观化的描绘。"① 这种风格转向也体现在这一时期风行的自然书写和乡村书写之中。这一时期的代表性自然诗人和乡村诗人有威廉·巴恩斯（William Barnes，1801—1886）、艾尔佛雷德·丁尼生（Alfred Tennyson，1809—1892）、马修·阿诺德（Matthew Arnold，1822—1888）、亚瑟·休·克勒夫（Arthur Hugh Clough，1819—1861）、托马斯·哈代（Thomas Hardy，1840—1928）、A. E. 豪斯曼（Alfred Edward Housman，1859—1936），当然还有前拉斐尔派诗人（the Pre-Raphaelite poets）等。

丁尼生是一位集古典与浪漫于一身的抒情诗，他的诗歌有济慈式的细腻，也有华兹华斯式的沉思。飞白称其诗歌"像水明沙净的小溪而不像野性不驯的瀑布，像晨风拂过带露的草地而不像西风横扫森林和海空"②，可谓抓住了丁尼生自然诗歌的主要特征。诗歌《提托诺斯》（Tithonus）是一首献给曙光女神的颂歌。诗歌句句紧扣曙光初上的自然美景，结合提托诺斯的哀婉诉求，营造了一个充满古典美的优美、宁静、哀愁的意境。提托诺斯获得了永生却未能获得永远的青春，衰老不堪的他最终不得不充满哀愁地乞求女神还给他死去的权利：

> 你玫瑰红的暗影冷冷地浴着我，
> 冷冷的是你的星光；我枯皱的脚
> 踏着你微明的门槛发冷，当蒸汽
> 从那朦胧的田园上升，在那里
> 住着有权利逝世的幸福的人们
> 和更幸福的荒冢里的死者。
> 放我去吧，请把我还给大地。
> 你看见一切，你将看见我的坟；
> 你每天早晨都更新你的美丽，
> 而我，土中土，将忘却这空阔的宫阙

---

① 飞白编译：《英国维多利亚时代诗选》，湖南人民出版社 1985 年版，第 3 页。
② 同上书，第 4 页。

和驾着银色车轮回归的你。(66—76)①

诗歌的寓意大概是说，脱离了根本的人无论如何都不会享有真正的幸福与快乐；要想获得安宁，最终还是要回归根本。丁尼生的自然诗歌大都具有这种哲理性内涵。诗歌《下山吧，姑娘》（Come Down，O Maid）以一位牧人的语气劝一位姑娘从不胜其寒的山巅下来，到美丽丰饶的山谷寻求爱情的归宿：

> 下山吧姑娘，从高山之巅下来，
> 高处有何欢乐可寻？——牧人唱道——
> 山峰上只有崇高、壮丽和寒冷。
> 不要再这样逼近天堂，不要再
> 像一线阳光滑过那枯焦的老松，
> 或坐在闪光的峰顶如一颗晨星。(1—6)

牧人之所以劝姑娘下山，那是因为"爱情是属于山谷的"(7)。把"山谷"这个意象作为爱情福地对读者来说并不陌生，桑拿扎罗、西德尼等许多诗人都把充满田园风光的山谷作为一个绝佳的追求爱情的封闭世界。比起前人，丁尼生把他的幸福山谷更加丰富化、世俗化，使它显得更真实，更有生活气息：

> 爱情是属于山谷的，你下来
> 就能找到他，——他在幸福的门口，
> 他在玉米田里，与丰饶携手，
> 或因酒桶的喷涌染上紫红，
> 或像狐狸般藏在葡萄藤中。
> [……]
> [山谷里]每一个声音都那么甜美：
> 千万条小溪在草地上奔忙，

---

① 飞白译。下文对维多利亚时期诗歌文本的引用多参考飞白译文，部分地方有改动，不再一一注明。

斑鸠在古老的榆树下呢喃，

还有无数蜜蜂在嘤嘤吟唱。（8—12；29—32）

诗人意在表明，幸福的爱情不在渺远的想象和企盼中，而是在现实生活之中。若像这位姑娘一样一味追求理想的境界而脱离生活的实际，势必会曲高和寡，落得高处不胜寒的感觉，"虚耗了自己"（24）之后还是要无奈地回归现实当中。何止是追求爱情？我们生活中的一切不都是这个道理吗？

除了富含哲思之外，丁尼生的自然诗歌还以韵律整齐、节奏优美著称。《夏洛特少女》（*The Lady of Shalott*）就是这样一首诗歌：

黑云压城东风劲，

萎黄林木渐凋零；

溪流拍岸发怨声。

沉云兜来滂沱雨，

哗哗泼向康洛城。（IV：1—5）

整首诗歌就是在这样的节奏和韵律中运行。格调同样优美的诗歌还有《悼念集》（*In Memoriam A. H. H.*）：

这是一个宁静的清晨，

正适合更宁静的悲切。

只听穿过凋谢的秋叶

栗子轻轻落地的声音。（XI：1—4）

再读一读《小溪》（*The Brook*）：

我来自鸶鹭栖息之处，

我自平地冒出，

我闪烁于蕨薇之间，

潺潺地流入山谷。

［……］

我潜越林间空地草坪，
我滑过榛树之荫；
我摇着甜蜜的勿忘我，
致意天下有情人。（1—4；37—40）

　　这些诗歌，当然还有诗人的《冲激，冲激，冲激》（*Break*，*Break*，
Break）等代表性诗歌，充分体现出诗人在声音结构和韵律节奏等方面的
艺术技巧，也是丁尼生诗歌的一大特征。作为一位语言大师，丁尼生的诗
歌虽然有时略显雕琢，但其文字纯净、流畅而富有乐感，其情感宁静、诚
挚而沉稳，对后世不少诗人产生过重要影响。20 世纪威尔士诗坛泰斗、
自然诗人、田园诗人 R. S. 托马斯（R. S. Thomas，1913—2000）对丁尼生
的自然诗歌推崇备至，并终生将他奉为偶像。托马斯坦率地承认，他的早
期诗作无论从意境还是从形式上，都在模仿他的偶像。他回忆说，自己童
年时代就喜欢读丁尼生的诗歌。有一次他获了一个奖项，可以选一本书作
为奖品，他向学校要求得到一本丁尼生的传记。理由很简单，因为丁尼生
的早期诗歌中有大量对乡村风光的描写。① 请看托马斯早期的一首无
题诗：

白杨树在风中飘摇，
犹如纤细的水草，
群鱼是它的叶子，
被柔和缥缈的烟雨
迎入丝绸般的溪流。②

---

① Thomas，R. S. *Autobiographies*. Trans. Jason Walford Davies. London：Dent，1997. p. 32.
② Quoted in Brown，Tony. *R. S. Thomas*. Cardiff：University of Wales Press，2006. pp. 15 – 16.
该诗属 R. S. 托马斯早期散失诗歌之一。布朗教授倾向于认为这首诗歌写于诗人供职于彻克或塔
兰格林期间。据布朗教授考证，这首诗歌连同另外五首是 1939 年托马斯从彻克寄给格文·琼斯
（Gwyn Jones），想发表于《威尔士评论》（*The Welsh Review*）的，但不知为什么后来被搁置，直
到 1997 年才结集为《诗六首》（*Six Poems*）问世。

这首诗歌文字清雅，充满想象和对自然的热情，再现了诗人童年和少年时代对自然纯真、质朴的情感，是 R. S. 托马斯一生中少量正面讴歌自然之美的诗歌之一。但从韵律和意境角度来看，这首诗的确有模仿丁尼生诗歌的痕迹。

马修·阿诺德也许是浪漫主义之后少数几位创作过传统田园诗歌的诗人之一。他的《瑟尔西斯》（*Thyrsis*，1867）是为悼念朋友亚瑟·休·克勒夫而创作的一首田园挽歌。诗歌表面上借助了传统牧歌的形式，但与其说诗人是想要延续传统牧歌这种形式，倒不如说只是想借助牧歌特殊的情调来表达特定的情感罢了。这是那个时代零星存在的传统牧歌的共性。因为那个时代诗歌的风尚已在淹没那个旧有的传统，自然诗歌与乡村诗歌已然繁荣。阿诺德本人对新趋势的迎合也很积极，他写出了一些清澈明朗、富于哲思的自然诗歌。

阿诺德自然诗歌的一个重要主题是试图在社会责任与精神宁静之间寻求到一个契合点。诗人不像华兹华斯那样超然世外，而是希望兼顾尘世与精神的两重空间；他认为只有自然可以帮助实现两者的契合。所以，他常常在其诗歌中表达超脱纷繁的世态和人类易变、浮躁的性情，在自然中求得一份宁静与永恒的愿望。十四行诗《沉默的工作》（Quiet Work）这样写道：

> 自然啊，让我向你学习一课，
> 这本书飘扬在每阵风里，
> 他教给我们两种责任的统一———
> 辛勤工作和安静的结合！（1—4）

诗人认为，如果说精神的宁静与世务的繁杂之间不可调和，那只是"喧嚣的世界"给人的一种误判（5）；在自然当中，两者的调和完全可以实现。大自然"静静地工作却硕果永存"（6），令喧闹的世界为之失色；世间一切俗务都充满无谓的喧嚣，只有自然在按照永恒的部署前进，静默中完成其光荣的责任；哪怕人类消失，自然的伟大力量仍将持续，自然的宁静与祥和仍将永存。这种观念显然受到华兹华斯的影响。华兹华斯认为，自然不仅是物质财富的宝藏，更蕴含着无穷的精神财富。在诗歌《转折》（The Tables Turned）中，华兹华斯比较了向书本学习和向自然学

习带来的截然不同的结果，以此劝谕他的朋友（和世人）不要一味地躲
进书斋，而应该走近自然，在宁静、愉悦、健康中向自然求取真知：

> 起来吧朋友，把书本丢掉，
> 当心它压弯你的腰；
> 起来吧朋友，开颜欢笑
> 何苦要自寻烦恼？
>
> [……]
>
> 书本啊，是无穷无尽的忧烦，
> 来啊，听林间红雀歌唱
> 它的歌声多么美妙！我断言，
> 这歌声包含的智慧更广。
>
> [……]
>
> 大自然蕴藏着无限的财富，
> 护佑灵魂，启迪脑颅——
> 获取智慧时还强健了体魄，
> 欢愉之中就把真理掌握。
>
> 春天树林的律动，胜过
> 所有先贤的说教：
> 它能够指引你识别善恶，
> 教会你更多做人之道。(1—4；9—12；17—24)

　　这首诗歌可以算是华兹华斯自然观的一个宣言书，其中阐明的观点影
响了包括阿诺德在内的不少诗人。像华兹华斯喊出的"拜自然为师"
（《转折》：16）的口号一样，阿诺德也明确倡导向自然学习，字里行间充
分展露出诗人对待自然那种华兹华斯式的情感。这种情感可能源自阿诺德
与华兹华斯之间的亲密交往——1834 年，阿诺德一家曾在湖区度假，他

们是华兹华斯的邻居和好朋友。华兹华斯的自然观可能在那时就开始影响
到少年阿诺德。

另一位重要诗人阿诺德的自然诗歌写景如画，柔和的亮色、朦胧的薄
雾、清亮的月光等意象在其诗歌中随处可见，且常常带有很强的比喻色
彩。诗歌《被遗弃的人鱼》（The Forsaken Merman）讲述了凡间女孩玛格
丽特（Margaret）离开人与丈夫和孩子，回归尘世乡村生活的故事；被遗
弃的人鱼们凄凉而无奈地与冷酷的玛格丽特两世相隔。诗中描写人鱼父亲
带领孩子们在尘世间追寻母亲的场景：

> 于是我带着孩子们浮上海湾激浪，
> 上了海滩，沿着香石竹花开放的沙丘，
> 我们来到那白墙的小镇，
> 石板铺的小巷里一片寂静，
> 我们来到迎风坡上灰色的小教堂，
> 教堂里传出人们喃喃祈祷的声音，
> 但我们却留在外面瑟瑟寒风中。(67—73)

祈祷的人群中就有玛格丽特，但她全然不听人鱼和孩子们的呼唤。无
奈的人鱼们只得回到大海深处，从此之后只能是无尽的企盼：

> 孩子们，每当子夜
> 每当和风轻吹，
> 每当月色明媚，
> 每当大潮退尽，
> 每当石楠花和金雀花
> 向海上吹送阵阵清香，
> 每当高耸的礁石
> 把柔和的影子投在沙滩之上，
> 我们就匆匆升上海湾
> 登上静静闪光的沙滩，
> [……]
> 凝望那沉睡的白色的小镇，

　　凝望那坡上的教堂，
　　然后又悄悄回到海中。（124—139）

　　对小镇景色的描写一方面是要表现玛格丽特对凡间生活的依恋，另一方面也是借此强化诗歌的悲剧色彩——凡间生活固然美好，可那不是人鱼所能享有的，玛格丽特只能在人鱼和凡间生活之间做出抉择；而无论她如何选择，都将导致无可挽回的悲剧。可见，阿诺德善于利用景色描写来烘托主题，玛格丽特生活的这个世界的月光、白墙、纺车、小巷、海湾、沙滩、教堂，还有花香等意象渐渐由景色而内化成人鱼心中的情感符号，寄托了无限悲凉。诸如月光、海湾、沙滩等也是诗人的名篇《多佛海滩》（Dover Beach）中的重要意象。

　　A. E. 豪斯曼（Alfred Edward Housman，1859—1936）最为读者熟悉的诗集莫过于《什罗普郡一少年》（*A Shropshire Lad*，1896）。诗集由 63 首诗歌构成，其中有一首题为《俏丽的樱桃树》（Loveliest of Trees，the Cherry Now）的诗歌也是借景抒怀：

　　　　一株独秀樱花放，
　　　　俏立莽林驿道旁，
　　　　琼花竟开压枝低；
　　　　为迎复活换银装。

　　　　人生有涯七十年，
　　　　二十已去正堪叹；
　　　　天年渐减余五十，
　　　　岁月如水意阑珊。
　　　　群芳怒放欲尽观，
　　　　五十春秋长恨短，
　　　　闲来绕林独漫步，
　　　　樱花如雪看未餍。①

————————

① 译者不详。

烂漫的樱花让诗人感受到时光如梭，生命苦短；这与整部诗集的基本主题密切相关——《什罗普郡一少年》以一种近乎警句式的抒情诗形式深切表达了英国乡村青年的宿命与失落。集中的诗歌优美、质朴、意象鲜明，迎合了维多利亚时代和爱德华时代的情趣，也获得 20 世纪早期许多作曲家的青睐。借助其歌曲背景，这些诗歌与那个时代和什罗普郡密切地结合在了一起。

威廉·巴恩斯（William Barnes，1801—1886）的乡村诗歌情感温和、细腻而甜美，表达了对简朴的乡村生活和卑微的乡下人的深刻洞察。《农夫归来》（The Peasant's Return）表现了一对乡下夫妻清贫、苦难中维持的坚贞爱情：

> 他踏着黄昏的露珠，
> 匆匆奔向她的家门，
> 这老农却发现，地面上
> 只有两行孤零零的脚印
> 行走在天空之下
> 高低不平的小路上。
>
> 因为她从世俗的眼光中消失了
> 就像沉入黑暗的睡眠
> 直到好人重又出现，
> 发自灵魂的喜悦令他们双泪涟涟。
> 玫瑰化作她额头的灰尘；
> 虫蛾啃噬了她礼拜的披肩；
> 她的罩袍都已过时；
> 她的鞋子因干燥而形状难辨。

诗歌颇有尤利西斯归家的感觉。《时节》（Seasons and Times）是诗人描摹乡村节令的一首田园短歌。诗人从冬末一直写到收获季节，字里行间表露出诗人对乡村的熟悉与热爱以及对乡村风光的敏锐感应。他农谚式的景物描写质朴而亲切，着实像是一位长期生活在乡下的农人的情感：

正是严冬将逝的时节，
阳光下劲风唱起挽歌，
却发现枝丫没有叶子
逗留，让它向地面抛洒。

土埂遮挡的雪线长而明亮，
延伸在篱笆下、山坡之上；
但通往桑顿的所有道路
地面已干不会将鞋子弄脏。

尽管寒气似乎在加强，
白昼却渐行渐长，夜晚
西去的步子益愈迟缓，
慢吞吞将暗影投向地面。

直到树梢叶芽渐密，
树叶闪着明亮的绿光，
夜晚雏菊将花苞合上
夜露浸润在地面之上。

再看那杨梅林立的花园
或绿荫葱茏的果园，主人
面带微笑，与果子一样灿烂，
太阳的暖光透过枝叶洒向地面。（1—20）

威廉·巴特勒·叶芝（William Butler Yeats，1865—1939）与巴恩斯一样具有浓厚的乡土情结。诗歌《湖中小岛伊尼斯福瑞》（The Lake Isle of Innisfree）充分表达了诗人向往自然和乡村生活的浪漫情怀：

我要起而去了，去到伊尼斯福瑞，
用黏土和荆笆筑一座小房，
植九畦豌豆，做一个蜂箱，

群蜂嘤嘤的林间我索居独享。

赢得些许宁静，如沙漏姗姗流淌
从清晨的薄雾直到蟋蟀的吟唱；
夜半微曦闪烁，正午耀映紫光，
夜晚也插上了红雀的翅膀。

我要起而去了，为了日日夜夜
能聆听那湖水轻轻拍岸的低唱；
伫立在马路或灰色的人行道上，
我总听到内心深处湖水的激荡。

这首诗歌收录于叶芝的第二部诗集《玫瑰》（*The Rose*，1893），是诗人最负盛名的诗歌之一。诗人用宁静、稳重、催眠似的六步格诗行营造出湖水有节律波动的感觉。诗人列举了质朴、宁静的典型意象表达对乡村生活的无限向往；这些乡村意象将读者还有诗人自己一同引入到美妙的田园遐想之中。直到倒数第二行，意象才突然转回到现实当中：诗人是在灰暗的都市的马路边、人行道上做了一场白日梦。诗歌的最后一行至关重要，既是为该诗点题，也是叶芝整个文学生涯的注解；这一点与华兹华斯许多诗歌的结尾颇为相像。"内心深处"（deep heart's core）暗示诗人真切的思想感受，旨在表达诗中所描绘的田园生活对诗人人生的重大影响；而发自内心的真实应是所有诗人的立身之本。

前拉斐尔派（The Pre-Raphaelites）追随约翰·拉斯金（John Ruskin，1819—1900）的艺术主张，"满怀真诚地走向自然，与她一起艰苦而充满信心地前行；心无旁骛，只求参透她的真谛；不拒弃，不选择，亦不藐视一切。"[1] 这帮年轻的画家和诗人遵循这种原则进行艺术创作；他们精心描绘自己所看到的一切。因为他们相信拉斯金的断言，认为通过精确、真诚的视觉表现就能参透自然的意义。下面以但丁·迦百列·罗塞蒂

---

[1] Ruskin, John. *The Complete Works of John Ruskin*, Vol. I. New York：The Kelmscott Society Publisher, 1903. p. 423.

(Dante Gabriel Rossetti, 1828—1882) 的题画诗《白日梦》 (The Day-Dream)① 为例，让读者领略一下这派艺术的主要特征：

> 阴凉的槭树啊枝叶葱茏，
> 仲夏时节还在萌发新芽；
> 当初知更鸟栖在蓝色的背景前，
> 如今画眉却隐没在绿叶之间，
> 从浓荫中唱出森林之歌的音符，
> 飘向夏日的寂静。新叶还在生长，
> 却不再像那春芽的嫩尖，
> 从淡红的芽蕾中螺旋式地绽放。(1—8)

从这位画家兼诗人对自然景物的细节描摹中可以感受到，他离自然的真意比起我们这些熟视无睹者来说定然是近了许多。这派艺术持续时间虽然不太长，但它的一些重要特征进一步延续到了"唯美主义"（Aestheticism）思潮之中。

我们已经说过，维多利亚时期的诗歌延续了浪漫主义的主要特征。无论出于对工业化、城市化极速发展的对抗，还是出于个人的情趣爱好，抑或是出于其他原因，这一时期的诗歌的确有明显的自然化倾向。文人们通过自然书写表达一种与田园诗歌一样的"出世"情怀。除了上述列举的诗人之外，这一时期创作出优美自然诗歌、乡村诗歌的诗人还有很多，就连那些以小说闻名于世的作家们也不乏可堪传世的诗歌佳作。总之，维多利亚时期的田园诗歌绝不像我们认为的那样落寞；如果耐心梳理的话，真的会有意外的收获。当然这是另一项艰巨的工作。

第二节　20 世纪诗人笔下的田园生活

20 世纪爆发的两次世界大战和风起云涌的变革浪潮对英国的生活方式和精神传统给予了近乎毁灭性的打击，大批警醒的文人意识到了挽救和守候传统的迫切性，他们用自己的生花之笔回忆、发掘、记录已然逝去的

---

① 这是罗塞蒂为自己的同名画作的题诗。

和正在逝去的美好时光。

世纪初期，一些诗人开始对唯美主义的诗学主张进行反拨，希望回归传统；加之第一次世界大战打破了英国人民宁静祥和的生活，人们希望寻求逃避和抚慰创伤的途径，"乔治派诗歌"（Georgian Poetry）应运而生。这派诗人摒弃了19世纪末先锋派唯美主义诗风，复归传统，主要以田园和自然为主题。他们诗意地观察自然、爱情和英国传统的农耕生活，以一种柔和的，更为自然、更为平易的风格颂扬"一战"之前英格兰人民所共同享有的短暂的宁静和稳定，为战争中和战后混乱局势下的人们提供了短暂的精神慰藉。D. H. 劳伦斯评价"乔治派诗歌"时说，它就像是人们"从一场压抑的梦中醒来后长舒的一口气"，是"对付那个噩梦般世界的良好解药。"①加之诗人们易于忘情，长于传统格律，一时间他们广受欢迎，诗歌选集的销售出奇地好。但是，很快就有人开始尖锐地批评"乔治派诗人"缺乏思想和情感的深度。进入二十年代后，由于现代主义的蔚然兴起，田园诗模式已不合时宜，"乔治派诗歌"终于结束其使命并很快被遗忘。直到五十年代，英国诗人们又从盛极的"现代主义"和迪兰·托马斯式的新浪漫主义复归，重新从被遗忘的角落里发掘他们的"乔治派诗歌"。

在英国诗歌史中，"乔治派诗歌"是指被爱德华·马什（Edward Marsh）等收录进他们于1912—1922年间编辑出版的五卷本《乔治派诗歌选集》（*Georgian Poetry*）中的诗歌，创作这些诗歌的诗人群体被称为"乔治派诗人"（Georgian Poets），因英王乔治五世（1910—1936年在位）而得名。这派诗歌持续时间不长，其创作盛期介于1910到1920年间。代表诗人有约翰·德林柯沃特（John Drinkwater）、D. H. 戴维斯（W. H. Davies）、沃尔特·德·拉·梅尔（Walter de la Mare）、W. W. 纪彭（W. W. Gibson）、鲁珀特·布鲁克（Rupert Brooke）、罗伯特·格雷夫斯（Robert Graves）等，还有爱德华·托马斯（Edward Thomas）——他虽没有诗歌被收录进《乔治派诗歌选集》，但他与"乔治派诗歌"种种渊源关系使得他仍被广泛看作一位典型的"乔治派诗人"。选集中也辑录了一些D. H. 劳伦斯（D. H. Lawrence）的抒情诗，但与其他诗歌相比，它们的确

---

① Woodring, Carl and James Shapiro. *The Columbia History of British Poetry*. Beijing：Foreign Language Teaching Research Press；Columbia：Columbia University Press, 2005. p. 533.

又有所不同，也更出众。甚至还有一位大名鼎鼎的美国人：罗伯特·弗罗斯特（Robert Frost）；当时，他长期居住英国，与上述多数诗人过从甚密，对他们（尤其是爱德华·托马斯）产生过重大影响。他的诗歌也许是整个选集中最好的。

进入新世纪的托马斯·哈代（Thomas Hardy，1840—1928）停止了小说创作，专事诗歌，创作了大量优美的自然诗和田园诗。和他的小说一样，哈代的诗歌深深地植根于乡土，用词古朴，感情真挚。这些诗歌中有大量以自然和田园为主题的优秀篇章，反映出诗人"无法克服的乡愁。"①在诗歌中，哈代善于以一位沧桑老者的眼光告诉读者永恒的乡土文化之不朽。王佐良先生说得好，哈代"不走捷径，不追求耸听效果，但是永远植根于本乡本土。但他的时间感又使他能够作历史的透视，能将眼前的乡土景物与外面世界所经历的沧桑变化对照起来。"② 这一切在其田园诗歌《万国崩溃时》（In Time of "The Breaking of Nations"）中得到了很好体现。

《万国崩溃时》是一首古朴凄美的田园诗，写于第一次世界大战初期。为了突出时代背景，诗人巧妙地借用了《旧约》中描述战争的诗句："你是我征战的斧子和打仗的兵器。我要用你打碎列国，用你毁灭列邦。"③ 然而诗中我们所看到的却是一幅古老永恒的乡村景象。诗中除了在末尾略有提示外，通篇没有一丝战争的痕迹。全诗仅有短短的三节，每一节描绘乡村的一个侧面。诗歌开头是一幅萧瑟凄凉的农耕图，画面只有一个人在耕地，与他相伴的也只有一匹孤独缓行、步履蹒跚的老马，他们垂头丧气、昏昏欲睡。整幅画面风格古朴，节奏缓慢，气氛沉郁，展示出一派古老、宁静的英国乡村景象，同时也从另一侧面反映了战争给英国乡村带来的创伤。诗中的老马形象让我们想起马致远的"古道西风瘦马"所揭示的悲凉秋色来。诗歌的第二节展示给我们的则是从田野中飘起的几缕轻烟。那是人们用最原始的方法，把茅草烧成灰烬以滋养土地，以期来年丰收。尽管世事更迭，朝代变迁，象征田园景色的茅草仍旧是一岁一枯荣，象征农家恬静生活的轻烟依旧袅袅升起，古老的农耕生活没有因朝代更替而改变其规律。诗歌的第三节则展示一幅充满生机的画面：自远处，

---

① Rosenthal, M. L. *The Modern Poets*: *A Critical Introduction*. Beijing: Foreign Language Teaching and Research Press, 2004. p. 26.

② 王佐良：《英国诗史》，译林出版社 1997 年版，第 405 页。

③ 和合本（神版）《旧约·耶利米书》51：20。

一位乡村少女和他的情郎说着悄悄话翩然而来，他们无疑使低调的诗歌出现了生气和亮色。诗人显然是想通过这对乡村青年恋爱的画面来揭示人类不断繁衍的规律。尽管战场上硝烟弥漫，刀光剑影，然而战争也无法阻挡大自然的客观规律，世界依然按其规律向前发展，生机无处不在，爱情无处不在。只要有人烟，就会有生机和活力，就会有爱情和人类的繁衍生息。战争和动乱是短暂的，农夫、老马、轻烟和恋爱中的青年男女却是人类生活中的永恒主题，是战争和社会变迁无法阻挡和改变的。从这个意义上来讲，诗歌中所出现的意象看是作者信笔拈来，其实承载着厚重的象征意义，凝聚着他的无限匠心和功力。

20 世纪英国诗坛有个有趣的现象，那就是自乔治五世时代开始接续产生了三位姓托马斯的威尔士血统诗人：爱德华·托马斯、迪兰·托马斯（Dylan Thomas）和 R. S. 托马斯。虽然他们生活于不同时代，文学风格和成就各不一样，但他们至少在一个方面非常相似，那就是他们都钟爱自然和田园风光，写出过大量以自然、田园为主题的优秀诗篇。

爱德华·托马斯是威尔士血统的英语诗人，他不但是英国最杰出的自然诗人之一，而且是一位优秀的战争诗人，同时也是一位典型的"乔治派诗人"。① 自然主题是托马斯诗歌的中心主题，他诗歌中所涉及的其他主题也多衍生于此。托马斯对自然的挚爱源于他童年时期的乡村生活和后来长期的游历体验，他的大量的散文是对这些体验的忠实记录，而他的诗歌却是对这些记录的升华与结晶。从他的诗歌中我们处处感受到他对传统，对自然，对自然状态下的人的生存的关注。他所生活的那个动荡的、破坏性的时代给人类以及自然造成的创伤在他的诗歌中也得以充分体现。托马斯崇尚传统却又不拘泥于传统，这一点也充分体现于他的艺术追求之中。他的相当一部分诗歌将歌颂英格兰美丽的自然与乡村风光以及恬静的传统农耕生活和对战争的诅咒完美结合起来，形成他个人的独特风格。② 他笔下的罗伯（Lob）形象是英语诗歌中典型的农夫形象之一。

从 R. S. 托马斯的诗歌中我们能够感觉到一些爱德华·托马斯的影响。所不同的是，R. S. 托马斯深深植根于威尔士乡土，忠实地继承了威

---

① Hyland, Dominic, ed. *York Notes*：*Edward Thomas*：*Selected Poems*. Harlow：Longman York Press，1984. p. 9.

② Motion, Adrew. *The Poetry of Edward Thomas*. London：Routledge & Kegan Paul Ltd.，1980. pp. 119 – 121.

尔士的诗歌传统。在诗歌主题的选材方面，R. S. 托马斯注重写实，语言于朴素中见清新，绝不"玩弄辞藻，卖弄技巧"①。其主要描述对象为生活于威尔士自然环境中的禽鸟、花卉、山水以及那里土生土长的农民。在20世纪40年代诗人曾写下许多人物素描诗。这些人物以普利瑟赫（Prytherch）为代表，多为生活于诗人周围的农夫。这些农民世代耕作于威尔士高地，日出而作，日落而息，以放牧和种植庄稼为谋生手段，在近乎原始的环境中顽强地生存着。尽管物质生活匮乏，文明程度低下，他们却世世代代在这块土地上安居乐业，繁衍生息。在这些诗歌中，诗人以平淡自然的语言、简明紧凑的结构和不事雕琢的风格描绘出一个个活生生的威尔士农民形象和一幅幅色彩淡雅的威尔士风俗画。随着时间的流逝，画中的人物形象越发显得清新动人，堪称英诗中的经典。在另一类田园诗歌里，诗人把素朴的景物描写与深刻的哲学思考结合起来。比如在《乡村》（The Village）一诗中，诗人笔下的偏远、宁静、古老的小乡村成为诗人重新审视现代世界的一个参照点。诗中所描绘的是一个远离现代文明的偏僻乡村，那里没有像样的街道，没有鳞次栉比的房屋；只有一条小道连接着唯一的铺子和唯一的酒馆；然后，小道蜿蜒向山顶延伸，消失在潮水般的碧草丛中。接着诗人又描写村子里平静如水的生活，那里的农民木讷、寡言，祖祖辈辈无声无息地生活着，没有令人大喜大悲的事件，一条黑狗在阳光下捉跳蚤也会成为村民的日常谈资，诗人以诙谐和略带嘲讽的口吻说这是小村里的"历史大事"。诗歌中也有亮点：那位走街串户的姑娘的轻快的脚步为这凝滞的村庄带来了生机，带来了希望，也预示着即将到来的变化。最后一节中蕴含着深刻的哲学思考：诗人把这远离现代世界的小村庄和外面的世界联系起来，说这世界正围绕这个被人遗忘的村落旋转着。这似乎是在告诉读者，文明的发展离不开传统，不管世界有多辽阔，也不管历史发展到什么时代，甚至超出伟大的哲学家的构想，然而人类的本性不会改变，宁静、和谐永远是人们向往的最高境界。于是，远离现代文明的小乡村成为一个象征传统的恒定的概念，是日新月异的现代社会永远无法摆脱、也决不能摆脱的根。

与爱德华·托马斯和 R. S. 托马斯崇尚传统，素朴、沉静的诗歌风格不同，迪兰·托马斯诗歌的风格接近浪漫主义诗人拜伦和济慈，因此被评

① 王佐良：《英国诗史》，译林出版社 1997 年版，第 516 页。

论家誉为新浪漫主义的代表。在他的田园诗歌中，诗人着力于创造一种童年视角下伊甸园式的威尔士乡土画卷。《羊齿山》（Fern Hill）就是这些诗歌中的杰出代表。该诗一开始便是少年托马斯悠闲地在苹果树下玩耍的情景。那时他是原野的主人，是果园的王子，是动物王国的统帅，是时光的骄子。宁静而美丽的大自然千姿百态，白天清新秀丽，晚上乐声四起，仙境一般的去处令人产生无限遐想。然而，时光倏忽，年少的迪兰·托马斯不觉走过了为数不多的人生转折点，天真无邪的心灵也渐渐失去了最初的纯净，最后终于走到了生命的尽头。这首怀旧诗"对童年的记忆的描写愉快而生动，但其中同时交织着更为令人刺痛的成年的悲伤。"① 可见，无论从对童年生境的关注还是从对人生的思考来看，迪兰·托马斯都明显受到华兹华斯和布莱克的影响。当然，与他们不同的是，迪兰·托马斯"没有把大自然描绘成人类命运的主宰，自然界的山山水水在他的诗歌中只是人类生命的对应物。时光陪伴着人类走完整个生命历程，同时也使人类从天真走向成熟。"②"童年生境"在迪兰·托马斯的诗歌中得到了最深刻的关注，诗人用自己的诗歌将童年时代生活于其间的美好的田园景象永恒化了。

　　同样植根于本民族乡土文化传统的20世纪大诗人还有后来的诗坛巨擘，1995年诺贝尔文学奖得主爱尔兰诗人谢默斯·希尼（Seamus Heaney，1939—2013）。这位出生于乡村农场的诗人自幼与父亲一起和泥土打交道，美丽的田园风光，既陶冶了他热爱大自然的情操，也成了他日后的创作源泉。因此，在他早年的诗歌里散发出泥土的芳菲，渗透着劳动者的酸辣苦甜。诗人用饱含深情的笔触描写他在爱尔兰乡村度过的难以忘怀的童年时光，他把田园风光加以提炼并进行艺术加工，写出一首首意境深远、笔墨古朴、节奏铿锵的诗篇。他擅长抓住平凡现实生活中的某一瞬间，通过对事件的细节描写来激发读者的兴趣，引起他们的情感甚至哲思的共鸣。在与中国学者吴德安的对话中，诗人反复强调：诗不是纪实的内容在起作用，而是眼所见耳所听到的某种东西的美感。他进一步举例说，在《挖掘》（Digging）这首诗中他写父亲"粗糙的长靴稳踏在铁锹上"

　　① Rosenthal, M. L. *The Modern Poets：A Critical Introduction.* Beijing：Foreign Language Teaching and Research Press，2004. p. 211.

　　② 刘守兰：《英美名诗解读》，上海外语教育出版社2002年版，第220页。

（10），那"铁锹长柄／紧贴着他的膝盖的内侧结实地撬动"（10—11）。"撬动"（lever）和"结实"（firmly）两词在英语中属于不同性质的范畴，作为诗让人感到惊奇的就是这种语言的活力。① 诗人在评价《挖掘》一诗说："我感觉我已挖掘到现实生活中去了。"② 同时他觉得本诗对他来说象征着一种初创的力量，他认为，"诗是自我对自我的暴露，是文化的自我回归。诗歌是挖掘，为寻找不再是草木的化石的挖掘。"③ 因此，他宁肯说是把这首诗"发掘了出来。"④ 于是"发掘"成了诗人终生的奋斗模式。诗人在其许多诗歌中流露出一种"泥沼情结"。广袤的泥炭沼泽地是北爱尔兰常见的地貌，它不仅完好地保存了层层古生物的遗迹，同时也象征着爱尔兰悠久的历史和爱尔兰人善于把一切深埋于心底的心理特征。希尼精心选择以泥沼地为背景，也正表明了他对这片土地执着的留恋和对其家乡及自己家庭农耕传统的深切眷顾。父亲所一生忙碌的土豆地在他的许多诗歌中不断出现，具体而形象地展现出爱尔兰的田园风光。不过，希尼的田园诗与华兹华斯式的田园诗有很大区别，他在诗中不是以一个悠闲的旁观者的姿态出现，而是身置其中，怀着世代农家子弟对故土及父老乡亲的无限眷恋之情，热忱地歌颂挖泥炭的祖父、挖土豆的父亲、搅奶油的母亲以及许多不知姓名的乡亲，通过自己的诗歌"为历代无名无姓、无有墓碑，亦无生活记录的乡村劳动者竖起纪念碑。"⑤ 这种"怀乡情结"令希尼的诗歌读起来更具真实感、历史感和泥土气息，每首诗都充满着栩栩如生的细节描写，这在英语诗歌中是十分少见的。

　　总之，20世纪的田园诗歌有对艰苦民生的同情，有对战争及现代科技的批判，有对"童年生境"的怀恋，也有对自然的感悟，更有对重归自然的渴望。这一切集中到一点就是对传统的关注，它表现为两个主要倾向：一是对传统遗存的守候和极力抢救，比如"乔治派诗歌"，尤其是爱德华·托马斯、托马斯·哈代和 R. S. 托马斯等诗人的诗歌；另一是对童年生境的强烈怀恋，诗人们试图通过对已逝的、童年时的故乡的回忆来体

---

① ［爱尔兰］西默斯·希尼：《希尼诗文集》，吴德安等译，作家出版社 2000 年版，第 436 页。

② 同上书，第 254 页。

③ 同上。

④ 同上。

⑤ Vendler, Helen. *Seamus Heaney*. Cambridge, Massachusetts: Harvard University Press, 2000. p. 20.

味乡村传统生产、生活方式的永恒魅力并借此达到对传统的守候之目的，这一方面的杰出代表前有迪兰·托马斯，后有西默斯·希尼，他们具有比其他诗人更为强烈的"怀乡症"（nostalgia）。尽管这一切比之于强大的现代文明，不免有一种苍白和无奈，令人的心理之中充满一种强烈的幻灭感，但它的确于美妙和悲凉中透着韧劲，昭示着新的思想的萌动。

第三节　诗人专论：爱德华·托马斯的自然诗歌①

爱德华·托马斯（Edward Thomas，1878—1917）1878年出生于英国伦敦，早在学生时代便开始文学创作，转向诗歌创作之前，他已经出版了大量的游记、评论和其他散文作品。他1915年应征入伍，1917年在法国战死。托马斯的诗歌创作集中在他生命的最后两年里；虽然他诗歌数量不多，却对后世许多诗人产生了重大影响，尤其是他的自然诗。

托马斯对自然的挚爱源于他童年时期的乡村生活和后来长期的游历体验。诗人年轻时代经常是要么漫步于伦敦南郊的平民之间，要么跟亲朋一起漫步于斯温登附近的乡村，在那里他度过了最快乐的一段时光。他一直喜欢博物学，假期里借到南威尔士和威尔特郡探亲访友之机，他仔细观察那里的乡村风光，南威尔士和威尔特郡后来成了他最钟爱的地方。托马斯一生中游遍了英格兰和威尔士的大部分地区，密切地观察那富有原始美的乡村。他竭力去揭示自然的奥妙并用恰当的文字描述出来。他的诗歌描写英格兰独特的风光，反映那里的乡村生活和价值观，那里的野生动植物和天气的多变风貌。他的散文和诗歌记录下这样一个世界，一个"即将"消失或者可能被后来的"第一次世界大战"彻底摧毁的世界。他笔下的英格兰是一个纯粹传统的世界；传统的英格兰自然风光，传统的农耕生活和传统的乡野村夫在他的诗歌中总显得那么美妙。托马斯的诗歌几乎描写到自然风光的各种要素，这些形成了他诗歌的主体。在这些诗歌中，诗人从不同的视角观察自然，既写其显现的美，也写其蕴含的美，既写其壮丽之美，又写其欠缺之美，更兼其神秘之美。

最直接展示自然之美的是一首题为《荣光》（The Glory）的诗。诗歌以"清晨的美的荣光"（1）开篇，紧接着以清晨具有的各种美的特征来

---

① 该部分曾以《精神的栖居——重读爱德华·托马斯的自然诗歌》为题发表。

润饰这一主题：诸如"杜宇声中清露颤"（2）和"白云片片如那新刈的草"（5）等，皆充满了亲切清新之感，这些都是诗人时时追寻并常在自己诗歌中运用的田园意象。

而诗人最为洗练优美的诗歌之一则是《池塘》（Pond 又题 Bright Clouds）。诗歌开篇展示的是一种自然的和谐美——"绚丽如云的山楂花/遮掩着半个池塘"（1—2）——这种和谐是由相对应的两组元素的而确立的：一组是"池塘"对"如云的山楂花"，另一组是一明一暗两种色调：花的绚丽色彩对应着花儿投向池塘的阴影。这是整幅图画的前景。在图画的纵深，作为其远景的则是

> ［……］一湾
> 翠绿的
> 纤长的芦苇
> 如交叉林立的刺刀。（4—7）

这里，诗人用"交叉林立的刺刀"喻芦苇，引进了一种阳刚的意象，并直接与富有阴柔美的"如云的山楂花"形成比照，这也是形成整幅图画和谐美的重要因素。这种平衡的观念也是中国画家在绘画时所必须考虑的，比如山与水的比照，石与花的比照，实与虚的比照等等，借以反映画家对自然、对艺术、对世界乃至对人生的感悟。就在这首诗歌里，对平衡与和谐的创造过程绝没有停留在一种单纯静态的描写，而是进一步引进动态意象以建立与静境的平衡与和谐——耳畔有三两声鸟儿鸣啭，眼前是清风拂掠飘零的花瓣。诗人以动衬托静，不仅创造了动与静的平衡，突出了静穆和谐之美，还自然而完美地引出了诗歌的主题：陶醉于画境中的诗人忽被鸟鸣惊醒，再看看眼前之落花与流水，不禁心生感叹：

> 鸟儿人儿
> 又奈其何，
> 山楂花依旧飘落。（16—18）

诗人在这里发出像晏殊在其诗句"无可奈何花落去"中同样的感叹，让读者不由心生感时伤春之情。"无奈"的确令人心生伤感，而伤感中又

不乏对世人的警醒：自然万物以其法则行事，其进程是和谐与完美的；人们企图依据自己的情感、好恶来阻止或改变自然进程的努力是徒劳而无益的。只有人类把自己看成自然界的普通一员而不是自诩为主宰自然的力量，人与自然的和谐才会得以实现；就像诗中所创造的平衡那样，一切均归其位而不夺他人之位。

托马斯诗歌中颇多对雨雪天气的描写。在《下雨》（It Rains）一诗中诗人这样描写道：

> 草叶上
> 钻石般的雨珠柔不可破，
> 沾水的花瓣儿无以摇落。（3—5）

寥寥数言准确地描绘出雨天的特征。用钻石比喻雨珠有两层含义：一是它们都晶莹剔透；二是，从各自意义上说，雨珠之无可击破在于其韧，在于其绵绵不断，与钻石因其刚而无可击破殊途同归。而花瓣的境况更让我们想起陆游诗歌《雨》中的诗句："唯有落花吹不去。"沾湿的花瓣紧贴着枝条，风又奈它何？

诗歌《雨后》（After Rain）描写的是雨过天晴，"太阳探出脑袋／看到发生的一切"（3—4）。它首先看到的是

> 树下的道路镶上了新的
> 紫色的花边
> 与鲜亮的纤草相连。（5—7）

接下去看到的是"衰草、绿苔、深橙色的羊齿菜"（13），最后还看见一棵山楂树上长着十二颗可爱的黄色的果子（21—22）。这是雨后清新多彩的景象，色彩的搭配是那么的和谐，简直是一幅漂亮的水彩画。整幅图画让人感受到一种祥和喜悦的气氛，正是这样的氛围让人感受到了富于变化的色彩给人带来的欣喜。

在诗歌《雪》（Snow）中，诗人借一个孩童的眼光描写雪，用了一个纯真而绝妙的比喻。在那孩童的眼里，雪是"从白鸟的胸怀飘落的羽绒"（6）。而另一首四行短诗《解冻》（Thaw）中，大地上斑驳的残雪则成了

传递冬去春来的信使：

> 大地上残雪斑驳，
> 沉思的白嘴鸦在巢中咕咕叫着，
> 从榆树梢头，它看到鲜草如花
> 树下的人们还不知道，冬天去了。

中国古诗中不是有"春江水暖鸭先知"的名句吗？那么，这首诗所传递的意境可否叫作"雪消冬去鸦先知"呢？

诸如上述与中国诗词意境相似的诗行在托马斯诗歌中比比皆是。再比如，在一首题为《自由》（Liberty）的诗里，前半部分是这样的：

> 最后一丝光线退出了这个世界，除了
> 洒在青草上如霜的月光
> 还闪烁在树荫的边缘。
> [……]
> 往昔的人儿，逝去的记忆
> 都埋葬在那里；唯有月光如旧
> 我息尚存，双双对着孤坟
> 把他们逐一想起。我与月亮
> 幸有这样的自由，得以实现
> 我们久远的梦。（1—12）

"如霜的月光"毫无疑问地让我们记起李白的诗句，而"对月抒怀"又是中国古代诗歌中反复出现的主题。这一切不免让中国的读者产生强烈的共鸣。而同时，喜欢英国诗歌的读者也会不自觉地将这首诗歌与托马斯·格雷的《乡村墓地挽歌》进行对比；虽然两首诗无论从主题还是从结构来讲都有很大差异，但两首诗所表达的希望与逝者同呼吸共命运的愿望则是一致的。

托马斯因其优美的自然诗而一直享有很高的声誉，被一些评论家誉为英国最伟大的自然诗人之一。但另一方面，也许是人们太多地关注于他的自然诗，于是便忽视了他其他方面的成就，以至于他的"战争诗人"的声誉竟然遭受了长达半个多世纪的非议，也许是因为他的诗歌中绝少对战争经历的直接描述。而笔者认为，他诗歌艺术的独创性就恰恰体现在把战争主题有机地融入自然主题，以自然之美衬托战争之丑。事实上，那些优美的自然诗中凝含着强烈的反战思想和真挚的爱国精神。这一切表明托马斯在很大程度上也是一位"战争诗人"。只是托马斯的战争诗歌不像其他同代的战争诗人那样直接描写战争场景，而是从描写自然入手，用独具特色的英国美丽的自然风光、宁静祥和的田园生活来衬托战争的丑恶。

先举两首四行诗为例，其一是《樱桃树》（The Cherry Tree），其二是《纪念：1915 年复活节》（In Memoriam〔Easter，1915〕）。两首短诗专注于由于战争而久被忽视的田园乐趣的符号——花——之上。《樱桃树》是这样写的：

> 樱桃树垂向古老的大路，
> 从这儿路过的人都死去了，
> 落英点缀草间，像是为谁准备婚礼，
> 这阳春五月却无一家成亲。

把这首诗的偶数行和奇数行分别摘开我们会得到两首独立的双行诗。其中一首诗是这样的：

> 樱桃树垂向古老的大路，
> 落英点缀草间，像是为谁准备婚礼。

美好的阳春五月正是情人们喜结连理的季节，这分明是一派喜庆的景象；而两个偶数诗行的参与却陡然让人感到无限的凄凉与悲伤——曾从此地路过到前线去的那些人啊，你们都在何方？本该是佳人对对，家家喜庆的大好季节，却没有一家成亲，原因何在？答案当然是：那些奔赴战场的年轻人没能够活着归来。

《纪念：1915 年复活节》运用了类似手法：

> 黄昏时的树林繁花似锦，
> 复活季节又记起那些人；

本该与情人来采英撷花，

却长眠于他乡难回家门。

　　两首诗中都没有出现如其他战争诗歌中常出现的残肢断臂、堆积如山的尸体，而是以人员的极度短缺为关注点，从而深刻地揭示出战争对这个世界的更深层的影响。正如前桂冠诗人安德鲁·姆辛（Andrew Motion，1952—）在其专著《爱德华·托马斯的诗歌》（*The Poetry of Edward Thomas*）中指出的那样："［托马斯］记录战争［……］的能力更加明显地体现在他的大量的关注战争对军事团体之外产生的影响的诗歌当中。"[1] 这种间接抒发反战思想的方式曾长期遭到曲解，但是，认真研究其诗歌就不难发现，这些被批评为"纯自然"的诗歌中流露出的反战意识甚至比其他诗人对战争的直接谴责更为强烈。这两首短小的诗歌都通过自然之美与战争之丑的强烈对比表达郁结在人们心中的强烈的悲痛，这种震撼人心的效果是其他所谓的"战争诗歌"难以达到的。姆辛进一步指出：这两首结构紧凑的格言一般的四行诗让英国人认识到了国内因战争掠夺而人员匮乏的状况。[2] 因此，它们更像是挽歌。而且，了解托马斯的读者会隐约感觉到，已经奔赴法国战场的诗人似乎早已意识到了自己的最终命运。的确，不久后诗人也像千千万万其他年轻人一样长眠于异国他乡，而这些诗歌倒真的成为了诗人为自己写的挽歌了。与其他年轻人不同的是，企盼诗人归来的除了父母、亲戚，更有爱他的妻子和未成年的几个儿女。每想到此，读者会更加憎恨战争。读者也会自然地体会到为什么"托马斯的大部分作品具有挽歌般的语气。"[3]

　　另有一首题为《阿德拉斯特拉普》（Adlestrop）的诗歌同样于美丽的自然风光描写中蕴含着强烈的反战意识。阿德拉斯特拉普是位于克慈沃兹的一个小村子，他的声名远播除了这首诗的原因外，还因为阿德拉斯特拉普庄园被普遍认为是曼斯菲尔德庄园的原型。简·奥斯丁的叔叔曾是此地的教区长，奥斯丁因此经常到这里做客。可以看出这个让托马斯倾注了巨

① Motion，Adrew. *The Poetry of Edward Thomas.* London：Routledge & Kegan Paul Ltd.，1980. p. 119.

② Ibid.

③ Gervais，David. *Literary Englands：Versions of 'Englishness' in modern writing.* Cambridge：Cambridge University Press，1993. p. 40.

大热情的地方确实有深厚的文化积淀。撇开这些不说，阿德拉斯特拉普确实是一个美丽的地方，它简直是典型的英国乡村风光的代表。诗人在诗中这样写道：

> 我看见
> 阿德拉斯特拉普——仅只这个名字
>
> 伴着杨柳、千屈菜和绿草地，
> 垛垛干草，还有那绣线菊；
> 宁静而孤寂
> 不逊高天的团团翻羽。
>
> 忽闻鸫鸟歌声嘹亮
> 从它周围，或更远方
> 朦胧中传来
> 牛津和葛劳塞斯特郡所有鸟儿的合唱。（7—16）

但是，就是这美丽、祥和的乡村风光也蒙上了战争的阴影。诗人于1915年7月入伍，而该诗写于1915年隆冬季节，因此，不难理解为什么会有人认为诗人的诗歌具有挽歌般的气质，诗人的确是在为他所钟爱的一切写挽歌。想到如此美丽的风光可能要被毁灭，诗人的忧郁和悲凉之感更甚。

生态学者认为，"自然界整体或其中的生命具有内在价值（intrinsic value）或固有价值（inherent worth）。"[1] 这种生物平等观念在托马斯诗歌中早已得到很好体现。自然中许多本不诱人的事物在托马斯笔下也显现出独特的情趣来，而这种情趣并非直接而浅薄地显现。热爱生活的人们更能从这些虽没太多美感却充满田园生活气息的描写中获得愉悦。诗人在四行诗歌《鸟巢》（Birds' Nests）中这样描写鸟巢这种常见的田园意象：

> 夏日鸟巢的盖头被秋风揭去

---

① 王宁主编：《文学理论前沿》（第一辑），北京大学出版社 2004 年版，第 17 页。

残破的，移位的，一个个黑黢黢，
人人得见它们：高高低低，标志一样挂在
树枝上、篱笆墙或灌木丛里。

　　与山川的壮美、花草的柔美相比，鸟巢这种意象确实没有太多的美感可言；可是，它所蕴含的意义和情趣却在于另一方面：它体现的是自然的和谐美。有的作者会刻意从自己的作品中剔除如"残破的鸟巢"之类的意象以"美化"所描写的景物，而在托马斯看来，恰恰是有了这些不完美的意象的参与，自然才得以展现其完美：自然之完美体现在其多种元素的和谐而无雕琢的搭配上。事实上，对那些长期或曾经有过乡村生活经历的人们来说，这种看来"黑黢黢"的东西却是那么亲切而引发联想。试问哪位乡下成长起来的孩子没有从与鸟和鸟巢打交道的经历获取过愉悦呢？再者，如果从更深层次去探讨"残破的鸟巢"这类意象，我们不难感受到诗人是想通过它们来表达自己对人的生存状况的担忧：在诗人笔下，"夏日鸟巢"代表美好而无忧无虑的昔日时光和欢乐家园；而被秋风揭去盖头，已然残破的鸟巢似乎暗示着"一战"中人们的岌岌堪忧的生存状况。而无论诗人有没有引入后一种含义，"鸟巢"的意象都给我们以亲切自然的感受。
　　诗人的这种"和谐即美"的审美观也体现在其他诗歌当中。诗人更着意刻画那些具有潜在魅力而不是肤浅地诱人的那种美。在一首题为《莎草莺》（Sedge-Warblers）的诗中，诗人首先描写自己梦境中的田园景色：

这种美令我忆起久远
而模糊的某个时期
毛茛草和灿烂的金凤花下
淙淙流淌着清澈的小溪（1—4）

　　接下来诗人联想到，这潺潺流淌的小溪，滋养着大片迎风起伏的草地；而其阴柔与肃穆，也正如甘霖，滋养出人间永恒的爱。诗人极写自然之美之后，径直转向了虽未有显在之美却也有独特魅力的另一事物的描写——莎草莺。这种小鸟的歌声远不如云雀的歌声动听，它"缺乏意义，缺乏旋律，／几无甜美可言"（24—25），甚至是"短促、尖利、刺耳"
（21）的。而诗人对这种声音的感受却是独特的：它"轻飏于／柳丝之间"
（19—20），"热情似骄阳，／清爽如溪水，穿越小径，／打着漩涡，汩汩涌
入池塘"（21—23）。正是这种独特的感受让诗人觉得莎草莺的歌声比世
上最美妙的乐音更可珍贵。这里，和谐的观念又有了另一种解释：观物者
的心境与物镜的和谐。托马斯内心深处对大自然的深情体现在他对大自然
一点一滴的爱，自然万物在诗人眼里是没有等级贵贱之分的。就连泥浆这
种几乎人人讨厌的东西在托马斯笔下也具有其可爱之处。在诗歌《十一
月》（November）里，诗人这样描写泥浆：

> 很少有人喜欢，这泥与水的混合体
> 残枝、败叶、碎石、蒺藜
> 还有秸秆、羽毛，皆为人所鄙弃
> 浸泡碾压，成了一摊烂泥（12—16）

这种混合体被世人诅咒为"烂泥"，而且它的色调"拒绝了天空所有
的光亮"（36）。而诗人却偏偏喜欢上这种东西。诗人又写道：

> 站在这肮脏的地方，人们盯着上苍：
> 在那泥浆的上方，
> 天堂的光影纯净明亮，
> 有人想象，那儿有个避风港；
> 有人却深爱这泥土和十一月的天光
> 他深切地感到，没有了它们
> 他眼里的天空就失去了光彩
> 一如天幕下他本人一样。（27—34）

诗人先写那些讨厌泥浆的人们的态度：他们希望有一个天堂般的去处
来摆脱这肮脏的地方。而另一些人恰恰相反，他们虽站在泥浆里，心中却
充满了光明。这里，泥浆并不是单纯被拿来充当反衬，读者不妨拿它来象
征现实的世界，拿那纯净明亮的上天代表理想中的世界，就不难看出诗人
对真实可感的现实世界的真情来。泥浆的意象在托马斯的诗中反复出现多

次，基本上反映的是诗人乐观向上的人生态度。

更为明确表达诗人上述思想的是一首题为《此物亦然》（But These Things Also）的诗。诗歌以"但这些也属于春天"（1）开篇，一个"也"字暗示了一个话题的继续，似乎诗歌开篇就进入了一场讨论的中间，而我们没看到的前半部分显然是以春天里大自然那些美丽诱人的元素作为关注的焦点，这种构思之巧妙在于不费笔墨而使诗歌直奔诗人一贯强调的主题。诗中接续出现的是霜叶、衰草：

> 河岸上、道路边
> 衰草连绵，灰蒙蒙
> 赛过那隆冬的天。（2—4）

第二诗节描绘了冬天特有的景象：放眼一望，衰草间、大树下、道路边，随处可见的是闪烁着白光的物体，"一支小蜗牛的壳"（5）是死亡的记忆，而"小鸟的粪便"（7）虽听起来令人厌恶，却也是自然的逼真再现，它们与燧石片、白垩斑相互映衬，构成一幅残冬风景画。第三诗节中，诗人暗示人们奉承春天的热望其实是源自他们对冬天的某种成见，即冬天了无生趣、更无魅力，因此它似乎欠了人们些什么。诗中写道：

> 有人搜遍冬天的废墟，
> 寻求替冬天偿债的东西；
> 他把这点点播撒的洁白
> 错当成早放的茉莉。（9—12）

第四节中诗人仍在拒绝描绘一个生机勃勃的春天美景，在他笔下，此时的春寒料峭、薄雾如幕使人感到冬之未尽。诗人幽默地写道：

> 北风又在呼啸，回归的欧椋鸟
> 唧啾乱叫，誓与北风比肩
> 冲破那春雾渺渺；
> 冬天啊尚未退去，尽管你春天已到。（13—16）

其实是北风令回归的欧椋鸟"颤抖"不停,诗人却用了一个双关语chatter①,玩笑式地将本来对立的双方置于一个"联盟"之中。而结句更像是对雪莱著名诗句的饱含愧意的答复:冬天可不是那么容易和迅速地就给驱散的。这里读者会真切地感觉到诗人对冬天的留恋,正如他在另一首题为《芜菁甘蓝》(Swedes)的诗中所写:"这是冬天的梦,如春天一样甜美"(12)。

在《此物亦然》一诗中,诗人在拒绝给春天以浪漫、浮夸的描述的同时,却希望读者从另一视角关注冬天。诗人对细节的关注和为读者制造惊喜的能力为我们带来太多的愉悦,而这种愉悦是建立在甘愿面对现实的基础之上的。诗歌《高高的荨麻》(Tall Nettles)更直接地表述了诗人的观点:"我爱盛开的花朵 / 也爱荨麻上的尘土"(6—7),因为它是"阵雨之为甘霖的明证"(8)。在托马斯的许多诗歌中,"这些缺乏美感的自然元素和季节让我们更多地了解了真实的和神秘的世间万物。"②而能够从缺乏美感的自然物中捕捉到如此情趣则充分体现了诗人非凡的洞察力和对大自然真挚的爱,也是诗人赋万物以话语和维护和谐自然的思想的充分体现。

虽然"乔治派诗歌"的所有选集中都没有辑录托马斯的任何诗歌,但这个时代的诗风对托马斯的影响还是显而易见的,比如说自然之神秘这一"乔治派诗歌"中颇为流行的主题在托马斯诗歌中也有明显体现。在《无名的鸟》(The Unknown Bird)一诗中,诗人似乎因为某种神秘感而倍感愉悦。诗人在第一节诗中回忆说,他隐约听到过一种鸟鸣,那是美妙的三音符,但它"太轻柔 / 常湮没于其他鸟儿的歌喉"(1—2)。因此,除了诗人,从没有其他人听到过这种鸟鸣。这是与诗人密切相关的一个神秘现象,因为没有人见过它:尽管在诗人的明确地提请下,许多人尝试去听,却只有诗人能听到。第二诗节暗示诗人本人在独处的时候的确经常听到那只鸟的鸣叫。但是,即便是在有人陪伴时听到,诗人也难以说服他们去辨别那种声音。诗人说他的确经常看到那种鸟并注意到他声音的奇怪之

---

① 此词含"令人打战"和"喋喋不休"双重含义。

② Hyland, Dominic, ed. *York Notes*:*Edward Thomas*:*Selected Poems*. Harlow:Longman York Press, 1984. p. 35.

处：尽管这东西离得很近，它的声音听起来却很遥远。诗的尾节告诉读者，诗人曾咨询专家，试图弄清这种鸟的真相，但一切均为徒劳："四、五年过去了，神秘依旧"（21）。但这些都不重要，重要的是诗人一直清晰地记得那只鸟，尤其它的歌声。这种无法判断到底是忧郁还是欢乐的歌声一直萦绕在诗人心头并给他带来莫名的快乐：

> 别问是这个还是那个，
> 那歌中忧伤更多；
> 莫说是忧伤，它只伴有快乐。
> 惟其遥远，个中味何人悟彻？（23—26）

只是在诗歌中诗人一直向他人强调自己的经历的真实性，使得有人甚至觉得他是在"作秀"。奇怪小鸟的出现很可能是事实，但诗人所描述的神秘的鸟鸣也极有可能是某种幻觉。事实上，据研究者判断，这可能与诗人精神方面出现的一些问题有关。因为，后来有很长时间，诗人患有轻微的精神分裂症，经常莫名的感觉有另一个自我的存在。但是，如果我们撇开诗人个人精神方面的原因不说，上述诗句所表达的情绪是不是会令我们联想到华兹华斯在《水仙》（Daffodils）一诗的结尾对自己每每回想起那片水仙时的心情的描述？——象华氏回想起那片水仙花时的感受一样，托马斯每每在冥想中听到那奇怪的鸟鸣，便会在内心升腾起一阵愉悦，这也成为对他孤寂生命的一大慰藉。

托马斯在评论"乔治派诗歌"时曾说过，自然界的神秘现象激发人们"更多地了解自然，或者说更多地向自然学习。"[1] 正如诗人在诗歌《莎草莺》的结尾所说：

> 这褐色的小鸟
> 伶俐而反复咏唱的一切
> 校内校外的人们啊，你们怎能学得？（27—29）

当然，托马斯本人理智地认为，自然的奥秘只对那些直接接触自然的

---

① Thomas，Edward．"Georgian Poets．"*The Daily Chronicle*，14 January，1913. p. 4.

人们揭示：诗歌《风与雾》（Wind and Mist）中，诗人谈到从风中、雾中所受的教益时说，这种教益是那些"站在挡风遮雾"的地方的人们所永难获得的。这一点又进一步呼应了华氏的思想。

托马斯也深受"乔治派诗歌"思潮的影响。这不但体现在他的诗歌中，更明显地体现在它对"乔治派诗歌"的高度评价中：

> ["乔治派诗歌"]展现出足够的美、力量和神秘，还带有某种魅力——多热望、少寻衅、无反抗——它以极大的智慧表述现代人对素朴及原始性的多方面的热爱，正如我们在孩童、农夫、野蛮人、早期人类、动物和大自然身上通常所见。[①]

托马斯的评论代表了他同时代乃至后代一些文人对"乔治派诗歌"的积极的肯定的态度，难怪他被广泛地认为是一位"乔治派诗人"。但是，正如 R. S. 托马斯所指出的那样，托马斯不仅仅是一位"乔治派诗人"，尽管他的诗歌题材与之相类："[托马斯]崭新的散文式韵律和平实的语言是对'乔治派诗歌'窠臼的突破。"[②] 好在曾经一度被斥为"颓废"的"乔治派诗歌"，近来的声誉似乎有上升的迹象，这可能与它对自然、田园主题的关注有一定的关系吧。可巧的是，它之所以长期被斥为"颓废"也多半是因为它的这些主题。时代精神微妙而深刻的变化由此可见一斑。

通过对托马斯自然诗歌的探讨，我们很方便地勾勒出其心灵发展及反战爱国思想形成的轨迹。当诗人最终确定再也不要置身事外而毅然奔赴战场时，他心灵的唯一寄托便是对家乡美丽的自然与田园风光的怀恋，他的几乎所有诗歌便产生于这有限的两年军旅时光中。1917 年复活节，诗人战死法国后身葬他乡。想必诗人会魂归故里吧，因为他早已把自己的魂魄播撒在家乡美丽的山川。

---

① Thomas, Edward. "Georgian Poets." *The Daily Chronicle*, 14 January, 1913. p. 4.

② Thomas, R. S.. *Edward Thomas: Selected Poems*. London: Faber and Faber, 1964. p. 13.

参考文献

Addison, Joseph. *The Spectator*, 1711 – 1712.

Alpers, Paul. *The Singer of the Eclogues*: *a study of Virgilian pastoral, with a new translation of the Eclogues*. Berkeley: University of California Press, 1979.

Alpers, Paul. *What Is Pastoral?* Chicago: University of Chicago Press, 1997.

Amigoni, David. *Victorian Literature*. Edinburgh: Edinburgh University Press, 2011.

Anderson, W. S. *Ovid's Metamorphoses*, Books 1 – 5. Norman: University of Oklahoma Press, 1996.

Anderson, W. S. *Ovid's Metamorphoses*, Books 6 – 10. Norman: University of Oklahoma Press, 1972.

Baptista, Mantuanus and Lee Piepho. *Adulescentia*: *The Eclogues of Mantuan*. New York: Garland, 1989.

Barnfield, Richard, Kenneth Borris and George Klawitter. *The Affectionate Shepherd*: *Celebrating Richard Barnfield*. Selinsgrove, PA; London: Susquehanna University Press; Associated University Presses, 2001.

Barrell, John, and John Bull, eds. *The Penguin Book of English Pastoral Verse*. Harmondsworth; New York: Penguin Books Ltd, 1982.

Barrell, John. *The Idea of Landscape and the Sense of Place*, 1730 – 1840: *an Approach to the Poetry of John Clare*. Cambridge: Cambridge University Press, 1972.

Baskerville, C. R. *The Elizabethan Jig*. Chicago: Chicago University Press, 1929.

Bate, Jonathan. *Romantic Ecology*: *Wordsworth and the Environmental Tradition*. London; New York: Routledge, 1991.

Bate, Jonathan. *The Song of the Earth*. Cambridge, Massachusetts: Harvard University Press, 2000.

Bateson, F. W. *Wordsworth, a Re-interpretation*, 2nd ed. London: Longmans, 1956.

Bernard, John D. *Ceremonies of Innocence: Pastoralism in the Poetry of Edmund Spenser*. Cambridge, England; New York: Cambridge University Press, 1989.

Bloomfield, Robert. *The Farmer's Boy, Rural Tales, Good Tidings, with an Essay on War*. New York: Garland Pub., 1977.

Boccaccio, Giovanni. *The Latin Eclogues*. Trans. David R. Slavitt. Baltimore: Johns Hopkins University Press, 2010.

Bodenham, John and Augustine Birrell. *England's Helicon. A Collection of Lyrical and Pastoral Poems: Published in* 1600. Arthur Henry Bullen, ed. London: J. C. Nimmo, 1887.

Boehrer, Bruce. "What Else Is Pastoral? Renaissance Literature and the Environment." *The Review of English Studies* 258. 63 (2012): 150 – 152.

Brand, John. *Observations on Popular Antiquities*. H. Ellis, rev. London: Henry G. Born, York Street, Covent Garden, 1888.

Brown, Tony. *R. S. Thomas*. Cardiff: University of Wales Press, 2006.

Brown, William. *The Whole Works of William Brown* (2 vols). W. Carew Hazlitt, ed. Chiswick Press: Printed for the Roxburghe Library, by Whittingham and Wilkins, 1868.

Browne, Moses. *Angling Sports*. Cambridge: Chadwyck-Healey, 1992.

Browne, William. *Britannia's pastorals*, (1613 – 1616). Menston: Scolar P., 1969.

Bryan, George Sands. *Poems of Country Life; a Modern Anthology*. New York: Sturgis & Walton company, 1912.

Bryan, John Ingram. *The Feeling for Nature in English Pastoral Poetry*. Tokyo: Kyo-Bun-Kwan, 1908.

Bryson, J. Scott. *Ecopoetry: A Critical Introduction*. Salt Lake City: University of Utah Press, 2002.

Burns, F. D. A. "The First Published Versionof Shenstone's 'Pastoral Ballad. ' " *Review of English Studies* XXIV (1973): 182 – 185.

Burns, Robert. *The Complete Works of Robert Burns: Containing his Poems, Songs, and Correspondence.* Boston: Philips, Sampson, and Company; New York: J. C. Derby, 1855.

Burris, Sidney. *The Poetry of Resistance: Seamus Heaney and the Pastoral Tradition.* Athens: Ohio University Press, 1990.

Calverley, C. S. *Theocritus Translated into English Verse*, 2nd ed. London: George Bell and Sons, 1883.

Carew, Thomas. *The Poems of Thomas Carew.* Arthur Vincent, ed. London: Lawrence and Bullen, Ltd, 1899.

Carrington, Fitz Roy. *The Shepherd's Pipe: Pastorial Poems of the XVI & XVII Centuries.* New York: Fox, Duffield & co. , 1903.

Carver, Robert H. F. "Renaissance Pastoral and its English Developments. " *Notes and Queries* 39. 4 (1992): 505 – 506.

Cavendish, George. "The Life and Death of Cardinal Wolsey. " *Early English Text Society*, No. 243. Richard S. Sylvester, ed. London: Oxford University Press, 1959.

Chalmers, Alexander, ed. *The English Poets from Chaucer to Cooper* 21 vols. London: Printed for J. Johnson, *et al*, 1810.

Chamberlin, Henry Harmon, Moschus and Bion. *Last Flowers: A Translation of Moschus and Bion.* Cambridge, Mass. : Harvard University Press, 1937.

Chambers, Edmund Kerchever, *et al*, eds. *English Pastorals.* Freeport, N. Y. : Books for Libraries Press, 1969.

Chappell, W. *Popular Music of the Olden Times.* London: Cramer, Beale and Chappell, 1959.

Chaudhuri, Sukanta. *Renaissance Pastoral and Its English Developments.* Oxford: Clarendon Press, 1989.

Chen Jia. *A History of English Literature.* Beijing: The Commercial Press, 2002.

Chesney, Donald. *Spenser's Image of Nature: Wild Man and Shepherd in "The Faerie Queene. "* New Haven: Yale University Press, 1966.

Child, F. J. *English and Scottish Popular Ballads.* Boston: Houghton Mifflin, 1884 – 1898.

Clare, John and Jonathan Bate. *I Am: The Selected Poetry of John Clare*, 1ˢᵗ ed. New York: Farrar, Straus and Giroux, 2003.

Clare, John and Tim Chilcott. *The Shepherd's Calendar*. Manchester, England: Carcanet, 2006.

Clare, John. *The Later Poems of John Clare: 1837 – 1864.* Oxford: Clarendon Press; New York: Oxford University Press, 1984.

Clare, John. *The Wood Is Sweet; Poems for Young Readers.* New York: F. Watts, 1966.

Clark, Andrew, ed. *The Shirburn Ballads*, 1585 – 1616. Oxford: Clarendon Press, 1907.

Clausen, Wendell. *A Commentary on Virgil: Eclogues*. Oxford: Oxford University Press, 1995.

Collins, William. *Oriental Eclogues*. San Francisco: Windsor Press, 1932.

Congleton, J. E. *Theories of Pastoral Poetry in England 1684 – 1798.* Gainesville: University of Florida Press, 1952.

Cooke, Thomas, Bion and Moschus. *The Idylliums of Moschus and Bion.* Cambridge: Chadwyck-Healey, 1992.

Cooper, Helen. *Pastoral: Mediaeval into Renaissance*. Totowa, N. J. : Rowman & Littlefield, 1977.

Crowley, Timothy D. "The Countesse of Pembrokes Arcadia and the Invention of English Literature." *The Review of English Studies* 63. 262 (2012): 845 – 846.

Cullen, Patrick. *Spenser, Marvell and Renaissance Pastoral*. Cambridge, Mass. : Harvard University Press, 1970.

Cunningham, John. *Poems, Chiefly Pastoral*. Cambridge: Chadwyck-Healey, 1992.

Daniel, Samuel. *Complete Works in Verse and Prose of Samuel Daniel*. A. B. Grosart, ed. Aylesbury: For private circulation, 1885 – 1896.

Deacon, George. *John Clare and the Folk Tradition*. London: S. Browne, 1983.

Dennis, John. *Evenings in Arcadia*. London: Edward Moxon & Co. , 1865.

Dick, B. F. "Ancient Pastoral and the Pathetic Fallacy." *Comparative Litera-*

ture 20 (1968): 27 –44.

Douglas, F. *A Pastoral Elegy.* Cambridge: Chadwyck-Healey, 1992.

Drabble, Margaret. *The Oxford Companion to English Literature.* Oxford: Oxford University Press, 1993.

Drayton, Michael. *The Complete Works of Michael Drayton* 3 vols. Richard Hooper, ed. & intro. London: John Russell Smith, Soho Square, 1876.

Durfey, Tom. *Wit and Mirth, or Pills to Purge Melancholy.* London: Printed by W. Pearson, for J. Tonson, at Shakespear's Head, over-against Catherine Street in the Strand, 1720.

Edgecombe, Rodney Stenning. "Gray's 'Elegy' and Thomas Brown's 'Pastoral on the Death of Queen Mary.'" *Notes and Queries* 48. 4 (2001): 413.

Edmonds, J. M. , et al. *The Greek Bucolic Poets,* rev. ed. Cambridge, Mass. ; London: Harvard University Press; W. Heinemann, 1928.

Empson, William. *English Pastoral Poetry.* Freeport, N. Y. : Books for Libraries Press, 1972.

Empson, William. *Seven Types of Ambituity.* London: Chatto and Windus, 1930.

Empson, William. *Some Versions of English Pastoral.* New York: New Directions Publishing Corporation, 1974.

Fane, Mildmay. *Otia Sacra.* London: Printed by Richard Cotes, 1648.

Farland, Maria. "Modernist Versions of Pastoral: Poetic Inspiration, Scientific Expertise, and the 'Degenerate' Farmer." *American Literary History* 19. 4 (2007): 905 –936.

Farmer, J. S. *Merry Songs and Ballads.* London: privately printed, 1895 –1897.

Feingold, Richard. *Nature and Society: Later Eighteenth-Century Uses of the Pastoral and Georgic.* New Brunswick, N. J. : Rutgers University Press, 1978.

Feuillerat, Albert, ed. *Documents Relating to the Office of the Revels in the Time of Queen Elizabeth.* 1908. Vaduz: Kraus reprinted, 1963.

Fitter, Chris. *Poetry, Space, Landscape: Toward a New Theory.* Cambridge, England: Cambridge University Press, 1995.

Forsythe, R. S. "*The Passionate Shepheard* and English Poetry." *PMLA* 40 (1925): 692 –742.

Fowler, Alastair. *The Country House Poem: A Cabinet of Seventeenth-Century*

Estate Poems and Related Items. Edinburgh: Edinburgh University Press, 1994.

Fowler, Alastair. *The Country House Poem: A Cabinet of Seventeenth-Century Estate Poems and Related Items.* Edinburgh: Edinburgh University Press, 1994.

Friedman, Donald M. *Marvell's Pastoral Art.* London: Routledge & K. Paul, 1970.

Fujii, Haruhiko. *Time, Landscape and the Ideal Life: Studies In the Pastoral Poetry of Spenser And Milton.* Kyoto: Appollon-sha, 1974.

Galloway, Andrew, ed. *The Cambridge Companion to Medieval English Culture.* Cambridge; New York: Cambridge University Press, 2011.

Gay, John. *The Poems of John Gay.* London: Press of C. Whittingham, 1822.

Gentleman's Magazine and Historical Review, Vol. 9. 1739.

Gentleman's Magazine. Mar. 1754; May 1734; Oct. 1739; Sept. 1754.

Gervais, David. *Literary Englands: Versions of "Englishness" in modern writing.* Cambridge: Cambridge University Press, 1993.

Gifford, Terry. *Green Voices: Understanding Contemporary Nature Poetry.* Manchester, UK; New York: Manchester University Press; New York: St. Martin's Press, 1995.

Gifford, Terry. *Pastoral.* London; New York: Routledge, 1999.

Gifford, Terry. *Reconnecting with John Muir: Essays in Post-Pastoral Practice.* Athens: University of Georgia Press, 2006.

Goldsmith, Oliver. *The Art of Poetry on a New Plan.* London: Printed for J. Newbery, at the Bible and Sun in St. Paul's Church-yard, 1762.

Goldsmith, Oliver. *The Deserted Village.* London: Gowans & Gray, 1907.

Goodridge, John. *Rural Life in Eighteenth-Century English Poetry.* Cambridge: Cambridge University Press, 1995.

Googe, Barnabe. *Eglogs, Epytaphes, and Sonettes,* 1563. Edward Arber, ed. Westminster: A. Constable and Co., 1895.

Gosset, Adelaide L. J. *Shepherd Songs of Elizabethan England.* London: Constable, 1912.

Grant, William Leonard. *Neo-Latin Literature and the Pastoral.* Chapel Hill:

· 238 ·

The University of North Carolina Press, 1965.

Greeley, Andrew M. *The Crucible of Change: The Social Dynamics of Pastoral Practice*. New York: Sheed and Ward, 1968.

Green, R. P. H. *Seven Versions of Carolingian Pastoral*. Reading, Pa.: Dept. of Classics, University of Reading, 1980.

Greenfield, Thelma Nelson. *The Eye of Judgement: Reading the New Arcadia*. Lewisburg Pa.: Bucknell University Press; London: Associated University Presses, 1982.

Greg, W. W. *Pastoral Poetry & Pastoral Drama: A Literary Inquiry, with Special Reference to the Pre-Restoration Stage in England*. New York: Russell & Russell, 1959.

Grigson, Geoffrey. *Country Poems*. London: E. Hulton, 1959.

Gutzwiller, Kathryn J. *Theocritus' Pastoral Analogies: The Formation of a Genre*. Wisconsin Studies in Classics. Madison, Wis.: University of Wisconsin Press, 1991.

Haber, Judith Deborah. *Pastoral and the Poetics of Self-Contradiction: Theocritus to Marvell*. Cambridge; New York: Cambridge University Press, 1994.

Hadas, Moses. *History of Latin Literature*. New York: Columbia University Press, 2013.

Hall, Henry Marion. *Idylls of Fishermen: A History of the Literary Species*, rev. ed. New York: Columbia University Press, 1914.

Halperin, David M. *Before Pastoral: Theocritus and the Ancient Tradition of Bucolic Poetry*. New Haven: Yale University Press, 1983.

Hardie, Philip R. *Virgil*. Routledge Critical Assessments of Classical Authors, (4 vols.). London; New York: Routledge, 1999.

Hardy, Thomas. *The Collected Poems of Thomas Hardy*. Michael Irwin, ed. & intro. Ware: Wordsworth Poetry Library, 2006.

Harrison, Percy Neale. *The Problem of the Pastoral Epistles*. Oxford: Oxford University Press, H. Milford, 1921.

Harrison, S. J. *Generic Enrichment in Vergil and Horace*. Oxford; New York: Oxford University Press, 2007.

Harrison, Thomas Perrin, ed. *The Pastoral Elegy: An Anthology.* Trans. Harry Joshua Leon. New York: Octagon Books, 1968.

Hattaway, Michael, ed. *A New Companion to English Renaissance Literature and Culture.* (2 vols.) . Chichester; Malden, MA: Wiley-Blackwell, 2010.

Heath-Stubbs, John. *The Pastoral.* London: Oxford U. P. , 1969.

Herrick, Robert. *The Poems of Robert Herrick.* London: Grant Richards Leicester Square, 1902.

Herrick, Robert. *Works of Robert Herrick.* Alfred Pollard, ed. London: Lawrence & Bullen, 1891.

Hesiod. *Theogony and Works and Days.* Catherine M. Schlegel and Henry Weinfield, trans. & intro. Ann Arbor: The University of Michigan Press, 2006.

Hess, Scott. "Postmodern Pastoral, Advertising, and the Masque of Technology." *Interdisciplinary Studies in Literature and Environment* 11. 1 (2004): 71 – 100.

Hiltner, Ken. *What Else Is Pastoral? Renaissance Literature and the Environment.* Ithaca, NY: Cornell University Press, 2011.

Hine, Daryl and Theocritus. *Theocritus: Idylls and Epigrams*, 1st ed. New York: Atheneum, 1982.

Hoffman, Nancy Jo. *Spenser's Pastorals: The Shepheardes Calendar and "Colin Clout".* Baltimore: Johns Hopkins University Press, 1977.

Hogg, James and Elaine Petrie. *Scottish Pastorals: Poems, Songs, Etc. , Mostly Written in the Dialect of the South.* London: Stirling University Press, 1988.

Howard, William James. *John Clare.* Boston: Twayne Publishers, 1981.

Hubbard, Thomas K. *The Pipes of Pan: Intertextuality and Literary Filiation in the Pastoral Tradition from Theocritus to Milton.* Ann Arbor: University of Michigan Press, 1998.

Hurley, C. Harold. *The Sources and Traditions of Milton's "L'allegro" And "Il Penseroso".* Studies in British Literature. Vol. 43. Lewiston, N. Y. : Edwin Mellen Press, 1999.

Hyland, Dominic, ed. *York Notes: Edward Thomas: Selected Poems.* Harlow: Longman York Press, 1984.

Jenner, Charles. *Town Eclogues*, 2ⁿᵈed. London: Printed for T. Cadell in the Strand, 1773.

Johnson, Lynn Staley. *Shepheardes Calender: An Introduction*. University Park: Pennsylvania State University Press, 1990.

Johnson, Samuel. "John Gay." *Lives of the English Poets*. London: Jones & Company, 1825: 202 – 205.

Johnson, Samuel. *The True Principles of Pastoral Poetry* [*in the Rambler*]. Cambridge: Chadwyck-Healey, 1999.

Johnson, Samuel. *The Works of Samuel Johnson* (12 vols.). London: Printed by S. and R. Bentley, Dorset Street, 1823.

Johnson, Samuel. *The Works of Samuel Johnson* (10 vols.). London: Printed for G. Offor, Tower-Hill; J. Reid, Berwick; *et al.* , 1818.

Jones, Mike Rodman. *Radical Pastoral*, 1381 – 1594: *Appropriation and the Writing of Religious Controversy*. Farnham, England; Burlington, VT: Ashgate, 2011.

Kennedy, William John. *Jacopo Sannazaro and the Uses of Pastoral*. Lebanon: University Press of New England, 1983.

Kermode, Frank, ed. *English Pastoral Poetry: From the Beginnings to Marvel*. London: George G. Harrap & Co. Ltd. , 1952.

Kermode, Frank, ed. *English Pastoral Poetry: From the Beginnings to Marvell*. London: George G. Harrap & Co. Ltd. , 1952.

Kidwell, Carol. *Sannazaro and Arcadia*. London: Duckworth, 1993.

King, William. *The Benchan Eclogue. Occasioned by the War between England and Spain*. London, 1741.

Kirkham, Victoria and Armando Maggi. *Petrarch: A Critical Guide to the Complete Works*. Chicago: University of Chicago Press, 2009.

Knight, William, ed. *Letters of the Wordsworth Family*, 1787 – 1855. Boston and London: Ginn and Company, Publishers, 1907.

Knott, John R. *Milton's Pastoral Vision: An Approach to Paradise Lost*. Chicago: University of Chicago Press, 1971.

Lambert, Ellen Zetzel. *Placing Sorrow: A Study of the Pastoral Elegy Conven-*

tion from Theocritus to Milton. Chapel Hill: The University of North Carolina Press, 1976.

Landis, Benson Y. *A Guide to the Literature of Rural Life*. New York: Dept. of Research and Education, Federal Council of the Churches of Christ in America, 1935.

Landry, Donna E. *The Invention of the Countryside: Hunting, Walking, and Ecology in English Literature*, 1671 – 1831. New York: Palgrave, 2001.

Landry, Donna. *The Invention of the Countryside: Hunting, Walking, and Ecology in English Literature*. New York: Palgrave, 2001.

Lane, Robert. *Shepheards Devises: Edmund Spenser's Shepheardes Calender and the Institutions of Elizabethan Society*. Athens: University of Georgia Press, 1993.

Lawall, Gilbert. *Theocritus' Coan Pastorals: A Poetry Book*. Washington: Center for Hellenic Studies, 1967.

Lawrence, Claire. "A Possible Site for Contested Manliness Landscape and the Pastoral in the Victorian Era." *Interdisciplinary Studies in Literature and Environment* 4. 2 (1997): 17 – 38.

Lawson, Jonathan. *Robert Bloomfield*. New York: Macmillan Reference USA, 1980.

Leask, Nigel. *Robert Burns and Pastoral: Poetry and Improvement in Late Eighteenth-Century Scotland*. Oxford: Oxford University Press, 2010.

Lee, M. Owen. *Death and Rebirth in Virgil's Arcadia*. Albany: State University of New York Press, 1989.

Lerner, Laurence. *The Uses of Nostalgia: Studies in Pastoral Poetry*. London: Chatto & Windus, 1972.

Lerner, Laurence. "An Essay on Pastoral." *Essays in Criticism* 20 (1970): 275 – 297.

Lilly, Marie Loretto. *The Georgica Contribution to the Study of the Vergilian Type of Didactic Poetry*. Baltimore: The Johns Hopkins press, 1919.

Lily, John. *The Complete Works of John Lily*. R. Warwick Bond, ed. Oxford: Clarendon Press, 1902/1967.

Lincoln, Eleanor Terry. *Pastoral and Romance; Modern Essays in Criticism*.

Englewood Cliffs: Prentice-Hall, 1969.

Lindsay, Vachel. *General William Booth Enters into Heaven, and Other Poems*. London: The Macmillan Company, 1916.

Little, Katherine C. *Transforming Work: Early Modern Pastoral and Late Medieval Poetry*. Notre Dame, Indiana: University of Notre Dame, 2013.

Lovelace, Richard. *The Poems of Richard Lovelace*. London: Hutchinson & Co. Paternoster Row, 1906.

Low, Anthony. *The Georgic Revolution*. New York: Princeton University Press, 2014.

Lucas, Dave. *Weather: Poems*. Athens: University of Georgia Press, 2011.

Lynen, John F. *The Pastoral Art of Robert Frost*. Vol. 147. New Haven: Yale University Press, 1960.

Macaulay, Aulay. *Essays on Various Subjects of Taste and Criticism*. London: Printed for C. Dilly, 1780.

Macdonald, Hugh, ed. *Englands Helicon* (Edited from the edition of 1600 with additional poems from the edition of 1614). London: Routledge and Kegan Paul Ltd., 1949.

Machor, James L. *Pastoral Cities: Urban Ideals and the Symbolic Landscape of America*. Madison, Wis.: University of Wisconsin Press, 1987.

Mack, Maynard. *Milton*. Englewood Cliffs, N. J.: Prentice-Hall, 1950.

Mackenzie, Louisa. "What Else Is Pastoral: Renaissance Literature and the Environment." *Environmental History* 17. 2 (2012): 445 – 447.

Mackenzie, Louisa. *The Poetry of Place: Lyric, Landscape, and Ideology in Renaissance France*. Toronto: University of Toronto Press, 2011.

Macneill, Hector. *The Pastoral, or, Lyric Muse of Scotland*. Cambridge: Chadwyck-Healey, 1992.

Mallette, Richard. *Spenser, Milton, and Renaissance Pastoral*. Lewisburg: Bucknell University Press, 1981.

Mance, Ajuan Maria. *Inventing Black Women: African American Women Poets and Self-Representation*, 1877 – 2000. Knoxville: University of Tennessee Press, 2008.

Marcus, Ursula. *A Bibliography of Rural Life and Sociology*. Cape Town: University of Cape Town, School of Librarianship, 1947.

Marks, Jeannette. *English Pastoral Drama: From the Restoration to the Date of the Publication of the "Lyrical Ballada"* (1660 – 1798). London: Methuen & Co. , 1908.

Martin, Graham and P. N. Furbank, eds. *The Twentieth Century Poetry: Critical Essays and Documents*. Milton Keynes: The Open University Press, 1975.

Martina, Enna. "The Sources and Traditions of Milton's L'Allegro and II Pensoroso: A New Approach. " *English Studies* 92. 2 (2011): 138 – 173.

Martindale, Charles. *The Cambridge Companion to Virgil*. Cambridge: Cambridge University Press, 1997.

Martz, Louis Lohr. *From Renaissance to Baroque: Essays on Literature and Art*. Columbia: University of Missouri Press, 1991.

Marvell, Andrew and Nigel Smith. *The Poems of Andrew Marvell*. New Jersey: Pearson Education, 2007.

Marvell, Andrew. *Poems and Letters of Andrew Marvell*, 3rded. H. M. Margoliouth, ed. Oxford: Oxford University Press, 1971.

Marvell, Andrew. *Complete Poetry*. London: J. M. Dent & Sons, Ltd. , 1984.

Marx, Steven. *Youth Against Age: Generational Strife in Renaissance Poetry: with Special Reference to Edmund Spenser's The Shepheardes Calender*. Vol. 21. New York: Peter Lang Pub. Incorporated, 1985.

McCanles, Michael. *The Text of Sidney's Arcadian World*. Durham: Duke University Press, 1989.

McClung, William A. *The Country House in English Renaissance Poetry*. Berkeley: University of California Press, 1977.

McCoy, Dorothy Schuchman. *Tradition and Convention: A Study of Periphrasis in English Pastoral Poetry from* 1557 – 1715. Pittsburgh: University of Pittsburgh, 1965.

McFarland, Thomas. *Shakespeare's Pastoral Comedy*. Chapel Hill: University of North Carolina Press, 1972.

McKay, Alexander Gordon, Robert M. Wilhelm and Howard Jones. *The Two Worlds of the Poet: New Perspectives on Vergil*. Detroit: Wayne State University Press, 1992.

McNeill, Patricia Silva. *Yeats and Pessoa: Parallel Poetic Styles*. London: Legenda, 2010.

Metzger, Lore. *One Foot in Eden: Modes of Pastoral in Romantic Poetry*. Chapel Hill: University of North Carolina Press, 1986.

Meyer, Sam. *An Interpretation of Edmund Spenser's Colin Clout*. Sout Bend: University of Notre Dame Press, 1969.

Milton, John. *The Complete Poetical Works of John Milton* (Cambridge Edition). Boston and New York: Houghton Mifflin Company, 1899.

Moore, A. K. *The Secular Lyric in Middle English*. Lexington: University of Kentucky Press, 1951.

Moorman, Frederic William. *William Browne: His Britannia's Pastorals and the Pastoral Poetry of the Elizabethan Age*. Strassburg: K. J. Trubner, 1897.

Morris, Harry. *Richard Barnfield: Colin's Child*. No. 38. Tallahassee: Florida State University, 1963.

Morris, R., ed. *The Works of Edmund Spenser*. London: Macmillan and Co. , Ltd, 1907.

Motion, Adrew. *The Poetry of Edward Thomas*. London: Routledge & Kegan Paul Ltd. , 1980.

Munsterberg, Peggy. *The Penguin Book of Bird Poetry*. London: Penguin Classics, 1984.

Mustard, Wilfred P. , ed. *The Eclogues of Baptista Mantuanus*. Baltimore: The Johns Hopkins Press, 1911.

Newman, Jane O. *Pastoral Conventions: Poetry, Language, and Thought in Seventeenth-Century Nuremberg*. Baltimore: Johns Hopkins University Press, 1990.

Nicholson, Brinsley. "On Shakespeare's Pastoral Name." *Notes and Queries* 5 - I (1874): 109 - 111.

Norbrook, David. *Poetry and Politics in the English Renaissance*. New York: Oxford University Press, 2002.

O' Callaghan, Michelle. *The Shepheard's Nation: Jacobean Spenserians and Early Stuart Political Culture*, 1612 - 1625. Oxford: Oxford University

Press, 2000.

O' Connor, Murroghoh, and Thomas Crofton Croker. *A Kerry Pastoral in Imitation of the First Eclogue of Virgil.* London: Reprinted for the Percy Society, 1843.

Oldham, John. *A Pastoral.* Cambridge: Chadwyck-Healey, 1992.

Panofsky, E. "*Et in Arcadia ego*: On the conception of transience in Poussin and Wartteau." *Philosophy and History, Essays Presented to Ernst Cassirer.* R. Klibansky and H. J. Paton, eds. Oxford: Clarendon Press, 1936: 223 – 254.

Patrides, C. A. ed. *Milton's Lycidas: The Tradition and the Poem.* Columbia, Missouri: University of Missouri Press, 1983.

Patterson, Annabel M. *Pastoral and ideology: Virgil to Valéry.* Berkeley: University of California Press, 1987.

Pattison, Robert. *Tennyson and Tradition.* Cambridge, Mass.: Harvard University Press, 1979.

Pavesi, Ermanno. "Pastoral Psychology as a Field of Tension between Theology and Psychology." *Christian Bioethics* 16. 1 (2010): 9 – 29.

Payne, Mark. *Theocritus and the Invention of Fiction.* Cambridge: Cambridge University Press, 2007.

Pennecuik, Alexander. *Corydon and Cochrania: A Pastoral.* Cambridge: Chadwyck-Healey, 1992.

Percy Society. *Early English Poetry, Ballads and Popular Literature of the Middle Ages.* London: Printed for the Percy Society, 1840.

Pickford, John. "Death-bed Scenes and Pastoral Conversations." *Notes and Queries* 5 – X (1878): 514.

Pincombe, Michael and Cathy Shrank. *The Oxford Handbook of Tudor Literature, 1485 – 1603.* Oxford: Oxford University Press, 2009.

Pinto, V. De Sola and A. E. Rodway. *The Common Muse: an anthology of popular British ballad poetry, 15th – 20th century.* London: Chatto & Windus, 1957.

Pitt, Christopher and Virgil. *The Aeneid of Virgil.* Cambridge: Chadwyck-Healey, 1992.

Poggioli, Renato. *The Oaten Flute: Essays on Pastoral Poetry and the Pastoral Ideal.* Boston: Harvard University Press, 1975.

Poliziano, Angelo, Torquato Tasso and Louis E. Lord. *A Translation of the Orpheus of Angleo Politian and the Aminta of Torquato Tasso.* London: Oxford University Press, 1931.

Pollio. *An Excuse for Pastoral: To a Lady.* Cambridge: ProQuest Information and Learning Company, 2002.

Pope, Alexander. "Discourse on Pastoral Poetry." *Poems of Alexander Pope.* John Butt, ed. London: Methuen, 1963.

Pope, Alexander. *The Poetical Works of Alexander Pope.* Adolphus William Ward, ed. London: Macmillan and Co., Ltd.; New York: The Macmillan Company, 1907.

Pugh, Syrithe. "Fanshawe's Critique of Caroline Pastoral: Allusion and Ambiguity in the 'Ode on the Proclamation'." *The Review of English Studies* (2007): 379 – 391.

Purney, Thomas. *A Full Enquiry into the True Nature of Pastoral* (1717). Los Angeles: Augustan Reprint Society, 1948.

Puttenham, George. *Arte of English Poesie.* London: Printed by Richard Field, dwelling in the black-Friers, neere Ludgate, 1589.

Puttenham, George. *The Art of English Poesie.* G. D. Willcock and A. Walker, ed. Cambridge: Cambridge University Press, 1936.

Quinn, Patrick J. *New Perspectives on Robert Graves.* London: Susquehanna University Press, 1999.

Quinn, Stephanie. *Why Vergil? A Collection of Interpretations.* Wauconda: Bolchazy-Carducci Publishers, 2000.

Ramsay, Allan. *The Gentle Shepherd, a Pastoral Comedy.* Edinburgh: Abernethy & Walker, 1808.

Ramsay, Allan. *The Tea-Table Miscellany,* Vol. First. Glasgow: Robert Forrester, 1 Royal Exchange Square, 1876.

Randolph, Thomas. *The Poems and Amyntas of Thomas Randolph.* John Jay Parry, ed. New Haven: Yale University Press, 1917.

Ravencroft, Thomas. *Melismata: Musicall Phasies.* London: Printed by William Stansby for Thomas Adams, 1611.

Ravenscroft, Thomas. *Deuteromelia* (1609). *English Madrigal Verse* 1588 – 1632, 3rd edition. E. H. Fellowes, ed. Oxford: Clarendon Press, 1967.

Reely, Mary Katharine. *Country life and Rural Problems; a Study Outline.* New York: The H. W. Wilson Company, 1918.

Relph, E. C. *The Modern Urban Landscape.* Baltimore: Johns Hopkins University Press, 1987.

Richmond, H. M. "Rural Lyricism: A Renaissance Mutation of the Pastoral." *Comparative Literature* 16 (1964): 193 – 210.

Ricks, Christopher, ed. *The New Oxford Book of Victorian Verse.* Oxford: Oxford University Press, 1987.

Rieu, E. V. *Virgil: The Pastoral Poems—A Translation of the Eclogues.* Westminster: Penguin Books, 1949.

Rigg, Diana. *So to the Land: An Anthology of Countryside Poetry.* London: Headline, 1995.

Roberts, Neil, ed. *A Companion to Twentieth-century Poetry.* Massachusetts: Blackwell Publishing Ltd. , 2003.

Robertson, Jean, ed. *Poems by Nicholas Breton.* Liverpool: Liverpool University Press, 1952.

Robertson, Jean. "Sir Philip Sidney and his Poetry." *Elizabethan Poetry.* eds. J. R. Brown and B. Harris. London: Edward Arnold, 1960.

Robertson, Jean and D. J. Gordon, eds. "A Calendar of Dramatic Records in the Books of the Livery Companies of London." *Malone Society Collections,* Vol. III. Oxford: Malone Society, 1954.

Rogers, Pat. *The Cambridge Companion to Alexander Pope.* Cambridge: Cambridge University Press, 2007.

Rogers, Samuel. *Poems by Samuel Rogers.* London: Printed for T. Cadell and W. Davies, in the Strand, by T. Bensley, Bolt Court, Fleet Street, 1814.

Rosenberg, Donald Maurice. *Oaten Reeds and Trumpets: Pastoral and Epic in Virgil, Spenser, and Milton.* Lewisburg: Bucknell University Press, 1981.

Rosenmeyer, Thomas G. *The Green Cabinet: Theocritus and the European Pastoral Lyric.* Berkeley: University of California Press, 1969.

Rosenthal, M. L. *The Modern Poets*: *A Critical Introduction*. Beijing: Foreign Language Teaching and Research Press, 2004.

Rowe, Henry K. *A Selected Bibliography on the Rural Church and Country Life*. Philadelphia: American Baptist Publication Society, 1913.

Ruskin, John. *The Complete Works of John Ruskin*. New York: The Kelmscott Society Publisher, 1903.

Saintsbury, G., ed. *Minor Poets of the Caroline Period*. Oxford: At the Clarendon Press, 1921.

Sales, Roger. *John Clare*: *a literary life*. London: Palgrave, 2002.

Sales, Roger. *English Literature in History* 1780 – 1830: *Pastoral and Politics*. New York: St. Martin's Press, 1983.

Sambrook, James. *English Pastoral Poetry*. Boston: Twayne Publishers, 1983.

Sannazaro, Jacopo. *Arcadia and Piscatorial Eclogues*. Trans. Ralph Nash. Detroit: Wayne State University Press, 1966.

Santesso, Aaron. *A Careful Longing*: *The Poetics and Problems of Nostalgia*. Newark: University of Delaware Press, 2006.

Schenck, Celeste Marguerite. *Mourning and Panegyric*: *The Poetics of Pastoral Ceremony*. Pennsylvania: Pennsylvania State University Press, 1988.

Schur, Owen. *Victorian Pastoral*: *Tennyson*, *Hardy*, *and the Subversion of Forms*. Columbus: Ohio State University Press, 1989.

Scott, John. *Moral Eclogues*. London: Printed for H. Payne, at No. 67, Pall-Mall, 1778.

Segal, Charles. *Poetry and Myth in Ancient Pastoral*: *Essays on Theocritus and Virgil*. *Princeton Series of Collected Essays*. Princeton: Princeton University Press, 1981.

Shaftesbury, Anthony Ashley Cooper. *Characteristics of Men*, *Manners*, *Opinions*, *Times*. Lawrence E. Klein, ed. Cambridge: Cambridge University Press, 1999.

Shenstone, William. *The Works in Verse and Prose of William Shenstone*. London: Printed for R. and J. Dodslev in Pall-Mall, 1854.

Shore, David R. *Spenser and the Poetics of Pastoral*: *A Study of the World of Colin Clout*. Kingston: McGill-Queen's University Press, 1985.

Shute, Nevil. *Pastoral*. New York: W. Morrow and company, 1944.

Sidney, Philip. *A Defence of Poesie and Poems*. London; New York; Toronto; Melbourne: Cassell and Company, Limited, 1909.

Sitwell, Osbert. *England Reclaimed, a Book of Eclogues*. London: Duckworth, 1927.

Skelton, John. *The Poetical Works of John Skelton*. Alexander Dyce, ed. Boston: Little Brown and Company, 1854.

Slavitt, David R. *Virgil, and Virgil. Eclogues and Georgics of Virgil*. Baltimore: Johns Hopkins University Press, 1990.

Smith, Geri L. *The Medieval French Pastourelle Tradition: Poetic Motivations and Generic Transformations*. Gainesville: University Press of Florida, 2009.

Snyder, Susan. *Pastoral Process: Spenser, Marvell, Milton*. Stanford: Stanford University Press, 1998.

Spagnuoli, Baptista. *The Eclogues of Mantuan*. Trans. George Turbervile (1567). Douglas Bush, ed. New York: Scholars' Facsimiles & Reprints, 1937.

Spence, Sarah. *Poets and Critics Read Vergil*. New Haven: Yale University Press, 2001.

Spencer, Jeffry B. *Heroic Nature: Ideal Landscape in English Poetry from Marvell to Thomson*. Evanston: Northwestern University Press, 1973.

Spenser, Edmund. *The Shepherd's Calendar and Other Poems*. Philip Henderson, ed. London: J. M. Dent & Sons Ltd., 1932.

Stafford, Fiona. "Plain Living and Ungarnish'd Stories: Wordsworth and the Survival of Pastoral." *The Review of English Studies* 238. 59 (2008): 118 – 133.

Staley, Lynn. *The Shepheardes Calender: An Introduction*. University Park: Pennsylvania State University Press, 1990.

Starke, Sue P. *The Heroines of English Pastoral Romance*. Vol. 20. Suffolk: Boydell & Brewer, 2007.

Steinman, Lisa Malinowski. *Invitation to Poetry: The Pleasures of Studying Poetry and Poetics*. Malden, MA: Blackwell Pub., 2008.

Stillman, Robert E. *Sidney's Poetic Justice: The Old Arcadia, Its Eclogues, and*

Renaissance Pastoral Traditions. London: Bucknell University Press, 1986.

Summers, Claude J. and Ted Larry Pebworth. *The Wit of Seventeenth-Century Poetry*. Columbia: University of Missouri Press, 1995.

Tasso, Torquato, Charles Jernigan and Irene Marchegiani Jones. *Aminta: A Pastoral Play*. New York: Italica Press, 2000.

Tayler, Edward William. *Nature and Art in Renaissance Literature*. New York; London: Columbia University Press, 1964.

Theocritus, and Andrew Lang. *Theocritus, Bion and Moschus*. London: Macmillan, 1889.

Theocritus, and Charles Stuart Calverley. *The Idylls of Theocritus and the Eclogues of Virgil*. London: G. Bell and Sons, 1913.

Theocritus, and James Henry Hallard. *The Idylls of Theocritus with the Fragments Bion and Moschus. Broadway Translations*. London: G. Routledge, 1924.

Theocritus, and R. J. Cholmeley. *The Idylls of Theocritus*. London: G. Bell & sons, 1919.

Theocritus, and R. L. Hunter. *A Selection. Cambridge Greek and Latin Classics*. New York: Cambridge University Press, 1999.

Theocritus, and J. M. Edmonds. *The Greek Bucolic Poets*. London: W. Heinemann; the Macmillan co. , 1912.

Thomas, Edward. "Georgian Poets." *The Daily Chronicle*, 14 January, 1913.

Thomas, R. S. *Autobiographies*. Trans. Jason Walford Davies. London: Dent, 1997.

Thomas, R. S. *Edward Thomas: Selected Poems*. London: Faber and Faber, 1964.

Tillotson, Geoffrey. *On the Poetry of Pope*, 2nd ed. Oxford: Clarendon Press, 1950.

Toliver, Harrold E. *Pastoral Forms and Attitudes*. Berkeley, Los Angeles; London: University of California Press, 1971.

Truesdale, C. W. *English Pastoral Verse from Spenser to Marvell: A Critical Revaluation*. St. Louis: University of Washington, 1956.

Turner, James. *Politics of Landscape: Rural Scenery and Society in English Poetry*, 1630 – 1660. Boston: Harvard University Press, 1979.

Tutchin, John. *Poems on Several Occasions*. Cambridge: Chadwyck-Healey, 1992.

Twiddy, Iain. "Seamus Heaney's Versions of Pastoral." *Essays in Criticism* 56. 1 (2006): 50 – 71.

Twiddy, Iain. *Pastoral Elegy in Contemporary British and Irish Poetry*. London: Bloomsbury Publishing, 2012.

Twomey, Jay. *The Pastoral Epistles through the Centuries*. New York: John Wiley & Sons, 2009.

Van Neste, Ray. *Cohesion and Structure in the Pastoral Epistles*. London: Bloomsbury Publishing, 2004.

Vendler, Helen. *Seamus Heaney*. Cambridge, Massachusetts: Harvard University Press, 2000.

Virgil, and Barbara Hughes Fowler. *Vergil's Eclogues*. Chapel Hill: University of North Carolina Press, 1997.

Virgil, and David Ferry. *The Eclogues of Virgil: A Translation*, 1ˢᵗ ed. New York: Farrar, Straus, and Giroux, 1999.

Virgil, and David Ferry. *The Eclogues of Virgil: A Translation*. New York: Macmillan, 1999.

Virgil, and Len Krisak. *Virgil's Eclogues*. Philadelphia: University of Pennsylvania Press, 2010.

Virgil, Barbara Hughes Fowler and NetLibrary Inc. *Vergil's Eclogues*. Chapel Hill: University of North Carolina Press, 1997.

Virgil, John Conington, and R. M. Millington. *The Bucolics, or Eclogues of Virgilwith Notes Based on Those in Conington's Edition, a Life of Virgil, and an Article on Ancient Musical Instruments. With Illustrations from Rich's "Antiquitie"*. London: Longmans, 1890.

Virgil. *The Pastoral Poems (The Eclogues)*. E. V. Rieu, trans. & ed. Harmondsworth, Middlesex: Penguin Books Ltd., 1949.

Wagenknecht, David. *Blake's Night: William Blake and the Idea of Pastoral*. Belknap Press, 1973.

Walker, Steven F. *A Cure for Love: A Generic Study of the Pastoral Idyll*. New York: Garland Pub., 1987.

Wallace, R. H. "Shakespeare on Agricultural and Pastoral Pursuits." *Notes and Queries* 5 – VII (1877): 68.

Warren, Jim. "Whitman Land: John Burroughs's Pastoral Criticism." *Interdisciplinary Studies in Literature and Environment* 8. 1 (2001): 83 – 96.

Warton, Joseph, ed. *The Works of Alexander Pope*, ESQ. , Vol. First. London: Printed for B. Law, J. Johnson, C. Dilly and Others , 1797.

Warton, Joseph. *Essay on the Genius and Writings of Pope*, Vol. 1. London: Printed for J. Dodsley, in Pall-Mall, 1756.

Warton, Thomas. *Five Pastoral Eclogues*. Cambridge: Chadwyck-Healey, 1992.

Weisman, Karen A. *The Oxford Handbook of the Elegy*. Oxford: Oxford University Press, 2010.

White, Simon J. *Robert Bloomfield, Romanticism and the Poetry of Community*. Aldershot: Ashgate, 2007.

White, Simon J. *Romanticism and the Rural Community*. New York: Palgrave Macmillan, 2013.

White, Simon, John Goodridge and Bridget Keegan. *Robert Bloomfield: Lyric, Class, and the Romantic Canon*. Lewisburg: Bucknell University Press, 2006.

Wickett, William W. , Robert Bloomfield and Nicholas Duval. *The Farmer's Boy*. Alexandria: Library of Alexandria, 1971.

Williams, Raymond. *The Country and the City*. New York: Oxford University Press, 1973.

Wolberg, Kristine A. *"All Possible Art": George Herbert's the Country Parson*. Madison: Fairleigh Dickinson University Press, 2008.

Woodring, Carl and James Shapiro. *The Columbia History of British Poetry*. Beijing: Foreign Language Teaching Research Press; Columbia: Columbia University Press, 2005.

Woodworth, Samuel. *Melodies, Duets, Trios, Songs, and Ballads*. Michigan: University of Michigan, 1988.

Wordsworth, William. *Poetical Works*, Vol. 4. London: Langman, 1827.

Wordsworth, William. *Prose Works of William Wordsworth*, Vol. 1. London and New York: Macmillan and Co. , 1896.

Wordsworth, William. *The Complete Poetical Works of Wordsworth* with an Iitroduction by John Morley. London and New York：Macmillan and Co. , 1889.

Wordsworth, William. *The Collected Poems of William Wordsworth*. Ware：Wordsworth Editions, 1994.

Young, Andrew. *The Poet and the Landscape*. London：R. Hart-Davis, 1962.

Zimmerman, Clayton. *The Pastoral Narcissus：A Study of the First Idyll of Theocritus*. Plymouth：Rowman & Littlefield, 1994.

飞白编译：《英国维多利亚时代诗选》，湖南人民出版社 1985 年版。

［英］雷蒙·威廉斯：《乡村与城市》，韩子满等译，商务印书馆 2013 年版。

［美］利奥·马克斯：《花园里的机器：美国的技术与田园理想》，马海良、雷月梅译，北京大学出版社 2011 年版。

刘守兰：《英美名诗解读》，上海外语教育出版社 2002 年版。

王宁主编：《文学理论前沿》（第一辑），北京大学出版社 2004 年版。

王佐良：《英国诗史》，译林出版社 1997 年版。

［英］威廉·华兹华斯：《华兹华斯抒情诗选》，杨德豫译，湖南文艺出版社 1996 年版。

［古罗马］维吉尔：《牧歌》，杨宪益译，人民出版社 2009 年版。

［爱尔兰］西默斯·希尼：《希尼诗文集》，吴德安等译，作家出版社 2000 年版。

［德］席勒：《论素朴的诗与感伤的诗》，《西方文艺理论名著选编》，伍蠡甫、胡经之编，北京大学出版社 1985 年版。

［古希腊］亚里斯多德：《诗学》，陈忠梅译注，商务印书馆 2002 年版。

［英］詹姆斯·乔治·弗雷泽：《金枝》，徐育新等译，大众文艺出版社 1998 年版。

后　记

编写《英国田园诗歌发展史》的想法是在我的前外籍老师、剑桥诗人朱约翰（John Drew）博士的影响与鼓励下逐步形成的。十多年前，博士与夫人瑞妮（Rani）曾在我校分别为研究生讲授诗歌写作与赏析、戏剧写作与赏析等课程，我有幸成为他们的学生并与他们结下深厚的友谊。当时，博士见我对田园诗歌与自然诗歌兴趣浓厚，就鼓励我专注于此方面的研究。我听从博士的建议，开始将更多精力投入到英国田园诗歌研究领域。老人家归国后仍一直关心着我的学术发展，不但随时为我答疑解惑，还成为我在国外慷慨而可靠的一手文献检索与传输者。如今小书付梓，我必得感念博士的领携之恩。

导师李维屏教授的持续关心与支持是我甘愿坚守这个在国内冷清而孤寂的研究领域的信心保障。项目启动伊始，导师就曾鼓励我说，他认为这样的研究就需要由我这样喜欢宁静、甘于寂寞的人来承担，并鼓励我一定把它做好。我当时正为博士论文和该项目研究相冲突而苦恼，导师的话无疑给我以很大鼓舞。事实证明，我不但较好地完成了博士论文，也没有影响该项目研究的基本进度。导师给予我的不仅仅是精神鼓励，更多的是学术方面的指导。他以自己的文学史研究经验为例，建议我放弃传统的以时间为纲、以史实铺陈为主要内容的文学史编纂方法；要求我不要过于注重诗人介绍，而是要将主要精力放在作品引介和分析上，以论代述，写出一本具有"诗话"色彩的文学史论来。这是一个极高的要求，尽管我不敢保证能做多好，我的确尽力去做了。令我欣慰的是，导师对书稿的质量给予了充分的肯定。所以，如果说本书确有一些创新之处或优点的话，首先应该归功于导师对我的精心栽培。

我庆幸自己有一个充满活力和协作精神的团队，他们分别从不同侧面为该项目研究做出了贡献。梁晓冬教授针对研究思路和框架提出了指导性建议，并在百忙中审阅了部分章节的初稿。更重要的是，作为学院的领导，梁教授不但关心教师的学术发展，还为我们创造了良好的办公条件和科研环境，在整个学院营造出浓厚的学术氛围，这对我们至关重要。团队的其他成员孙银娣、侯林梅、李琳瑛、李笑蕊、赵攀等同志在文献搜集、文字整理等方面做了积极贡献；杨建玫同志通览了整部书稿，并提出不少宝贵意见。另外，我院的研究生李闪闪、李伟娟、高洁、王闰闰、张炯亚、张振英、李佳佳、刘丹青、刘言朴、齐文雅、邵艳华、焦琳利、徐兆荣、秦西宁、王格丽、王小妍等同学曾先后跟随我进行学术训练，其间也分别为项目研究做了一些工作。上述人员的辛勤付出保证了项目研究的进度和质量，在此向他们致以真诚的谢意。

河南大学的梁工教授、中山大学的区鉷教授、中国社会科学院外国文学研究所的刘雪岚研究员、威尔士斯旺西大学的迈克尔·富兰克林（Michael J. Franklin）教授等曾分别就研究思路、学术规范、编撰体例以及诗歌解读、文献传输等方面给我以热情帮助或指导，在此一并表达对他们的衷心感谢。

感谢中国社会科学出版社相关编辑人员为此书的出版所付出的心血。

感谢我的妻子和家人。是他们默默承担一切家务，无微不至地照顾我的生活，才使我有足够的精力和健康的体魄去应对挑战。我所有的进步都与他们的辛勤付出密不可分。